À PROPOS DE L'AUTRICE

Impossible pour Tara Pammi de se rappeler un moment où elle n'était pas plongée dans un livre – romantique si possible. Il faut dire qu'à l'école, ses lectures l'enthousiasmaient bien davantage que les mathématiques ! Des années plus tard, l'imagination débordante de Tara l'incite à écrire. Elle en fera son métier, offrant à ses lectrices des héros qui croient tout savoir sur les femmes, avant que ces dernières leur prouvent que la séduction se joue à deux !

Une rivale pour alliée

*

Ce pacte si troublant

*

L'épouse d'une vengeance

Collection : SAGAS

Titre original :
AN INNOCENT TO TAME THE ITALIAN

Ce roman a déjà été publié en 2020

HARPERCOLLINS FRANCE
83-85, boulevard Vincent-Auriol, 75646 PARIS CEDEX 13
Service Lectrices — Tél. : 01 45 82 47 47 - www.harlequin.fr
ISBN 978-2-2805-0120-0 — ISSN 2426-993X

Composé et édité par HarperCollins France.
Imprimé en décembre 2023 par CPI Black Print (Barcelone)
en utilisant 100% d'électricité renouvelable.
Dépôt légal : janvier 2024.

FSC
www.fsc.org
MIXTE
Papier issu de sources responsables
FSC® C159065

Pour limiter l'empreinte environnementale de ses livres, HarperCollins France s'engage à n'utiliser que du papier fabriqué à partir de bois provenant de forêts gérées durablement et de manière responsable.

TARA PAMMI

Une rivale pour alliée

INTÉGRALE
CONQUÊTES ITALIENNES

Traduction française de
VALÉRIE VAN CALSTER

SAGAS
HARLEQUIN

1

— As-tu découvert comment il s'y était pris pour pénétrer dans le système de BCS ? Et à quel moment ?

Massimo Brunetti jeta un coup d'œil par-dessus les trois écrans placés sur son bureau, dans le laboratoire de recherche qui abritait ses activités dans la cybersécurité. Un lieu ultra-sécurisé protégé par un accès à empreinte digitale, protection qu'il avait mise en place à l'âge de seize ans, pour tenir son père Silvio à l'écart quand celui-ci vivait encore à la villa. Aujourd'hui, c'était son laboratoire, l'endroit où étaient installés ses serveurs – et où il concevait des logiciels valant des millions d'euros.

Seuls son demi-frère Leonardo et Alessandra, la belle-fille de leur grand-mère Greta, y avaient accès. Et tous deux avaient pour consigne de ne le déranger sous aucun prétexte, à moins qu'un incendie ne menace, ou pour une urgence du même ordre.

Greta, elle, n'avait pas d'autorisation d'accès. Et cela ne risquait pas de changer : n'avait-elle pas été capable de se mettre dans une colère homérique trois mois plus tôt – le jour du trentième anniversaire de Massimo –, sous prétexte que Leo et lui allaient mourir sans enfants, laissant l'héritage des Brunetti s'éteindre avec eux... Depuis le temps, elle aurait pourtant dû savoir qu'il n'accordait aucune importance aux héritages familiaux... En particulier à celui des Brunetti.

— Nous avons une réunion dans une demi-heure, Leo, répondit Massimo sans lever la tête. Et tu sais que je n'aime pas quand tu fais irruption ici sans prévenir.

— Tu es enfermé depuis presque une semaine, répliqua son

frère, les lèvres serrées. Je ne peux pas dissimuler plus longtemps ce qui s'est passé au conseil d'administration... Si les journalistes apprennent que les données financières de nos clients pourraient être utilisées par n'importe quel hacker... Tu te rends compte ?

Ce serait une catastrophe indescriptible...

— C'est déjà bien assez ennuyeux qu'un contrat de dix millions de dollars nous ait récemment échappé, insista-t-il.

Massimo se frotta les yeux en espérant soulager la douleur qui vrillait ses tempes. C'était vrai, il était cloîtré ici depuis trop longtemps...

— Ce n'est pas ma faute si les frasques de Silvio ont rendu difficile la confiance des investisseurs et des entrepreneurs, rétorqua-t-il.

Près de quinze ans avaient été nécessaires pour que Leo et lui redorent le blason de la société familiale, Brunetti Finances. En réalité, ils étaient toujours en train d'y travailler.

Aux yeux de Greta, Brunetti Finances était la vitrine prestigieuse et valorisante de la famille. Aujourd'hui encore, elle pouvait énumérer le nom des gratte-ciel milanais qui avaient hébergé le siège social de la société durant ses deux siècles d'existence. Mais, pour Leo et lui, la réussite actuelle de Brunetti Finances venait récompenser les efforts inouïs qu'ils avaient accomplis pour redresser la société familiale que leur père avait quasiment mise à genoux, la rendant plus forte et plus performante que par le passé.

Mais au cours des six derniers mois, étrangement, plusieurs contrats étaient tombés à l'eau à la dernière minute. La première fois, un comptable avait révélé les détails confidentiels de leur offre, faisant tout échouer. Une autre fois, quelqu'un avait acheté des informations sensibles à un sous-traitant qu'ils avaient embauché, laissant une pagaille incroyable à gérer sur les bras de Leo.

À présent, il y avait pire : une semaine plus tôt, il avait découvert des brèches dans la sécurité de Brunetti Cyber Securities, la société qu'il avait créée de son côté.

Désormais, il n'y avait plus de doute : quelqu'un les visait. Si Silvio n'avait pas été surveillé vingt-quatre heures sur vingt-quatre dans une clinique, sans moyen de communiquer avec quiconque sauf avec Leo, ils auraient tout de suite pensé qu'il était le responsable. Ne leur en voulait-il pas terriblement d'être devenus plus forts que lui, désormais rongé par l'impuissance ?

— Cela n'a peut-être rien à voir avec Silvio, avança Leo en fronçant les sourcils. Et ta dernière aventure ?

— Gisela et moi avons rompu il y a quatre mois, répondit Massimo avec irritation.

— Oui, toi et moi, nous le savons. Mais est-ce que Gisela, la fille d'un des plus puissants banquiers d'Italie, l'a bien compris ? *Maledizione*, Massimo, cette fille ne cesse de m'appeler...

Si la situation n'avait pas été aussi problématique, Massimo aurait ri de l'air désespéré de Leo, lui qui avait pour habitude de ne jamais donner son numéro de téléphone à ses propres maîtresses... Actuellement, il sortait avec un top model qui faisait en ce moment même une séance photo à l'autre bout du monde... Comme c'était commode ! Leur histoire serait finie dans deux mois, Massimo l'aurait parié. Avant elle, il y avait eu cette cheffe d'entreprise que Leo voyait une fois tous les quinze jours. Et encore avant, une photographe qui étudiait les migrations des oiseaux exotiques dans l'Antarctique, ce qui la faisait hiberner loin de tout à peu près dix mois de l'année...

À vrai dire, Leo semblait posséder un algorithme lui permettant de trouver les maîtresses parfaites : toujours en voyage, et aussi ambitieuses que lui.

Massimo, lui, n'avait pas envie de ce type de relations, froides et utilitaires. Simplement, il n'avait pas le temps et l'énergie pour une histoire sérieuse. Et ce serait comme ça durant les vingt prochaines années au moins... De toute façon, il doutait de savoir un jour à quoi ressemblait une vraie relation. Entre sa mère et Silvio, cela avait toujours été la guerre...

— Tu dois t'assurer qu'elle a compris, insista Leo. Et sans contrarier son père au passage.

Seigneur, il détestait tellement quand son frère avait raison...

— OK, je ferai attention, concéda-t-il.

Il savait qu'il avait été stupide de sortir avec Gisela Fiore, cette fille mondaine, égoïste et gâtée. Mais après des mois passés à concevoir son dernier produit – un logiciel destiné au commerce numérique, dont le lancement avait généré des millions de bénéfices – il avait eu besoin de distraction. Et il s'était avéré que Gisela était très forte pour ça, conformément à sa réputation. D'ailleurs, c'était sans doute la seule chose dans laquelle elle excellait... Une liaison torride de deux semaines avait suivi, à l'issue desquelles Massimo n'avait eu qu'une envie : se remettre au travail. Conformément à *sa* réputation à lui.

Sauf que, depuis, Gisela lui envoyait des mails tour à tour désespérés et menaçants. Quand elle ne faisait pas carrément le siège de leurs bureaux...

— Tu veux en savoir plus au sujet du hacker, oui ou non ? demanda-t-il pour changer de sujet.

— S'il te plaît.

— J'ai repéré sa trace la nuit dernière. Et j'ai aussi compris comment il avait franchi les multiples firewalls que j'avais mis en place. Les deux fois.

— Les deux fois ? Tu es si doué que c'en est effrayant...

Massimo acquiesça, mais sans aucune prétention. Les ordinateurs étaient son domaine, un domaine dont il était le maître absolu.

— Ce hacker est très doué, lui aussi.

— Mais tu peux l'identifier, n'est-ce pas ?

— Oui. J'ai utilisé un bot pour pénétrer le malware qu'il...

— Utilise un vocabulaire compréhensible, Massimo, *per favor*, demanda son frère pour la millième fois de leur vie. Des mots qu'un petit cerveau comme le mien peut comprendre.

Massimo lui sourit chaleureusement. Contrairement à ce qu'il disait en plaisantant, Leo était tout sauf un imbécile. Et, quand lui-même était au fond du trou, Leo, avec ses mots justes, son intérêt et ses encouragements, l'avait poussé à utiliser pleinement son potentiel.

— Oui, je l'ai localisé. Il est à New York.

— Fantastique ! Je n'ai qu'un coup de fil à passer et des policiers spécialisés dans la cybercriminalité seront aussitôt sur le coup. Crois-moi, ce hacker dormira ce soir derrière les barreaux, et l'identité de celui qui a orchestré tout ça sera...

— *No*. Je ne veux pas que la *polizia* soit alertée. Pas tout de suite.

— Comment ça ?

— J'ai trouvé le cybercafé où notre hacker s'amuse. J'ai pris contact avec lui.

— Mais pourquoi ?

Massimo haussa les épaules. Il ne pouvait pas vraiment l'expliquer - la curiosité sans doute, et l'excitation. Peut-être même quelque chose comme de la camaraderie. Ce hacker l'intriguait...

— Je veux le rencontrer. Découvrir comment il opère.

— *Dios mio*, Massimo : il a pénétré *deux fois* le système de sécurité de BCS.

— *Esattamente !* Et il pourrait le faire encore. Tu dois admettre qu'il y a quelque chose de louche là-dedans, non ? Aucune des données financières de nos clients n'a fuité. Je le sais, j'ai des programmes à l'œuvre partout où ces informations pourraient être monnayées sur le Dark Net, et rien n'est sorti. Nulle part. C'est comme si ce type jouait avec moi.

— Mais qu'est-ce que tu suggères ?

— Laisse-moi entrer en relation avec lui. Entrer dans sa tête. Quand je saurai comment il travaille, comment il arrive à faire ça, je le piégerai.

— Promets-moi qu'il ne nous atteindra plus.

— Tu ne crois plus en moi, Leo ? plaisanta Massimo.

Sans doute pour rappeler à son frère qu'il n'était plus le petit garçon fragile qui servait de bouc émissaire à leur père lorsque celui-ci traversait une de ses fréquentes crises de fureur alcooliques... et qu'il n'avait plus besoin de la protection de son grand frère.

Sourcils froncés, Leo fixait la porte du laboratoire sans rien dire.

— Donne-moi une semaine et je t'offrirai le hacker sur un plateau. Le tout empaqueté comme un cadeau de Noël.

— Une semaine, pas plus, céda enfin Leo. Je veux voir très vite ce type en prison.

Une semaine plus tard

Massimo se tenait dehors devant l'entrée du cybercafé - une porte métallique de couleur indéterminée, à l'arrière d'un immeuble délabré des environs de Brooklyn. Autant dire à des années-lumière de son *penthouse* surplombant Central Park, qu'il avait quitté une heure plus tôt.

En ce mois de mars, la neige tombait, tapissant les places de parking vides situées le long d'une allée sombre, et réduisant heureusement les odeurs qui émanaient des grandes poubelles près desquelles il se tenait.

Le hacker avait ses habitudes. Rien à voir avec l'idée qu'on se faisait en général d'un génie à l'esprit chaotique. Deux soirs par semaine, il venait au cybercafé à 21 heures, et y restait exactement quarante minutes. Avant de se déconnecter. Comme un drogué qui ne se serait autorisé que la dose prescrite.

Massimo n'avait pu trouver sa trace nulle part ailleurs.

Ce qui voulait dire qu'il n'avait eu que deux fois quarante minutes pour comprendre comment fonctionnait ce type. Et il y était parvenu. Les hackers étaient des types mystérieux et asociaux, mais aussi assez vantards, surtout quand ils étaient du niveau de celui qui l'intéressait. Tout ce qu'il avait eu à faire, c'était de le complimenter sur la façon dont il avait récemment relevé un défi lancé par le patron du cybercafé. Ainsi, le contact avait été établi.

Massimo mit les mains dans les poches de son manteau, tout en sentant l'adrénaline monter en lui. Une sensation qu'il n'avait pas connue depuis la commercialisation de son dernier logiciel. Non, ce n'était pas vrai. La dernière fois qu'il avait éprouvé cela, c'était quand il avait colmaté la brèche que le hacker avait créée.

Le gémissement métallique de la lourde porte le fit grimacer. Le col relevé de son manteau battant contre son cou dans le vent violent, Massimo vit une silhouette mince, vêtue de noir de la tête aux pieds, descendre les marches. Elle offrait un saisissant contraste avec la neige qui s'accrochait à la moindre fissure et au toit de l'immeuble.

Une bourrasque froide ôta brusquement la capuche qui dissimulait le visage de l'individu… révélant la ligne d'une mâchoire délicate et une belle bouche pleine, un nez fin et un front haut, de larges pommettes bien dessinées. Des épaules menues, de longues jambes… Des cheveux noirs bouclés… Non, impossible… L'ossature du visage ne pouvait se confondre avec celle d'un homme.

Il était en face d'une femme jeune, et terriblement belle.

Impossible. Il ne pouvait s'agir d'elle… Elle ne pouvait être le hacker qui avait mis à mal ses firewalls… Le génie diabolique de l'informatique avec lequel il avait chatté toute cette semaine. Le hacker que Leo voulait voir derrière les barreaux et qui le gardait éveillé depuis quinze jours, l'empêchant de dormir – un résultat qu'aucune de ses petites amies n'avait jamais obtenu !

Il eut un rire sombre, qui résonna dans le silence assourdi de la rue.

Comme une biche prise dans les phares d'une voiture, la jeune femme s'arrêta aussitôt et se tourna, posant ses grands yeux bruns sur lui. Puis elle repartit à grands pas, sans doute vers sa voiture.

Non, il ne pouvait s'être trompé.

Tout à l'heure, installé dans sa voiture, il avait chatté avec le hacker avant que celui-ci ne sorte du cybercafé. Il… *elle* était à l'intérieur, il en était sûr.

Pris d'une impulsion, Massimo saisit sa tablette sur le siège passager et envoya un bref message.

Il n'était pas certain que ça marche : le hacker n'avait jamais chatté quand il était à l'extérieur du cybercafé.

Homme de Vitruve : je peux te montrer le cryptage à double niveau du nouveau logiciel.

Son pouls s'accéléra. *Dios mio*, il avait l'impression d'être un adolescent espérant embrasser une fille pour la première fois…

La jeune femme s'immobilisa, sortit un téléphone de la poche de son manteau.

Le souffle suspendu, Massimo attendait.

Sa tablette émit une petite sonnerie qui résonna comme un signal d'alarme dans l'obscurité silencieuse.

Gollum : Pas ce soir, merci. J'ai fini. Peut-être la prochaine fois.

Massimo sourit, tandis que l'excitation courait dans ses veines. C'était *elle*, le hacker qu'il traquait.

Durant les quelques secondes qu'il lui fallut pour accepter cette découverte et corriger sa stratégie, la jeune femme avait atteint sa voiture.

À grandes enjambées, Massimo se hâta de traverser la rue pour la rejoindre. Quand il la vit contracter les épaules, il s'immobilisa. Il ne voulait pas lui faire peur. Du moins pas tout de suite…

— Pourquoi Gollum ? demanda-t-il. Pourquoi pas Aragorn, ou Gandalf ?

Elle se retourna vivement vers lui.

— Je ne vois pas de quoi vous voulez parler, dit-elle, la respiration haletante.

Quand elle fit mine de vouloir ouvrir sa portière, Massimo s'approcha, mais sans la toucher.

La subtile fragrance de lavande qu'elle dégageait le frappa de plein fouet, et il l'inspira profondément malgré lui.

Il lui montra l'écran de son téléphone.

— Je sais qui vous êtes. Et j'ai la preuve du délit que vous avez commis contre Brunetti Cyber Securities.

Il ne souriait plus à présent

— Que voulez-vous ? balbutia-t-elle.

— Votre portefeuille, s'il vous plaît.

Acculée, elle jeta un coup d'œil sur l'océan de neige autour d'eux.

— Vous ne pouvez pas fuir. Et je vous conseille vivement de faire ce que je vous demande.

Lentement, la jeune femme sortit son portefeuille de la poche de son jean noir et le lui tendit.

— Natalie Crosetto, lut-il à haute voix quand il l'eut ouvert, avant de soupirer. Eh bien, vous m'avez fait courir sur le Net, mademoiselle Crosetto. Mais maintenant je contrôle le jeu. Alors nous allons aller à mon hôtel et vous allez m'expliquer pourquoi vous avez fait ça.

— Non ! protesta-t-elle aussitôt, avant de prendre une profonde inspiration. Je ne vous connais pas ! Vous ne pouvez pas imaginer que je vais vous laisser me… kidnapper !

— Que suggérez-vous, alors ?

— Retrouvons-nous chez moi demain matin.

Il éclata de rire.

— Croyez-moi, je n'ai pas traversé l'Atlantique pour vous laisser échapper maintenant que je vous ai trouvée. Nous irons chez vous si cela vous sécurise. Vous pouvez même garder votre mobile pour appeler la police si vous vous sentez menacée. Mais ce soir vous allez répondre à chacune de mes questions.

Elle releva le menton avec défi, alors même que ses lèvres tremblaient de peur.

— Sinon ?

— Sinon vous dormirez en prison ce soir. Je vous laisserai même prévenir les flics vous-même. Et je ferai tout ce qui est en mon pouvoir pour que vous restiez derrière les barreaux pendant de nombreuses années.

2

Natalie Crosetto regardait l'inconnu assis sur son canapé – un meuble confortable mais ancien qu'elle avait déniché dans une boutique solidaire le mois dernier – avec la sensation glaçante qu'il était une sorte de monarque absolu s'apprêtant à délivrer son implacable verdict contre un de ses misérables sujets.

Le misérable sujet, en l'occurrence, c'était elle.

Elle sentit son front et sa nuque se couvrir de transpiration, et elle ne parvenait pas à cesser de trembler.

En prison. Cet homme avait le pouvoir de l'envoyer en prison... Ce qui signifiait que la chance d'obtenir la garde de Frankie partirait en fumée. Mon Dieu, pourquoi avait-elle laissé Vincenzo l'embarquer dans tout ça ? Qu'arriverait-il à son petit frère si elle finissait derrière les barreaux ?

Soudain, l'inconnu se leva et lui fit signe de s'asseoir.

— Mettez la tête entre vos genoux, et inspirez profondément.

Sans réfléchir, elle s'exécuta et se pencha en avant. Les éblouissements s'atténuèrent, l'air s'engouffra de nouveau dans ses poumons... Expiration, inspiration. Expiration, inspiration. Peu à peu, la panique refluait, permettant à son esprit de reprendre le dessus.

Aucune chance que Vincenzo vienne à son secours : elle ne voulait pas l'appeler ou lui envoyer un SMS, de peur que l'inconnu ne le lui dérobe son numéro de portable.

Comme toujours, elle ne devait compter que sur elle-même.

La tête toujours penchée entre ses genoux, Natalie tentait de réfléchir.

La première fois qu'elle s'était attaquée à BCS, elle avait parfaitement effacé ses traces. Mais la seconde fois... À contrecœur, elle avait récidivé, obéissant aux ordres de Vincenzo. C'était là son erreur.

Pour autant, cet homme qui avait retrouvé sa trace devait être incroyablement doué, et disposer de ressources infinies. Pour localiser le cybercafé, lui envoyer des messages, la piéger...

Elle leva la tête, mais la panique surgit de nouveau.

Un étranger chez elle, dans son sanctuaire d'ordinaire à l'abri du monde extérieur. Même Vincenzo n'était jamais venu ici.

Elle passa une main nerveuse dans ses cheveux. Elle avait survécu à pire, non ? Cette fois encore, elle allait trouver un moyen de s'en tirer. Et, avant tout, elle avait besoin de faire sortir cet homme de chez elle.

D'après le manteau qu'il avait ôté en entrant, le costume noir à la coupe parfaite et les chaussures de cuir noir sur mesure dans lesquelles il avait arpenté son linoléum bon marché, elle savait qu'il avait des goûts de luxe.

Tout comme Vincenzo.

Ses épais cheveux noirs et les traits fermes de son visage ne faisaient qu'accentuer cette impression. Elle était certaine qu'il n'était pas un simple flic ou un détective privé lancé à ses trousses.

Même si elle parvenait maintenant à se débarrasser de lui, il ne la lâcherait pas. Or elle ne pouvait fuir toute sa vie.

Sans quitter des yeux l'homme appuyé nonchalamment contre le mur opposé, Natalie se leva et, très lentement, se saisit de la batte de base-ball qu'elle gardait près de la bibliothèque. Une des nombreuses choses qu'elle rassemblait dans son minuscule appartement pour que Frankie s'y sente un jour chez lui.

Sous ses doigts serrés, le bois lui paraissait si solide...

— Lâchez ça, mademoiselle Crosetto, dit l'homme d'un ton las.

Pour un homme aussi grand, il se déplaçait avec une grâce et une économie de mouvement difficile à anticiper... En deux secondes, il fut près d'elle et ses doigts se refermèrent autour de son poignet, la forçant à lâcher la batte. Le bruit que celle-ci fit en tombant par terre résonna dans le petit espace. Puis, fermement mais sans lui faire mal, il lui ramena le bras dans le dos.

Arquée contre lui, la tête tout près de son torse musclé, elle ne put que lever les yeux vers lui.

Et soudain la virilité de cet homme, que ses vêtements coûteux n'atténuaient en rien, la frappa de plein fouet. L'intelligence brillait dans son regard, et puis aussi quelque chose d'autre… Des ombres flottaient dans son regard gris. Il avait un nez droit, avec une légère bosse au milieu. Sa bouche était grande, bien dessinée… Une bouche terriblement sexy.

Soudain, elle sentit le feu courir dans ses veines, palpiter dans son ventre. Elle avait du mal à respirer. Il était si près d'elle qu'elle distinguait les plus subtiles nuances de ses iris… En voyant sa musculature parfaite, elle n'aurait pas été surprise d'apprendre qu'il était mannequin, un homme gâté par la nature à qui tout arrivait facilement dans la vie : les femmes, la richesse…

— N'aggravez pas votre cas, mademoiselle Crosetto.

L'arrogance de son ton lui fit reprendre ses esprits.

— Vous êtes chez moi ! s'exclama-t-elle. Je ne sais même pas qui vous êtes !

Il la relâcha aussitôt et recula d'un pas.

— Je ne vous veux aucun mal. Physiquement du moins. Mais permettez-moi de vous rappeler que vous m'avez demandé de venir chez vous. D'ailleurs, j'avoue…

Il jeta un regard dédaigneux autour de lui.

— … que je ne m'attendais pas à vous voir vivre dans ce taudis. N'avez-vous pas été assez rémunérée pour pouvoir vous offrir mieux ?

Natalie massa son poignet, davantage pour achever de chasser la chaleur qui l'avait envahie quelques secondes plus tôt que parce qu'elle avait mal. Et pour ne pas gifler ce type méprisant.

Il se rassit sur le canapé. Tout en lui était si viril… et pourtant si élégant.

— Combien avez-vous été payée pour attaquer BCS ?

— Vous me prenez pour quelqu'un d'autre. Je ne suis qu'une petite employée dans une société de crédit de Brooklyn.

Il se massa les tempes d'un air las.

— Arrêtez avec vos mensonges, *per favore*.

Elle frissonna en entendant ces quelques mots en italien. Et cela n'avait rien à voir avec la peur...

Quand il rouvrit les yeux, l'impatience brillait dans son regard.

— Épargnez-moi vos protestations d'innocence. Maintenant que je connais votre identité, je peux avoir en un instant tout votre état civil, et jusqu'au nombre de retraits d'argent liquide que vous avez faits depuis votre majorité.

Puis il lui expliqua comment il avait repéré ses attaques, et comment il avait réparé les dégâts. Sa maîtrise et ses connaissances étaient impressionnantes...

— Alors comme ça, vous n'êtes pas seulement un gosse de riche ? demanda-t-elle d'un air de défi.

Il haussa les sourcils. Elle aurait presque cru voir une lueur d'amusement dans ses yeux...

— Un gosse de riche ? Rappelez-moi d'en parler à mon frère aîné, d'accord ? Cela l'amusera beaucoup... Je ne pense pas que vous compreniez dans quel pétrin vous êtes.

— Croyez-moi, je suis terrifiée.

Elle prit une profonde inspiration et croisa ses mains tremblantes derrière son dos.

— Mais attaquer est parfois le seul moyen de se défendre.

Une lueur d'intérêt s'alluma dans ses yeux. Puis il lui expliqua comment il avait localisé le cybercafé, et comment il était entré en contact avec elle.

— Ce que vous avez fait était très malin, je devrais plutôt dire génial. Mais vous avez commis une erreur. Vous...

— Je suis revenue une seconde fois, le coupa-t-elle, la gorge nouée. Et sans effacer les traces de mon passage.

— Oui. Et vous n'auriez pas dû retourner au cybercafé après ça. Pourquoi l'avez-vous fait ?

Elle haussa les épaules. Elle n'avait aucune envie de lui révéler à quel point elle avait été fascinée par le talent diabolique avec lequel il avait réparé la brèche qu'elle avait causée dans le système de BCS...

— Pourquoi bavarder avec moi au lieu de me dénoncer ? lança-t-elle.

Si seulement elle avait pu contacter Vincenzo...

— *Comment* et *pourquoi*, c'est ce qui m'intéresse.

— C'est-à-dire ? demanda-t-elle sèchement, avec l'impression d'être un prisonnier dont l'exécution venait d'être suspendue.

Il décroisa les jambes et les recroisa, faisant se tendre le tissu sur ses jambes. Jusqu'à cet instant, elle n'avait jamais réalisé à quel point les cuisses d'un homme pouvaient être captivantes...

— Je veux savoir comment vous avez fait. Car théoriquement c'était... impossible.

Elle eut un petit rire ironique.

— Vous placez une épée de Damoclès sur ma tête parce que votre ego a été blessé ? Vous savez que je n'ai pas utilisé les données financières d'un seul des clients de BCS. Je... je n'ai rien volé. Je ne suis pas une voleuse.

— Ce qui m'amène à ma deuxième question. Pourquoi passer des jours à attaquer la sécurité de BCS, en faire tomber les firewalls... si ça n'était pas pour voler des informations valant des millions ?

— Cinq heures.

Bon sang, elle se serait giflée... Les mots étaient sortis tout seuls... C'était comme ça qu'elle se protégeait ? Pourquoi cet homme lui faisait-il cet effet-là ? Il semblait si calme...

Il tourna le cou et fit rouler ses épaules avec élégance et nonchalance. Mais Natalie voyait qu'il était surpris. Il toussota.

— Vous avez fait ça en cinq heures ?

— Oui.

Si elle pouvait se fier à son jugement en cet instant, ce qui était loin d'être sûr, elle aurait dit que l'expression qui brillait dans son regard était de l'excitation. Non... de la fascination. À sa grande surprise, il semblait bien plus enthousiaste que furieux... Elle devait à tout prix utiliser ça pour l'amener à être indulgent. Mais comment faire ? Seigneur, cet homme tenait son avenir entre ses mains...

— Combien de temps vous a-t-il fallu la seconde fois ?

— Quatorze heures. Je... j'agissais sous la contrainte et... vous aviez rendu ça beaucoup plus compliqué.

Il sourit, laissant apparaître des dents parfaitement blanches. Natalie cligna des yeux devant l'insolente beauté de cet homme.

— Heureux de savoir que je ne suis pas le seul dont l'ego a été blessé.

— Vous ne savez rien de moi, murmura-t-elle.

— J'en sais assez pour avoir placé un mouchard dans le programme que vous avez introduit, la seconde fois. J'ai des bots qui cherchent à travers tout le Dark Net, au cas où vous auriez piraté des données financières. Par ailleurs, grâce à l'argent que vous avez touché, je remonterai la piste financière.

— Je n'ai pas touché d'argent !

Dieu merci, elle avait refusé l'offre de Vincenzo… Par le passé, elle avait eu à affronter tant de difficultés qu'elle n'avait pas toujours pu s'offrir le luxe d'être trop regardante quant à la moralité…

— En tout et pour tout, j'ai 2 022 euros sur mon compte en banque, et plus de 9 000 euros de dettes. Je vis dans un taudis, comme vous dites, et j'ai acheté ma voiture d'occasion. Non, je n'ai pas gagné d'argent. Ce n'était pas un travail…

— Alors pourquoi ? Si vous ne l'aviez fait qu'une fois, j'aurais pu supposer que vous n'aviez pas conscience des conséquences. Mais le refaire…

Il leva la main pour l'arrêter quand elle voulut parler.

— Réfléchissez soigneusement avant de répondre. En ce moment, je mets au point un programme de sécurité stratégique, et je suis vraiment mécontent d'avoir dû quitter mon labo pour venir vous chercher. Sans oublier le fait que mon frère aîné ne me lâche pas d'une semelle, car il voudrait que je vous expédie illico en prison. Un mensonge de plus, et je fais ce qu'il me demande.

Natalie se mordit la lèvre.

— Je… je n'avais pas l'intention de voler quoi que ce soit… J'ai été stupide mais pas cupide. Je ne suis pas une voleuse… professionnelle. Je l'ai fait par défi. Je… Un membre du club a lancé un défi.

— Qui ça ? demanda-t-il abruptement.

Visiblement, il ne la croyait pas.

— Je ne connais pas son vrai nom… Tout ce que je savais, c'était que la sécurité de BCS était réputée inattaquable. Que le type qui l'avait conçue était un génie et que personne ne pouvait franchir les firewalls qu'il avait mis en place. Je… j'ai été assez stupide pour tenter ma chance.

— Et la seconde fois ?

— J'ai agi par orgueil.

Cette fois, elle se sentait soulagée de dire la vérité.

— La première fois, vous avez refermé la brèche quelques minutes seulement après mon passage… Ce que vous avez fait était incroyable.

Bien sûr, elle s'était demandé à de multiples reprises si elle ne se mettait pas dans le pétrin… Mais Vincenzo savait trop bien à quel point ce défi l'excitait.

— Une fois que j'avais commencé… j'ai perdu la tête. Je vous jure que je ne recommencerai pas. Je… je ne l'avais jamais fait avant. S'il vous plaît, vous devez me croire.

— Ce n'est pas si simple, mademoiselle Crosetto.

— Pourquoi ? Vous avez dit…

— Je ne vous fais pas confiance. Et je ne peux pas vous laisser libre.

Les genoux tremblants, Natalie dut s'appuyer contre le mur derrière elle. Elle avait si peur qu'elle ne parvenait plus à déglutir normalement.

— Vous allez m'envoyer en prison ?

Il la regarda avec une expression pensive, comme si elle était un insecte sous un microscope et qu'il se demandait s'il allait l'écraser.

— *No*. Mais je ne vais pas vous laisser filer non plus.

— Je ne comprends pas…

— Vous allez m'accompagner à Milan.

Elle secoua la tête, en essayant de contrôler les émotions qui tourbillonnaient en elle. La peur et l'espoir la submergeaient à la fois.

— Mais je… je ne peux pas quitter le pays… J'ai des responsabilités.

— Vous auriez dû y penser avant de vous lancer dans une vie de criminelle. Jusqu'à ce que je comprenne ce qui s'est exactement passé, et que je décide quoi faire de vous, vous serez… mon invitée. Donnez-moi votre passeport, et je m'occupe du vol immédiatement.

— C'est un kidnapping !

Il ne cilla même pas.

— Disons plutôt que c'est ça ou la prison. Il y a trop en jeu pour que je puisse me montrer plus magnanime encore.

Il ferma son ordinateur, comme si pour lui le sujet était clos.

— Préparez vos affaires. Nous partirons dès que possible.

— Je... je dois prévenir quelqu'un.

— Votre petit ami ? Peut-être celui qui vous a placée dans cette situation ?

— Personne ne l'a fait, répéta-t-elle.

Cet homme était dangereux, à plus d'un titre, songea-t-elle. Car elle ne ressentait pas que de la peur quand elle sentait son regard posé sur elle... Et cela la terrifiait.

— Je dois prévenir mon employeur... Je ne sais même pas qui vous êtes ! Et si vous étiez un serial killer ? Un proxénète ? Un trafiquant d'organes qui ne pense qu'à poser les mains sur moi ?

« Les mains sur moi. » Mais pourquoi avait-elle utilisé ces mots ? Cette fois, pas de doute, elle avait vu une lueur dans son regard.

Elle recula. La dernière chose dont elle avait besoin, c'était qu'ils soient attirés l'un par l'autre ! Elle savait si peu de chose des hommes...

— N'ayez crainte, dit-il d'un ton moqueur, en la regardant de la tête aux pieds, je n'ai aucun goût pour les délinquantes.

Il était si aristocratique, raffiné, sophistiqué... Tout ce qu'elle n'était pas.

— Mais comme je n'ai pas envie de traverser l'Atlantique avec une femme hystérique, je vais vous dire qui je suis. Je m'appelle Massimo Brunetti. J'ai fondé Brunetti Cyber Securities à l'âge de dix-neuf ans. Je suis aussi le directeur technique de Brunetti Finances, un géant de la finance internationale, dont mon frère Leonardo est le P-DG. C'est lui qui vous veut *pronto* derrière les barreaux. Alors non, vraiment, je ne suis pas qu'un gosse de riche. Bien, maintenant que les présentations sont faites, je vous permets de passer un seul appel avant de partir, et en ma présence.

3

Le manque de sommeil lui brûlait les yeux.

Le ciel de ce froid matin de mars était splendide, clair et sans nuages. En plein centre de New York, la pollution empêchait d'en apprécier la pleine beauté, mais ici, à l'endroit où une limousine à vitres teintées les avait déposés, on avait la sensation de respirer plus amplement.

La piste d'atterrissage privée où ils se trouvaient était le lieu d'une grande effervescence.

Massimo Brunetti... Ce nom, et tout ce qu'il impliquait de pouvoir et de richesse, l'avait tenue éveillée toute la nuit.

Dès que Vincenzo lui avait parlé de lui, elle s'était renseignée sur Internet. Sur Massimo Brunetti et son frère, le P-DG de Brunetti Finances... Si Massimo en était le cerveau, Leonardo en était le cœur. Aussi bien habillé que son frère, aussi impitoyable, il occupait une place plus visible dans la haute société milanaise. Il gérait Brunetti Finances et attirait les investisseurs, pendant que Massimo créait de brillants logiciels drainant des millions d'euros de bénéfices.

« Les hommes puissants ont des amis et des ennemis puissants », avait éludé Vincenzo, quand elle lui avait demandé s'il connaissait les Brunetti. « Un petit service », voilà ce qu'il avait dit. « Un défi excitant pour ton intelligence. »

« Peux-tu venir à bout de la sécurité de BCS, Natalie ? » Quand elle avait répondu qu'elle ne pouvait plus prendre le risque de faire quoi que ce soit d'illégal, il lui avait serré la main pour la rassurer.

« Je ferai en sorte qu'il ne t'arrive rien, *cara mia*. Trouve la faille, rien de plus. Si tu y arrives, je ne te demanderai pas de me donner les informations que tu auras découvertes. Tu n'auras rien à voler. Simplement à identifier la faiblesse du système.

— Mais alors, pourquoi ?

— Disons que je m'intéresse à l'homme qui a conçu ce système. J'ai besoin de savoir s'il est aussi bon qu'on le dit. »

C'était ainsi qu'il l'avait appâtée.

Elle aurait pu refuser, elle savait qu'il n'aurait pas insisté. Pas une seconde il ne lui avait demandé de le rembourser de tout ce qu'il avait fait pour Frankie et elle. D'ailleurs, il ne lui avait jamais rien demandé en retour depuis qu'ils s'étaient rencontrés dix ans plus tôt, quand il l'avait surprise en train de voler son portefeuille... Non seulement il n'avait pas porté plainte, mais il l'avait sortie de la famille d'accueil où elle était alors en danger, et il n'avait jamais cessé de la soutenir depuis.

Maintenant, elle pensait à la seule question qu'elle aurait dû lui poser : avait-il quelque chose contre Massimo Brunetti ?

Elle secoua la tête. Elle n'avait même pas réussi à avoir Frankie quand Massimo lui avait permis de passer un appel. Pendant qu'il la surveillait, elle avait laissé un message expliquant qu'elle partait à l'étranger pour le mariage surprise d'une amie et qu'elle ne serait pas joignable pendant un moment, mais l'appellerait dès qu'elle le pourrait. « Vous avez un don pour inventer des histoires », avait commenté Massimo avec son délicieux accent italien, avant de l'obliger à quitter son appartement en pleine nuit.

Appuyée contre la limousine, Natalie serra les doigts autour de la tasse de café noir, chaud et velouté qu'ils avaient acheté en chemin dans un café italien. Les gosses de riche n'avaient aucun goût pour les boissons instantanées des stations-service, pensa-t-elle avec ironie.

Elle vit bientôt Massimo revenir. Un garde du corps et deux assistants – un jeune homme mince portant des lunettes aux verres épais et à la chevelure emmêlée (le genre de génie de l'informatique auquel elle pensait naïvement s'être attaquée...) et une femme noire d'une quarantaine d'années – le suivaient pendant qu'il parlait au téléphone.

Elle l'observa attentivement tandis qu'il allait et venait, parlant en italien, une langue dont elle ne comprenait pas un traître mot. À la fin de chaque phrase, il marquait une pause pour écouter son interlocuteur, lui jetait un coup d'œil et recommençait à parler.

Il avait ôté sa veste, et trois boutons de sa chemise blanche étaient défaits. Ses cheveux étaient en bataille, et il avait une barbe de trois jours. Il aurait dû avoir l'air débraillé ainsi, au moins un peu fatigué. Au lieu de cela, on aurait dit un fantasme érotique devenu réalité.

Elle soupira. Visiblement, son corps ne s'était pas encore remis de ce qu'il avait ressenti un peu plus tôt face à lui…

Et soudain elle vit une lueur s'allumer dans les yeux gris de Massimo, qui transperça son corps de désir.

Il s'approcha d'elle, le téléphone toujours collé à l'oreille.

— Le jet est prêt, annonça-t-il. On y va.

Tout à l'heure, il avait froncé les sourcils quand elle avait tenté de refuser le café qu'il lui tendait.

« Buvez, mademoiselle Crosetto, j'ai besoin que vous soyez éveillée et attentive. »

Elle s'était aussitôt crispée.

« Pourquoi ?

— Ne vous inquiétez pas, je ne vais pas vous demander de pirater le système d'une autre entreprise. Je veux savoir exactement comment vous vous y êtes prise. La première et la seconde fois. Chaque étape. Et aussi tout ce que vous pourriez concevoir pour briser les défenses de BCS. Si je sens que vous me mentez, je vous fais emprisonner. »

Après cette menace, même le délicieux arôme de café lui avait paru empoisonné… Et elle résonnait encore à ses oreilles, tandis que Massimo la guidait jusqu'à la passerelle d'embarquement du jet.

L'arrogance de cet homme la révoltait.

Elle avait survécu au terrible système des familles d'accueil censé la protéger, au chagrin de savoir qu'on ne la considérait pas comme assez bien pour obtenir la garde de son jeune frère… Ce n'était certainement pas pour que Massimo Brunetti la manipule à sa guise. Après tout ce qu'elle avait vécu, elle refusait qu'un homme, quel qu'il soit, la fasse vivre dans la peur.

Elle redressa les épaules. D'accord, elle allait faire ce qu'il lui demandait, elle n'avait pas le choix. Mais elle allait poser ses conditions.

— Appelez les flics si vous voulez, lança-t-elle. Mais je ne monterai pas dans cet avion. Pas avant que vous ne m'ayez écoutée.

Massimo interrompit sa conversation téléphonique avec Leo. La voix rauque de Natalie, emplie de détermination, sonnait avec une rare sensualité à ses oreilles. Il imaginait qu'elle devait avoir cette voix-là après l'amour... Son imagination fit surgir une vision dans son cerveau, celle de Natalie nue contre lui, une vision si vive qu'il en eut le souffle coupé.

Dios mio... Il fallait que cette femme-là entre toutes lui inspire un tel désir... Il aurait aimé penser que c'était à cause des quatre mois de célibat qu'il venait de s'imposer, mais il était loin d'en être sûr...

Après le fiasco avec Gisela, il s'en était voulu, et il avait pris conscience qu'il en avait assez de courtiser des femmes uniquement pour le sexe. À vrai dire, il n'avait plus de temps pour ça.

Il soupira avec irritation. Leonardo venait de l'informer que leur *nonna*, Greta, s'était mis en tête de régler à sa façon le problème avec Gisela Fiore. Elle avait décidé que cette dernière serait pour lui une épouse tout à fait convenable : riche, sophistiquée, aristocratique, elle était la candidate idéale pour donner naissance aux prochaines générations de Brunetti.

Cela voulait dire qu'il allait devoir non seulement gérer Gisela, mais aussi sa *nonna*, sans offenser la première ni blesser la seconde.

— Monsieur Brunetti ? Vous m'écoutez ? Je ne suis pas...

Il se tourna lentement vers la jeune femme, dont les yeux bruns le frappèrent de plein fouet.

Elle portait une simple robe vert et noir qui faisait ressortir sa minceur, tout en révélant des courbes qui lui avaient échappé la veille. L'encolure large laissait apparaître une épaule douce et soyeuse sur laquelle il avait terriblement envie de poser la main. Ses bottes de cuir mettaient en valeur ses jambes interminables. Son épaisse chevelure brune et bouclée était ramenée en un chignon serré, mais des mèches folles s'en échappaient, sur lesquelles elle soufflait régulièrement – il l'avait remarqué dans la voiture et cela l'avait fait sourire – pour les chasser de ses joues.

Elle n'avait rien des beautés pulpeuses et expérimentées qu'il recherchait d'ordinaire. Ces femmes qui assumaient leur propre désir sexuel lui offraient des histoires en général sans complications, et des liaisons agréables.

Peut-être. Mais elle possédait ce regard que les mannequins les plus cotés du marché arboraient sur les podiums, une fragilité qui lui donnait envie de la protéger… La dernière chose qu'elle méritait, compte tenu de ce qu'elle avait fait.

— Très bien, mademoiselle Crosetto, dit-il en lui prenant le poignet pour la ramener à la limousine.

Il ferma la portière derrière eux. Même dans l'espace confortable de la limousine, leurs genoux se touchèrent. La jeune femme sursauta et se recula à la hâte.

— Vous semblez considérer que vous avez le choix. Or ma patience s'amenuise, ne serait-ce que parce que ma *nonna* échafaude en ce moment même un plan de l'autre côté de l'océan, et que je dois l'en empêcher.

— Votre *nonna* ?

— Ma grand-mère.

Elle se redressa et croisa les jambes, ce qui fit remonter sa robe sur ses cuisses aux muscles fins.

— Bien, je vais être brève, lança-t-elle. Je ne peux pas remettre ma liberté entre les mains d'un étranger, encore moins d'un étranger disposant de votre pouvoir et de votre influence. Il n'est qu'à voir la rapidité avec laquelle vous avez obtenu un visa pour moi. Dieu sait ce que vous pourrez faire de moi quand…

Quoi qu'elle ait lu dans son regard, elle rougit et toussota avant de reprendre :

— Même dans les pires situations, on a toujours le choix.

Elle éveillait sa curiosité, comme aucune femme avant elle.

— Qu'est-ce qui vous fait croire que je vais accepter vos conditions ?

— Parce que nous sommes pareils, vous et moi. Arrogants, persuadés que nous sommes les meilleurs, nous aimons les défis. Je savais que je prenais des risques en attaquant une seconde fois

BCS. Et pourtant... je n'ai pas pu m'en empêcher. Et vous, vous voulez savoir comment j'ai fait. Savoir quelles autres failles pourraient exister. Vous détestez l'idée que quelqu'un puisse vous surpasser.

— Vous ne me surpassez en rien.

Était-ce son imagination ou il avait l'air d'un ado se pavanant devant une fille intelligente ?

Elle sourit, et deux fossettes apparurent sur ses joues. Ses incisives se chevauchaient légèrement, une petite imperfection qui rendait son visage plus singulier, et plus ravissant encore.

— M'envoyer en prison ne vous servira à rien. J'y moisirai pendant je ne sais combien de temps, et le fait de ne jamais savoir comment je m'y suis prise vous rongera. Alors, je vous laisse me kidnapper. Mais cela a un prix.

Il éclata de rire. *Cristo*, elle avait du cran. Et une bouche appétissante qu'il avait désespérément envie de goûter sur-le-champ... Il n'avait pas l'habitude d'être à la fois amusé par une femme et excité par elle... Mais le résultat était détonnant.

Il passa une main sur ses joues râpeuses. S'il avait écouté son bon sens, il l'aurait livrée au plus proche poste de police et s'en serait lavé les mains. Mais il n'avait pas conquis sa place dans le monde sans prendre de risques et en reniant son instinct. Et puis, elle avait raison : si elle allait en prison, elle emporterait ses secrets avec elle.

Pas une seconde il ne croyait qu'elle avait attaqué BCS par goût du défi uniquement. Soit elle avait empoché l'argent sans savoir pour qui elle travaillait, soit quelqu'un qu'elle connaissait visait sciemment BCS.

Leonardo et lui avaient travaillé trop dur, trop longtemps, pour laisser un ennemi anonyme détruire tout ce qu'ils avaient construit. Alors pour l'instant il allait jouer le jeu. Mais il n'aurait pas été un homme d'affaires s'il n'avait pas exploité les talents de la jeune femme à son bénéfice, au moins à court terme. Il devait simplement convaincre Leo de l'utilité qu'elle pouvait représenter pour eux.

— *Bene*, dit-il.

Dans l'intimité de l'habitacle en cuir, le petit soupir de soulagement de la jeune femme le troubla infiniment. Les mains posées à plat sur la banquette – il nota que ses articulations étaient blanches –, elle le fixait, les yeux écarquillés.

Au fond, il ne pouvait s'empêcher d'éprouver de la sympathie pour les petits voleurs : il savait ce que c'était d'être le plus faible, de n'avoir pas d'issue, et connaissait le sentiment d'impuissance qui allait avec.

— Énoncez vos conditions, déclara-t-il.

— Vous me rémunérerez comme consultante.

Étonné, Massimo haussa les sourcils.

— Vous n'essayez pas de marchander pour que je détruise les preuves du délit que vous avez commis ?

Elle secoua la tête.

— Je sais que vous ne le ferez jamais. Mais, si vous me rémunérez et que je vais en prison, j'aurai au moins de l'argent en contrepartie… J'espère néanmoins vous prouver que je n'ai pas de dessein caché.

— Vous avez gagné de l'argent pour pirater mon système, et maintenant vous en voulez de ma part ? J'avais raison à votre propos… Cette nuit, j'ai été tenté de dénicher tout seul sur le Net les détails croustillants de votre passé. Mais mon frère m'a rappelé l'importance de respecter la légalité. Alors, j'ai engagé un détective pour enquêter sur vous : dans quelques heures, je saurai tout.

Il s'interrompit pour être sûr qu'elle comprenait bien les implications de ce qu'il lui expliquait.

— Si j'accepte vos conditions, cela ne veut pas dire pour autant que je vous fais confiance, ou que j'ai l'intention de vous laisser filer plus tard.

Le visage de la jeune femme était très pâle.

— Une enquête ? C'est vraiment nécessaire ? Tout ce que vous avez besoin de savoir, c'est que je suis pauvre.

Il haussa les épaules. Que cachait-elle d'autre ? Et comment allait-il expliquer à sa famille, à ses collaborateurs, la présence de la jeune femme à ses côtés vingt-quatre heures sur vingt-quatre ? Jamais encore il n'avait travaillé aussi étroitement avec quelqu'un… Pendant plus de dix ans, il avait œuvré seul seize heures par jour, cloîtré dans son laboratoire, ne sortant que pour se nourrir.

Depuis toujours, Brunetti Cyber Securities était sa priorité absolue.

Au début parce qu'il avait eu besoin de prouver à son père qu'il n'était pas un raté, comme il le lui avait asséné durant toute son enfance. À son père mais aussi à lui-même et à Leo, le fils préféré, l'héritier adoré des Brunetti.

Depuis toujours, Leo semblait être tout ce dont Massimo était incapable. Plus tard, quand Leo avait enfin pris conscience que leur père brutalisait Massimo, il avait détesté la pitié et la compassion que son frère lui avait témoignées. Il détestait qu'on le prenne pour un faible.

Mais ensuite le succès en lui-même était devenu son moteur, sa drogue. La réussite avait appelé la réussite. Et il avait voulu que son père, son frère et toute sa famille lui soient redevables d'avoir trouvé les fonds dont Brunetti Finances avait besoin.

Soudain, la solution surgit dans son esprit. Oui, il avait trouvé la façon d'expliquer la présence de la jeune femme auprès de lui, jour et nuit.

Il prit son téléphone et envoya un SMS à son assistant qui attendait dehors, afin qu'il rédige un contrat comprenant toutes les clauses de confidentialité requises. Puis il envoya un autre SMS à Leo pour lui indiquer la légère modification de ses plans.

Enfin il se tourna vers Natalie.

— Vous aurez le contrat avant l'atterrissage, annonça-t-il.

— Je ne monterai pas dans cet avion sans l'avoir en main.

Il secoua la tête.

— Même avec tout mon pouvoir et tout mon argent, je ne peux pas imprimer un contrat dans la seconde. Et je veux d'abord avoir les résultats de l'enquête vous concernant.

— Comment savoir si je peux vous faire confiance ?

— Vous ne pouvez pas, répliqua-t-il en haussant les épaules.

Le juron qui résonna dans l'habitacle le fit sourire.

Cela faisait longtemps qu'il ne s'était pas senti aussi stimulé par une femme. Au fond, cette situation lui plaisait. Plus encore que l'idée de coucher avec elle – même si cette idée le taraudait à chaque seconde.

Il fronça les sourcils à cette pensée importune.

— Par ailleurs, j'ai moi-même une condition.

Elle eut un petit rire incrédule.

— Vous m'avez déjà kidnappée et menacée. Quoi d'autre ?

— Vous serez ma petite amie pendant la durée du contrat. Je vous rémunérerai pour cela, bien sûr, dit-il avec ironie.

— Comment ça ? demanda-t-elle en pâlissant encore un peu plus, son regard cherchant le sien. Je vous l'ai déjà dit, monsieur Brunetti, je ne suis pas à vendre. Je ne suis pas ce que vous…

— Calmez-vous, Natalie, la coupa-t-il, en savourant la saveur de son prénom sur sa langue. C'est juste une autre partie de notre accord.

— Expliquez-moi. Maintenant, s'il vous plaît.

— Je vais devoir trouver une justification à votre présence à mes côtés, vingt-quatre heures sur vingt-quatre. Et j'ai par ailleurs un besoin immédiat de petite amie, même factice. De cette façon…

— Vous perdez la tête ! Je ne resterai en Italie que le temps nécessaire. Et je refuse d'être votre… Pourquoi un homme comme vous aurait besoin de faire semblant d'avoir une petite amie ?

— Un homme comme moi ?

— Vous êtes brillant, riche. Vous êtes…

Elle se mordit la lèvre.

— … très séduisant, acheva-t-elle en roulant les yeux, ce qui le fit sourire. Et en plus, vous avez une famille illustre. Alors, pourquoi avez-vous besoin d'une fausse petite amie ?

— En fait, je pensais plutôt à une fausse *fiancée*, expliqua-t-il en souriant de plus belle devant la mine éberluée de la jeune femme. Je vous explique : une ex-petite amie dont je ne peux me débarrasser et ma *nonna* ont uni leurs forces… Croyez-moi, c'est suffisant pour effrayer un homme adulte.

Elle hocha la tête d'un air sérieux.

— Vous ne voulez pas les blesser…

Cette fois, il éclata de rire. Cette garce était un mélange détonnant de roublardise, de naïveté, d'intelligence et d'innocence.

— Croyez-moi, c'est la dernière chose qui me préoccupe ! Ma *nonna*, Greta, est extrêmement têtue, et elle a une vision préhistorique de la famille, de son héritage, etc. Pour une raison incompréhensible, elle a décidé que Gisela Fiore, une héritière très fortunée, deviendrait pour moi une femme douce et obéissante. J'ai commis une erreur avec Gisela, et elle me... pose des problèmes depuis que j'ai mis fin à notre relation, il y a quatre mois.

— C'est-à-dire, des problèmes ?

— Elle savait qu'il s'agissait d'une simple liaison. Quand je suis retourné travailler, reboosté et prêt à...

— Qu'entendez-vous par... « reboosté » ?

— Après la fin de chaque gros projet, j'ai besoin de me rattraper, si l'on peut dire.

— Et vous vous... reboostez en couchant avec des femmes dont vous n'avez rien à faire ?

Il fronça les sourcils devant l'air dégoûté de la jeune femme.

— Je me préoccupe du plaisir des femmes... et du mien. Gisela savait comment je fonctionne, et j'ai été clair avec elle. Mais, quand notre histoire s'est terminée, elle a commencé à m'envoyer des dizaines de SMS par jour. Elle pleurait, faisait des scènes pendant les quelques événements mondains auxquels j'assistais. Un jour, elle a pris l'avion jusqu'à San Francisco pour me voir, alors que je participais à une conférence sur la cybersécurité. Elle s'est rendue près de notre propriété familiale, au bord du lac de Côme... Elle a même forcé mon frère Leo à l'écouter s'épancher interminablement au cours de soirées où son père à elle était également présent.

— Et qui est son père ? demanda-t-elle sèchement.

Massimo lui jeta un regard noir.

— Giuseppe Fiore est un des banquiers les plus puissants de Milan et d'Italie. BCS est sur le point de signer un contrat de plusieurs centaines de millions d'euros avec sa banque, Fiore Worldwide Banks. Leo pense que cela risque de devenir compliqué à cause de Gisela. Alors, lorsque Giuseppe me verra avec vous, il comprendra que sa fille et moi ne sommes vraiment plus ensemble... Cerise sur le gâteau : je garde un œil sur vous.

— S'il est si riche et si puissant, pourquoi ne pas épouser sa fille ? Vous attendez de tomber amoureux ?

Il la fixa un moment, se demandant si elle plaisantait.

— Natalie... Vous me décevez. La dernière chose dont j'ai besoin, c'est d'une femme qui me demandera de l'amour et de l'attention. Pour l'instant, je n'ai rien à offrir de ce genre... Contentez-vous de jouer votre rôle, d'accord ? La compensation financière que je vous offre en échange sera suffisante pour vous faire oublier votre répugnance à mon égard, acheva-t-il d'un ton moqueur.

— Et si je refuse ? Si je raconte à votre ex et à votre grand-mère que tout cela est bidon ?

— Vous ne le ferez pas. Si vous m'avez dit la vérité sur votre situation économique, sur le fait qu'il ne s'agissait pas pour vous d'un travail rémunéré, qu'avez-vous à perdre ? Pour une fois dans votre vie, peut-être pourrez-vous utiliser vos capacités pour gagner votre vie. Profiter quelque temps du grand luxe... Faire semblant d'être la fiancée du plus...

— Arrogant et despotique des hommes de la planète ?

— Alors ?

Elle soupira.

— D'accord, j'accepte.

— *Bene.*

Il sortit de la limousine, et aida la jeune femme à s'extirper de la banquette à son tour, sans lâcher son poignet. Il aimait sentir sa peau contre la sienne...

— Il ne nous reste plus qu'à nous raconter notre vie pour simuler la plus grande intimité devant ma famille.

Elle jura, et Massimo sourit.

C'était vraiment la femme la plus intéressante qu'il avait jamais rencontrée. Certes, il n'hésiterait pas un instant à l'envoyer en prison s'il découvrait qu'elle était la complice d'un de leurs ennemis, mais il le regretterait beaucoup. Et il avait beaucoup de mal à analyser cette émotion diffuse qui mettait à mal sa rationalité et sa lucidité habituelles.

Il n'avait jamais connu ça avant.

4

Jamais Natalie n'aurait pensé partager un jour un vol transatlantique pour Milan avec un homme brillant qui l'assaillait de mille questions sur son passé et son travail. Et il lui fallut toute sa concentration pour ne pas se trahir en lui répondant…

Avant d'atterrir, elle eut le temps d'admirer la vue magnifique sur les Alpes, qu'elle ne reverrait sans doute jamais plus de sa vie – sauf peut-être lors de son vol retour pour une prison américaine. Un hélicoptère les emporta ensuite sur les rives du lac de Côme – le trajet en voiture aurait pris trop de temps, et le temps était une denrée rare pour un milliardaire de l'informatique.

Quand ils arrivèrent à destination, Natalie supposa bêtement qu'elle était désormais trop épuisée mentalement et physiquement pour en assimiler davantage.

Elle avait tort.

L'hélicoptère atterrit sur le versant d'une colline, au sein d'un océan de luxuriants jardins parfaitement entretenus, ornés d'azalées et d'immenses rhododendrons, avec une longue allée de platanes qui dessinait un chemin vers le bord du lac. Là, un petit bateau flottait au pied des marches. Au-delà, les eaux calmes du lac de Côme brillaient comme une couverture sombre, éclairée par des bateaux de toutes tailles qui naviguaient paresseusement vers les opulentes villas illuminées et les villages accrochés tout autour.

Tandis qu'elle suivait Massimo – qui semblait ne plus se souvenir de son existence –, au milieu de parterres de fleurs soigneusement composés, Natalie aperçut une grotte entourée d'une profusion d'azalées. Il y avait même un étang de style japonisant.

— Votre famille possède cette propriété ? demanda-t-elle, ébahie.

Massimo s'immobilisa et posa sur elle un regard distrait.

— *Sì*. Au XIXe siècle, un Brunetti quelconque, sans doute un comte ou un duc, a acquis un monastère bénédictin et l'a converti en une somptueuse demeure aristocratique. Depuis, la villa est dans la famille... Prenez garde, Greta va en profiter pour vous infliger une leçon d'histoire si elle vous surprend en train de regarder la maison comme ça.

Son ironie ne parvenait pas à entamer son émerveillement. Où qu'elle portât le regard, tout était magnifique : les fontaines où l'eau étincelante coulait comme de l'or liquide grâce à des lumières stratégiquement disposées, un belvédère entouré de plantes grimpantes, deux statues de lions majestueux de chaque côté de la grande porte d'entrée...

Comment pouvait-il se montrer si dédaigneux ?

— Je n'ai jamais vu d'aussi beaux jardins, dit-elle.

— Vous les aimeriez encore plus au printemps quand ils explosent de couleurs. Ils font la fierté de Leonardo, qui s'en occupe personnellement avec une équipe de jardiniers. Il a un don pour faire fleurir la plante la plus récalcitrante. Il... aime cette terre et cette villa... notre héritage.

Ils montaient le petit sentier escarpé.

— Et pas vous ? demanda-t-elle avec intérêt.

— J'aime être celui qui a sauvé le patrimoine des Brunetti et qui leur permettra de continuer à frimer pendant encore un siècle ou deux.

Natalie fronça les sourcils. Que de contradictions chez cet homme...

Enfin, après un dernier virage, surgit la villa elle-même. Depuis son immense terrasse, pleine d'invités, elle offrait un magnifique panorama sur le lac et la montagne. Sa façade de stuc blanc brillait à la lumière du soir. Natalie retint sa respiration et distingua le chant des grillons, de la musique, le murmure de conversations en italien... Une file de voitures de luxe s'étirait devant la villa, telles des sentinelles chargées de veiller à ce que la populace – dont elle-même faisait partie – reste dehors.

Malgré la douceur de la brise, elle frissonna quand ils longèrent l'orangeraie, d'où s'échappaient des puissantes senteurs florales.

Comme ce monde était loin de Brooklyn et de son petit studio bon marché...

À travers les grandes fenêtres du rez-de-chaussée, on voyait des hommes vêtus de smokings et des femmes portant de belles robes de cocktail et couvertes de diamants. Des serveurs en livrée circulaient avec des plateaux chargés de coupes taillées dans un cristal si fin qu'on aurait dit qu'elles allaient se briser à la plus légère pression.

Au moment où Natalie essuyait discrètement ses paumes moites sur ses hanches, elle prit conscience de sa propre tenue, et un frisson de honte l'assaillit, qu'elle chassa avec plus de colère qu'elle n'aurait voulu. N'avait-elle pas travaillé dur pour gagner sa vie honnêtement, pour Frankie et elle ? Prise de panique, elle s'immobilisa.

Elle sut que Massimo s'était rapproché d'elle à la chaleur qu'elle ressentit soudain. Puis elle l'entendit jurer. Sourcils froncés, elle se tourna vers lui.

Sur son front plissé et sa mâchoire contractée se lisait la tension. Pour un peu, elle aurait pu penser qu'il n'avait pas plus envie qu'elle de se joindre à cette fête.

— Massimo, murmura-t-elle, incapable de juguler l'inquiétude dans sa voix. Quelque chose ne va pas ?

— Mon tyran de père est ici, répondit-il, avant de jurer de nouveau et de secouer la tête.

— Un tyran ? Ah, alors c'est de famille !

— Non ! répondit-il d'un ton véhément.

Ses yeux gris lançaient des éclairs.

— Je ne ressemble en rien à mon père, reprit-il fermement en se passant la main sur les joues, un signe qui trahissait sa nervosité. *Dios mio*, j'ai oublié que c'était son anniversaire... Cela veut dire que Greta l'a sorti de sa clinique de désintoxication pour le faire parader devant la famille et les amis... Une tradition annuelle. Et cela veut dire...

Son regard erra sur les voitures de luxe.

— ... que tout le monde est là.

— Votre père est dans une clinique ?

Elle avait cru comprendre que la famille était très importante pour lui. Or il scrutait la villa familiale comme s'il s'agissait d'un nœud de vipères.

— C'est un alcoolique. Disons que sa guérison est en cours depuis une dizaine d'années maintenant… Leonardo l'a placé dans cette clinique il y a trois ans. Mon frère… est très doué pour éliminer tout ce qui peut causer du tort à notre nom, à notre travail.

Impossible de ne pas percevoir l'amertume derrière ses paroles.

— Qu'entendez-vous par « le faire parader » ?

— Vous n'avez pas lu la sordide histoire des Brunetti sur Internet avant de vous attaquer à BCS ?

— Je vous l'ai dit, je ne savais rien de vous.

Elle vit une lueur d'hésitation dans ses yeux, avant qu'il ne détourne de nouveau le regard vers la villa.

— Pendant toute mon enfance, mon père m'a fait subir ses crises de fureur dues à l'alcool. Il a aussi détourné des fonds de notre société… Sans parler de ses multiples liaisons – certaines femmes étaient consentantes, d'autres moins –, des soirées dispendieuses données à la villa… Cela a duré des dizaines d'années, une fête perpétuelle et effrénée… Greta fermait les yeux. Le temps que Leonardo comprenne ce que faisait notre père de l'argent et des ressources de la société, celle-ci était au bord de la faillite. Une dynastie réduite à néant… Leo a su éviter que tout ne s'écroule… Il a travaillé dur, jour et nuit, pour éponger des dettes, et pour prendre le contrôle du conseil d'administration. Pendant ce temps-là, j'ai conçu un logiciel de e-commerce. Leonardo a investi plusieurs millions dedans, et m'a persuadé de le commercialiser moi-même au lieu de le vendre, comme j'en avais d'abord l'intention. J'ai hébergé Brunetti Cyber Securities au sein de la société familiale, et je me suis lancé. Avec ce que j'ai gagné, nous avons achevé de redresser Brunetti Finances. Contre son gré, Silvio a été envoyé en cure de désintoxication. Mais mon père est encore un homme puissant… Beaucoup d'investisseurs sont des gens de sa génération. Alors… de peur qu'on ne pense que nous n'avons plus rien d'une grande et puissante famille, que nous ne sommes pas unis, nous sortons notre père une fois par an et nous faisons semblant d'être ses fils aimants.

Natalie percevait de la souffrance derrière la froideur du discours, mais elle se refusait à être touchée.

Il l'avait fait chanter. C'était un salaud qui ne fréquentait les femmes que pour… se rebooster. Et puis, quoi qu'il en dise, il était l'héritier d'une puissante famille, même si celle-ci était dysfonctionnelle. En d'autres circonstances, il n'aurait même pas pris conscience de son existence.

Alors elle ne devait voir en lui qu'un ennemi.

Mais alors, pourquoi ressentait-elle cette étrange émotion dans sa poitrine, cette envie irrépressible de le toucher et de caresser son front pour en chasser la tension ?

Arrête tout de suite.

Elle se frotta les poignets.

— Pourquoi y aller, alors ? Vous n'êtes pas obligé d'obéir à leurs souhaits, si ? Je veux dire, vous êtes adulte… Vous dirigez votre propre entreprise. Alors qu'est-ce…

Le rire de Massimo l'arrêta. Cette sonorité chaude et virile fit courir un frisson sur sa peau, dans sa poitrine, l'enveloppant, pénétrant en elle. Quand elle regarda Massimo, ce fut pire. Bien pire… Le clair de lune mettait en valeur la parfaite structure de son visage, son front haut, ses pommettes, la sensualité de sa bouche.

De toutes ses forces, elle tenta de refouler ces sensations. Mais son inquiétude se trouva redoublée quand elle vit de nombreux regards posés sur eux depuis la terrasse. Comme pour chercher un appui, elle tourna de nouveau son attention vers Massimo. Elle frissonna de plus belle sous l'éclat de son sourire éblouissant. Ce n'était pas juste qu'un homme puisse être aussi beau…

— On dirait presque que vous voulez me défendre, lança-t-il avec amusement. Vous commencez à m'apprécier, *cara mia* ?

— Autant qu'un système protégé peut apprécier un programme malveillant, rétorqua-t-elle du tac au tac. Sérieusement, Massimo, vous ne voulez pas partir ?

Cette fois, le sourire qu'il lui adressa illuminait aussi son regard.

— Cela ne ferait que retarder le drame. Avec Greta, il vaut mieux y passer aussi vite que possible… Tout ce que vous avez à faire, c'est battre des cils, faire semblant de m'adorer et remercier les invités quand ils vous diront quelle chance vous avez.

— À quel moment ai-je pu vous donner l'impression que j'étais le genre de femme à battre des cils et à rester en adoration devant un homme ?

Il posa les mains sur ses épaules, et elle se sentit aussitôt enveloppée de chaleur.

— Qu'est-ce qui vous inquiète à ce point ?

— Je ne suis pas inquiète. Je...

Son regard fouillait le sien.

— Natalie...

— Personne ne va vous croire, Massimo.

— Croire quoi ?

— Que je suis votre fiancée. Que je pourrais vous plaire. Je...

Elle embrassa de la main le luxueux décor qui l'entourait.

— Je n'appartiens pas à ce monde.

Il ne la quittait pas du regard. Et elle avait encore plus honte de sa robe bon marché, de ses bottes éraflées...

— *No*, c'est vrai.

À aucun prix elle ne voulait lui laisser deviner le désarroi qui lui comprimait la poitrine.

— Eh bien, nous sommes finalement tombés d'accord sur quelque chose.

— Et ils y croiront justement pour cette raison, dit-il. Et de toute façon il est trop tard. Elle est là.

— Elle ?

Sans répondre, il s'approcha tout près. Quand il leva la main vers sa joue, elle se figea. Son pouls battait à toute allure.

— Celle à qui j'ai besoin de faire passer le message le plus diplomatiquement possible. Je vais vous embrasser, *cara mia*... D'accord ?

— Non ! protesta-t-elle, paniquée. Pourquoi voulez-vous m'embrasser ?

— Pour satisfaire notre public.

Mais ses yeux disaient quelque chose de complètement différent.

— Vous n'avez qu'à fermer les yeux et penser à votre avenir, loin d'une cellule de prison.

— Vous n'avez aucun scrupule ! Cela vous plaît de me faire chanter ?

— Vous voulez la vérité, *bella mia* ? C'est vous qui me plaisez. Au point de me détourner des mille autres choses sur lesquelles je devrais rester concentré.

De toutes ses forces, Natalie lutta pour ne pas se laisser aller contre lui. Déjà, son odeur - celle de son after-shave épicé, du cigare qu'elle l'avait vu fumer ce matin - pénétrait en elle par tous les pores de sa peau.

— Alors, c'est vrai, je veux qu'on me voie vous embrasser. Mais j'ai aussi très envie de découvrir quel goût a votre bouche, Natalie... À chaque fois que vous vous mordez la lèvre inférieure, et vous le faites à chaque fois que je vous regarde, c'est comme si vous m'invitiez à poser ma bouche sur la vôtre.

Une chaleur inconnue envahissait son ventre, se répandait en elle comme du miel.

— Je ne suis pas... Je veux dire... Je n'étais pas...

Était-ce du désir qu'elle voyait briller dans ses yeux ? Mais que connaissait-elle des hommes ? Surtout des hommes comme Massimo Brunetti ?

— Un baiser, Natalie. Soyez honnête, dites-moi que vous n'y avez pas pensé vous aussi, que vous ne sentez pas l'attirance entre nous. Dites-moi que je me trompe, et je vous embrasse simplement sur la joue.

Incapable de parler, elle ne put que hocher la tête. Elle était prise d'un étourdissement qui lui ôtait toute sa lucidité. S'il l'avait forcée, s'il l'avait pressée sans ménagement contre lui, la magie de cet instant aurait été brisée. Mais elle aurait pu recouvrer le peu de bon sens qu'elle possédait encore...

Comme si elle était infiniment précieuse, il posa doucement les doigts sur ses poignets. Puis il en porta un à sa bouche pour y déposer un baiser. Cette première pression de ses lèvres contre sa peau, la vision de sa tête penchée sur elle, déclencha des frissons de désir dans tout son corps. Les genoux tremblants, elle poussa un petit gémissement, qui alluma un feu dans les yeux gris de Massimo. Quand il se pencha vers elle, elle ne put s'empêcher de s'approcher plus près encore. Elle avait envie de tellement plus...

Il posa les mains sur ses épaules, les fit glisser plus bas, comme s'il voulait toucher chaque centimètre carré de sa peau. Malgré elle, elle gémit encore en sentant ses cuisses puissantes contre les siennes.

Ses doigts couraient sur son dos, sa taille, et elle percevait sa respiration plus rapide : elle savait que son désir était aussi fort que le sien. Il frôla sa poitrine, et ses tétons se durcirent aussitôt.

De l'électricité semblait crépiter dans ses veines. Il était si viril, si fort...

Enfin, sa bouche fut à quelques millimètres de la sienne.

— Depuis que j'ai découvert que vous étiez le hacker qui m'obsédait jour et nuit, j'ai eu envie de faire ça.

La sensation fut si délicieuse, si chaude, lorsqu'il posa la bouche sur la sienne, que Natalie tressaillit. Incapable d'attendre davantage, poussée par son désir, elle chercha à approfondir son baiser.

Se pressant contre lui, elle lécha sa lèvre inférieure, tandis qu'un tourbillon d'émotions jaillissait en elle.

Il jura doucement et, dans ses yeux, elle vit de la stupeur, et quelque chose d'indéfinissable. Comme si lui non plus n'avait pas été préparé à cette puissante étincelle qui menaçait de se transformer en incendie.

Sa barbe de trois jours offrait un contraste si sensuel avec la douceur de ses lèvres...

Ses mains remontèrent sur son dos jusqu'à sa nuque avant de se perdre dans ses cheveux. Natalie renversa le visage, s'offrant à lui. Le désir avait chassé l'arrogance de celui de Massimo. Le regard vissé au sien, il s'inclina vers elle et l'embrassa avec passion. Un assaut qui la fit frissonner de tout son corps. La caresse de sa langue contre la sienne la fit gémir et il la pressa plus fort contre lui. Son odeur, déjà familière, l'enivrait.

Ses mains à elle le caressaient aussi, de ses joues à sa nuque, à ses cheveux... Elle avait envie qu'il lui donne tellement plus... Elle caressa ses pectoraux musclés, heureuse qu'il ait enlevé sa veste. Comme cela, elle pouvait sentir la chaleur irradier de lui.

— *Altro*, Natalie *mia*. J'ai envie de toi, chuchota-t-il.

Ces quelques mots achevèrent de l'enflammer. Et tout ce qui les opposait sembla se consumer dans cette chaleur.

Leur baiser devenait de plus en plus passionné, comme un prélude à des ébats plus profonds.

Cambrée, Natalie sentait les mains de Massimo sur sa taille, ses doigts s'enfonçant sur ses hanches. Elle plaquait sa poitrine contre son torse. Que faire d'autre, sinon se laisser emporter par l'avalanche des sensations qui l'envahissaient, se délecter du plaisir qui saisissait tout son corps... Elle ne voulait pas que ce moment s'arrête. Jamais.

Avant qu'il ne l'écarte fermement de lui, la laissant désemparée face au désir sauvage qui la possédait, elle eut le temps de sentir son sexe dur effleurer son ventre.

Massimo jura à voix basse dans le silence profond de la nuit qui les environnait.

Hébétée, Natalie le regardait fixement. Il respirait encore plus vite qu'elle, ses pupilles étaient dilatées.

Lentement, peu à peu, elle prenait de nouveau conscience de ce qui les entourait : l'air parfumé, les invités qui les observaient. Pourtant, rien ne pouvait vraiment atteindre la brume de plaisir que le baiser de Massimo avait laissée dans son esprit. Ses poumons, son ventre, sa poitrine... Elle avait l'impression de nager nue dans du miel liquide...

— C'est allé plus loin que je ne m'y attendais, dit-il lentement d'une voix rauque, avec pour la première fois un accent anglais plus marqué. Si nous voulons davantage qu'un baiser, *cara mia*, nous allons devoir réviser notre...

— Je ne coucherai pas avec toi, parvint à chuchoter Natalie, son pouls battant toujours furieusement à ses tempes.

Elle ne voulait pas entendre les mots froids qu'il s'apprêtait à prononcer. C'était déjà bien assez lamentable de s'être abandonnée ainsi, devant sa famille et ses amis... Elle n'avait pas envie qu'il l'insulte en proposant de la payer pour davantage de prestations...

Mais l'intensité de ce baiser l'avait choqué, lui aussi. Tout inexpérimentée qu'elle était, elle pouvait lire de la confusion dans le regard de Massimo. Une agréable distraction, voilà à quoi il s'attendait, à la fois pour lui et pour son fichu public... mais cela avait échappé à son contrôle, se transformant en quelque chose de bien différent.

Peut-être, mais pour elle c'était son premier baiser. Un souvenir qu'elle voulait chérir. Pour une fois dans sa vie, elle s'était autorisée à penser à elle. Elle s'était permis d'être imprudente et inconséquente. Pour une fois seulement.

— Pourquoi pas ? riposta-t-il.

— Maintenant tu as l'air d'un gosse de riche qu'on prive de son nouveau jouet.

Il serra la mâchoire.

— Tu ne peux pas nier la connexion entre nous. Depuis le début. Ce qui, je t'assure, ne manque pas de contrarier mon esprit rationnel...

Natalie serra les poings sur ses hanches.

— Pourquoi ? Parce que nous ne sommes pas égaux ! Comment être sûre de tes motivations ? Comment être sûre que tu ne cherches pas à me séduire pour que je te livre tous mes secrets ?

— Je sais que j'ai envie de toi, et que ce n'est pas seulement physique. Cela n'a rien à voir avec notre accord.

Elle avait tellement envie de le croire... En cet instant, elle aurait tant voulu posséder cette candeur perdue depuis longtemps, et voir dans cette histoire un fantastique conte de fées à l'épilogue heureux... Ou tout au moins, le temps d'une courte histoire, s'autoriser à être elle-même...

Mais elle n'était pas faite pour avoir des liaisons torrides et sans engagement avec des hommes tels que Massimo.

— Tu es assez arrogant pour penser que je vais tomber à tes pieds ?

— Le baiser que nous avons échangé était sincère, tu le sais.

— Tu as mis toute mon existence sens dessus dessous en l'espace de quelques heures, et tu tiens mon sort entre tes mains. Si je couche avec toi, sauras-tu si je le fais pour te convaincre de me laisser partir, ou parce que j'en ai vraiment envie ? dit-elle avec un soudain découragement. Ni toi ni moi ne pouvons savoir ce qui motive réellement les actes de l'autre.

Il soupira.

— Je sais qu'il est difficile de considérer quelqu'un en faisant abstraction de son pouvoir et de ses privilèges...

En une seule phrase, il venait d'abattre tous ses arguments.

Elle aurait eu moins peur s'il avait été moins compréhensif, moins gentil, moins... Mais, tout de même, comment saurait-il comprendre son sentiment d'impuissance ?

Il lui prit la main et entrelaça ses doigts avec les siens. Alors même qu'elle s'y refusait, elle se laissa aller contre lui, se réchauffant à la chaleur de son corps.

Si seulement elle avait pu faire disparaître d'un claquement de doigts le désir insensé qu'elle ressentait... Elle devait voir cela comme un travail.

Un travail dont tout son avenir dépendait.

5

Il y avait du monde partout.

Dans le vaste vestibule en marbre se trouvait un grand escalier double, sur les marches duquel évoluait une foule élégante. Un splendide lustre vénitien était suspendu au plafond, lui-même couvert des fresques que Natalie admirait en pliant la nuque. Un tapis persan aux riches tonalités rouges recouvrait une partie du sol de marbre, et des peintures décoraient les murs.

Son studio aurait pu tenir dix fois dans ce vestibule ! songea-t-elle, tout en sentant les regards des invités posés sur eux.

Il lui suffit d'apercevoir son reflet dans le grand miroir au cadre doré qui décorait un des murs crème pour constater qu'elle détonnait misérablement dans la foule brillante qui les entourait. Pour se donner une contenance, elle attrapa à la hâte une coupe de champagne sur le plateau d'un serveur, et la but d'une traite.

Massimo lui jeta un regard noir.

— Tu ne vas pas te soûler ce soir, *cara mia* ?

— Pourquoi pas ? Ce n'est pas comme si je pouvais prendre part aux conversations...

Il passa un doigt sur sa lèvre supérieure pour y essuyer une goutte de champagne. Aussitôt, une intense chaleur se diffusa en elle.

— Pour moi, tu es la personne la plus intéressante dans cette pièce, lui chuchota-t-il à l'oreille. Plains-moi, *bella mia* : seule ta présence rend cette soirée supportable.

Le souffle court, elle s'écarta un peu de lui. Comment se pouvait-il que son visage, son corps lui paraissent déjà si familiers ?

— Quand j'étais plus jeune, j'étais le pire des geeks, reprit-il.

Mal à l'aise, je me cachais derrière les ordinateurs. Et je me persuadais que je n'avais pas besoin de l'approbation de mon père, ou de celle de tous ces gens.

« Mon tyran de père. » Soudain, les mots de Massimo prenaient tout leur sens. Et soudain, étrangement, elle eut la certitude que cet homme-là pouvait la comprendre.

— La solitude, c'est le plus difficile, n'est-ce pas ? dit-elle. Les ordinateurs n'offrent pas de chaleur humaine. Ni un mot gentil quand on en a besoin.

— Alors, tu me plains ? demanda-t-il en souriant.

Elle posa la main sur sa joue râpeuse et frissonna.

— Disons que j'ai un peu de mal à imaginer l'homme sexy qui se tient devant moi en geek timide et boutonneux.

— Je n'ai jamais dit boutonneux ! s'exclama-t-il en riant, avant de se pencher vers elle pour l'embrasser sauvagement. Cela ne dura que quelques secondes, mais elle se sentit aussitôt emportée par un désir dévastateur.

Il s'écarta légèrement et lui sourit.

— Je suis désolé, je ne voulais pas...

Elle se mordit la lèvre pour savourer le goût de leur baiser, et elle ne put faire autrement que de lui rendre son sourire.

Au moins, ce baiser rapide lui permit de traverser comme dans une brume les heures qui suivirent, et de rester relativement indifférente à la présence de toutes ces brillantes créatures qui sirotaient avec grâce du champagne tout en souriant aux hommes qui les flattaient.

Néanmoins, elle commençait à en avoir assez d'être observée sans retenue par tout le monde.

— « Oh ! mais regardez cette Américaine vulgaire en robe bon marché, qui fait semblant d'être à sa place au bras d'un des célibataires les plus en vue de Milan », chuchota-t-elle avec irritation à l'oreille de Massimo.

— Tu ne m'avais pas dit que tu parlais si bien italien, dit-il, confirmant ainsi à Natalie la signification des nombreux regards posés sur elle.

Elle ressentit une pointe de désespoir, qu'elle chassa aussitôt.

— Pas la peine de parler italien, répliqua-t-elle. Apparemment, le snobisme transcende les frontières du langage.

Massimo éclata de rire. Mon Dieu, il était beau à couper le souffle…

— Tu sais ce que j'aime le plus chez toi, *cara mia* ?

Stupidement, son cœur tambourinait dans sa poitrine.

— Mon intelligence supérieure à la tienne ?

Il sourit.

— Ta bouche sensuelle et les paroles qui en sortent, murmura-t-il, le regard rivé à ses lèvres.

Elle se sentit rougir.

— Massimo, s'il te plaît…

Autour d'eux, les conversations cessèrent tout à coup, et le silence se fit si assourdissant que Natalie regarda autour d'elle, les yeux écarquillés, pour voir approcher une très belle femme aux cheveux gris.

— Jusqu'à quand vais-je devoir attendre avant que tu me présentes ton nouveau jouet, Massimo ?

C'était sans doute Greta, songea Natalie. La vieille femme, superbe dans une robe de soirée blanc et noir, la transperça d'un regard glacial qui disait à quel point elle désapprouvait sa présence en ce lieu.

Massimo tendit la joue pour recevoir le baiser de sa grand-mère.

— *Nonna*, je te présente ma fiancée, Natalie Crosetto, la femme la plus intéressante que j'aie jamais rencontrée…

Natalie avait l'impression que son souffle était bloqué dans sa poitrine. Massimo prit sa main pour la porter à sa bouche et y déposer un baiser.

— Et j'ai réussi à persuader cette femme incroyable de m'épouser.

Très tendue, Natalie serra la main de Greta, qui se mit à lui poser mille questions indiscrètes sur sa famille, son passé. Un instant, elle fut tentée de lui dresser le portrait sans retouches de son existence, mais elle ne voulait pas embarrasser Massimo. Elle se contenta de hocher la tête comme une enfant sage, tandis que Greta, d'une voix grave, lui expliquait quelle chance elle avait d'avoir mis la main sur l'héritier du clan Brunetti.

— Votre petit-fils est donc un trophée à conquérir ? ne put-elle s'empêcher de demander ironiquement.

Greta se tourna vers Massimo.

— Tu vas ruiner ta relation avec Giuseppe Fiore pour cette fille, Massimo ? lança-t-elle, assez fort pour que tout le monde l'entende. Gisela aurait été une épouse parfaite pour toi.

— Je ne veux personne d'autre, *nonna*, répliqua Massimo d'une voix glaciale, en attirant Natalie plus près de lui.

Au moment où il déposait un autre baiser au creux de son poignet, Natalie remarqua la présence derrière Greta d'une jeune femme aux courbes voluptueuses, vêtue d'une robe de soie verte sophistiquée. Son visage était habilement maquillé pour faire ressortir ses yeux noirs et sa bouche. Visiblement, elle ne perdait pas une miette de la conversation...

— Je suis tombé amoureux d'une femme avec laquelle j'ai beaucoup de choses en commun, reprit Massimo d'une voix rauque, les yeux toujours posés sur elle. Elle ne ressemble à personne. Giuseppe Fiore, toi *nonna*, ou qui que ce soit... vous n'avez rien à voir là-dedans.

Sans attendre la réplique de Greta, il prit Natalie par la taille et ils s'éloignèrent.

C'était stupide, mais elle avait l'impression qu'il l'avait protégée... Un peu plus, et elle l'aurait remercié !

Pendant les deux heures qui suivirent, Natalie parvint à circuler parmi les invités aux côtés de Massimo sans s'enfuir en hurlant.

— Les murs d'une cellule ne me paraissent finalement plus si terribles, souffla-t-elle enfin à l'oreille de Massimo. D'après toi, à combien pourraient se monter les indemnités pour le traumatisme émotionnel que je suis en train de subir ?

Il sourit, et elle se força à ne pas prêter attention à la façon dont tout son visage s'était éclairé.

— Ah, tu me manqueras, *cara mia*.

Il se pencha vers elle.

— Ne te laisse pas effrayer par mon frère quand je te le présenterai, d'accord ? Il aboie mais ne mord pas.

Natalie hocha la tête.

La seule personne qui la regarda dans les yeux quand Massimo la présenta à elle fut la belle-fille de Greta. Qui se révéla être le célèbre top model Alessandra Giovanni, évidemment... Mesurant près d'un mètre quatre-vingts, la jeune femme avait un visage stupéfiant, que les photographes du monde entier adoraient, et un corps magnifique qui pouvait enflammer les fantasmes de n'importe quel homme. Et c'est ce genre de femme qui avait grandi avec Massimo et Leonardo... D'après ce que Natalie avait compris, elle était venue habiter avec son père chez Greta quand elle avait douze ans.

La pointe de jalousie qu'elle ressentait s'évanouit devant la chaleur de son sourire.

— C'est la révolution, alors ? dit-elle avec un accent américain qui réchauffa le cœur de Natalie. C'est vraiment toi qui parles d'amour, Massimo ?

— Cette jeune femme est capable de s'attaquer aux meilleurs systèmes de sécurité du monde, expliqua Massimo d'un air narquois. Y compris les miens !

— Ah, je comprends mieux, dit en riant Alessandra, avant de rougir. Pardon, Natalie, je ne voulais pas dire que vous n'êtes pas assez bien pour Massimo. Simplement, vous n'êtes pas son genre habituel de femme.

Elle grimaça et porta les mains à ses joues.

— J'ai l'air d'une garce, n'est-ce pas ? Ce que je veux dire, c'est que vous devez être très spéciale pour que Massimo soit non seulement tombé amoureux, mais qu'il veuille s'engager pour toujours. D'habitude, *rien* ne passe avant son travail.

— Disons qu'il ne supporte pas que je puisse être meilleure que lui, répondit Natalie. Puisqu'il ne peut pas me battre, il m'a proposé un contrat que je n'ai pas pu refuser.

Alessandra éclata de rire. Un rire sincère qui lui fit l'effet d'une boule de lumière chaleureuse au milieu du scintillement artificiel qui les entourait.

— Je vous trouve merveilleuse, Natalie. N'hésitez pas à venir me voir si vous avez besoin de munitions contre cet animal...

Avec un sourire incertain, Natalie acquiesça. Elle aurait adoré avoir *pour de vrai* une amie comme Alessandra. Mais il ne s'agissait pas de *sa* vie. Cette femme incroyablement raffinée ne l'aurait même pas saluée si elle avait su tout ce qu'elle avait dû faire pour survivre.

Personne ici ne le savait, même pas Massimo.

Bon sang, pensa-t-elle tandis que Massimo la prenait de nouveau par la taille pour la guider ailleurs, elle avait l'impression d'être entrée dans un programme de réalité virtuelle...

Ils arrivèrent enfin devant Leo et un autre homme, plus âgé, qui posaient tous deux sur elle un regard à la fois scrutateur et indifférent.

Comme son frère, Leonardo Brunetti, dominait l'espace qu'il occupait. Comme lui, il était mince mais large d'épaules. Seul son visage avait une beauté plus rude que chez son frère. Une aura de pouvoir l'entourait comme une seconde peau. À la différence de Massimo, doté d'un sens de l'humour qui adoucissait ses traits, il n'y avait rien de doux ou de miséricordieux dans les traits de son visage ou dans son regard bleu acier.

Leonardo Brunetti ne devait jamais être satisfait de rien ni de personne. Au moins, elle n'était pas la seule concernée...

Le deuxième homme était Silvio, bien sûr. Aussi grand que ses fils, qui tous deux lui ressemblaient. Les tempes grisonnantes, un visage qui gardait des vestiges de la beauté qui avait dû être la sienne dans sa jeunesse, mais dont les traits avaient été déformés par des années d'alcoolisme. Il avait des poches sous les yeux et sa bouche s'incurvait en permanence en un rictus méprisant.

Il n'était qu'un pâle reflet de ses fils, que ce soit en stature ou en présence. Et Natalie pressentait la cruauté dont il était capable. En le voyant ainsi, hautain, méprisant, elle n'avait aucune difficulté à l'imaginer persécutant son jeune fils innocent.

Elle sentit Massimo resserrer son étreinte autour de sa taille, ce qui lui redonna un peu d'assurance.

— Natalie, voici mon père, Silvio Brunetti, et mon frère Leonardo. Je vous présente ma fiancée, Natalie Crosetto.

— Que faites-vous dans la vie, Miss Crosetto ? lança aussitôt Silvio, sans faire le moindre effort pour dissimuler son mépris.

— Je suis employée dans une société de crédit, répondit-elle d'une voix ferme.

Hors de question qu'elle se sente honteuse devant un autre snobinard ce soir...

— Et votre famille ?

— Je n'en ai pas, depuis que mon père est parti, me laissant me débrouiller toute seule. Sans une assistante sociale consciencieuse, je n'aurais jamais su qu'il avait eu plus tard un fils avec une autre femme, et qu'il l'avait lui aussi abandonné.

Elle percevait la surprise de Massimo à ses côtés. Pourquoi n'aurait-elle pas dit la vérité ? Il allait la découvrir bientôt, de toute façon. Et, après avoir rencontré sa famille à lui, elle n'avait à se sentir honteuse de rien. Même pas de son père défaillant et irresponsable.

— Eh bien, vous nous épargnez le désagrément d'avoir à faire une enquête sur vous, conclut Silvio avant de se tourner vers son plus jeune fils. Tu devrais être prudent, Massimo, ou tu vas perdre bien plus que le contrat avec Giuseppe. Tu n'as pas besoin d'épouser une fille pour t'amuser avec.

— Je n'ai surtout pas besoin de tes conseils, répliqua Massimo, la mâchoire contractée. Et surtout pas sur la façon de traiter les femmes, *sì* ?

— Tu as toujours été le maillon faible de notre famille, renchérit Silvio avec un rictus cruel.

Mon Dieu, pensa Natalie, bouleversée, Massimo avait vraiment dû grandir avec cet homme ?

— Leo m'a dit que le système de sécurité de BCS, système que tu as conçu, avait été attaqué. Je savais qu'on ne pouvait pas te faire confiance sur le long terme. J'ai averti ton frère de ne pas lier l'avenir de Brunetti Finances au tien... Tout cela à cause du petit succès que tu as obtenu grâce à la générosité de ton frère...

— *Basta !*

Leo tendit le bras pour empêcher Massimo de se jeter sur leur père, tandis que son ordre ferme, dit à voix basse, avait fait taire Silvio. Heureusement, la plupart des invités s'étaient déjà rendus dans la pièce voisine quand le dîner avait été annoncé.

— Ce n'est plus ton entreprise, Silvio, poursuivit Leo. N'oublie pas que tu sors de ta clinique une semaine par an *sur ma permission*. Un mot de Massimo, et tu perds cette petite liberté.

Muet et furieux, Silvio s'éloigna, une lueur de courroux dans ses yeux bouffis.

— Tu lui as raconté cette histoire après tout ce que j'ai fait pour l'entreprise et pour la famille ? s'exclama Massimo, le regard obscurci par la douleur et la colère.

— Je devais le lui dire, expliqua Leo. Il est le plus gros actionnaire avec nous. J'aurai besoin... *nous* aurons besoin de gérer ses vieux amis du conseil d'administration s'il devient nécessaire de leur parler du problème que nous avons rencontré. Problème que tu es censé régler, d'ailleurs. Mais je vois qu'au lieu de cela...

Le regard de Leonardo vint se poser sur Natalie. Il n'y avait pas d'hostilité ouverte dans ses yeux, mais elle avait l'impression d'être une moins que rien.

Massimo plaça Natalie derrière lui, comme pour la protéger.

— Tu sais ce que tu fais, Massimo ?

— Tu ne me fais plus confiance ?

— Bien sûr que si. Il n'y a personne au monde à qui je fasse davantage confiance qu'à toi.

Mais Massimo s'était déjà éloigné sans se donner la peine de répondre.

La gorge serrée, Natalie s'adressa à Leonardo.

— Vous ne le rattrapez pas ?

Il se tourna vivement vers elle. Visiblement, il avait oublié sa présence...

— Pardon ?

Elle essaya de lui désigner Massimo dans la foule des invités.

— Peut-être que vous pourriez vous assurer que votre frère va bien ?

— Massimo n'est pas un enfant.

— Non, mais il semble clair qu'il vous en veut pour ce que vous n'avez pas réussi à faire lorsqu'il en était un, non ?

Leonardo tressaillit légèrement.

— Restez en dehors de nos histoires de famille. Si c'était à moi de décider de votre avenir...

— Je comprends... Mais, en dépit de ce qu'a l'air de penser votre père, ce n'est pas à vous d'en décider, Leo.

Il haussa les sourcils en entendant Natalie l'appeler par son prénom. Mais elle fut surprise de découvrir qu'elle se moquait de ce qu'il pensait.

— C'est à Massimo de le faire. Alors gardez vos menaces pour ceux qui n'ont pas eu le plaisir de découvrir le fonctionnement de votre prestigieuse famille.

Il la fixait avec une terrible intensité.

— Ah, je comprends maintenant…

Natalie croisa les mains devant elle, se sentant aussi minuscule qu'un insecte sous un microscope. Ses vêtements bon marché, ses cheveux indisciplinés, et même ses chaussures… Rien n'échappait au regard de Leonardo Brunetti.

— Vous comprenez quoi ?

— L'attirance qu'il ressent pour vous. À l'évidence, vous êtes très douée en informatique. Vous êtes audacieuse, même quand vous êtes acculée. Et votre passé vous permet de jouer fort commodément le rôle de la demoiselle en détresse, n'est-ce pas ? Or mon frère éprouve de la compassion pour les gens qui n'ont pas de chance. Pour l'instant, vous représentez la nouveauté à ses yeux. Ensuite, il comprendra que vous êtes un frein à son ambition, et il vous renverra dans votre monde. Massimo a une ambition immense : rien ne doit l'arrêter.

— Vous prenez du plaisir à effrayer les gens qui ne peuvent se défendre ?

Il resta silencieux quelques instants avant de reprendre :

— Je vous ai vus vous embrasser, tout à l'heure. J'ai vu la façon dont vous le regardez, l'inquiétude dans votre regard quand mon père nous a servi son petit laïus fielleux… Croyez-moi, telle qu'elle s'engage, cette histoire ne finira pas bien pour vous, sans parler de prison. Alors un conseil : dites-lui la vérité et sortez de notre vie pendant que vous le pouvez encore.

Il la salua d'une inclination de tête avant de s'éloigner, la laissant abasourdie. Elle aurait pu ignorer ses paroles dures si elle n'avait pas redouté qu'il ne dise la vérité… Et il était la deuxième personne à la mettre en garde contre l'ambition de Massimo.

Soudain, elle se sentit aussi seule que le matin où elle avait découvert que son père l'avait abandonnée. Au début, elle avait voulu se persuader que les choses allaient s'arranger d'elles-mêmes, avant de se rendre compte que cet espoir la rongeait et qu'il fallait y renoncer. Depuis, elle avait appris à ne compter que sur elle-même.

Leonardo Brunetti avait raison.

Se sortir de là, voilà ce qui était le plus important. Et elle ne pouvait se permettre de se rapprocher *intimement* de Massimo. Elle devait oublier ses baisers, son rire, son énergie, la façon dont ses yeux brillaient quand ils partageaient une plaisanterie... et puis la douleur dans ses yeux quand il parlait de son père.

En aucun cas elle ne devait oublier que cet homme ne lui accordait son attention que parce qu'elle avait menacé ce qu'il avait de plus important au monde : son entreprise.

6

Son humeur sombre ne s'était toujours pas dissipée.

Sans croiser personne, Massimo longeait les corridors mal éclairés qui menaient aux suites des invités. Un jour, il ne pourrait plus supporter les plaintes répétées de Greta, les regards si tristes d'Alessandra, le goût de Silvio pour les sermons venimeux et le cynisme de Leonardo.

Il aurait pourtant dû être immunisé contre les sarcasmes de son père… Au lieu de cela, devant ce dernier, il sentait renaître en lui le garçon malheureux qu'il avait été, incapable de protéger sa mère qui, il en avait toujours eu conscience, n'avait supporté la vie commune avec Silvio que pour rester près de lui. Enfant, il avait dû se battre contre sa famille plutôt que de s'ouvrir au monde extérieur, terrifié à l'idée que sa nouvelle crise d'asthme soit la dernière. À l'adolescence heureusement, grâce à un médicament miraculeux, il avait commencé à aller mieux, et à pouvoir construire son avenir.

Très vite, le milieu de l'informatique et des technologies de pointe l'avaient encensé, portant aux nues ses capacités d'innovation. Et à dix-neuf ans il avait conçu un logiciel d'e-commerce valant des millions.

Rien n'y faisait : l'ombre de son enfance subsistait en lui.

Les ordinateurs, l'ordre qu'ils apportaient dans sa vie tumultueuse, le contrôle qu'ils lui offraient alors qu'il se sentait impuissant par ailleurs étaient devenus l'axe de son existence. Une façon d'échapper aux constantes violences verbales de son père, ainsi qu'aux regards de Greta et de Leonardo.

Avoir exposé Natalie à cette meute de loups le plongeait dans une humeur noire... La jeune femme était restée près de lui, sans chercher à s'esquiver, et il ressentait, en y repensant, une curieuse envie de la protéger. C'était ridicule... Cette fille était largement de taille à se défendre.

Il tapa à la porte de sa chambre. Une deuxième fois. Il allait taper de nouveau lorsqu'il entendit un juron derrière la porte, ce qui le fit sourire malgré sa mauvaise humeur.

La porte s'ouvrit et Natalie apparut, les yeux ensommeillés. Ses cheveux en bataille formaient un halo autour de son visage délicat. Les spots du plafonnier qu'elle avait allumés soulignaient les courbes douces de son corps. Le T-shirt ample qu'elle portait lui arrivait au-dessus des genoux, et son encolure large soulignait la ligne gracieuse de son cou... Face à ce mélange d'innocence et de fougue, il eut soudain envie de la soulever dans ses bras et de l'amener jusqu'au lit derrière elle, de se noyer dans sa chaleur, de poser les lèvres sur sa gorge, là où battait son pouls...

« Tu tiens mon sort entre tes mains. »

Elle avait raison.

Il n'était pas du genre à s'attaquer aux faibles. Pas comme Silvio. Et il sut qu'il ne pourrait pas embrasser la bouche sensuelle de cette femme sans être certain qu'elle était libre de lui répondre.

Avant toute chose, il devait impérativement apprendre la vérité, et éliminer la menace qui planait sur les Brunetti afin de poursuivre les pourparlers avec Giuseppe Fiore.

Mais rien ne l'empêchait de profiter du plaisir qu'il prenait à sa simple présence...

Il s'appuya nonchalamment au cadre de la porte et sourit.

— *Buongiorno, cara mia.*

Elle passa la main dans son épaisse chevelure, ce qui fit ressortir sa poitrine et remonter le T-shirt sur ses cuisses. À la voir ainsi sans maquillage, et sans l'expression farouche qu'elle arborait comme une armure, Massimo prit douloureusement conscience de sa jeunesse. Vingt-deux ans, disait le rapport d'enquête. *Cristo,* il détesterait envoyer cette femme en prison.

— Quelle heure est-il ? murmura-t-elle.

Il grimaça.

— 4 h 10.

— 4 h 10… du matin ? Mais… je ne dors que depuis quelques heures.

— Nous devons travailler.

— Maintenant ?

— *Sì*.

— Tu es fou ? La nuit dernière à New York, tu n'as pas dormi, guère plus pendant le vol et maintenant… Massimo, tu n'as pas besoin de sommeil ?

Il haussa les épaules.

— Je t'autoriserai à te coucher tôt ce soir, déclara-t-il.

Elle secoua la tête.

— Le décalage horaire, ta délicieuse famille… Je n'ai pas assez de neurones pour…

— Mais si, *cara mia*. Tu sais bien que pour éviter la prison tu vas devoir prouver quotidiennement ta valeur derrière un ordinateur. Tu vas devoir gagner ta liberté, et dès maintenant. Je vais te donner une carte d'accès à mon labo et…

— Ton laboratoire de recherche ? demanda-t-elle en écarquillant les yeux. Tu vas me laisser approcher d'un ordinateur ?

— Eh bien, disons que je dispose désormais de l'historique de ton compte en banque.

La jeune femme croisa les bras sur sa poitrine.

— Tu as beaucoup de dettes, ajouta-t-il.

— Alors tu me crois maintenant ?

— Que tu n'as pas agi pour de l'argent ? Oui.

Il passa une main nerveuse dans ses cheveux avant de reprendre :

— J'ai remboursé.

— Comment ça ?

— J'ai remboursé tes dettes.

— Tu les as remboursées ? Neuf mille dollars ? Mais… pourquoi ?

— Ce n'est pas grand-chose pour moi. Et si cela peut te libérer de ta loyauté envers ton commanditaire…

— Tu penses pouvoir m'acheter ?

— Je te donne l'occasion d'être intelligente et de te désolidariser d'un homme qui a compromis ton avenir.

Elle haussa les sourcils d'un air moqueur.

— Tu n'as pas agi par compassion pour moi ?

— Je suis un homme d'affaires, Natalie. Je ferai tout pour protéger ma société.

Elle secoua la tête.

— Et tu n'es pas soulagé de savoir que ton intuition à mon sujet était juste ?

Massimo fronça les sourcils.

— J'ai pris un risque calculé en t'amenant ici, que tu prennes le job ou pas. Mais faire confiance à une vague intuition, non.

— Les chiffres d'un compte en banque, cela fait une telle différence ?

— Bien sûr. Les chiffres ne mentent pas, ils sont objectifs. Ce sont des chiffres qui me permettront de mettre un terme aux doutes de Leonardo, qui se demande en ce moment même si je suis sain d'esprit en te faisant travailler sur notre plus gros projet. Les chiffres, *bella mia*, passent toujours avant les émotions. Et puis, qu'est-ce que cela peut te faire, que je croie ou non à l'intuition et aux sentiments ?

— Mais si je ne peux jamais prouver mon innocence ?

— Je te suggère alors de ne pas t'impliquer davantage dans des activités illégales, *cara mia*, et de finir par me dire la vérité sur ce qui s'est passé… Habille-toi et retrouve-moi dehors. Je vais te montrer ma caverne.

Elle était libre de toute dette… Complètement libre. Pour la première fois de sa vie.

Sauf si Massimo lui avait menti…

Natalie fixa l'homme qui marchait devant elle, ses cheveux noirs humides, l'épais pull marin noué sur ses épaules, le jean qui faisait ressortir ses jambes, ses fesses… Non, Massimo n'avait aucune raison de lui mentir. Et il refuserait qu'elle le rembourse.

La lumière de l'aube pénétrait dans le long couloir comme un rideau s'ouvrant peu à peu, éclairant le sol de marbre blanc, illuminant lentement les merveilleuses peintures murales des murs, avant d'atteindre les fresques colorées des plafonds voûtés.

Tout ici parlait d'élégance, de pouvoir feutré…

Comme l'avait dit Massimo, neuf mille dollars, ce n'était pas grand-chose pour lui. Mais pour elle, brusquement, le monde s'ouvrait de nouveau.

Elle le rattrapa alors qu'ils pénétraient dans un autre vestibule.

— Massimo, merci… Je… Tu n'as pas idée de ce que cela représente pour moi… de ne plus avoir de dettes.

Il s'immobilisa et lui prit la main.

— Alors explique-moi.

Surprise, elle chercha son regard.

— Cherches-tu à me soutirer des informations ? demanda-t-elle avec méfiance.

— Tu vois partout des intentions cachées ? demanda-t-il, exaspéré.

— Je suis désolée, dit-elle en secouant la tête. C'est sans doute ce qui arrive quand on n'a pas pu faire confiance à quelqu'un depuis très longtemps.

Son regard, compréhensif et curieux, ne la lâchait pas.

— Si je mets de côté ton délit, ce que je te contrains à faire et tous ces mensonges… tu es une énigme pour moi, Natalie. Et j'ai toujours eu beaucoup de mal à résister à une énigme.

Elle se tourna vers les beaux jardins qui baignaient dans une douce lumière rosée, et prit une profonde inspiration.

— Ne plus avoir de dettes, cela signifie que je vais pouvoir mettre de l'argent de côté. Que je vais peut-être pouvoir quitter mon studio minable pour un deux-pièces dans un meilleur quartier, où Frankie pourrait aller à l'école publique. Que je pourrais obtenir sa garde plus tôt que je ne l'avais prévu.

— Alors tu ne l'as pas inventé ? demanda-t-il doucement.

Elle eut un petit rire et lui donna une légère tape sur le bras.

— Bien sûr que non ! Quand tu me rendras mon portable, je te montrerai une photo de mon petit frère.

— Quand as-tu appris son existence ?

— Il y a trois ans.

Le souvenir de ce jour suffisait à lui serrer la gorge.

— J'ai grandi en pensant que j'étais seule au monde. Apparemment, mon père, après m'avoir abandonnée, a eu un enfant avec une autre femme, avant de les abandonner eux aussi… La mère de Frankie n'était pas plus présente que la mienne, alors... L'assistante sociale qui s'était occupée de moi m'a appelée quand mon petit frère a été placé à son tour. Je suis allée le voir. Il avait six ans, il était effrayé. Quand je l'ai pris dans mes bras, j'ai eu l'impression que quelque chose de bien venait de se produire pour la première fois de ma vie. Il... il est adorable, drôle, c'est un petit gars craquant. Dès cet instant, je lui ai promis qu'il viendrait vivre un jour avec moi. Mais depuis je n'ai fait qu'aller de job sous-payé en job sous-payé. J'ai souscrit un prêt, je me suis inscrite à des cours au lycée pour adultes... Mais très vite j'ai dû me rendre à l'évidence : cela ne serait pas aussi facile que je l'avais espéré.

— Tu n'avais personne pour t'aider ?

Natalie hésita avant de répondre mais, en remarquant la mâchoire serrée de Massimo, elle se rendit compte qu'elle était sur le point de se trahir. C'était Vincenzo qui lui avait prêté de l'argent pour la sortir de la rue, quand elle avait dix-huit ans. Mais elle n'avait pas pu se résoudre à lui demander encore de l'argent pour financer ses études...

— Non, personne.

Le vestibule où ils se trouvaient était immense. Des peintures étaient accrochées aux murs, les portraits de personnages aristocratiques à l'air sévère, qui semblaient s'offusquer qu'une simple mortelle comme elle puisse pénétrer dans leur demeure sacrée.

Elle remarqua que deux d'entre eux représentaient Silvio et Leonardo.

— Et toi, tu n'as pas ton portrait ?

— Je n'étais pas là quand Leonardo a invité le peintre.

— Qu'est-ce qui t'empêche d'en faire faire un de toi maintenant ?

Sans répondre, il reprit sa marche, et Natalie nota la tension dans ses épaules.

Ils sortirent dans le jardin avant d'atteindre un bâtiment à part de la villa principale, protégé des regards par de la végétation et des arbres.

Quels que soient les problèmes qu'il avait en son sein, Massimo faisait partie de cette famille noble, de ce monde où on dînait au caviar et au champagne... Pourtant, la tension entre lui et Leo, les commentaires fielleux de Silvio... Et si son enfance avait été aussi dure que la sienne, même en ayant pour cadre cette magnifique demeure ? Même au cœur d'une vraie famille ?

Elle imaginait la force qu'il lui avait fallu pour bâtir BCS alors qu'il était malade, qu'on lui disait sans cesse qu'il ne pourrait devenir quelqu'un...

Désarçonnée, Natalie soupira. Elle ne voulait pas livrer le nom de Vincenzo, de celui qui l'avait aidée à sortir d'une spirale destructrice. Il ne lui avait jamais rien demandé en retour... Depuis trois ans, il veillait en plus sur Frankie, placé dans une famille d'accueil.

Il avait amplement mérité sa loyauté.

Mais, quand elle pensait à la générosité dont Massimo faisait preuve à son égard, cela la rendait nauséeuse.

Ils se trouvaient devant une porte métallique dotée d'un système de sécurité à reconnaissance digitale. Les yeux écarquillés, Natalie vit Massimo poser le pouce sur le panneau, puis il poussa la porte.

Ils débouchèrent dans un hall nu, avec au fond un escalier qui descendait. Une forte odeur de... raisin flottait dans l'air, réalisa Natalie en descendant derrière Massimo.

— Cela sent le chêne et le raisin, chuchota-t-elle.

— C'est un ancien cellier, expliqua Massimo, avant de pousser une nouvelle porte en bas des marches, de verre cette fois. Leonardo l'a fait restaurer selon mes indications, mais nous avons gardé intacte la structure de pierre d'origine.

Quand ils se retrouvèrent dans le laboratoire de recherche, Natalie eut le souffle coupé. La belle armature ancienne du bâtiment offrait un contraste très réussi avec les serveurs placés à gauche de la pièce, les ordinateurs de pointe et les moniteurs rutilants sur sa droite. Jamais elle n'aurait rêvé de voir un jour tout ce matériel réuni au même endroit... En raison de l'obscurité environnante, la lumière qui émanait des équipements donnait à la salle un éclat doré.

Sur le mur d'en face se trouvait un grand tableau blanc, un canapé en cuir sur lequel était jeté un plaid de cachemire beige, une table basse avec des magazines spécialisés en informatique empilés n'importe comment.

Il y avait aussi une petite cuisine dotée d'un réfrigérateur et d'un casier à bouteilles.

— Waouh... Mais c'est vraiment une caverne ! s'exclama-t-elle en riant. Tu sais, c'est étrange de t'imaginer vivre à la villa, avec ta famille. Est-ce que cela n'entrave pas tes activités... extraprofessionnelles ?

Il éclata de rire.

— Tu peux improviser un sermon et faire face à Leonardo sans sourciller, mais tu n'es pas capable de parler de sexe ?

Natalie pria intérieurement pour que la faible lumière ne révèle pas ses joues empourprées...

— J'en suis tout à fait capable, répliqua-t-elle avec raideur.

— Je n'en doute pas. Pour mes activités *extraprofessionnelles*, j'ai un appartement à Milan, dans le quartier des Navigli. Il y a dix ans, poursuivit-il plus sérieusement, je voulais partir d'ici, au moment où j'ai commencé à gagner beaucoup d'argent... Je voulais cesser toute collaboration avec mon père et Leo, couper avec ma famille. Mais Leo m'a fait changer d'avis. Et puis, il avait beaucoup investi dans ma société. Garder BCS au sein de Brunetti Finances était essentiel à ses yeux.

Natalie percevait du ressentiment derrière les paroles de Massimo, celui d'un garçon qui s'était toujours comparé à son frère aîné sans se trouver à la hauteur. En avait-il seulement conscience ?

— Hum... Mais tu ne me dis pas à quel moment le geek renfermé et asocial s'est transformé en redoutable séducteur ? demanda-t-elle avec malice.

Il rit.

— Je ne suis pas certain qu'on m'ait jamais fait un compliment aussi... direct. Cela me donne envie de te retourner le compliment à ma façon.

Natalie recula d'un pas, son cœur battant si vite qu'elle se sentait légèrement étourdie.

— Tu peux me dire que je ne suis pas trop mal, si tu veux, parvint-elle à répliquer.

Il lui sourit.

— Ah, Natalie... Il n'y a que toi pour rendre sexy un sweat ultra-large...

Elle tourna la tête pour ne plus voir la lueur de désir qui brillait dans ses yeux.

— Je vais avoir besoin d'un masque à oxygène si tu continues à me regarder comme ça, dit-elle en essayant de le repousser.

Énorme erreur. Sous sa main, elle sentit son ventre ferme, plat, chaud.

— Mes neurones vont surchauffer si tu m'embrasses de nouveau, et je ne te servirai plus à rien.

Il éclata de rire, et ce son chaud et joyeux la fit frissonner. Elle devait trouver très vite une issue de secours, sinon, elle serait perdue...

— Et ces ordinateurs hyper puissants ? demanda-t-elle. J'ai hâte de travailler dessus.

Il alla en allumer un, sans la quitter des yeux.

— C'est dur pour l'ego d'un homme de devoir se battre contre une machine, *cara mia*.

Il s'appuya au mur, bras croisés. Ses cheveux noirs étaient humides et le gris de ses yeux ressortait dans la lumière. Son jean mettait en valeur ses cuisses musclées.

Elle fut saisie d'une envie folle de s'approcher de lui et de l'embrasser, de plaquer sa poitrine contre son torse, de presser ses hanches contre les siennes. De passer la main dans ses cheveux épais... De se donner à lui sans appréhensions et sans doutes. Pour une fois, de vivre comme une jeune femme normale de vingt-deux ans.

Elle secoua la tête pour chasser ces idées stupides.

— Rassure-toi, tu n'as pas vraiment à redouter la concurrence, dit-elle. Quand tu me regardes comme ça... et que tu me fais croire que je suis la seule chose au monde qui t'intéresse...

— Mais tu m'intéresses. Beaucoup. Même en sachant que tu vas fuir à la première occasion, que tu me trahiras. Je sais aussi qu'une relation entre nous ne ferait que compliquer la situation... En dépit de tout cela, je ne peux m'en empêcher, j'ai envie de te toucher et de t'embrasser.

« Approche-toi », semblaient lui dire ses yeux.

— Même si nous nous étions rencontrés dans d'autres circonstances... nous sommes trop différents, Massimo. Pour toi, le baiser que nous avons échangé était un simulacre, un défi, sans doute une agréable distraction, dit-elle en se mordant la lèvre.

Pourquoi se sentait-elle aussi vulnérable ? Elle ne pouvait laisser son destin entre les mains de cet homme, mais curieusement elle pressentait que, la seule façon de se protéger, c'était de lui révéler ses faiblesses en espérant qu'il se conduirait bien.

— C'était mon premier baiser, avoua-t-elle.

Il décroisa les bras et la regarda avec stupéfaction.

— Tu n'as jamais... été avec un homme ?

Elle secoua la tête.

— J'ai du mal à faire confiance, à être proche de quelqu'un. J'ai... grandi dans des familles d'accueil, de foyer en foyer. Très jeune, j'ai compris que je ne pouvais compter sur personne, que les gens pouvaient être méchants sans raison, simplement parce qu'ils en avaient le pouvoir.

Elle hésitait à en dire plus, de peur qu'il ne se moque d'elle, comme sa famille l'avait fait lors de la soirée à la villa. Mais il se contenait de la regarder intensément.

— Livrer mes sentiments... c'est difficile, poursuivit-elle. J'ai des amis, bien sûr, mais personne de très proche.

Comprenait-il ce qu'elle cherchait à lui expliquer ?

— Pour gagner ta confiance, dit-il d'une voix grave, on doit le mériter. Et quand tu l'accordes tu es très fidèle.

Elle hocha la tête.

— Alors, c'est à moi de faire en sorte que tu me fasses confiance et comprennes que je fais ce qui est bien pour nous deux. Attention, *bella*, je peux être très persuasif.

Avec un clin d'œil, il lui avança une chaise et l'aida à s'installer. Natalie se détendit et sourit.

— Maintenant, montre-moi de quoi tu es vraiment capable. Tu as carte blanche.

Elle se logua au système. Malgré elle, l'excitation gonflait sa poitrine, électrifiant tout son corps.

— Que veux-tu que je fasse ?

— Je veux que tu me montres toutes les failles que tu peux trouver. Chez BCS et Brunetti Finances.

— Tu plaisantes ?

— Pas du tout.

— J'utilise des logiciels libres de droits. Et j'ai besoin d'adaptateurs wi-fi pour me mettre en mode moniteur et réaliser des tests d'intrusion, d'un périphérique Bluetooth pour surveiller la transmission des données, d'un autre pour installer...

— Il y a tout ce qu'il te faut ici, la coupa-t-il.

Soudain, elle fut incapable de résister. Elle jeta les bras autour du cou de Massimo et l'embrassa passionnément. Mon Dieu, sa bouche avait un goût de miel... En deux secondes, Massimo reprit le contrôle et lui donna un baiser divin qui lui coupa le souffle.

Enfin il s'écarta et la repoussa doucement sur son siège.

— Dieu merci tu l'as fait..., murmura-t-il.

— Que veux-tu dire ?

— Je suis italien, *bella*. Je ne pourrais pas supporter que la femme que je désire soit plus heureuse devant un ordinateur que dans mes bras. J'aurais fini par t'embrasser si tu ne l'avais pas fait.

Il prit une profonde inspiration.

— Sinon, comment aurais-je pu affirmer ma virilité ?

Elle éclata de rire, et il fit de même. C'était le plus bel homme qu'elle ait jamais vu...

Tout en rougissant, Natalie tourna son regard vers l'écran tandis que Massimo sifflait un air joyeux, comme s'il avait déjà gagné la bataille qui les opposait tous les deux.

7

Massimo s'arrêta près de la piscine ovale où nageait Natalie, une routine nocturne qu'elle suivait religieusement depuis dix jours, quand il mettait fin à leur travail de la journée.

Des lumières tamisées éclairaient la salle, y compris le bassin lui-même. De grands arbres disposés autour de la piscine donnaient de l'intimité et faisaient de ce lieu un paradis qu'il n'avait jamais vraiment pleinement apprécié, jusqu'à ce soir.

Le clair de lune suivait la jeune femme, qui évoluait dans des éclaboussures argentées. Selon ses mouvements, on apercevait sa peau nue, parfois la rondeur d'une épaule ou d'un mollet, parfois la taille, dont la finesse le fascinait.

Soudain s'atténuait la nervosité qu'il avait sentie monter en lui tandis que Leo lui expliquait les problèmes qu'il venait de rencontrer avec le conseil d'administration de Brunetti Finances. Il avait été tellement furieux d'apprendre que Leo avait prolongé le séjour à la villa de leur père… Mais son frère, en fin stratège, pressentait qu'il valait mieux l'avoir à leur côté en cas de remous au sein du conseil d'administration. Quelles que soient leurs dissensions, il était essentiel de présenter un front familial uni.

Il secoua la tête. La vérité, c'était qu'il était en ce moment obsédé par cette femme.

Plus il passait de temps avec elle, plus il perdait la tête. Alors même qu'ils n'avaient échangé que deux baisers… Le contraste entre sa force de caractère et la finesse de son physique lui donnait un charme infini auquel il était de plus en plus sensible.

Il s'allongea sur un transat au bord du bassin.

Autour d'eux, il n'y avait aucun bruit hormis celui des battements de jambes et de bras de Natalie dans l'eau, et le chant des grillons.

La jeune femme dut l'apercevoir car elle ralentit l'allure. Mais une seconde plus tard elle avait la tête sous l'eau et agitait les bras. Aussitôt, Massimo se leva, prêt à sauter dans la piscine, mais Natalie refit surface, crachotant et toussant, avant de lancer une litanie de jurons qui le rassura.

Il attrapa une serviette et attendit qu'elle parvienne au bord du bassin. Là, elle chassa les cheveux de son visage et posa les avant-bras sur la margelle. Ses yeux bruns lançaient des flammes de colère. Quant à sa peau humide, elle semblait si douce et soyeuse qu'il avait envie d'y faire courir ses doigts...

— J'ai presque failli me noyer à cause de toi, accusa-t-elle.

— Tu ne devrais pas être seule dans cette piscine si tu ne sais pas nager, *cara mia*.

— Bien sûr que je sais nager ! Mais tu m'observais en silence, et...

Il haussa les sourcils et elle soupira.

— J'ai appris à nager récemment. Je m'en sortais très bien jusqu'à ce que tu surgisses. Quand tu es là, je n'arrive pas à me concentrer...

— Tu n'as pas appris quand tu étais enfant ?

— Les leçons de natation ne sont pas vraiment la priorité pour un enfant placé.

Avec les cheveux ramenés en arrière, son visage offrait une beauté pure, douce et naturelle.

— J'ai commencé à prendre des cours par le biais d'une association de quartier. Quand je partirai d'ici, je voudrais emmener Frankie à la mer.

— Sors de la piscine, dit-il en la voyant frissonner.

— Aide-moi à me relever.

Il mit les mains sous ses aisselles et la sortit de l'eau. Son T-shirt et son jean étaient maintenant trempés, mais il s'en moquait.

Le désir s'engouffra en lui, aussi vite que les gouttelettes d'eau ruisselant sur la peau nue de la jeune femme. Le deux-pièces jaune qu'elle portait révélait ses courbes, et n'était retenu que par un lien fragile sur la nuque. Sur sa poitrine haute, les deux triangles de tissu étaient posés comme les mains d'un amant... Aussitôt, il imagina qu'il pressait les siennes sur ses seins... Il l'imagina renversant la tête en arrière, son corps se cambrant quand il prendrait un téton dans sa bouche...

Cristo, pourquoi lui faisait-elle cet effet-là ?

Il ôta les mains brusquement. Déséquilibrée, Natalie poussa un petit cri de surprise. Avec un juron, il la rattrapa avant qu'elle ne glisse, et elle se retrouva plaquée contre lui.

Soudain, le temps sembla s'arrêter.

— Où as-tu trouvé ce bikini ? demanda-t-il d'une voix rauque.

Elle le fixait de ses beaux yeux bruns. Avec douceur, il essuya une goutte d'eau qui s'attardait sensuellement sur son cou.

— Alessandra me l'a prêté... Je n'ai pas pris beaucoup d'affaires.

— Un oubli de ma part. Je vais te faire préparer une garde-robe complète.

Elle posa les mains sur son torse.

— Non. Faire semblant d'être ta fiancée... cela marche si tout le monde croit que je suis différente. Je ne viens pas du même milieu, je porte des vêtements bon marché... Tout ça est censé être nouveau pour toi.

Les gouttes d'eau brillaient dans ses cheveux comme des billes de lumière argentées.

— Mais c'est nouveau pour moi... Je n'ai jamais éprouvé un tel désir pour une femme. Même si je sais que tu es probablement de mèche avec un de mes ennemis...

En esprit, il suivait les gouttes d'eau qui coulaient entre ses seins, sur son ventre, dans le bas de son bikini...

— Oui, même si je sais ça, j'ai envie de me mettre à genoux et de faire suivre à ma langue le même chemin que les gouttes d'eau sur ta peau, jusqu'à la couture de ton bikini, de faire glisser...

Elle posa les doigts sur sa bouche pour le faire taire.

— Massimo... Nous étions d'accord... Nous ne pouvons pas faire ça.

Il soupira et lui souleva le menton.

— Tu as raison. Car tu vas me détester quand tu sauras ce que j'ai à te dire.

— Quoi ? Que se passe-t-il ?

Massimo soupira. La frontière entre le bien et le mal n'avait jamais été aussi floue pour lui, le désir et l'ambition jamais aussi entremêlés. Il devait à tout prix mettre de l'ordre dans tout ça avant de faire quoi que ce soit qu'il regretterait plus tard, que ce soit dans sa vie professionnelle ou dans sa vie privée.

En dépit de la douceur de l'air, Natalie frissonna. Aussitôt, Massimo posa sur ses épaules une épaisse serviette de bain. Puis il lui prit les mains et lui massa l'intérieur des poignets.

Elle s'écarta.

— Massimo, tu me fais peur. Dis-moi ce qui se passe.

— Je t'ai donné du temps, et tu dois comprendre que je ne te menace pas. Mais je n'ai plus le choix.

Il la regarda longuement, avec une telle intensité que Natalie se sentit complètement démunie. La détermination se lisait sur sa bouche.

— Continueras-tu à taire l'identité de celui pour lequel tu as travaillé si je te dis que l'attaque contre BCS n'est pas un événement isolé ?

— Comment ça ? demanda-t-elle, surprise. Un autre hacker a attaqué ?

— Non, répondit-il avec un sourire sombre. Il n'y a eu que toi. Mais d'autres choses se sont produites, à la fois chez BCS et chez Brunetti Finances.

Son cœur battait à tout rompre dans sa poitrine.

— Lesquelles ?

— Trois contrats prêts à être signés nous ont échappé. Par ailleurs, ces derniers temps, le passé de Silvio resurgit étrangement dans la presse et les médias... C'est vrai aussi de la vie privée d'Alessandra, son passé, sa famille aux États-Unis... Cela surtout irrite Greta.

— Alessandra et elle sont proches ? releva-t-elle, surprise.

— Greta n'est pas toujours un monstre. *Nonna* aimait son second mari, le père d'Alessandra. Carlo était un homme bien... Il a essayé d'être un modèle positif pour Leonardo et moi.

— Que tu n'as pas suivi ? demanda-t-elle, tout en pensant à l'épée de Damoclès sur sa tête.

Qu'avait réellement en tête Vincenzo ? se demandait-elle. Pourquoi s'en prenait-il aux Brunetti ?

— Sa présence a tout changé pour moi, au contraire. Il a fait comprendre à Greta et à Leo combien Silvio était toxique. Notre vie a changé, grâce à lui. Greta a tout fait pour qu'Alessandra se sente chez elle quand elle s'est finalement installée ici avec nous. Pendant longtemps, notre *nonna* a même espéré que Leo ou moi…

Natalie sentit son cœur faire un bond douloureux dans sa poitrine.

— Quoi donc ?

— Que nous la ferions entrer *officiellement* dans la famille, répondit-il en haussant les épaules.

— Et alors ? insista-t-elle d'une voix qu'elle aurait aimée plus détachée.

Au fond, elle comprenait Greta. Alessandra ferait une épouse parfaite pour l'un de ses petits-fils : sophistiquée, belle, intelligente…

Massimo lui sourit.

— Je pense que Leo et moi aimons trop Alessandra pour avoir une histoire avec elle.

Parce que Alessandra était trop bien pour qu'on joue avec elle… Parce qu'elle était le genre de femme qu'il respectait… Alors qu'elle-même était la parfaite candidate pour une liaison sans conséquence… À cette pensée, elle eut l'impression de recevoir un coup, et le fait que Massimo ne semble même pas se rendre compte de la brutalité de ses propos ne faisait rien pour adoucir le choc.

Mais aussi, se maudit-elle, pourquoi s'obstinait-elle à espérer que Massimo finirait par voir en elle autre chose qu'une nouveauté excitante ? Les hommes comme lui et Vincenzo utilisaient les femmes, non ? Un autre point commun qu'il partageait sans le savoir avec celui qu'il traquait…

— Le fait qu'Alessandra soit mêlée à toute cette histoire énerve Greta, plus encore que le fait que le nom des Brunetti puisse être terni, continua-t-il sans s'apercevoir de son trouble. Et hier il s'est produit un événement nouveau. C'est pour ça que Leo a gardé Silvio ici, même s'il sait que cela me rend furieux.

— Qu'est-ce qui s'est passé ? Massimo, tu dois me le dire. Et tu ne penses tout de même pas que je suis capable d'agir d'ici, alors que je suis enfermée, coupée du reste du monde ?

— La nouvelle que la sécurité de BCS avait été attaquée a fuité. Un membre du conseil d'administration a été averti, je ne sais pas comment, nous obligeant à tout révéler à l'ensemble des membres. Le fait que les informations concernant nos clients n'aient pas été dérobées ni exploitées n'a guère eu d'importance à leurs yeux, tu comprends ? Le membre du conseil qui a accusé Leo d'avoir dissimulé les faits, ce n'est pas la première fois qu'il tente de nous discréditer, qu'il élabore des stratégies pour chasser Leo de son poste. Il ne révélera pas sa source, lui non plus.

Massimo serra les poings.

— Les seules personnes au courant étaient Leo, Silvio, toi, moi, et celui qui t'a demandé d'agir contre nous.

Natalie se sentait glacée à présent.

— Tu penses vraiment que quelqu'un a tout organisé ?

— Oui.

Mon Dieu, mais que cherchait à faire Vincenzo ?

Le regard de Massimo était trop calme. Et trop intense.

— Je suis certain qu'il ne s'agit pas d'une coïncidence. Jusqu'à présent, la situation n'était pas trop grave. Mais cette révélation fragilise terriblement Leo… Quelqu'un essaye de nous faire le plus de mal possible.

Il posa une main sur sa joue.

— Peut-être que tu ne savais pas dans quoi tu mettais les pieds, et peut-être que tu étais censée ne jamais le savoir. Mais maintenant tu dois faire le bon choix.

Son cœur se serra. Massimo n'était plus l'étranger avec lequel elle avait parlé la première nuit : froid, impitoyable et un peu effrayant… Mais Vincenzo était-il vraiment derrière tout ça ? Si c'était bien le cas, comment avait-il pu l'impliquer sachant ce que Frankie représentait pour elle ?

Quelles que soient les questions qu'elle se posait, comment aurait-elle pu livrer le nom de Vincenzo à Massimo après tout ce qu'il avait fait pour elle pendant toutes ces années ?

— Je te donne une semaine, Natalie. J'ai besoin d'un nom pour en finir avec cette histoire.

— Ou alors quoi ? demanda-t-elle en frémissant.

— Ou alors je laisserai Leo gérer la situation. Je lui laisserai faire le sale boulot et t'envoyer en prison. Je ne suis pas un héros, *bella mia*. En fait, je suis pire que mon frère, parce que lui s'accepte comme il est. En revanche, pour ce qui est de faire semblant, tant que c'est commode et facile, je suis meilleur que lui. Et même que mon père.

8

Le cœur battant à se rompre dans sa poitrine, Natalie posa le pouce sur le panneau d'accès. Le simple bip, accompagné d'une lumière verte, lui fit l'effet d'un météore heurtant la Terre.

Vaguement nauséeuse, les mains moites, elle poussa la porte du laboratoire.

Quoique vêtue du pull épais qu'elle lui avait emprunté le premier jour, elle frissonnait rien qu'en imaginant le regard gris de Massimo la fixant comme si elle était une criminelle qui ne méritait même pas le peu de considération qu'il lui avait témoignée.

Tout en marchant vers l'ordinateur qu'il lui avait attribué, elle tira sur l'encolure du pull pour en respirer l'odeur, et enfouit le nez dans la laine douce. L'odeur de Massimo emplit ses narines, pénétra dans tout son corps et calma la panique qui s'était emparée d'elle. Un rire quasiment hystérique lui échappa, dont le grand espace se fit l'écho. Comme c'était étrange… Elle s'apprêtait à le trahir de nouveau, ici même, et c'était pourtant son odeur qui parvenait à la calmer.

Elle contempla son reflet dans l'écran, pendant que l'ordinateur s'allumait. Deux jours, et des monologues incessants dans sa tête, ne lui avaient permis ni de trouver une autre solution ni de rendre sa décision plus facile.

Oui, Vincenzo avait tort d'agir dans l'ombre contre les Brunetti et de l'avoir placée au milieu de cette histoire. Mais elle ne pouvait pas le trahir, non.

Les pensées se bousculaient dans sa tête à toute allure tandis que ses doigts tapaient sur le clavier. Quand elle aurait trouvé le dossier contenant les preuves que Massimo avait réunies pour l'envoyer en prison, elle le détruirait. Demain matin, il n'aurait plus rien contre elle.

Sauf de la haine.

Elle sentait la transpiration sur sa nuque.

Si elle faisait ça, elle ne pourrait revenir en arrière. Jamais plus il ne lui ferait confiance, il ne lui sourirait plus, ne rirait plus avec elle, ne l'embrasserait jamais plus... Elle se prit la tête entre les mains et gémit.

Mais comment abandonner sa sécurité aux caprices d'un homme qui certes lui avait témoigné de la gentillesse et de la générosité, mais qui plaçait son ambition au-dessus de tout ? Cela aurait été à l'encontre de tous les principes qui l'avaient aidée à survivre si longtemps.

Seigneur, elle était si lasse de se battre et d'être forte...

Tout ce qu'elle voulait, ce dont elle avait désespérément besoin, c'était quitter cet endroit et cet homme.

Il le fallait.

L'alarme discrète de sa montre attira l'attention de Massimo, qui attendait dans le hall l'arrivée des invités.

Il fronça les sourcils, mais effaça la notification. Pour le moment, il avait plus important en tête. Sans compter qu'il était bien trop excité à l'idée de revoir Natalie. Cela lui rappelait ce qu'il ressentait lorsqu'il était à l'université, espérant qu'une fille qu'il aimait bien le remarquerait.

Attends de l'avoir vue ce soir.

Le SMS lapidaire d'Alessandra, reçu deux heures plus tôt quand il achevait sa séance de sport, l'avait intrigué. Comment Natalie serait-elle habillée ce soir ? Il avait déjà assez de mal à se concentrer quand elle ne portait que son jean *skinny* et son vieux T-shirt... Il ferma les yeux et la revit en train d'enfiler le pull de laine trop grand pour elle qu'il lui avait prêté. Quand il l'avait vue enfouir son nez dans le tissu, un léger sourire aux lèvres, il avait eu une érection immédiate.

Cristo, il avait envie d'elle dès qu'il se trouvait en sa présence. Qu'est-ce que cela serait si elle s'était vraiment habillée pour lui plaire ?

Ce soir, c'était le gala de charité annuel donné par les Brunetti à la Galleria Vittorio Emanuele II. À cette occasion, Greta avait insisté, ils devaient montrer à tout le monde qu'ils étaient unis. Certes, Massimo préférait travailler seul plutôt que de participer à la stratégie politique des plus puissantes familles de Milan. Pour autant, il ne voulait pas ruer dans les brancards et gâcher cette fête traditionnelle.

Giuseppe Fiore serait là, et Massimo en profiterait pour le voir dans un autre cadre que les réunions de travail habituelles, durant lesquelles il était toujours entouré de ses courtisans aux ambitions personnelles.

Fiore était un homme d'affaires à l'intelligence incisive, qui pouvait se retirer au dernier moment s'il l'estimait nécessaire, et Massimo avait besoin de savoir ce qu'il pensait des informations circulant sur l'attaque dont avait été victime BCS. Il allait devoir limiter les dégâts. Et il espérait que la présence de Natalie aplanirait par ailleurs les éventuelles difficultés avec Gisela.

Quiconque les voyait ensemble ne pouvait avoir de doute : il n'avait d'yeux que pour elle.

— Garder un œil sur elle est une chose, Massimo, dit Leo. Mais lui laisser l'accès au programme que tu élabores pour Fiore… Tu ne penses pas que tu vas trop loin ?

Massimo avait su qu'il aurait cette conversation avec son frère dès qu'il avait présenté Natalie à sa famille. Cependant, Leo avait attendu presque deux semaines, alors qu'il n'hésitait jamais d'ordinaire, quel que soit le problème.

Il fronça les sourcils. Natalie avait-elle vu juste ? Leo s'était-il tu en raison des mots durs de Massimo ? Ses accusations avaient-elles blessé son frère ?

— Reste en dehors de ça, Leo, répliqua-t-il.

— Je t'ai laissé dix jours, Massimo. Pour que tu puisses te faire plaisir avec elle comme tu le souhaitais. Ce n'était pas assez ?

— Ne parle pas d'elle comme ça ! s'écria Massimo, furieux.

Pourtant, comment donner tort à Leo ? Jusqu'à aujourd'hui,

n'avait-il pas toujours considéré les femmes comme une agréable distraction ?

— Elle travaille avec moi jour et nuit pour renforcer la sécurité de BCS. Elle est brillante. Si je parviens à l'impliquer, elle sera un atout dans le projet Fiore.

— Même si ce qu'elle a commis risque de ruiner nos chances de conclure le contrat ? Alors que nous ne savons toujours pas qui est derrière l'attaque ? Elle a commis un délit, mais elle refuse de te dire pourquoi, ou de te révéler le nom de celui pour qui elle a agi. Tu mets ça de côté parce qu'elle te plaît. C'est Silvio qui a l'habitude de se conduire de cette façon...

— Natalie n'est pas comme les autres femmes.

Leo écarquilla les yeux.

— Alors elle te plaît *vraiment*...

Oui, elle lui plaisait vraiment. Pour la première fois de sa vie, c'était au-delà de l'attirance physique. Il l'avait menacée de la livrer à Leo, mais en serait-il capable ? Finalement, Silvio avait-il raison quand il parlait de ses faiblesses ? Mais, la réticence qu'il éprouvait à faire du mal à Natalie, était-ce de la faiblesse ?

Leo se passa les mains dans les cheveux, comme s'il était face à un problème plus grave que prévu.

— Je n'aurais jamais pensé que nos sociétés passeraient un jour après une femme.

— Je ne vais pas l'épouser, Leo. Simplement, je refuse de profiter de la situation vis-à-vis d'elle.

— Tu ne la crois pas innocente, tout de même ?

Non. Et il ne pensait pas non plus qu'elle pourrait cesser de penser *d'abord* à son propre intérêt. Mais il savait que la surprise qu'elle avait manifestée, quand il lui avait parlé des récents événements, était authentique.

Ils avaient passé des jours à renforcer la sécurité de BCS, à réparer des brèches que Natalie repérait avec talent. Son intelligence l'avait frappé, ainsi que sa joie à travailler. Et il avait senti sa lutte intérieure après qu'il lui eut parlé. Elle lui avait posé des tas de questions, passant au tamis les détails, essayant de tout relier. Et toujours il avait lu le conflit dans ses yeux, ces beaux yeux bruns qui ne pouvaient rien dissimuler.

Leo regarda Massimo droit dans les yeux. Toujours cette méfiance dans ses yeux... Comme s'il était un étranger capable de l'attaquer et de le blesser. Le puissant, cynique, impitoyable Leonardo Brunetti, blessé par les paroles de Massimo ? Si Natalie n'en avait pas parlé, jamais il ne s'en serait douté.

— Si elle est pauvre, donne-lui de l'argent pour qu'elle te dise la vérité, suggéra Leo, avec une certaine gêne. Nous avons absolument besoin de savoir qui est derrière tout ça, et elle est notre seule piste.

— Elle ne se laissera pas acheter.

Brillante, drôle, naïve, sur la défensive quand il s'agissait de son passé. Et loyale. Cette complexité la rendait plus intéressante encore à ses yeux, et lui donnait envie de la protéger. Et la question le taraudait sans cesse : qu'avait fait l'homme dont elle taisait le nom pour mériter ainsi sa loyauté indéfectible ?

— Tu ne vois pas que c'est pire ? Cela veut dire qu'elle sera loyale envers notre ennemi.

— Elle finira par me dire la vérité.

— En vertu de quoi ?

— Je ne sais pas, d'accord ? Je lui mets autant la pression que je peux, rétorqua Massimo, mécontent de n'avoir que cette réponse à donner.

Il détestait penser qu'il agissait ainsi par faiblesse. Était-il idiot de penser que Natalie finirait par se confier à lui ?

Et pourquoi diable refusait-elle de tout simplement sauver sa peau ?

« Laisse tomber, Leo. *Per favore.* »

Mais il ne parvint pas à prononcer ces derniers mots. Il toussota.

— Tu ne penses pas que ce pourrait être une personne que Silvio a trahie ou contrariée ? Nous savons tous les deux qu'il a beaucoup de forfaits sur la conscience.

— C'est bien sûr la première chose à laquelle j'ai pensé. Je fais des recherches.

— *Bene.* Je pensais que tu avais peut-être oublié quel genre d'homme était notre père.

— Je le supporte mieux que toi, c'est vrai. Mais cela ne veut pas dire que j'oublie de quoi il est capable.

Massimo hocha la tête. *Cristo*, que les émotions étaient difficiles à verbaliser... Mais il n'avait pas pour habitude de se dérober.

— Je te dois des excuses, commença-t-il prudemment.

Étonné, Leo releva la tête.

— Pour t'en avoir voulu à toi aussi de ce qu'il me faisait subir.

Son frère pâlit.

— Massimo... Je ne te reproche rien...

— Non ? insista Massimo en souriant. Eh bien, tu devrais. Tu n'étais qu'un enfant, toi aussi. Tout aussi conditionné que moi. Quand je regarde Silvio, je ne vois qu'un tyran, un pervers narcissique pathétique et angoissé qui a fait de la vie de ma mère un enfer. Le visage qu'il t'offre, plus séduisant, est bien plus dangereux, je crois... Si Natalie ne me l'avait pas fait remarquer, je n'aurais jamais réalisé à quel point mon ressentiment pesait sur moi. J'ai longtemps cru que tu le préférais à moi.

Les yeux de Leo s'emplirent de regret. Puis son frère détourna le regard.

— J'aimerais avoir compris la situation plus tôt, dit-il.

Massimo posa une main sur l'épaule de son frère.

— C'est le passé. Et n'oublie pas que ma mère, pourtant bien consciente de ce qui se passait, n'a jamais pu arrêter Silvio... Cela dit, est-ce que tu comprends mieux comment fonctionne Natalie ? Je ne prétends pas qu'elle est innocente. Mais alors qu'elle sait ce que tu penses d'elle, elle m'a amené à voir combien je te blessais en t'en voulant. Greta nous connaît tous les deux depuis des années, mais elle ne m'a jamais dit que je me comportais comme si je voulais prouver que je valais mieux que toi.

— Tu vaux beaucoup mieux que moi, déclara Leo.

— Je crois que je l'avais un peu oublié...

Leo haussa les sourcils avec humour.

— Content de voir que tu retrouves le moral.

Massimo éclata de rire avant de reprendre plus sérieusement :

— En fait, il ne s'agit pas d'une compétition entre toi et moi. J'ai ma vie à mener. Bien sûr, il y a des ombres en moi, mais je pense que ma mère et Carlo ont fait de leur mieux pour les neutraliser.

Leo soupira.

— Je crois que je vais pouvoir mieux dormir.

Massimo acquiesça. Soudain, il vit son frère fixer un point derrière lui, et l'entendit jurer à voix basse. Il fronça les sourcils et se retourna.

Ce qu'il vit lui coupa le souffle.

Vêtue d'une robe du soir qui dénudait ses épaules, Natalie descendait les marches. Le haut de sa tenue était constitué de deux bandes de soie dorée, qui partaient de la ceinture et se croisaient pour couvrir sa poitrine, avant de se nouer derrière son cou gracieux.

Aussitôt, Massimo sentit son corps se tendre de désir. Il ressentit le besoin irrépressible de faire courir sa langue entre ses seins, et d'écarter le tissu qui les couvrait. La robe, ultra-sexy, laissait voir sa taille. Elle avait ramené sa chevelure en un chignon haut, et des boucles indisciplinées s'en échappaient, soulignant la ligne de son menton. Ses yeux brillaient, et sur sa bouche rouge était posé un sourire tremblant. Fendue jusqu'à la cuisse, la robe tombait sur ses chevilles et chatoyait à chaque mouvement. Des hauts talons complétaient sa tenue.

La jeune femme avançait, une main sur la rampe, l'autre plaquée sur son ventre.

Elle n'avait pas la beauté sensationnelle de Gisela ou d'Alessandra, mais la sienne était bien plus profonde que la simple apparence. La beauté de ses traits était amplifiée par l'intelligence de son regard, par son sens de l'humour. Dans cette tenue qui mettait en valeur la sensualité naturelle de son visage fin, légèrement maquillé, de son ossature délicate, elle avait l'air incroyablement fragile et sauvage.

Arrivée à la dernière marche, elle s'immobilisa et son regard s'accrocha au sien, dans une invite provocante. Le désir s'infiltra en lui comme un miel enivrant.

Elle avait choisi cette robe en pensant à lui, voilà ce qu'elle lui disait sans faux-semblants. Elle le laissait lire le désir dans ses yeux.

Jamais aucune femme ne l'avait autant étonné et désarmé.

Il entendit la voix basse de son frère derrière lui.

— Tu la crois toujours innocente ? murmura Leo. Elle se tient là comme un cadeau de Noël, attendant que tu la déballes… Quel homme pourrait résister à une telle invitation ? S'il ne s'agit pas d'une tentative de séduction pour t'arracher sa liberté, au moment même où tu me dis lui mettre la pression... je ne dirai plus jamais rien contre elle.

Massimo serra les dents. Son frère avait-il raison ? Avait-il commis une erreur en faisant à ce point confiance à Natalie ?

9

Ébahie, Natalie continuait à tout admirer autour d'elle, même après deux heures passées dans l'opulente splendeur de la Galleria Vittorio Emanuele II. Les bras d'acier et de verre de celle-ci convergeaient vers une place centrale sous un immense dôme de verre. La mosaïque du sol, représentant de nombreux symboles patriotiques italiens, scintillait.

De grandes tables rondes couvertes de nappes en lin immaculées et ornées de magnifiques arrangements floraux étaient placées le long des quatre branches de la Galleria, et chacune d'elles pouvait accueillir huit invités. La place, lui avait expliqué Greta, coûtait cinq mille euros, et les bénéfices de la vente seraient versés à des organisations caritatives offrant des repas à des personnes dans le besoin à Milan.

Se trouvaient là des couturiers célèbres, des dirigeants de start-up... Même le maire de Milan était présent.

L'humeur sombre de Massimo, dont elle ne parvenait pas à comprendre la raison depuis qu'elle l'avait rejoint dans le salon où il l'attendait avec sa famille, l'empêchait néanmoins de se concentrer complètement sur le décor féerique. L'éblouissant gala qui s'y tenait lui paraissait une pause avant son exécution...

Comment finirait cette nuit ? se demanda-t-elle avec une sourde angoisse.

Quand le dîner fut terminé, les invités commencèrent à se lever et à déambuler. L'odeur raffinée de café noir et de chocolat flottait dans l'air... Un virtuose jouait une sonate de Beethoven.

La Galleria, lui avait expliqué Gisela dans un anglais hésitant, était le véritable cœur de la ville, la mémoire d'une période historique complexe de Milan tout autant qu'un exploit architectural. Natalie aurait souhaité avoir son téléphone afin d'immortaliser cette soirée et d'en montrer plus tard des photos à Frankie. Ou pour les revoir plus tard, quand elle aurait été chassée de ce monde...

Seules des familles comme les Brunetti pouvaient se permettre d'utiliser la Galleria, pierre angulaire de l'histoire de Milan, afin d'y organiser un dîner caritatif privé. La journée, on y venait pour ses célèbres boutiques de luxe. Et, même sans argent à dépenser, Natalie avait très envie elle aussi de la voir en plein jour.

Peut-être pourrait-elle demander à Massimo de l'y emmener ?

Tous deux avaient besoin d'une pause, après tout. Pour récupérer après être restés enfermés au labo pour des journées de travail de dix-sept heures, et se détendre de la tension qui vibrait entre eux dès qu'ils échangeaient le moindre regard.

Elle avisa la mine narquoise de Greta. Que lui avait raconté Alessandra, qui l'avait croisée ce matin alors qu'elle se glissait hors du labo comme une voleuse ? Pour justifier sa nervosité, Natalie lui avait expliqué qu'elle était angoissée à la perspective de cette soirée... Chose qui avait dû réjouir Greta.

Soudain, sans qu'elle l'ait vu arriver, Massimo fut près d'elle et lui prit le bras. À sa poigne, elle devina qu'il était très tendu.

— Je veux que tu rencontres Giuseppe Fiore et son directeur technique.

Elle hocha la tête, le cœur battant devant son regard glacial. Avait-il déjà découvert ce à quoi elle s'était livrée ce matin ? Pourtant, elle avait fait en sorte que le programme ne se déclenche pas avant quelques heures.

Elle poussa un petit cri lorsqu'elle sentit sa cuisse contre la sienne, son torse contre sa poitrine... Tout en marchant vers le groupe d'invités parmi lesquels se tenaient Giuseppe Fiore et son directeur technique, il la maintenait fermement à son côté, dans un geste possessif qui la mettait en feu...

La respiration courte, elle leva les yeux vers lui.

— Massimo ?

— Tu joues avec le feu, *bella*. Es-tu prête à te brûler ?

Face au désir intense qu'il ne cherchait pas à cacher, elle ne parvenait plus à penser. Plus rien n'avait d'importance…

Même pas la belle Gisela au bras de son père, vêtue d'une incroyable robe émeraude, très à l'aise, échangeant avec les uns des nouvelles de relations communes que Natalie ne rencontrerait jamais, partageant avec les autres des plaisanteries d'initiés, tout cela dans un italien fluide qu'elle ne comprenait pas.

Après tout, son travail ce soir était de se pendre au bras de Massimo et de le contempler d'un air énamouré, bref d'envoyer à tous le signal que son cœur était pris. Elle devait avouer que Massimo jouait de son côté à la perfection le rôle du fiancé en extase… Elle remarqua que Gisela profitait néanmoins de la moindre occasion pour se mettre à côté de lui, poser comme si de rien n'était la main sur son torse, se pencher vers lui d'un air complice… Et même s'il ne faisait rien pour l'encourager il ne semblait pas non plus gêné par son comportement. Comme si elle en avait le droit, simplement parce qu'il faisait des affaires avec son père.

Le charme naturel de Massimo, son aisance, semblait atténuer les inquiétudes de ses interlocuteurs au sujet de la sécurité menacée de BCS et de Brunetti Finances. Jamais il ne prenait son interlocuteur de haut ou n'était méprisant. Comment ne pas admirer la façon claire et concise dont il expliquait l'incident – dont elle était responsable…

Elle n'avait pu s'empêcher de se raidir quand il l'avait présentée comme une brillante spécialiste dans le domaine de la cybersécurité. Quand Giuseppe demanda quelles étaient son expérience et ses qualifications, Massimo expliqua avec décontraction que Natalie était responsable de la récente attaque du système de BCS, mais qu'elle l'avait effectuée à sa demande, dans le but de trouver des défauts et de les corriger.

C'était très intelligent de sa part, avait pensé Natalie, impressionnée. Utilisant en partie la vérité, il avait apaisé l'inquiétude de Giuseppe et montré qu'il contrôlait la situation. D'ailleurs, elle surprit le regard admiratif de Leo posé sur son frère.

Avec une grande amabilité, Giuseppe souhaita bonne chance à Natalie et la félicita pour avoir fait la conquête d'un « très brillant jeune homme ». Peu après, Natalie s'éclipsa, sans que Massimo la retienne, cette fois. Il n'avait plus besoin d'elle... Elle circula entre les groupes, se dirigeant vers les ascenseurs qu'un serveur lui indiqua.

Fini de faire semblant pour ce soir. Maintenant, elle allait attendre que le couperet tombe.

Le bruit des voix s'atténua jusqu'à devenir un léger murmure, tandis qu'elle longeait le petit couloir où se trouvaient les ascenseurs conduisant à la Highline, ce chemin sur le toit de la Galleria, d'où on pouvait, lui avait-on dit, « toucher le ciel ».

Les portes de l'ascenseur glissèrent sans bruit, et Natalie entra. Mais avant qu'elles ne se referment une chaussure d'homme en cuir italien les bloqua. Forçant l'ouverture de l'épaule, Massimo monta à son tour. Aussitôt, la cabine sembla se remplir d'une tension électrique.

— Où fuis-tu comme ça, *cara mia* ?

— Je voulais jeter un coup d'œil à la Highline, murmura-t-elle, d'une voix bien trop tremblante à son goût. Et m'éloigner un peu de Gisela Fiore, qui cherche visiblement à te séduire de nouveau. J'ai la permission de me déplacer, n'est-ce pas ?

Quand il appuya sur le bouton d'arrêt, Natalie déglutit avec difficulté.

— Certainement. Mais j'ai également la permission de suivre ma fiancée ? Ne serait-ce que pour m'assurer qu'elle ne va pas rencontrer un autre homme en secret ?

Natalie pâlit.

— Tu ne penses pas sérieusement que je pourrais avoir organisé un rendez-vous avec quelqu'un alors que tu m'as coupée du reste du monde ? C'est Leonardo qui t'a mis cette idée en tête ?

Il serra la mâchoire.

— Laisse mon frère en dehors de ça.

Elle secoua la tête.

— Massimo, pourquoi es-tu tellement en colère ? Tu as été de cette humeur toute la soirée...

Le regard de Massimo était glacial.

— Pourquoi t'es-tu habillée ainsi pour la soirée, alors que j'ai mis trois jours à te convaincre que j'avais besoin de toi pendant le gala ?

C'était vraiment pour ça qu'il lui en voulait ?

— Pourquoi j'ai mis cette robe ? Mais parce que je ne voulais pas te gêner, ou que tu aies honte de moi ! Je voulais que tu me trouves digne de toi.

— C'était vraiment ce que tu voulais ?

Tout à coup, elle en avait assez de se battre contre ses émotions... Luttant contre un sentiment terrible de vulnérabilité, elle posa les mains sur les joues de Massimo. Pourquoi cet homme avait-il un tel pouvoir sur elle ? À cause de lui, elle désirait des choses qui resteraient à jamais hors de sa portée. Elle désirait être... différente. Et c'était le pire pour elle.

— J'ai eu envie de m'habiller comme si j'étais vraiment ta fiancée.

Le contact de sa peau rendue rugueuse par une barbe de trois jours la fit frissonner. Alors elle enfouit son visage dans le cou de Massimo, et l'odeur de sa peau la bouleversa. Des mains, elle caressait son torse, avec un désir avide d'explorer son corps, de le toucher. Elle entendit la respiration de Massimo s'accélérer... C'était l'instinct qui la faisait agir. Elle pressa sa poitrine contre son torse, et elle enroula les bras autour de lui.

Les yeux gris de Massimo avaient foncé pour prendre la couleur d'un ciel d'orage. Quand elle sentit son érection contre son ventre, elle posa le bout de sa langue contre ses lèvres.

— Embrasse-moi, s'il te plaît, Massimo.

— Pourquoi ?

Elle rit, et le son cristallin emplit l'espace clos de la cabine.

— Après deux semaines à essayer de me tenter, tu me demandes pourquoi ?

— Je veux dire, pourquoi changes-tu d'avis soudainement ?

— Parce que, quand tu m'embrasses, j'oublie tout. La laideur du monde, le bien, le mal. Mes blessures.

Elle enfouit les mains dans ses cheveux noirs et pressa sa bouche contre la sienne.

— Je t'en prie, ne pose plus de questions, Massimo... Oublie pour quelques instants le monde extérieur, ton entreprise, ta famille... Imagine que tu m'aies rencontrée cette nuit-là par hasard dans le cybercafé, et que nous nous soyons plu, tout simplement. Que je sois venue vers toi spontanément, à la recherche du plaisir que tu pouvais me donner. Que ferais-tu avec moi si je t'appartenais ?

« Que ferais-tu avec moi si je t'appartenais ? »

La question de Natalie fit jaillir le désir que Massimo luttait pour contenir depuis la minute où il avait posé les yeux sur elle. La pression de sa bouche contre la sienne, affamée et douce, ensorcelante et innocente, réduisait à néant la colère qu'il avait ressentie durant la soirée. Son corps contre le sien, la façon dont elle se pressait contre son sexe dur... C'était à la fois le paradis et l'enfer. Il enfouit les mains dans ses cheveux et défit son chignon.

Oui, elle avait peut-être un objectif en tête en le séduisant. Mais qui avait dit qu'elle l'atteindrait ? Qu'elle gagnerait la partie qui avait commencé entre eux et qu'il lui rendrait sa liberté ?

La vérité, c'était qu'il ne voulait pas la laisser partir, pas avant d'avoir découvert ce qu'il y avait entre eux. Il voulait aller jusqu'au bout de cette histoire. L'admettre le libérait de sa culpabilité.

Le désir vibrant dans tout son corps, il pressa la bouche contre son épaule et remonta jusqu'au creux de son cou, là où battait son pouls. Il prit sa bouche dans un baiser avide, et elle se plaqua encore plus contre lui. Sa bouche avait une saveur douce et fraîche. Les doigts sur sa nuque, il lui renversa la tête en arrière, la faisant se cambrer.

Ses yeux bruns étaient fixés sur lui, ses magnifiques cheveux épars sur ses épaules. Il voyait ses tétons durs contre la soie de sa robe.

— Tu es sûre de vouloir, *bella mia* ?

— C'est la seule chose dont je sois sûre, Massimo.

Il la poussa doucement contre la paroi et l'embrassa à perdre haleine. Elle gémit contre sa bouche, et il eut aussitôt peur de ne pas pouvoir garder le contrôle. À travers ses baisers, il sentait sa passion mêlée d'inexpérience et cela l'excitait terriblement. Il passa doucement la langue sur la lèvre inférieure de la jeune femme, avant de l'embrasser de nouveau tout en lui caressant les hanches, le dos, les fesses.

Cristo, il allait devenir fou, jamais il n'avait ressenti cela. Les soupirs et les gémissements de la jeune femme le guidaient…

Il glissa la main dans l'échancrure de la jupe et empoigna une de ses fesses nues, sans cesser de l'embrasser. Quand elle se cambra contre lui, il écarta le haut de sa robe pour révéler sa poitrine. Il fit rouler un téton contre son pouce, et la jeune femme enfouit les mains dans ses cheveux. Il se pencha et aspira le téton, le faisant jouer contre sa langue.

Elle réagissait à chaque caresse avec une passion explosive et jouissive…

Il passa la main sous son string.

— Massimo ? murmura-t-elle alors, la voix rauque de désir.

Électrisé, il posa la paume de sa main sur le sexe brûlant de la jeune femme. *Dios mio*, il n'avait pas souvenir d'avoir été aussi excité… Il releva la tête et l'embrassa doucement, laissant leurs langues danser sensuellement.

Il voulait qu'elle ait confiance en lui.

— Tu es si sensuelle, *cara mia*… J'ai envie de t'embrasser, de te toucher…

Ses grands yeux bruns s'emplirent soudain de timidité.

— Ici ? On ne devrait pas aller chez toi ?

Il lui sourit. Elle était tellement belle, avec ses lèvres nues, gonflées par les baisers, ses cheveux en liberté… Cette vision éveilla en lui un instinct possessif primaire. La seule pensée qu'un autre homme pourrait la voir ainsi, connaître avec elle une telle intimité, profiter de ses sourires, de sa joie, de son intelligence…

— Massimo ? répéta-t-elle.

Elle serait à lui et à lui seul. Et cette nuit il se refrénerait, il n'irait pas trop vite, car il voulait que Natalie comprenne qu'elle ne pouvait se passer de lui, il voulait qu'elle comprenne le pouvoir qu'ils avaient l'un sur l'autre… Pour l'instant, elle lui faisait confiance, et c'était un cadeau qu'elle lui faisait sachant combien c'était difficile pour elle. Un cadeau dont il voulait se montrer digne.

— Pas ici, non. Pas sans préservatif, répondit-il. Mais j'ai terriblement envie de te donner du plaisir, de te caresser. Quand nous sortirons de cet ascenseur, le souvenir de ta jouissance m'aidera à attendre la fin de cette interminable et ennuyeuse soirée...

Elle lui sourit, les yeux brillants de désir. Ses mains tremblaient quand elle saisit les revers de sa veste.

— Alors comme ça, un libertin se cache sous l'homme d'affaires sérieux, dit-elle en riant.

Excité par son rire libre et joyeux, il l'embrassa de nouveau passionnément. Elle répondait à son baiser comme si elle voulait se fondre en lui... Il plaqua son érection contre son ventre. Il avait tellement envie d'être en elle... Avec une telle force qu'il ressentait le besoin soudain de lui faire des promesses, des promesses qui lui auraient donné des cauchemars un mois plus tôt.

Il glissa les doigts vers son sexe humide, et elle gémit quand il trouva son clitoris, se cambrant comme si un éclair l'avait frappée. Lentement, il enfonça un doigt en elle.

— Tu es prête, *cara mia*. Regarde-moi... Dis-moi ce que tu ressens...

Elle se mordit la lèvre inférieure, le front contre son épaule.

— C'est nouveau... Étrange... Comme si j'avais la fièvre... S'il te plaît, n'arrête pas...

— *Bella mia*..., gémit-il contre son oreille, avant de glisser un deuxième doigt dans son sexe.

Tout son corps était tendu de désir, impatient d'exploser.

— Bouge autour de mes doigts, *cara mia*. Dis-moi ce qui te plaît...

La bouche ouverte sur un cri silencieux, Natalie imprimait un mouvement de va-et-vient à son corps. De son autre main, Massimo lui caressait la poitrine, jouait avec ses tétons. Et soudain l'orgasme l'emporta en longues vagues. Quand elle les rouvrit, il y avait une telle clarté dans ses yeux...

Dios mio, pourrait-il un jour se passer de ça ?

Elle posa la main sur son poignet pour l'arrêter, et se laissa aller contre lui, apaisée comme après un orage. L'entourant de ses bras, il posa son front contre le sien, et son odeur subtile et florale pénétra ses narines. Jamais il ne s'était conduit comme ça, oubliant tout dans le désir de posséder une femme.

Depuis si longtemps, BCS était toute sa vie. Jamais il n'avait eu de temps pour les relations amoureuses... Il ne devait pas oublier qu'il ne possédait rien de ce qu'il fallait pour garder une femme comme elle, innocente et fragile, complexe et sur la défensive. Il ne voulait pas qu'elle mette sa vie sens dessus dessous…

La sonnerie de sa montre interrompit soudain ses pensées. Fronçant les sourcils, Massimo mit quelques secondes à réaliser ce qui était en train de se passer. Un programme pirate avait pénétré son ordinateur, fouillant dans le moindre recoin pour trouver quelque chose…

Il leva la tête et rencontra le regard de Natalie, où brillait une culpabilité sans équivoque.

Comme elle était sexy avec sa bouche gonflée, sa robe froissée, pensa-t-il confusément.

— Un programme pirate vient de pénétrer dans mon ordinateur. J'imagine que c'est toi ?

Il jura et désigna sa robe défaite.

— Tu t'es donné tout ce mal pour m'amadouer et me rendre plus indulgent au moment où je découvrirais ce que tu étais en train de faire ?

Elle pâlit et Massimo vit qu'elle tremblait. Mais elle croisa les bras et releva le menton d'un air de défi, ce défi qu'elle portait comme une armure.

— Ne sois pas goujat, Massimo. Cela ne te va pas.

— Alors dis-moi ce que je suis censé penser ?

Elle avait l'air perdue, elle était irrésistible…

— Je n'avais pas prévu de me jeter dans tes bras ce soir, je te le jure. Mais avec ce gala, où j'ai fait semblant d'être ce que je ne suis pas… quelque chose a cédé en moi. J'ai voulu être téméraire, audacieuse, et avoir ce que je désirais. Toi. Mais…

Elle secoua la tête.

— Vraiment, si tu réfléchis bien, tu comprendras que je n'ai ni l'expérience ni la confiance en moi nécessaires pour utiliser… ce qui existe entre nous à mon avantage. Dommage pour moi, parce que j'aurais peut-être pu me sortir de cette histoire dès le moment où tu m'as retrouvée.

Il jeta un coup d'œil à sa montre, qui venait d'émettre un autre bip. Cette fois, il s'agissait d'une alerte qu'il avait programmée pour se déclencher quand un dossier bien particulier était menacé :

celui contenant les documents qui reliaient Natalie à l'attaque dont BCS avait été victime.

— Quand es-tu allée au laboratoire ? demanda-t-il, en essayant de contrôler sa colère.

— Ce matin, avoua-t-elle d'une voix tremblante, quand tu étais avec Leonardo. Cette seconde alerte signifie que mon programme a trouvé les fichiers, n'est-ce pas ?

— Tu veux détruire les preuves de ton délit ?

— Oui. Comme ça, je serai libre.

— Tu t'es montrée brillante, comme d'habitude.

Elle eut un rire triste.

— Tous les jours, toutes les nuits... je devenais folle. À partir du moment où tu as parlé de laisser Leonardo gérer la situation, je n'ai pas cessé de me demander à quel moment ton indulgence à mon égard prendrait fin... J'étais terrifiée à l'idée de tout perdre, une fois encore. Alors j'ai décidé de détruire tous les documents que tu avais contre moi.

— Et après, qu'est-ce que tu comptais faire ?

— Supplier Greta de m'aider à fuir loin d'ici. Elle me déteste tellement qu'elle l'aurait fait.

— Tu avais tout prévu, n'est-ce pas ? Il t'a fallu des nerfs d'acier pour m'embrasser alors que tu savais que ton programme allait se mettre en marche.

— Des nerfs d'acier ? Je parlerais plutôt de désespoir... Je ne sais pas à quel homme accorder ma confiance, lequel trahir... Je suis terrifiée à l'idée de prendre la mauvaise décision.

Massimo eut une moue méprisante.

— Ce n'est pas difficile de se tenir éloigné de l'illégalité.

— Seul quelqu'un de privilégié depuis l'enfance peut être aussi catégorique ! répliqua-t-elle, agacée. Quelqu'un qui n'a jamais eu faim, jamais eu à s'inquiéter de savoir où il dormirait la nuit. Je ne sais pas pourquoi... cet homme fait ça, mais ce n'est pas un monstre. Il m'a sortie de la famille où j'étais placée et dont le fils me harcelait... Il m'a sauvée de la prison pour mineurs. Pendant des années il a veillé sur moi...

Elle s'interrompit quelques secondes pour reprendre son souffle.

— J'avais volé son portefeuille, et au lieu d'appeler la police il m'a offert à manger… Je mourais de faim. Il m'a trouvé un toit, donné de l'argent. Pendant toutes ces années, il ne m'a rien demandé. Il disait… retrouver quelque chose de lui en moi… Alors, quand il m'a demandé d'attaquer BCS, je l'ai fait volontiers. Et la seconde fois, quand il m'a demandé de le refaire, j'aurais pu dire non. Mais cette fois, c'est vrai, je l'ai fait par orgueil, pour le défi… Alors, non, je ne peux pas le trahir. Même si je déteste l'idée qu'il m'ait mise dans le pétrin, et de ne pas savoir pourquoi il a agi ainsi. Je ne le déteste même pas de m'avoir impliquée… Parce que s'il ne l'avait pas fait je ne t'aurais jamais rencontré. Comprends-tu à quel point je me sens écartelée ?

Elle essuya une larme sur sa joue avant de reprendre :

— Alors la seule chose sensée à laquelle j'ai pensé, c'était d'essayer de voler les preuves que tu avais contre moi avant que tu m'envoies en prison. Mais je ne pouvais pas… Je ne pouvais pas.

Massimo fronça les sourcils.

— Qu'est-ce que tu veux dire ?

— Ce programme que j'ai introduit doit seulement localiser le dossier, pas le détruire… Je… ne pourrais pas supporter que tu me détestes, de briser ta confiance… Mais, comprends-moi, je devais sortir de cette impasse. Je voulais te montrer que j'étais capable de m'en sortir toute seule, que je pouvais te trahir, mais que j'avais choisi de ne pas le faire… Mais ne me demande pas plus.

Il ne savait plus quoi penser. Devait-il l'embrasser pour son courage ou la chasser de sa vie, qu'elle rendait si compliquée ? Il pensait la connaître… Mais ça… Déposer sa liberté et sa sécurité entre ses mains à lui, avoir tellement confiance en lui qu'elle était persuadée qu'il allait faire ce qui était juste…

En voyant ses yeux apeurés, sa bouche tremblante, il comprit que cela la dévastait. Et pourtant elle l'avait fait… Pour gagner sa confiance. Avec cet aveu qu'elle venait de faire, elle lui donnait une extraordinaire leçon d'humilité.

Mais, lui, était-il à la hauteur ?

Les yeux de Natalie se remplirent de larmes.

— Je déteste me sentir faible devant toi. Mais j'en ai assez de me battre contre ce que je ressens.

Soudain, les portes de l'ascenseur coulissèrent, pour laisser apparaître les visages stupéfaits de Leonardo, de Greta, de Gisela et de son père.

Maledizione, la dernière chose dont il avait besoin, c'était que le monde entier entende que sa fausse fiancée était prête à le quitter… Le mieux était de leur faire croire qu'il s'agissait d'une simple querelle d'amoureux.

Il se positionna devant Natalie pour la dissimuler à leurs regards curieux : ils ne voulaient pas qu'ils la voient dans cet état de vulnérabilité.

— Ah, mais comment vais-je faire avec toi, *cara mia* ? demanda-t-il en riant.

Éberluée, Natalie le fixait comme s'il avait perdu la tête.

Était-ce la vérité ? pensa-t-il tout en continuant de sourire. Perdait-il le contrôle à cause d'elle ? Il avait l'impression d'avoir franchi une ligne jusque-là invisible, laissant le confort derrière lui pour arriver dans un endroit totalement nouveau, où il ne savait plus qui il était, et où d'étranges émotions déferlaient en lui.

— Tu me rends fou, murmura-t-il avant de l'embrasser.

— Je suis fatiguée, répondit-elle en s'accrochant à lui. Fatiguée d'être forte, de m'inquiéter pour mon frère, pour toi, pour celui à cause de qui tout ça est arrivé… Rappelle-toi, Massimo : alors que j'aurais pu me sortir toute seule de ce jeu dangereux, j'ai choisi de garder ta confiance. De rester avec toi.

10

Un verre à la main, Massimo se tenait dans le bureau que Leo et lui utilisaient parfois. Sa pensée dérivait autour de la femme qui se trouvait en ce moment même dans la suite de l'étage supérieur.

« Que ferais-tu avec moi si je t'appartenais ? » Il ne pouvait oublier cette phrase, et la vulnérabilité qu'exprimait son visage quand Natalie l'avait prononcée. Massimo jura pour laisser s'exprimer sa frustration, quand il entendit la porte s'ouvrir et se refermer derrière lui. Il savait de qui il s'agissait, mais il fut néanmoins surpris en entendant rire son frère.

— Content de voir que tout ça t'amuse, dit-il avec amertume.

— Je viens juste de me rappeler les visages de Giuseppe et de Gisela tout à l'heure. Après la scène de l'ascenseur, je pense qu'ils n'ont plus de doute sur tes centres d'intérêt...

— Et tu es venu me féliciter ?

— Les félicitations sont de mise, alors ? Parce que ça n'avait pas l'air d'être de fausses fiançailles...

— Va droit au but, Leo, répliqua Massimo, agacé.

Leo prit un air sérieux.

— L'histoire que tu as inventée ce soir pour Giuseppe, nous pourrons l'utiliser, Silvio et moi, pour calmer les craintes du conseil d'administration... Merci pour ton initiative rapide, grâce à laquelle nous sommes de nouveau en bonne position. Il n'en demeure par moins qu'avant de signer avec Giuseppe nous allons devoir agir contre l'individu pour lequel Natalie a travaillé. Car le plus petit scandale pourrait...

— ... tuer notre projet dans l'œuf, termina pour lui Massimo, exprimant sa plus grande peur.

Aussitôt, le soulagement apparut dans le regard de Leo, ce qui fit rire Massimo.

— Tu croyais que je ne voyais pas les risques ?

Son frère haussa les épaules.

— Tu peux comprendre... Avant, les femmes étaient loin de jouer le premier rôle dans ta vie. Même avec ta *mama* tu t'es endurci, pour pouvoir la laisser partir. Comme si tu avais estimé que Silvio l'avait assez torturée et que tu étais pour elle un fardeau... Je ne suis pas sûr que j'en aurais été capable. Ensuite, tu t'es concentré sur ta carrière, décidé à réussir malgré tes démons, et tu y es parvenu. Depuis dix ans, j'observe ta montée en puissance. Mais tout semble avoir changé depuis que tu as rencontré Natalie... Je ne peux pas m'empêcher de penser que tu as peut-être perdu ton intelligence affûtée pour... ça. Et peut-être as-tu besoin que quelqu'un te dise que ce n'est pas...

— Tout ce que je peux te dire, le coupa Massimo, c'est que Natalie me touche comme personne ne l'a fait avant elle. Mais le contrat Fiore demeure ma priorité.

— *Bene*, approuva Leonardo. Je ne vais pas perdre mon temps et mon énergie à me faire davantage de souci pour toi, alors... Mais, dis-moi, qu'as-tu appris de Natalie ?

Massimo se leva et arpenta le bureau qui avait été le siège du pouvoir de Silvio quand il régnait sur Milan comme P-DG de Brunetti Finances. D'habitude, il n'aimait pas venir dans cette pièce qui lui rappelait de douloureux souvenirs. Combien de fois son père y avait-il hurlé que sa mère le couvait trop, qu'il ne serait jamais un homme, qu'il n'était pas assez fort contrairement à Leo, qu'il ne serait jamais assez bien pour être un Brunetti...

Sa mère, elle, lui avait appris à grandir d'une tout autre façon. Elle avait tout fait pour l'empêcher de penser qu'il devait se montrer cruel et dur pour réussir, jusqu'à ce qu'elle retrouve l'amour avec un autre homme, et qu'elle soit contrainte de choisir entre Massimo et une nouvelle vie. Il avait quinze ans à l'époque, et il ne supportait plus que sa mère se sacrifie pour lui. Mais c'était aussi par égoïsme qu'il l'avait laissée partir : pour prouver qu'il était capable de survivre sans sa protection. Ce en quoi il avait réussi. Il avait suivi son propre chemin, fondé sa société. Et, grâce à BCS, l'empire familial avait gardé sa stabilité alors que l'Europe, et l'Italie en particulier, connaissait des crises financières.

Leo avait raison, ils devaient trouver l'homme qui les avait attaqués. Mais il ne voulait pas priver Natalie de sa liberté pour atteindre ce but. Non, il y parviendrait sans la contraindre, elle qui était finalement à la merci des autres dans cette histoire.

Après avoir pris cette décision, Massimo sentit sa gorge se dénouer.

Il posa un regard attentif sur le bureau autour de lui. Leonardo avait refait la décoration de la pièce, et il devait avouer que c'était très réussi. Son frère en avait fait un espace ouvert aux lignes épurées, décoré d'œuvres contemporaines. Soudain, il y voyait le symbole de la nouvelle direction à prendre pour les frères Brunetti.

— Natalie m'a dit quelque chose qui pourrait nous permettre de retrouver la piste de cet homme. Quand elle a eu dix-huit ans, il lui a viré de l'argent pour qu'elle ne vive plus dans la rue : je vais essayer d'accéder à son compte bancaire pour voir d'où venait le virement.

— Massimo, tu devais lui faire avouer le nom de ce type...

— Non ! Je ne la forcerai pas et je ne la menacerai plus de l'envoyer en prison. Par ailleurs, j'ai besoin qu'elle soit à mon côté pour garder Gisela sous contrôle, alors que Giuseppe est tout près de signer avec nous. J'ai aussi besoin qu'elle participe à la mise au point finale du programme. Tu aurais dû voir combien le directeur technique de Giuseppe était admiratif devant son travail.

— Tu as bien conscience du risque que tu prends ?

— J'ai confiance en elle, même si cela te paraît absurde. Face aux actes et au comportement de Silvio, nous nous sommes juré de travailler différemment. De bâtir notre succès en agissant correctement. Sur le long terme, Natalie sera une richesse pour BCS et pour Brunetti Finances. J'en suis certain.

Leo hocha finalement la tête.

— *Bene*. Du moment que tu sais ce que tu fais, je te suis.

Que ne fallait-il faire pour être digne de l'héritier Brunetti ?

Depuis un temps qui lui paraissait infini, Natalie laissait la styliste la manipuler comme un mannequin de vitrine, la maquilleuse tirer et lisser ses cheveux…

Une semaine après la soirée la plus désastreuse et la plus incroyable de sa vie à la fois, Massimo n'avait visiblement pas encore décidé ce qu'il allait faire d'elle. Alors même qu'elle s'était livrée à lui, lui révélant à quel point il comptait pour elle… Pire, cela semblait l'avoir éloigné d'elle.

Ce soir-là, il l'avait raccompagnée jusqu'à sa chambre, pour ensuite s'enfermer dans son laboratoire jusqu'au matin. Quand il avait tapé à sa porte à l'aube, elle avait espéré qu'il venait pour des raisons personnelles. Mais, non, il était venu pour le travail… Au moins, il ne lui avait pas retiré son accès au labo : au contraire, il lui avait fait signer un contrat la faisant figurer sur la liste du personnel – contrat qui comprenait de multiples clauses de confidentialité et d'exclusivité. Sans doute sa façon à lui de s'assurer qu'elle ne pourrait aller nulle part dans un avenir proche. Car comment aurait-il pu avouer à tous que sa fiancée était une criminelle, ou l'envoyer en prison ? Sans compter que Giuseppe, impressionné par le projet présenté par Massimo et rassuré par la présence de Natalie dans l'équipe, semblait prêt à signer avec BCS.

À présent, elle était officiellement consultante auprès de la société, et très bien payée car Massimo était un employeur généreux. Grâce à cet argent, elle allait pouvoir offrir un bon collège à Frankie, et épargner pour plus tard.

Massimo l'avait aussi laissée appeler Frankie sur Skype plusieurs fois, et lui avait même demandé de le présenter au petit garçon. Et il n'avait plus posé une seule question au sujet de Vincenzo.

Mais cette générosité l'oppressait, car il ne la regardait même plus. Au point qu'elle en était arrivée à préférer ses accusations injustes à sa politesse distante et courtoise.

Une semaine s'était écoulée depuis cette soirée folle… La soirée où son corps lui avait semblé prendre vie, si violemment que chaque nuit, quand elle allait se coucher, elle fermait les yeux et se touchait en essayant de se rappeler la chaleur du corps de

Massimo, son odeur, le désir qu'elle avait lu dans ses yeux… Mais ce n'était qu'un pâle substitut à ses doigts à lui, et elle se sentait terriblement frustrée.

Et maintenant elle allait devoir affronter ces fiançailles… Elle était sûre que Greta faisait ça pour la punir !

Elle soupira de soulagement quand la styliste en eut enfin terminé avec ses cheveux. Ses deux assistantes, empressées, lui présentèrent un miroir en pied dans lequel, en dépit de son humeur sombre, Natalie ne put qu'admirer le travail accompli.

Lâchés sur ses épaules, ses cheveux lissés étaient soyeux, brillants, lui donnant cet air de sophistication dont elle avait toujours rêvé. Épurée et classique, la belle robe bustier blanche qu'on avait choisie pour elle lui arrivait juste au-dessous du genou, et mettait en valeur sa poitrine, sa taille, ses hanches. La robe se terminait par une ruche, jolie touche féminine qui contrastait avec la coupe stricte du corsage. Un gloss rose colorait ses lèvres pleines, tandis qu'un maquillage léger faisait ressortir ses yeux bruns.

Pour sa présentation à tout le gratin du lac de Côme, territoire des Brunetti, les stylistes semblaient avoir reçu pour instruction de lui conférer une élégance classique. Au lieu de s'offusquer qu'on choisisse sa tenue pour elle, Natalie avait décidé de l'accepter sans rechigner. Elle n'allait pas en plus se préoccuper de son apparence !

Elle venait juste de chausser ses talons roses – la styliste avait voulu ajouter une touche de couleur à sa mise – quand Massimo entra.

Un léger sourire aux lèvres, il l'étudia de la tête aux pieds. Le premier sourire de toute la semaine…

— Tu es très belle.

Dans son smoking noir qui mettait en relief ses larges épaules et son corps élancé, il était absolument merveilleux.

— Tu n'es pas mal non plus, rétorqua-t-elle, ce qui le fit rire.

Et voilà, son cœur battait à toute allure… Seigneur, elle en avait assez que la situation soit ainsi bloquée entre eux.

— Massimo, ne pourrions-nous pas…

Mais elle se tut lorsqu'elle le vit sortir une petite boîte de velours de sa poche. Sans un mot, il lui prit la main et glissa un diamant à son doigt.

— Les apparences doivent être préservées jusqu'au moindre détail, n'est-ce pas ?

Natalie se mordit la lèvre pour lutter contre la douleur que ces paroles cyniques lui causaient.

— Bien sûr, se força-t-elle à ajouter, plaquant un sourire de convenance sur son visage. Le plus important, ce sont les apparences.

Il lui sourit, plus chaleureusement cette fois.

— Le programme que tu as conçu pour pénétrer mon ordinateur est une vraie trouvaille, tu sais. Je pensais avoir tout mis en place pour le protéger et, toi, tu as trouvé la solution.

— Ton ego n'est pas trop blessé ?

Il eut une moue ironique.

— Tu me connais mieux que ça, Natalie.

Avec l'horrible impression de lui mentir encore, elle hocha la tête. Comment aurait-il réagi s'il avait su de quelle façon elle avait, par le passé, utilisé ses capacités pour survivre ? Mais elle chassa cette question, et son sentiment de honte. Il s'agissait du passé.

Soudain, elle vit Massimo sortir autre chose de sa poche. Elle retint son souffle. La main ouverte tendue vers elle, il la fixait intensément.

— J'ai fait à l'ancienne, annonça-t-il, j'ai sauvegardé les fichiers te concernant sur une clé USB... Sinon j'ai tout effacé.

Natalie sentit ses genoux se mettre à trembler.

— Que veux-tu dire ?

— Les fichiers, ils n'existent plus. Sur cette clé se trouve la seule copie restante.

— Et... tu me la donnes ? demanda-t-elle d'un ton hésitant.

Il acquiesça.

— Sans condition ?

— *Sì*. Tu n'as plus à te soucier de la prison. Si tu ne fais rien d'illégal après ça, bien sûr, ajouta-t-il avec un sourire en coin.

Natalie avait la gorge si nouée qu'elle ne pouvait parler. Saisir cette clé USB et partir, voilà ce qu'elle voulait. Loin de cet homme qu'elle avait dans la peau, malgré elle, loin des désirs fous de son stupide cœur...

— Pourquoi fais-tu ça ? parvint-elle à lâcher.

— Je te fais confiance. N'est-ce pas ce que tu voulais ?

— Oui… Mais… Et pour toi et moi, Massimo ?

La chaleur disparut de son regard.

— Tu as un contrat avec BCS, tu ne peux pas partir tout de suite, alors que Giuseppe s'apprête à signer. Par ailleurs, je connais le caractère quelque peu instable de Gisela, et je redoute qu'elle fasse une fixation sur moi. J'ai besoin que tu restes aussi pour cette raison.

— Je ne te laisserai pas tomber, je te le promets. Je vais continuer à jouer le rôle de fiancée avec la plus grande conviction, je serai gentille et aimable même avec ta famille.

Il éclata de rire, provoquant un regard d'étonnement de la part de Leo et de Greta dans le salon voisin, où les premiers invités commençaient à arriver.

En l'entendant rire ainsi, Natalie sentit une intense joie monter en elle. Mais une fraction de seconde plus tard elle eut l'impression que la foudre venait de s'abattre sur elle. Non, impossible ! Elle ne *pouvait pas* être amoureuse de Massimo. Comment, alors que cela ne lui était jamais arrivé de toute sa vie, et que cette seule perspective la terrifiait ? Non, elle ne pourrait jamais donner à Massimo un tel pouvoir sur elle… Elle lui accordait sa confiance, et elle le désirait.

Point final.

— Leo pense que je suis fou de prendre ce nouveau risque avec toi. Ne me fais pas perdre la face devant lui, d'accord ?

— Oui, dit-elle avant de lui attraper le bras pour le retenir alors qu'il allait s'éloigner en direction du salon. Mais alors… et pour nous ?

— Il n'y a pas de « nous ». Tu avais raison depuis le début… Je suis encore en train d'essayer de réparer mon erreur avec Gisela… Et toi… tu n'as pas d'expérience avec les hommes… La dernière chose dont j'ai besoin, c'est de commettre une nouvelle erreur du même genre, surtout avec toi. Tu es trop…

— Si tu dis que je suis trop naïve, je vais te détester. Je suis capable de faire mes propres choix, ne m'enlève pas ça.

Il secoua la tête.

— Nous appartenons à des mondes différents, nous n'attendons pas les mêmes choses de la vie. Et puis, alors que BCS est sur le point de conclure un contrat de plusieurs centaines de millions, je refuse de tout mélanger.

S'il l'avait jetée en prison sur-le-champ, elle aurait été moins choquée. Là, elle avait l'impression de tomber dans le vide sans parachute...

— On y va ? dit-il en lui offrant son bras.

Elle approuva d'un petit signe de tête.

Soudain, elle se rappela la clé USB qu'elle tenait toujours, et elle la serra fermement dans sa main. Enfin elle était libre, et elle ne devait penser qu'à ça. Pour la première fois de sa vie, elle allait pouvoir souffler.

Et, pourtant, que cette liberté lui coûtait cher... De toutes ses forces, elle retint les larmes qui lui montaient aux yeux.

Cet homme lui avait donné tout ce qu'elle demandait, et plus encore : la liberté, un avenir sûr. Mais il la rejetait et cela lui faisait terriblement mal.

Mais allait-elle le laisser faire sans rien tenter ? Elle avait toujours dû se battre, travailler dur ne serait-ce que pour garder la tête hors de l'eau, et maintenant qu'elle s'apprêtait à perdre quelque chose d'infiniment précieux elle allait se laisser faire aussi facilement ?

Non, elle n'allait pas laisser Massimo l'éconduire ainsi. Elle le voulait, et elle allait se battre pour lui.

11

Pour parvenir à la chambre de Massimo, Natalie devait affronter l'épaisse obscurité précédant l'aube.

Mais quelle importance ? Elle en avait assez de vivre prudemment et de préserver son cœur. Même si cela ne durait que quelques mois, quelques jours, elle voulait que Massimo lui donne du plaisir, et susciter chez lui les désirs les plus sauvages, les plus fous.

Depuis le moment où il avait passé le diamant à son doigt, quelques jours plus tôt, pas une seule fois le masque poli qu'il portait désormais n'avait quitté son visage.

Elle en avait assez.

Le marbre était doux et froid sous ses pieds nus.

Lentement, elle tourna le bouton de la porte et entra dans le salon. Sur le bureau était posée une petite lampe qui éclairait les grands canapés et les œuvres contemporaines accrochées aux murs. L'épais tapis réchauffa ses pieds glacés. Soudain, elle entendit du bruit, comme des soupirs précipités. Des milliers de pensées l'assaillirent : Massimo était-il avec une femme ? Si c'était le cas, elle allait… l'étrangler !

Elle n'eut pas besoin de faire irruption dans sa chambre, car il avait laissé la porte ouverte. Elle resserra sur ses épaules l'étole en cachemire qu'elle avait emportée, et entra sans plus réfléchir.

Les lampes dorées, de chaque côté de l'immense lit, dispensaient une douce lumière. Des documents, un téléphone et une tablette étaient posés sur la table de nuit. Des couvertures gris anthracite avaient été repoussées, une serviette de bain avait été jetée par terre.

Et au bout du lit Massimo se tenait debout.

Il était nu.

La tête penchée, il respirait rapidement. Les muscles de son cou étaient tendus, son torse humide de transpiration. Ses abdominaux étaient si parfaitement dessinés qu'elle eut envie d'y poser les lèvres. Ses cuisses musclées... Et sa main était autour de son... sexe en érection. Même de loin, elle voyait la tension dans son poignet, les doigts serrés, et le bout de son sexe qui se découvrait alors qu'il allait et venait.

Devant la vision de cet homme nu devant elle, en plein abandon sexuel, elle eut l'impression que sa peau se mettait à brûler. Sa poitrine se gonfla, ses tétons se durcirent sous son T-shirt. La fièvre s'empara de son corps, son sexe devint humide...

Massimo releva soudain la tête, et son regard gris la transperça. Il fronça les sourcils et il ôta la main de son sexe, brandi contre son ventre. Avait-il réalisé qu'elle était vraiment là, et pas seulement dans son imagination ? Oh ! pourvu qu'il ait pensé à elle...

— Que fais-tu là, *cara mia* ? dit-il d'une voix rauque qui la fit frissonner tout entière.

Même nu, il était si à l'aise, si sûr de lui. Et tellement viril.

— J'avais envie de venir. Toute la semaine, j'ai cherché le courage de te rejoindre. Tous les soirs, je me suis préparée pour toi, je me suis épilée, j'ai fait des gommages, mis des crèmes...

Il jura puis éclata de rire, avant de se passer la main dans les cheveux.

— Je te désire comme tu es, Natalie. Et pour la première fois même le travail ne me calme pas. Je pense à toi tout le temps... Ce qui est assez difficile car tu es là vingt-quatre heures sur vingt-quatre...

— Alors pourquoi me rejeter ?

Il la scruta un moment en silence avant de répondre :

— Il y a longtemps, je me suis juré que je ne serais pas un homme capable de blesser... des personnes plus faibles que lui. Or tu es dans une position qui te rend plus faible vis-à-vis de moi, Natalie. Si je te faisais du mal... je ne pourrais plus me regarder dans une glace.

— Je n'ai pas besoin que tu me protèges ! Sache que je suis

capable de le faire moi-même... Je n'ai pas envie d'un homme chevaleresque, mais d'un homme qui me montre et m'apprenne tout ce que j'ai raté parce que j'ai eu peur pendant si longtemps. Un homme qui m'aide à ressentir, à expérimenter. Aussi longtemps que nous serons d'accord tous les deux pour vivre ça... je te veux comme tu es en ce moment, plein de désir et sans contrôle. Parce que, moi aussi, je suis pleine de désir, et je ne veux plus me contrôler.

Quelques secondes s'écoulèrent, pendant lesquelles la panique enfla en elle. Il était trop respectueux pour coucher avec elle ? Alors elle devait prendre l'initiative, l'amener à poser les mains sur elle. Ensuite, elle le savait, la situation serait totalement différente, car il avait envie de ça autant qu'elle.

Elle avança de quelques pas.

— Est-ce que tu pensais à moi ? demanda-t-elle en se mordant la lèvre inférieure. S'il te plaît, dis-moi que tu pensais à moi et pas à une autre femme... Parce que je devrais la tuer...

Il sourit et ce sourire la fit fondre.

— Je pense à toi matin, midi et soir. Je me couche en pensant à toi. Je me réveille en pensant à toi. À toi dans cette robe dorée, dans ton bikini jaune ou dans ta robe blanche...

Elle s'avança encore. Jamais elle ne s'était sentie aussi vivante. Le regard qu'il posait sur elle la réchauffait et lui donnait confiance en elle.

— Natalie... Tu es belle, drôle... Tu as mis ma vie sens dessus dessous.

La joie jaillissait dans sa poitrine comme une fontaine, envahissant le plus petit espace en elle, la remplissant de chaleur. Il était si beau... Son nez aristocratique, sa bouche sensuelle, son torse recouvert d'une toison brune, les lignes affûtées de son ventre... et son sexe qui se dressait et durcissait sous son regard.

Elle prit ses seins dans ses mains et les massa.

— Quand tu penses à moi comme ça, murmura-t-elle, cela te... soulage ?

— Oui, répondit-il avec des yeux étincelants. Pour un bref moment.

— Moi non.

Elle le sentit frémir.

— Quoi ?

— J'ai essayé moi aussi… de me toucher. Après cette nuit où tu m'as fait… Toutes les nuits, quand je vais me coucher après toute une journée passée avec toi, je suis tellement agitée… Comme si j'étais prisonnière de mon propre corps. Je me douche en pensant à tout ce que tu m'as fait ce soir-là, à tes doigts… Le temps que je sorte de la douche, je tremble de désir. Alors je me caresse… Mais cela ne fait qu'aggraver les choses. Si tu ne veux pas… coucher avec moi, peut-être que tu pourrais me donner quelques conseils ? acheva-t-elle en faisant un pas de plus.

Il gémit. À cet instant, il n'avait plus rien du milliardaire charmant dans la main duquel les gens mangeaient : il avait l'air sauvage et rude.

— Tu veux que je te montre comment te faire jouir ?

Il jura et rit avant de jurer encore.

— *Cristo*, on t'a envoyée pour me torturer…

— Tu as l'air d'avoir beaucoup d'expérience… Je pourrais…

Elle regarda autour d'elle comme pour chercher quelque chose.

— Je pourrais m'allonger là, sur cette méridienne, et tu te mettrais à côté pour me montrer…

Il prit une profonde inspiration.

— Natalie, depuis que tu es entrée dans ma vie, j'ai l'impression d'être un ado en rut perpétuel. Je suis jaloux de ta main…

Elle toucha son ventre, et il gémit en lui attrapant le poignet.

— *Dio en cielo*, Natalie. Si je fais ça, une nuit ne me suffira pas.

— Qui a parlé d'une seule nuit ? murmura-t-elle en dégageant sa main.

Elle fit courir ses doigts sur son sexe dur.

— Je me mets à genoux ?

Les yeux de Massimo étincelèrent de désir.

— Tu as du courage, à bluffer comme ça pour me tenter. Comment sais-tu que ça te plaira ?

— Et toi, tu aimeras ?

— Oh oui…

— Alors je suis sûre que moi aussi.

Elle pencha la tête et fit courir sa langue sur le torse de Massimo.

— Je veux être ici avec toi, dans ce lit. Sous toi, sur toi, comme tu veux... Même mes rêves sont agités, et me laissent pleine de désir inassouvi. Tu me donnes envie de vivre, Massimo, de vivre pour moi-même, d'expérimenter tout ce que la vie a à offrir, de prendre des risques. De rire, de crier, de hurler, d'implorer...

D'aimer avec un abandon qui m'aurait terrifiée autrefois...

C'était la simple et incroyable vérité. Tout comme le ciel était bleu, tout comme le monde était un lieu dur et merveilleux à la fois si on avait le courage de tout étreindre.

Avec Massimo, il ne s'agirait jamais d'amour. Mais elle était prête à payer ce prix pour vivre avec cet homme incroyable, même pour peu de temps.

Il enfouit les mains dans sa chevelure, lui renversant la tête en arrière. Natalie sentit sa bouche presser sa tempe, tandis qu'il caressait son dos, ses fesses, ses hanches. Il l'aida à passer son T-shirt par-dessus sa tête, et elle pressa ses seins nus contre le torse de Massimo, ses tétons appuyant contre ses pectoraux. C'était si délicieux...

Elle posa de nouveau la main sur son sexe dur.

— Non, dit-il abruptement, criant presque dans l'obscurité. Tu ne peux pas me toucher, *cara mia*, pas ce soir. Si tu le faisais, ce serait fini avant même qu'on ait commencé, et j'ai envie de te faire des tas de choses avant de te pénétrer. D'accord ?

Le corps happé par de nouvelles sensations, Natalie pouvait à peine former une pensée cohérente. Elle ne put que presser la bouche contre son épaule et s'accrocher à lui.

Alors il posa les mains sous ses fesses et la souleva, et elle croisa les jambes autour de ses hanches avant de l'embrasser, cherchant sa langue. Emportée dans un tourbillon d'émotions, elle en suça la pointe, puis lécha sa lèvre inférieure.

Il la posa sur le lit et imprima à ses hanches un mouvement de va-et-vient qui lui procura exactement la caresse qu'elle attendait. Le sexe dur de Massimo glissait sur le sien, humide, sur son clitoris, et elle se cambrait pour se presser davantage. Ses tétons gonflés frottaient contre son torse, tandis qu'il lui murmurait en termes explicites comment il allait accepter son offre et mettre son sexe dans sa bouche.

Natalie se perdait dans les sensations qui explosaient dans sa nuque, sa bouche, sa poitrine, son ventre, convergeant vers son bas-ventre. Elle planta les ongles dans son dos humide, demandant plus encore...

Au lieu de cela, il se dégagea de son étreinte, l'abandonnant au bord du plaisir. De peur qu'il la laisse ainsi, que ce soit encore un rêve dont elle allait se réveiller, qu'elle puisse passer toute sa vie sans qu'il la touche de nouveau, Natalie protesta en tambourinant sur son torse.

— Chut... *tesoro*, murmura-t-il. Regarde-moi, Natalie. Je ne pars pas. J'en serais incapable... Même si ma vie en dépendait.

Il se pencha vers elle et l'embrassa avec douceur.

— Tu me fais confiance ?

— Oui.

— Mets les mains au-dessus de la tête et agrippe les draps s'il le faut, mais ne me touche pas, d'accord ?

Elle acquiesça en silence, et il commença par embrasser sa nuque tout en caressant sa poitrine. Elle se cambra comme un arc quand il prit un téton dans sa bouche.

— *Cristo*, tu pourrais jouir comme ça si je continuais, n'est-ce pas ? demanda-t-il d'une voix haletante.

— Oui...

— Mais tu vas prendre ton temps...

Avec un sourire diabolique, il se pencha plus bas, sur son nombril, pour en lécher le contour, tandis que ses doigts s'immisçaient dans son sexe humide.

— Tu fais comme ça ? murmura-t-il. C'est comme ça que tu te donnes du plaisir ?

— Mais c'est si différent quand c'est toi qui le fais...

— Comme ça ? Ou comme ça ? demanda-t-il en la pénétrant avec son doigt.

En même temps, il posa la bouche sur son sexe.

Elle n'était plus que pure sensation. De ses hanches, elle accompagnait en gémissant les mouvements de la bouche et des doigts de Massimo. Alors il se mit à sucer son clitoris, et le plaisir la transperça. Lorsqu'elle sentit l'orgasme la saisir, des larmes perlèrent à ses paupières et elle tint la tête de Massimo de peur qu'il ne s'écarte. Peu à peu, les vagues ralentirent, tandis qu'elle murmurait le prénom de Massimo.

Elle était perdue dans une mer de plaisir. Et perdue face à cet homme.

Quand il se mit derrière elle et la serra dans ses bras, elle frissonnait encore. Dans son dos, il était une forteresse de chaleur et de sécurité. Quand il tendit le bras vers la table de nuit, elle comprit ce qu'il cherchait et l'arrêta.

— Je prends la pilule. Alessandra m'a amenée chez le médecin.

Il haussa les sourcils, un sourire jouant sur sa bouche, et elle se sentit rougir.

— Je voulais être prête, avoua-t-elle.

Elle se tortilla pour mieux sentir son sexe contre elle. Il jura et enfonça les doigts dans ses hanches. Alors elle recommença, se délectant de son gémissement.

— Car, si tu ne le sais pas encore, je suis une femme déterminée.

— Oh oui, lui dit-il, en la faisant se tourner vers lui. Sache que tout va bien de mon côté. Si tu veux fouiller dans mes dossiers, tu trouveras le scan du certificat médical.

Elle sourit et secoua la tête. Si seulement elle avait pu fouiller dans son cœur, aussi... Elle caressa ses cheveux.

— Je dois te dire aussi que je n'ai jamais fait l'amour avec une femme totalement inexpérimentée, alors tu devras me dire si je te fais mal. À n'importe quel moment.

— J'en ai tellement envie, Massimo, avec toi, rien qu'avec toi.

Il posa son front contre le sien et l'embrassa avec une douceur infinie. Même sans expérience, elle devinait qu'il se contenait, qu'il faisait tout pour garder le contrôle. Mais les pensées rationnelles la quittaient tandis que leur baiser se faisait plus urgent.

Elle sentit son sexe durcir encore plus contre son ventre, et elle renversa la tête en arrière quand Massimo commença à caresser ses seins et à en titiller les pointes, en lui murmurant des mots tendres à l'oreille. Combien il avait rêvé d'elle ainsi, totalement abandonnée dans ses bras...

Lentement, il éveillait de nouveau son corps comblé jusqu'à ce qu'elle frissonne et que son sexe devienne moite de désir grâce à ses doigts experts. Déjà, il savait comment la faire réagir... Bien mieux qu'elle-même. Alors il commença à plonger son sexe dans le sien, brûlant et humide. Il la tenait par les épaules, et d'une seule poussée, sans effort tant elle était prête, il fut en elle.

Elle cria en ressentant une brève douleur, aiguë. Contractant son corps puissant pour rester immobile, Massimo l'embrassa tendrement sur la tempe, la pommette, le coin de la bouche, derrière l'oreille. Elle le sentait en elle, puissant, chaud, et elle aurait voulu qu'il ne s'écarte jamais.

— Dis-moi ce que tu veux, murmura-t-il, je veux que ce soit bon pour toi.

Il bougea un peu les hanches.

— Recommence, Massimo, c'est fantastique...

Massimo commença à aller et venir doucement en elle. Le plaisir qu'il ressentait était indescriptible. Si intense qu'il dut ralentir pour ne pas jouir tout de suite.

— Tu dois écouter ton corps, chuchota-t-il. Suivre ton instinct...

Peu à peu, ils évoluèrent de façon parfaitement synchronisée. Les joues rosies, les cheveux épars autour d'elle, la bouche gonflée, la jeune femme était belle à couper le souffle. Passionnée, enthousiaste, heureuse... Il avait l'impression de se noyer en elle.

Deux poussées puissantes et rapides, et il atteignit l'orgasme dans une apothéose de chaleur et de lumière.

— Massimo, c'était fantastique... Tu crois que tu seras capable de recommencer dans combien de temps ?

Elle était la seule à pouvoir le faire rire à un moment pareil... Il reposa sur elle quelques instants, car il avait besoin de se sentir près d'elle, et c'était la première fois de sa vie.

Peut-être ne serait-il jamais capable de lui offrir ce qu'elle méritait de la part d'un homme. Mais il était déterminé à ne jamais lui faire de mal. À ne jamais éteindre la lumière qui brillait en elle.

12

— Combien de temps encore vas-tu m'éviter ?

— Comment ça ? demanda Massimo en desserrant le nœud de sa cravate.

Il ôta sa veste de costume et contempla la jeune femme qui se tenait devant les portes-fenêtres de sa chambre : la douce lumière printanière la parsemait de touches dorées. Apparemment, elle avait renoncé à dompter ses cheveux aujourd'hui, car elle les avait attachés à la va-vite en queue-de-cheval. Elle portait un T-shirt blanc sans manches qui mettait en valeur ses bras fins et musclés, et un pantalon fluide taille basse qui laissait apparaître son ventre. La chaîne dorée et le pendant qu'il lui avait offerts brillaient à son cou.

Il lui avait fallu trois disputes, deux jours et... des ébats persuasifs pour la convaincre d'accepter son cadeau. Avant qu'elle ne lui avoue que c'était le seul bijou qu'elle avait jamais eu.

Cristo, il était excité rien qu'en la regardant...

— Quelque chose ne va pas, Massimo. Tu le sais très bien.

Il soupira en comprenant qu'il ne pourrait sans doute pas éviter la confrontation qu'il redoutait. Il allait devoir être prudent, pour ne pas mettre en péril ce qui existait entre eux.

— Je n'ai pas l'habitude de partager toutes mes préoccupations, déclara-t-il.

— Mais c'est assez important pour que tu t'éloignes de moi... C'est toujours ce que tu fais quand tu as un problème, tu le sais ? Tu nages, tu fais de la boxe dans la salle de gym, tu évites de regarder le problème jusqu'à ce qu'il te sorte de la tête. Je te connais, Massimo, mieux que tu ne le crois.

Cela faisait trois semaines et demie qu'elle était venue dans sa chambre, lui faisant perdre la tête. Plus il la touchait, l'embrassait, plus il savourait son humour, sa vivacité d'esprit, son affection, plus le désir qu'il avait d'elle semblait s'accroître.

Jusqu'à cette maudite réunion dont il ne lui avait pas parlé, il n'avait pas réalisé avec quelle facilité elle s'était glissée dans sa vie. Elle ne ressemblait à aucune femme qu'il avait connue, et il avait le sentiment qu'il ne la connaîtrait jamais entièrement.

Lors de sa réunion avec Franco, le directeur technique de Giuseppe Fiore, il avait tout d'abord voulu la défendre et la protéger, puis il avait été à deux doigts de claquer la porte avec fracas.

« Ta fiancée est une voleuse, avait dit Franco. Cela pourrait te coûter cher, Massimo. Si ça se sait, tu pourrais y perdre non seulement le contrat Fiore, mais aussi ta réputation. »

Massimo l'avait convaincu de laisser cela de côté pour l'instant. Afin d'obtenir cette faveur, il avait pesé de tout son poids, se portant garant de Natalie, et se créant ainsi une dette dans un monde professionnel impitoyable, ce qui était toujours risqué.

La frontière qu'il avait toujours pris soin de garder étanche entre son ambition et ses sentiments s'était brouillée. *Dios mio*, cette femme compliquait tout… et il devait absolument comprendre pourquoi afin de cloisonner de nouveau vie professionnelle et vie personnelle. Ce qu'à vrai dire il avait cessé de faire dès le moment où il l'avait vue sortir de ce cybercafé…

Il s'était servi d'elle pour décourager Gisela, il l'avait fait travailler pour BCS, y compris sur le projet Fiore. Oui, dès le début il avait perdu la tête, la prudence et le bon sens sur lesquels il avait bâti son succès.

Dès le début, elle lui avait tenu tête.

Il aurait dû lui en vouloir, encore plus aujourd'hui. S'il lui en avait voulu, il aurait pu utiliser ce sentiment pour la rejeter, pour arrêter cette… folie avant qu'elle ne dérape.

— J'ai été occupé, prétendit-il. Ce projet me prend tout mon temps.

— Je suis bien placée pour savoir que le projet Fiore te prend tout ton temps : je travaille avec toi. Mais il ne s'agit pas que de ça... Tu me tiens à l'écart depuis une semaine. Je ne sais pas ce que j'ai fait ou dit... mais tu fuis mon regard, tu ne souris pas... La nuit... tu me fais l'amour, mais le matin... tu as cette attitude lointaine.

— Ne sois pas ridicule, répliqua-t-il, tout en ayant conscience de la stupidité de sa réponse.

— Je ne le suis pas. Tu ne m'as même pas félicitée au sujet des applications que j'ai conçues. Tu sais pourtant que j'ai besoin de tes encouragements... En as-tu assez de moi ? Tu veux passer à autre chose ? demanda-t-elle d'une voix où affleurait la vulnérabilité. Parce que, si c'est le cas, tu... tu n'as qu'à le dire.

— Mais non ! rétorqua Massimo.

— Je peux faire face, je t'ai dit que je n'avais pas besoin...

Il secoua la tête avec irritation.

— La semaine dernière, j'ai vu Franco, le directeur technique de Fiore. Il a découvert que tu avais un casier... pour un délit financier, Natalie ! Comprends-tu à quel point l'image de BCS pourrait en souffrir ? À quel point cela pourrait mettre en péril notre travail alors que nous sommes si près d'aboutir ? *Cristo*, est-ce que c'est vrai ?

Elle était livide et le fixait avec une intense détresse.

— J'avais quatorze ans.

Il jura. Mais elle ne flancha pas.

— J'ai transféré de l'argent depuis le compte de l'homme chez qui j'étais placée vers celui de sa fille. C'était un salaud, et elle m'a donné deux cents dollars pour le faire...

Elle haussa les épaules.

— J'étais mineure... Le juge m'a condamnée à des travaux d'utilité publique, j'ai eu un avertissement, et il a fermé le dossier. Et puis je l'ai rencontré, *lui*. Il m'a persuadée que je ne pouvais pas continuer comme ça... À cette époque, je ne faisais pas la différence entre le bien et le mal. Je survivais, c'est tout.

Elle détourna de lui ses yeux emplis de larmes pour regarder par la fenêtre. Comme il aurait aimé la prendre dans ses bras et la tenir serrée contre lui... Lui dire que personne ne pourrait plus jamais la contraindre ainsi, qu'elle ne serait plus jamais seule...

Mais il ne bougea pas. Comment avait-il pu choisir la seule

femme qui mettait tout son travail, et sa vie, en danger ? Pourquoi ne la chassait-il pas, à présent qu'il savait la vérité ?

Il la vit essuyer d'un geste rageur les larmes sur ses joues.

— Tu aurais dû me le dire, déclara-t-il d'une voix sourde.

Les yeux brillants de fierté, elle se tourna de nouveau vers lui.

— Je ne savais pas que je devais te faire part du moindre détail de la vie glauque que j'ai menée.

Il se passa une main lasse sur le front.

— Mon objectif actuel est de faire aboutir un projet de plusieurs centaines de millions d'euros. Je ne peux pas continuer à te couvrir... Tu aurais dû...

— Il ne t'est pas venu à l'esprit que je pouvais avoir honte de te le dire ? le coupa-t-elle. Ou que je ne voulais pas attirer ton attention sur ça alors que tu menaçais de m'envoyer en prison ? Tu pensais déjà que je mentais et...

Incapable de se retenir plus longtemps, il voulut la prendre dans ses bras. Mais elle le repoussa, de ses poings fermés contre son torse.

— Laisse-moi partir, Massimo !

— Calme-toi, *cara mia*. Je veux juste...

— Quoi ? Tu as honte de t'être associé avec moi et tu cherches la façon de limiter les dégâts ? demanda-t-elle avec un rire triste et amer.

Il la faisait souffrir alors qu'il s'était juré que cela ne devait jamais arriver.

— Tu es comme tes logiciels de finance, qui calculent les gains et les pertes pour chaque transaction !

— Arrête, Natalie. C'est toi qui as voulu cette discussion. Et j'essaye de gérer la situation de mon côté. J'ai déjà demandé au chef de projet de te retirer de l'équipe pour le moment, et tu n'auras qu'à faire profil bas jusqu'à ce que Fiore signe le contrat, c'est tout. Cela n'ira pas plus loin. Mais nous ne pouvons prendre de risques. Par ailleurs, s'il y a autre chose que je dois savoir...

— Et si je dormais de mon côté pendant un petit moment ? s'écria-t-elle. Tu reviendras me voir quand le contrat sera signé ! Dommage que tu ne puisses pas me faire sortir de ta vie aussi facilement que de ton équipe !

— Natalie, tu sais ce que ce projet signifie pour moi.

Elle serra les poings.

— Je comprends, mon passé est un handicap pour toi, qui pèses chaque chose en fonction de tes ambitions. Mais je refuse d'avoir honte de ce que je suis et de ce que j'ai fait dans le passé pour survivre !

Natalie laissait l'eau chaude couler sur elle, chasser les larmes qui venaient enfin.

Avec un gémissement, elle pressa la tête sur le carrelage froid. Le pire, c'est qu'elle *avait* honte. Et qu'elle avait le sentiment atroce qu'elle n'était pas assez bien pour Massimo. Qu'elle ne le serait jamais pour cet homme qui s'apprêtait à conquérir Milan et l'Italie avec son programme révolutionnaire conçu pour Fiore Worldwide Banks.

Seigneur, elle était si fatiguée...

Elle rinçait le savon sur sa peau quand elle sentit la présence de Massimo à l'extérieur de la douche.

— Je peux te rejoindre ? demanda-t-il.

Elle posa les bras sur sa poitrine : elle n'était pas timide, mais pas non plus complètement libérée. Sauf que son corps frissonnait déjà dans l'espoir de ses caresses... du plaisir qu'il savait lui donner. Un soir, alors qu'ils travaillaient, il s'était mis à genoux devant elle pour embrasser son sexe, le caresser de la langue... si bien qu'elle ne pouvait traverser le labo sans rougir.

Mon Dieu qu'elle était faible devant lui...

— J'ai quasiment fini...

Un léger sourire flotta sur les lèvres de Massimo.

— Je n'ai pas envie de prendre une douche si tu t'en vas... Tu as encore un peu de mousse, là, sous le sein droit...

Elle sentait sa poitrine se gonfler, ses tétons se durcir.

— Ce n'est pas juste, nous venons de nous disputer... Le sexe ne peut pas tout arranger.

Son sourire disparut, mais pas la chaleur de son regard.

— C'est vrai, nous nous sommes disputés. Et sans doute que tu aurais pu être plus honnête, ajouta-t-il, levant la main quand elle voulut l'interrompre, si je n'avais pas été aussi pris par mon projet, et si je ne t'avais pas mise à distance. Mais cela ne veut pas dire que je ne veux plus que tu sois là, dans ma vie et au travail. Je veux que ça marche, *cara mia*, et je te jure que je n'ai jamais eu honte de ce que tu as dû faire pour t'en sortir. Là où tu as raison, c'est que je ne peux imaginer ce qu'a été ta vie, sans personne sur qui compter.

Il passa le pouce sur sa joue pour essuyer les larmes qui coulaient.

— Aide-moi à franchir cette étape, *tesoro*. J'ai besoin de toi.

Avec son charme, sa sincérité, il venait de réduire sa colère en miettes. Il ne s'était pas vraiment excusé et il était loin d'admettre à quel point elle comptait dans sa vie, mais c'était plus qu'elle n'en avait espéré quand leur histoire avait commencé.

— Tu m'as manqué, murmura-t-il. Hier, dans mon lit. Je n'ai pas bien dormi.

Elle fut tentée de répliquer qu'elle avait dormi à poings fermés, mais elle ne voulait pas jouer.

— Moi non plus...

Il sourit, la serra contre lui comme s'il ne voulait plus la laisser partir et l'embrassa avec une faim dévorante. Avec ses baisers, ses caresses, son érection, peut-être lui disait-il ce qu'il ne formulerait jamais avec des mots...

— J'ai envie d'être en toi...

Il se débarrassa à la hâte de ses vêtements et la pénétra d'un coup de reins. Natalie renversa la tête en arrière. Dans cette position, elle le sentait tout entier en elle. Et, quand il prit un téton dans sa bouche, ses dernières peurs se dissipèrent...

Soudain, il la plaqua contre la paroi carrelée, et sa poitrine vint s'écraser contre son torse. Il lui prit la main et la guida vers son clitoris, qu'elle commença à masser en gémissant. Il prit sa bouche pour un baiser avide, tout en allant et venant rapidement entre ses reins. Alors, emportée par le plaisir qu'il faisait irradier dans tout son corps, Natalie oublia tout.

Une semaine plus tard

Natalie prit la tablette que Massimo mettait à sa disposition pour vérifier si Frankie avait répondu au gif amusant qu'elle lui avait envoyé. Son pouls s'accéléra quand elle remarqua le message crypté qui venait d'arriver dans sa boîte.

Encore endormi, Massimo reposait sur le ventre, le bras en travers sur le ventre de Natalie.

Voyons-nous demain. À 13 heures Piazza del Duomo. V.

Sans réfléchir une seconde de plus, elle effaça l'historique et clôtura son compte.

Vincenzo était ici ? À Milan ? Que voulait-il ?

Elle était révulsée à l'idée de mentir de nouveau à Massimo, de lui dissimuler quoi que ce soit.

Mais, si elle se confiait à lui, il refuserait qu'elle aille au rendez-vous. Il le dirait à Leonardo, et Dieu sait ce que ce dernier ferait... Mais comment ne pas y aller ? Peut-être était-ce là l'opportunité de convaincre Vincenzo de mettre un terme à son projet fou ? De découvrir de quoi il retournait... Alors, peut-être pourrait-elle résoudre le problème une fois pour toutes ?

Elle se prit à rêver : elle ne serait plus un handicap pour lui. Elle mériterait son respect, elle aurait de la valeur à ses yeux...

13

En ce mardi après-midi, la Piazza del Duomo, la principale place de la ville, débordait de monde. Natalie s'immobilisa pour regarder la cathédrale. Comme elle aurait souhaité la visiter avec Massimo... De l'autre côté se trouvait la Scala, où il avait promis de l'emmener bientôt.

Ses pieds chaussés de ballerines résonnaient sur les pavés, une délicieuse odeur de chocolat et de café embaumait l'air, partout des amis, des amoureux s'interpellaient, remplissant l'espace d'une énergie bourdonnante. Elle avait l'estomac noué depuis la veille, et cela ne fit que s'accentuer lorsqu'elle repéra l'homme aux cheveux bruns assis à la table d'un café.

Elle posa la main à plat sur son ventre et s'approcha. À ce moment, Vincenzo leva la tête et se mit debout.

Ses traits bien dessinés lui conféraient une beauté presque austère, et plus d'une femme qui passait par là lui jetait un coup d'œil admiratif. Vêtu d'une chemise bleue et d'un pantalon noir cintré, il était l'incarnation de la séduction masculine.

— Assieds-toi, Natalie, dit-il.

Mais elle ne bougea pas, se contentant de fixer la main tendue de Vincenzo. Celui-ci sourit.

— Mon petit chaton, dit-il gentiment, en utilisant le surnom qu'il avait l'habitude de lui donner. Je ne mords pas, tu le sais.

Natalie secoua la tête et prit sa main, tandis que Vincenzo étudiait son visage avant de l'embrasser sur la joue.

C'était bien l'homme qui l'avait secourue tant de fois, qui l'avait sauvée, lui avait donné les moyens de construire sa vie. Natalie l'embrassa sur la joue à son tour, même si elle avait l'affreuse sensation de trahir Massimo.

Quelque chose de si familier émanait de Vincenzo, l'odeur de son cigare et de son after-shave, qu'elle recouvra un peu son calme.

— Tu vas bien ? demanda-t-il. Tu n'as pas été maltraitée ?

Quand elle fit non de la tête, elle sentit Vincenzo se détendre. Aucun doute, il n'était pas un monstre...

— Tu sais que je suis capable de veiller sur moi-même, déclara-t-elle.

— Je sais, mais j'ai dû me rappeler à tout instant à quel point tu étais forte. Je n'avais aucun moyen d'entrer en contact avec toi... Je suis allé voir Frankie, qui m'a dit que tu étais partie à l'étranger pour le mariage d'un ami. Il était très excité pour toi.

Natalie sentit son cœur se serrer.

— Tu l'as vu ? Il va bien ?

— Oui, très bien. Et toi, comment vas-tu ?

— Ça va.

Il continuait de la scruter avec curiosité. Puis il approcha une chaise de la sienne, et Natalie s'assit près de lui. Quand le serveur s'avança, Vincenzo passa commande, avec une moue désapprobatrice qui fit rire Natalie, d'un café avec *beaucoup* de lait et de sucre.

Elle replaça une mèche de cheveux qui s'était échappée derrière son oreille. Soudain, le regard de Vincenzo s'arrêta sur le diamant qu'elle portait au doigt.

— Alors, comme ça, ce n'est pas une rumeur ?

Dans ses yeux brillait toujours l'affection, mais il y avait quelque chose d'autre et d'indéfinissable.

Natalie ouvrit la bouche avant de se reprendre. Elle voulait lui poser tant de questions : depuis combien de temps était-il à Milan ? Qu'avait-il en tête et pourquoi ? Mais elle préférait attendre et maîtriser sa curiosité. D'après ce qu'elle avait appris ces deux derniers mois, Vincenzo était un redoutable joueur d'échecs, qui avait toujours plusieurs coups d'avance sur son adversaire.

— Ce sont des fausses fiançailles, répondit-elle. Mais c'est trop compliqué à expliquer.

— Massimo Brunetti n'est pas digne de confiance. D'ailleurs

aucun des Brunetti ne l'est. Utiliser les gens dans leur intérêt, ça fait partie de leurs gènes...

— Tu es le dernier à pouvoir faire la leçon aux autres ! protesta-t-elle.

— Je ne t'ai jamais forcée, tu aurais pu dire non à tout moment.

— Tu m'as manipulée... J'aurais pu aller en prison.

— S'il l'avait fallu, j'aurais été là dans l'heure, tu le sais.

Comment pourrait-elle un jour expliquer à Massimo les émotions complexes qu'elle ressentait envers cet homme ? Comme le convaincre ? Et comment convaincre Vincenzo que Massimo ne méritait pas ce qu'il lui faisait ?

— La situation est si compliquée... S'il te plaît, dis-moi que tu vas t'arrêter.

Il secoua la tête.

— Reste en dehors de tout ça, *cara mia*.

— Mais tu m'as mise en plein dedans !

— Tu es tellement brillante : Massimo Brunetti n'était pas censé t'identifier.

— Il m'a identifiée parce qu'il est aussi brillant que moi. Mais il est aussi attentionné, drôle, charmant... Il aurait pu m'envoyer en prison, mais il ne l'a pas fait, même quand j'ai refusé de lui donner ton nom.

— Je ne t'en aurais pas voulu si tu l'avais fait. Tu es une survivante, Natalie, tout comme moi.

— La loyauté a un sens pour moi. Massimo est un homme bien.

Elle lui prit les mains, toujours avec l'espoir de pouvoir l'arrêter.

— Il ne mérite pas ta haine.

Il observa ses mains fines pendant quelques instants, les pressa avant de se dégager lentement.

Ainsi, il lui opposait une fin de non-recevoir.

Quand il leva de nouveau le visage vers elle, Natalie vit tournoyer de sombres émotions dans ses yeux gris.

— Cela a commencé bien avant que Massimo ne devienne la pièce maîtresse de l'empire Brunetti. Pendant des années, ils ont perpétué cette...

Il regarda au loin, comme pour se contrôler.

— Cela ne s'arrêtera pas simplement parce que tu l'apprécies. Cela ne s'arrêtera pas jusqu'à ce que…

Sans achever sa phrase, il se leva, réduisant en poussière les espoirs de Natalie.

— Jusqu'à quoi, Vincenzo ?

Il lui offrit sa main, et aida Natalie à se lever. Ils n'avaient pas touché à leurs cafés.

Elle avait l'impression d'avoir un étranger en face d'elle. Comme si jusqu'à ce jour il ne lui avait pas montré qui il était vraiment. Et elle n'avait qu'une envie : courir rejoindre Massimo, le supplier de tout arranger. Il le ferait, elle en était certaine. Lui au moins l'écouterait.

Vincenzo lui prit le coude et ils s'éloignèrent de la table.

— Rentre avec moi aux États-Unis. Mon jet est prêt.

— Ton jet ? releva-t-elle, stupéfaite.

— Je ne veux pas te laisser seule avec eux. Pas après aujourd'hui, pas après… Je veux que tu sois loin d'ici très vite. Aux États-Unis, en sécurité.

Elle se dégagea. Soudain, elle se sentait glacée.

— Tu n'es pas personnellement impliquée, continua-t-il, et je ne supporterai pas qu'il t'arrive quoi que ce soit.

— Peut-être, mais Massimo est impliqué, lui, et j'ai confiance en lui, répliqua-t-elle. Vincenzo, je ne vais pas pouvoir garder ton nom secret plus longtemps. Je travaille pour BCS, maintenant, sur un projet très important avec Fiore Worldwide Banks. Je…

— Le contrat ne sera pas signé.

Elle eut l'impression de recevoir un uppercut.

— Mais si ! Je ne te laisserai pas faire ça, je ne te laisserai pas lui faire de mal.

Vincenzo eut une moue de mépris.

— Tu devrais savoir que Massimo Brunetti traite les femmes aussi mal que son père Silvio. Quoi de plus normal, il est son fils, n'est-ce pas ? Le prestige, le pouvoir, c'est tout ce qui compte pour eux. Crois-moi, il t'effacera de sa vie comme une technologie obsolète dès que tu n'auras plus d'intérêt pour lui. Je ne veux pas avoir ça sur la conscience.

— Ah, parce que tu as une conscience ? murmura-t-elle.

Ces quelques mots firent vaciller le regard de Vincenzo.

— Tu n'échapperas pas aux conséquences de tes actes, reprit-elle, les yeux emplis de larmes. Je pensais que je pourrais te convaincre... Mais, la vérité, c'est que je ne sais pas qui tu es. Ne cherche plus à me contacter. Reste... loin de moi.

Le bruit de ses pas sur le sol de marbre ne fit qu'accroître sa panique quand elle arriva devant la porte du grand salon, où régnait un silence pesant.

Natalie s'immobilisa sur le seuil.

Deux paires d'yeux se tournèrent vers elle.

Le cœur battant si fort qu'elle avait l'impression qu'il allait s'échapper de sa poitrine, elle s'avança lentement de quelques pas. Tendu, le visage sombre, Massimo se tenait en retrait au fond de la pièce.

Ses mains devinrent moites. Savait-il qu'elle avait rencontré Vincenzo ?

Assis dans un fauteuil de cuir, Leonardo semblait plus détendu : les jambes croisées révélant ses chaussures de luxe italiennes, il la fixait lui aussi. Dans son regard, pas trace de cynisme ou de mépris, juste une intense curiosité. Elle frissonna : il avait l'air d'un prédateur se demandant s'il allait dévorer sa proie dès maintenant ou un peu plus tard...

— Massimo ? demanda-t-elle d'une voix tremblante.

La fureur qu'elle lut dans ses yeux l'arrêta net. Il ressemblait ainsi aux sévères portraits de la villa, ceux des hommes de la lignée aristocratique des Brunetti à laquelle il pensait ne pas appartenir.

Pour recouvrer ses esprits, elle dut se forcer à prendre une profonde inspiration.

— Massimo, que se passe-t-il ? Je pensais que tu étais avec Giuseppe Fiore pour la signature officielle du contrat...

— J'ai annulé l'entrevue.

— Quoi ?

— Une demi-heure avant la réunion, le programme conçu pour Fiore Worldwide Banks a été piraté sur notre serveur, et diffusé sur le Dark Net. Tout ce travail livré aux hackers du monde entier… Les informations financières concernant des milliers de personnes risquent d'être utilisées à mauvais escient. Grâce aux alarmes que tu avais placées, j'ai été alerté instantanément de l'intrusion.

Natalie secoua la tête.

— Attends, je ne comprends pas… La sécurité était censée être inviolable.

— C'est ce que je pensais. Mais pas pour quelqu'un qui aurait participé à la conception du système. Quelqu'un comme toi par exemple.

Natalie écarquilla les yeux. L'accusation qu'il venait de formuler la heurtait de plein fouet. Il ne pouvait pas vraiment avoir dit cela…

— Tu m'accuses de ce qui s'est passé ?

Sa gorge était si nouée qu'elle lui faisait mal ; ses yeux se remplissaient de larmes.

— Tu penses que je leur ai donné accès au serveur ? Que je les ai aidés à voler un projet sur lequel j'ai travaillé comme une folle avec toi ces dernières semaines ?

Elle vit sa mâchoire se contracter.

— L'intrusion a eu lieu au moment même où tu revenais de ton rendez-vous secret. Tu t'es bien loguée au serveur, n'est-ce pas ?

Elle était consternée : Vincenzo s'était bien moqué d'elle…

— Je voulais juste vérifier la sécurité ! tenta-t-elle d'expliquer. Celui avec qui j'avais rendez-vous… il a dit quelque chose qui m'a fait douter et…

— Ne t'aurait-il pas plutôt *demandé* quelque chose ? Moi, je crois que tu as suivi les instructions de cet homme.

Comment se défendre ? Comme elle avait été stupide d'accepter le rendez-vous…

— Je ne t'ai pas trahi, Massimo. Je sais que les apparences sont contre moi mais…

— Qui as-tu rencontré cet après-midi ? demanda-t-il d'une voix froide, comme si elle était une étrangère.

— Vincenzo. Il s'appelle Vincenzo Cavalli.

Le nom résonna dans un silence sinistre. Du coin de l'œil, elle vit Leo se saisir de son téléphone, mais rien ne pouvait détourner son regard de celui de Massimo.

Il eut un sourire cynique.

— Il t'a donné la permission de révéler son identité, maintenant qu'il a causé des dommages irréparables ?

Elle secoua la tête.

— Il m'a envoyé un mail pour fixer un rendez-vous et...

— Pourquoi ne pas me l'avoir dit ? *Cristo*, tu étais au lit avec moi quand tu as reçu ce message, n'est-ce pas ? Tu m'as souri, embrassé, pendant que tu me mentais. Tu m'avais pourtant promis ta loyauté.

Il passa une main nerveuse dans ses cheveux.

— Tu aurais pu me dire qu'il t'avait contactée, m'indiquer l'endroit où je pouvais le trouver. Mais non... Tu as décidé de le protéger, lui. Je te faisais confiance... Je me suis laissé aller à ressentir... Et pour finir c'est lui que tu as choisi. Tu as ruiné tout mon travail. Pars, maintenant.

— Ne dis pas ça, je t'en prie ! Je veux t'aider à réparer ça. Je peux t'aider à...

— Va-t'en. Va-t'en avant que...

— Avant quoi ? cria-t-elle, soudain révoltée par ses accusations. Que me feras-tu ?

— J'appellerai la *polizia*, et tu seras arrêtée pour espionnage industriel, pour avoir violé de multiples accords de confidentialité... Tu ne cesseras jamais d'être une voleuse.

S'il l'avait giflée, elle aurait eu moins mal. La douleur la dévastait.

— C'est... c'est si injuste. Tu ne peux pas... Je pensais que tu comprendrais...

Il scrutait son visage, les larmes qui coulaient sur ses joues. Se trompait-elle ou vit-elle, une fraction de seconde, son visage s'adoucir ? Pendant cet instant, elle eut l'espoir fou de retrouver le Massimo qu'elle connaissait, qu'elle aimait de tout son cœur. Mais il se ferma de nouveau.

— Tu m'as menti, une nouvelle fois.

— Massimo, intervint soudain Leo. Réfléchis bien avant...

— Tu la défends, maintenant ? le coupa Massimo d'une voix pleine d'amertume. Alors qu'elle vient de prouver que Silvio et toi aviez raison ? Alors que la confiance que je lui ai accordée est la cause de cette catastrophe ?

Sans répondre, et avec un dernier regard pour Natalie, Leonardo sortit du salon.

Massimo mit les mains dans ses poches.

— Depuis que tu es entrée dans ma vie, tu ne m'as jamais dit la vérité.

C'était fini, comprit Natalie. Il ne la croirait plus jamais. Rien de ce qu'elle pourrait dire ne le ferait changer d'avis.

Heureusement, la colère qu'elle ressentait l'aida à supporter la souffrance qui l'assaillait, et elle redressa les épaules. Dire qu'elle avait bêtement espéré être un jour digne de lui… qu'il finirait par l'aimer. Mais à présent c'était terminé. Elle ne voulait plus penser qu'elle valait moins que lui.

— C'est si pratique, n'est-ce pas ?

— Pratique ? répliqua-t-il avec un rire sombre. Tu as ruiné l'aboutissement de dix ans de travail. Tu as ruiné ma chance de…

— De quoi ? De prouver à ton père que tu pouvais réussir ? Que tu vaux mieux que Leonardo ? De te prouver à toi-même que tu es un Brunetti jusqu'au bout des ongles, cruel et assoiffé de pouvoir ?

— Tu ne comprends pas…

— Bien sûr que si. Je sais que ce projet signifie tout pour toi. Mais tu profites de ce qui vient de se passer pour me chasser de ta vie… Sois honnête, penses-tu vraiment que je t'ai trahi ? Tu ressens quelque chose pour moi, Massimo, et c'est une faiblesse qui te pèse. Je suis une tache sur ta fichue réputation, un frein pour ton ambition. Et tu préfères me rejeter plutôt que d'examiner ce que tu éprouves. Les Brunetti n'ont pas de faiblesses, n'est-ce pas ? Tu agis comme si tu valais mieux qu'eux, mais tu es pareil. Il y a du bon en toi, mais tu l'étouffes. Je suis tombée amoureuse de toi, et j'ai souffert en pensant que je n'étais pas digne de toi… mais c'est toi qui ne me mérites pas. Tu n'es pas celui que je croyais… Félicitations, Massimo, maintenant tu ne peux plus en douter : tu es un vrai Brunetti.

14

Regardant sans la voir la foule de touristes et de badauds, Massimo se tenait devant la fenêtre de son bureau, au sommet des Brunetti Towers elles-mêmes situées dans le quartier des finances de Milan.

Il ne parvenait pas à en sentir le pouls – pourtant, il l'avait senti battre si fort en lui pendant tant d'années... À présent, tout lui semblait vide. La villa, son appartement, même son labo, qui avait toujours été son sanctuaire...

La culpabilité le hantait, le consumait.

Leo avait essayé de le secouer, avant de laisser tomber. Ce n'était pas comme si BCS allait péricliter subitement s'il n'était pas à la barre pendant une semaine... En réalité, pour ce qui le concernait, Vincenzo Cavalli pouvait bien raser BCS si le cœur lui en disait, il s'en moquait.

Depuis des jours, il ne mangeait, ne travaillait et ne dormait plus. Depuis que, deux semaines plus tôt, il avait lancé ces affreuses accusations à la tête de Natalie.

Elle avait raison.

Il s'était comporté plus mal encore que son père ou que Leonardo. Toujours, il avait estimé être meilleur qu'eux, s'enorgueillissant d'avoir des valeurs différentes, celles que sa mère lui avait transmises. De la même façon, il avait toujours supposé que, lorsque la femme qu'il lui fallait – élégante, sophistiquée, comprenant qu'elle passait après son ambition personnelle – arriverait dans sa vie, il la traiterait bien.

En dépit de son arrogance et de son ambition, il avait rencontré une femme pleine de vie, de passion et de tendresse. Et il s'était comporté comme un salaud avec elle.

Après avoir découvert que Vincenzo avait embauché une équipe de hackers pour les charger d'attaquer BCS en se servant des intrusions précédentes réalisées par Natalie, il lui avait adressé des dizaines de messages d'excuse. Car elle n'avait été que la porte d'entrée pour leur permettre de pirater son programme.

La vérité, c'est qu'on ne lui avait jamais appris à comprendre et à gérer ses sentiments, surtout quand ceux-ci concernaient une femme aussi complexe que Natalie.

Il avait voulu conquérir le pouvoir, le prestige et la fortune parce qu'il était au fond terrifié à l'idée d'être faible, comme son père l'avait toujours prétendu. Pourtant, Natalie avait trouvé quelque chose en lui à apprécier. À aimer même.

« Je suis tombée amoureuse de toi », avait-elle crié.

Il était bien le pire des Brunetti. Tandis qu'elle s'était toujours battue avec courage, et en gardant son cœur intact.

Alors, même si cela devait lui prendre le reste de sa vie, il ferait tout pour se rendre digne d'elle.

Son assistante l'appela plusieurs fois au téléphone sans qu'il décroche, puis Leo se déplaça en personne pour lui demander de venir assister à une réunion urgente avec Giuseppe Fiore. De guerre lasse, Massimo fut forcé de sortir de son bureau. Ne serait-ce que par courtoisie, il devait se montrer.

Il enfila sa veste de costume et passa une main sur sa joue râpeuse. *Cristo*, de quoi avait-il l'air après son aller et retour en avion à New York, tout cela en l'espace de trente-six heures ? Épuisé, il n'avait pas pu dormir : il n'avait pas trouvé Natalie. Il était même allé voir Frankie, mais celui-ci n'avait pas eu de nouvelles récentes en dehors de leur rituel appel hebdomadaire.

Où était-elle ? Était-elle retournée auprès de Vincenzo ?

Nauséeux, il entra dans la salle de réunion et attrapa une bouteille d'eau.

Giuseppe et Leo étaient assis aux deux bouts opposés de la longue table de conférence, Franco se tenait près de Giuseppe et...

Natalie était assise à côté de Leo.

Son cœur fit un bond dans sa cage thoracique, et il lâcha la bouteille d'eau, qui heurta la moquette avec un bruit assourdi avant de rouler au sol.

Soudain, il eut l'envie folle d'en rire avec elle. Mais il savait que c'était impossible... Comment avait-il pu être aussi cruel avec la femme qu'il aimait ? Qu'est-ce qui n'allait pas chez lui ? Il aurait tant voulu lui dire qu'il avait maintenant tout son temps pour l'écouter...

Elle était vêtue d'une chemise blanche toute simple qui mettait en valeur sa silhouette fine et d'un pantalon noir. Ses cheveux étaient coiffés en un chignon sophistiqué. Sang-froid, sophistication, intelligence, beauté et bonté : tout cela se combinait chez elle. C'était la femme qu'il adorait de tout son être.

— Massimo, prends une chaise, lança Leo.

Il fit quelques pas et prit place près de la jeune femme, s'enivrant de son odeur, si familière qu'il en tremblait.

Il parvint à garder sa lucidité quand Leo ouvrit la réunion. Franco posa des questions au sujet du piratage récent tout en prenant des notes. Puis, à la stupéfaction de Massimo, Natalie prit la parole et diffusa sur écran les plans d'un nouveau programme de sécurité renforcé.

Elle était là avec un nouveau projet ? Elle avait travaillé avec Leonardo ?

Visiblement, Giuseppe avait persuadé son conseil d'administration de donner une nouvelle chance à BCS...

Lorsque la réunion fut terminée, Natalie rangea nerveusement son ordinateur et attrapa son sac à main.

Massimo s'approcha.

— Je suis allé te chercher à New York. J'ai vu Frankie.

Elle lui adressa un regard stupéfait.

— Il va bien, dit-il à la hâte. Il a très envie de te voir.

— Merci, mais je pars demain pour lui rendre visite... Après avoir fait tout ce que je pouvais pour réparer les dégâts que j'avais causés.

Elle mit son sac sur son épaule et se dirigea vers Leo, qui parlait avec le directeur technique de Fiore.

Massimo se sentait désorienté. Il n'y avait pas trace en elle de son énergie et de sa joie habituelles. Comme s'il avait en face de lui une pâle copie...

— Merci de m'avoir permis de travailler de nouveau pour BCS, dit-elle à Leo quand celui-ci eut achevé sa conversation avec Franco. Si tu veux que je continue, je préférerais travailler de chez moi.

— Tu ne vas nulle part, asséna Massimo.

Il adressa à son frère un regard furieux.

— Tu savais que je devenais fou à la chercher partout, et toi tu savais où elle était.

Leo haussa les épaules.

— Ces jours-ci, tu n'entendais pas ce que je te disais. Aucune possibilité de te parler. Tu m'as convaincu que Natalie était brillante, et je ne voyais pas pourquoi nous ne l'aurions pas fait travailler pour nous. Ensuite, quand je l'ai persuadée de nous aider, elle y a mis une condition : que tu n'en saurais rien.

L'avait-il perdue ? se demanda-t-il, paniqué.

Leo sortit et ferma la porte derrière lui. Quand Natalie fit mine de le suivre, Massimo se plaça devant elle pour l'en empêcher.

— Laisse-moi partir, Massimo.

— *No !* Dis-moi pourquoi tu nous as aidés ?

— Parce que le projet était important pour moi aussi. Appartenir à une équipe qui élabore des technologies de pointe, discuter des stratégies... Oui, cela signifiait beaucoup pour moi.

Elle détourna le regard.

— Jusqu'à présent, je n'avais jamais appartenu à une communauté, à un groupe. Et puis, je voulais finir ce que j'avais commencé.

— Alors reste. Va jusqu'au bout.

— Je ne peux pas rester près de toi.

Il posa les mains sur ses épaules, tout en essayant de contrôler les vagues de douleur qui l'envahissaient.

— Natalie *mia*, regarde-moi.

Son cœur se serra lorsqu'elle leva enfin vers lui ses magnifiques yeux bruns. Il posa la main sur sa joue, brûlant de lui dire tout ce qu'il ressentait.

— D'abord, je te supplie de me pardonner, *tesoro*. Si tu as jamais estimé qu'il y avait quelque chose de bien en moi, je t'en prie, *cara mia*, reste une minute pour écouter ce que j'ai à te dire.

Les yeux de la jeune femme se remplirent de larmes.

— Tu m'as couverte de honte… Tu… Tu m'as offert tout ce dont je rêvais sans l'avoir jamais demandé. Et en un instant tu as tout repris, Massimo. Je ne me suis jamais sentie aussi seule de toute ma vie. Plus encore que la nuit où mon père m'a abandonnée. J'aurais préféré ne pas t'avoir connu…

Les larmes coulaient sur ses joues, et Massimo la prit dans ses bras, se détestant pour ce qu'il lui avait fait.

— J'ai douté de moi, reprit-elle. J'ai eu l'impression de n'être rien, de ne pas te mériter. Tu sais, ce jour-là, je ne suis allée voir Vincenzo que pour lui parler de…

— Non ! Regarde-moi, Natalie. Je me moque complètement de lui. Tout ce qui m'intéresse, c'est toi. Tu es la chose la plus merveilleuse qui me soit jamais arrivée. La femme que ma mère espérait pour moi.

Il déposa un tendre baiser sur sa joue, savourant son odeur.

— Pardonne-moi pour toutes ces affreuses choses que j'ai dites.

Il embrassa son nez…

— Pardonne-moi pour avoir fait passer ce foutu contrat avant toi.

… son front.

— Pardonne-moi de ne pas t'avoir fait confiance.

Il l'embrassait partout où il le pouvait, la serrant fort contre lui parce qu'il avait peur de ne jamais plus pouvoir le faire de toute sa vie. Il laissait cette peur s'engouffrer en lui, et avec elle une joie et une chaleur intenses. C'était tout son amour pour Natalie qui tourbillonnait en lui comme une tempête.

— Et, surtout, pardonne-moi de ne pas m'être fait assez confiance… De ne pas avoir dit que je t'aimais. *Ti amo*, Natalie. Tu fais de moi un homme meilleur, *cara mia*.

Il la sentit soudain se laisser aller dans ses bras, et elle éclata en sanglots.

— Je t'aime, Massimo. Tellement que cela me terrifie. Je n'ai jamais aimé quelqu'un comme ça. J'ai envie d'y croire mais…

— *Cara mia*, assez de doutes… Entre nous, il n'y a de place que pour l'amour.

Il embrassa sa bouche si doucement, si tendrement, que Natalie ne put que lui rendre son baiser.

— Dis-moi que tu me crois.

— Je te crois, Massimo.

Il lui sourit.

— Nous allons faire venir Frankie, tout de suite. Et quand tu m'auras épousé…

— Quoi ? releva Natalie, le cœur chaviré de bonheur.

Elle qui croyait ne pas pouvoir l'aimer davantage…

— Quand tu m'auras épousé, reprit Massimo en riant, nous ferons nos Brunetti à nous, et la première chose que nous leur apprendrons…

— C'est à être courageux en amour, acheva-t-elle pour lui, les yeux pleins de larmes.

— Alors tu veux bien ?

— Oui.

Il était si solide, tout contre elle… Il la serra dans ses bras et passa les mains sous sa chemise.

Oui, il était son homme, et toute sa vie.

Épilogue

Un chemin féerique dont le tracé ondulait entre des buis et des glycines, un panorama éblouissant entre lac et montagne… Dans sa robe ivoire que le top model Alessandra Giovanni avait obtenue comme une faveur personnelle de la part d'un célèbre couturier – qui n'acceptait pourtant jamais de commandes privées –, Natalie Crosetto s'avançait vers le milliardaire Massimo Brunetti. Tous deux s'apprêtaient à échanger leurs vœux de mariage.

Si quelqu'un, quelques mois ou même quelques semaines plus tôt, avait prédit à Natalie qu'elle se marierait ainsi comme dans un rêve, elle aurait éclaté de rire. Pourtant, tout se conjuguait à la perfection pour faire de ce jour un moment inoubliable. En avançant vers l'homme merveilleux qu'elle aimait, si sexy dans son smoking noir, elle avait l'impression d'être une princesse. Et plus cette petite orpheline qui pensait ne pas mériter qu'on l'aime.

Elle vit Alessandra et Greta, éblouissantes. Et puis Leo, qui lui adressa un sourire chaleureux. Un mois après le sauvetage du projet Fiore, elle continuait d'être heureusement surprise par la bienveillance que lui témoignait désormais le frère de Massimo.

Enfin, elle arriva près de l'homme qu'elle aimait de tout son cœur. Massimo lui prit les mains et l'attira vers lui pour la serrer avec passion, ce qui fit rire la foule des invités.

Les doigts entremêlés aux siens, il murmura à son oreille :

— Tu es la femme la plus merveilleuse du monde, *cara mia*. Je t'aime tellement. Nous ferons face à tout ensemble, n'est-ce pas ?

— J'ai peur, Massimo. Je t'aime tant, et quand je pense à l'avenir…

Il posa les doigts sur sa bouche.

— Je ne te laisserai jamais partir, Natalie. Si tu tombes, je te rattraperai. Nous bâtirons un empire ou nous détruirons celui d'un autre si c'est ce que tu préfères...

Natalie éclata de rire avant de se mordre la lèvre. Tout le monde attendait. Mais elle ne voulait pas que leur vie commune débute avec des ombres ou des mensonges.

— Je voulais tout te dire, mais j'avais peur que cela te blesse. Cette... tiare, continua-t-elle en posant la main sur le délicat bijou.

Trois jours plus tôt, elle avait eu la surprise de trouver cette tiare en or blanc, ornée de diamants, sur sa coiffeuse.

— Je... je ne l'ai pas empruntée à Alessandra, comme je te l'ai dit. J'avais peur que tu ne comprennes pas. Il... il me l'a envoyée.

— Je le savais, *bella*.

— Quoi ?

— Dès que tu as ouvert le paquet. Tu as essayé de cacher l'emballage et tu as fondu en larmes en lisant la carte qui l'accompagnait.

— Ne m'en veux pas, je t'en prie, Massimo. J'ai coupé tout lien avec lui, mais il reste important dans ma vie, et il le restera toujours.

— Il y a longtemps que je lui ai pardonné, *cara mia*, déclara Massimo. Je vais aider Leo à le trouver et à l'empêcher de nous nuire encore, mais comment pourrais-je éprouver de la colère à l'encontre d'un homme qui t'a protégée quand tu étais seule au monde ? Non, je ne peux en vouloir à celui qui m'a fait le plus beau des cadeaux... Toi. *Ti amo*, Natalie. Ton passé et ton présent, ton entêtement, ta loyauté, ta passion et tes défauts... j'adore tout chez toi.

Tant pis si son maquillage était fichu, songea Natalie en souriant de bonheur à travers ses larmes.

— Je t'aime aussi, Massimo. Et maintenant dépêchons-nous, murmura-t-elle. Pour que nous puissions très vite construire notre empire et faire toute une équipe de petits Brunetti.

Les yeux de Massimo brillèrent de désir. Puis le prêtre les admonesta gentiment, Alessandra soupira et Frankie demanda à haute voix à Leo s'ils allaient s'embrasser comme ça très souvent.

Et puis, au milieu du désordre, de l'amour et des rires, elle fut soudain Natalie Brunetti.

Et, quand Massimo se pencha pour l'embrasser tendrement, son cœur chavira, une fois de plus.

TARA PAMMI

Ce pacte si troublant

INTÉGRALE
CONQUÊTES ITALIENNES

Traduction française de
VALÉRIE VAN CALSTER

SAGAS
HARLEQUIN

Titre original :
A DEAL TO CARRY THE ITALIAN'S HEIR

Ce roman a déjà été publié en 2020

1

— Est-ce qu'on peut vraiment croire que Vincenzo Cavalli a laissé tomber ? demanda Leonardo Brunetti, le P-DG de Brunetti Finances, à son cadet, Massimo.

Ces derniers mois, Brunetti Finances et Brunetti Cyber Securities, la société créée par Massimo, avaient été les cibles de fuites et de rumeurs malveillantes. Résultat : ils avaient perdu plusieurs contrats à la dernière minute.

Les délits commis autrefois par leur père, Silvio, le système de corruption qu'il avait mis en place pour diriger la société - depuis qu'il avait pris le contrôle de BFI, Leonardo s'était battu pour l'éradiquer —, tout avait surgi dans la presse, qui s'en délectait depuis des semaines.

Mais il y avait pire : Vincenzo Cavalli avait embauché une équipe de hackers pour pirater le programme de sécurité créé par Massimo et sa femme, Natalie, dans le cadre d'un contrat de plusieurs millions de dollars.

Ils avaient failli perdre ce contrat, et seul le talent de Natalie les avait sauvés de la catastrophe à la dernière minute.

À présent, Vincenzo avait disparu. Et se préparait sans doute à les attaquer de nouveau. Mais de quelle manière ?

— Que donne la piste financière ? poursuivit Leo.

— Le détective n'a pas trouvé grand-chose, sinon que le compte identifié aurait un lien avec Mario Fenelli.

Mario Fenelli était un des plus anciens membres du conseil d'administration de BFI, un représentant de la vieille garde, une relique datant de l'époque de Silvio. Et l'opposant le plus virulent à Leo.

Même si Leo, avec l'aide de sa grand-mère Greta et de Massimo, avait mis fin au système de corruption instauré par Silvio et évincé ce dernier, les membres du conseil appartenaient à la haute société milanaise : à la tête de fortunes très anciennes, habitués au pouvoir, ils répugnaient à abandonner leurs privilèges au nom de la réforme entreprise par Leo au sein de la société.

Les récentes manœuvres de Vincenzo avaient déjà eu de graves conséquences.

Les contrats tombés à l'eau, le piratage des informations financières relatives aux clients de BFI et dont la nouvelle s'était répandue malgré eux au sein du conseil d'administration… Mario avait eu beau jeu d'accuser publiquement Leo de marcher dans les traces de son père, suscitant un climat de doute et de suspicion parmi leurs clients.

Si Leo avait jusqu'à présent pu éviter la démission, c'était uniquement grâce à la croissance sans précédent des bénéfices de BFI depuis qu'il en était le P-DG. Et parce que Greta, Massimo, Silvio et lui détenaient toujours la majorité des actions.

S'il existait un lien entre Vincenzo et Mario, ne devenait-il pas évident que ce dernier avait été corrompu par leur ennemi ?

— Ce Fenelli est vraiment un sale type, lança Massimo.

— Nous devrions bien pouvoir trouver quelque chose dans son passé à utiliser contre lui, affirma Leo. Et, si nous pouvons ensuite mettre la main sur Vincenzo grâce à lui, nous pourrons en avoir terminé avec toute cette affaire.

La voix de son assistante dans l'Interphone les interrompit.

— Mlle Fernandez est arrivée.

— Neha est ici ? s'étonna Massimo.

Neha Fernandez, une amie de longue date de Leo, était justement la belle-fille de Mario Fenelli.

— Tu ne vas pas l'impliquer dans cette histoire avec Mario, n'est-ce pas ?

La question de son frère ne le vexa pas.

S'il avait été l'homme que Silvio avait voulu faire de lui en lui lavant le cerveau, il n'aurait pas hésité à utiliser Neha.

Voilà des années de cela, Massimo et lui avaient fait un pacte : diriger BFI de façon propre, avec honnêteté – autrement dit l'opposé de la méthode de leur père. Mais Massimo avait bénéficié de la présence d'une mère déterminée à faire tout son possible pour combattre l'influence corrosive et toxique de Silvio, allant jusqu'à supporter de demeurer au côté de cet homme violent : le quitter aurait signifié abandonner son fils. Par ailleurs, la mauvaise santé de Massimo, enfant, tout en en faisant la cible des diatribes malveillantes de Silvio, avait aussi tenu ce dernier à distance.

Leo, lui, avait longtemps vénéré son père, jusqu'à ce qu'il comprenne de quoi il était capable. Et il demeurait rempli d'amertume envers sa mère, qui l'avait abandonné très jeune à un Silvio ivre d'alcool et de rage.

— Bien sûr que non, répondit-il enfin.

Son histoire avec Neha était la plus longue qu'il ait jamais eue avec une femme. La seule qui lui inspirait du respect et de l'admiration, suffisamment pour qu'il n'ait jamais voulu la séduire, alors qu'elle l'attirait intensément.

Leur amitié était née dès le jour de leur rencontre, quand Mario, qui venait d'entrer au conseil d'administration de BFI, avait amené Neha avec lui à Milan, tandis que Silvio était venu avec Leo.

Alors que sa mère et son beau-père mettaient constamment en avant leur fortune et leurs relations, Neha, alors âgée de tout juste dix-sept ans, s'était montrée discrète, pleine d'esprit et de charme. À l'époque, elle avait déjà repris la boulangerie de son père, décédé, et elle avait en tête des tas d'idées pour la développer. Leo, lui, était dévoré par la colère : quelques jours plus tôt, il avait découvert non seulement que BFI était au bord de la faillite, mais que Silvio maltraitait Massimo depuis des années.

Autrement dit, l'homme qu'il vénérait n'était qu'une brute.

Neha l'avait écouté et avait compris le sentiment de dévastation qui le terrassait. Timidement, elle lui avait serré la main.

— Tout ce que tu dois faire, c'est expliquer à ton frère que tu es désolé. Qu'il compte pour toi. Que tu... l'aimes.

Elle avait raison, s'était-il dit, et il suivrait son conseil dès son retour chez lui. Puis il avait donné à Neha des idées pour augmenter son capital et faire croître son business.

Au cours de sa fulgurante ascension – à seize ans, dans son village natal en Angleterre, elle avait remporté la première place d'un concours de pâtisserie et, aujourd'hui, elle avait fait de sa fabrique de viennoiseries un business de plusieurs millions de livres —, la jeune femme l'avait consulté à de nombreuses reprises pour obtenir son avis. Il l'avait toujours aidée au mieux.

Son beau-père, Mario, avait alors compris le talent de sa jeune belle-fille et il avait massivement investi dans son affaire : en quelques années seulement, il en avait fait une marque internationale, créant des franchises partout dans le monde, faisant de So Sweet Inc. une société renommée.

— Alors pourquoi est-elle là ? demanda Massimo, sortant Leo de ses pensées.

— Elle voulait me voir le plus vite possible.

Massimo haussa les sourcils d'un air dubitatif.

— Pour le travail seulement ? J'ai toujours senti quelque chose entre vous...

Leo conserva un visage impénétrable. À ses yeux, Neha était une femme interdite.

— C'est pathétique de te voir jouer l'entremetteur uniquement parce que tu es béat d'amour.

Il se leva et ouvrit la porte.

— Allez, retourne auprès de Natalie et laisse-moi travailler.

Avec une moue moqueuse, Massimo sortit et se dirigea vers le fauteuil où patientait Neha. Il serra affectueusement la jeune femme dans ses bras, avec une affection naturelle et spontanée. Pas comme un homme ressentant du désir tout en voulant garder ses distances, comme Leo le faisait depuis des années.

À travers la porte ouverte, Leo étudia le profil épuré de Neha, son long cou, ses cheveux bruns noués en tresse. Elle portait une robe fourreau blanche qui moulait ses formes, des ballerines jaunes et un collier de perles. Une touche de rouge à lèvres donnait à sa bouche sensuelle l'aspect d'une de ces délicieuses friandises qu'elle créait. Dans ses yeux bruns et son sourire étincelait la joie de vivre.

Sa créativité et sa passion se cachaient derrière un sang-froid inébranlable, tout comme sa sensualité se dissimulait sous l'apparence de jeune femme simple et élégante qu'elle présentait aux autres. Comme il aurait aimé pouvoir mettre à l'épreuve ce calme imperturbable...

Cela avait commencé la veille de son vingt et unième anniversaire.

Du jour au lendemain, la jolie jeune fille timide s'était muée en une femme superbe et sexy. Depuis ce jour, Leo éprouvait, à chaque fois qu'il la voyait, l'envie irrépressible de lui ôter ses élégants vêtements et de découvrir la créature sensuelle qui se cachait en elle.

D'habitude, il était déterminé et sans pitié quand il s'agissait d'atteindre ses objectifs. Mais Neha était la seule chose qu'il avait dû s'interdire.

Même ainsi limitée, leur relation lui était précieuse. Alors qu'il faisait difficilement confiance aux femmes, Neha était devenue, contre toute attente, sa seule véritable amie.

Il ne prendrait jamais le risque de perdre cela.

Soudain, il entendit Massimo lui demander combien de temps elle comptait rester à Milan, car il voulait lui présenter sa femme, Natalie.

Neha tourna alors la tête vers Leo, qui fronça les sourcils : il avait perçu une lueur inhabituelle d'hésitation dans le regard de la jeune femme. Avec un sourire gracieux, elle répondit de manière évasive avant de saluer Massimo et de se diriger vers son bureau.

Se mordant légèrement la lèvre inférieure, elle se tenait dans l'encadrement de la porte.

Le soleil de l'après-midi, qui pénétrait par les hautes fenêtres, la nimbait d'une lumière dorée, dessinant les courbes de son corps comme il aurait aimé le faire. Il l'avait vue à maintes reprises et, pourtant, il enregistrait avec une conscience aiguë que sa robe blanche s'arrêtait à quelques centimètres du genou, que son col révélait la rondeur de sa poitrine...

Il était si subjugué qu'il lui fallut quelques instants pour remarquer de nouveau cette lueur d'hésitation dans le regard de la jeune femme. Même, elle avait les épaules contractées, et la tension émanait d'elle.

— Entre, dit-il doucement.

Elle s'exécuta sans un mot et ferma la porte derrière elle, avant de se diriger vers l'espace réunion du bureau. Elle se servit de l'eau, et Leo nota que les jointures de ses doigts étaient blanches sur le verre qu'elle serrait. Elle laissait le regard errer sur le quartier des affaires de Milan, aux rues chatoyantes sous le soleil vif de l'après-midi.

Tous deux s'étaient toujours montrés prévenants l'un envers l'autre, proches sans être intrusifs. Il avait été là pour elle quand elle avait annulé son mariage, huit ans plus tôt, sans jamais lui demander les raisons de son revirement, se contentant de lui offrir son soutien, notamment face à la presse.

Et, bien sûr, jamais il ne lui avait révélé qu'il la désirait depuis toujours – lui dont les aventures duraient au maximum six mois.

Plus les années avaient passé, plus elle était devenue irrésistible. Plus belle, plus élégante, plus assurée. Et plus il avait eu envie de la faire vibrer de désir et de plaisir.

— Merci d'avoir accepté de me voir dans un délai si court, dit-elle enfin en se tournant vers lui. Je sais que tu es très occupé.

— Tout va bien ?

— Oui, oui, répondit-elle, un demi-sourire aux lèvres.

Elle le scrutait avec une intense attention, comme si elle voulait lire dans son âme. C'était troublant, et en même temps... cela ne le dérangeait pas.

— Désolée... Je ne sais pas par où commencer.

— Prends ton temps.

Malgré lui, il regarda sa poitrine qui se soulevait à chaque respiration, le pouls qui battait à son cou, ses lèvres pulpeuses... avant de croiser de nouveau ses magnifiques yeux bruns.

Une tension inédite envahissait l'espace entre eux.

Pendant une fraction de seconde, Neha posa les yeux sur sa bouche.

Cela suffit pour qu'il prenne soudain conscience que l'attirance qu'il réprimait depuis des années n'était peut-être pas unilatérale. Cela suffit hélas aussi pour que ses muscles se tendent de désir...

— Je suis venue te demander quelque chose. Quelque chose de très important. Vraiment.

— *Bene*, dit-il en s'approchant d'elle.

Mais elle se recula.

— Tu ne vas pas rire, n'est-ce pas ? Non... Peu importe si tu ris. Mais ne refuse pas tout de suite, d'accord ? S'il te plaît, Leo, implora-t-elle. Je te jure que j'ai pensé à tous les moyens qui s'offraient à moi, et je ne me suis décidée à venir te voir qu'après avoir tourné et retourné le problème dans tous les sens. Je t'en prie, promets-moi que tu vas réfléchir à ma demande.

— Neha...

— Tu me connais, n'est-ce pas ? Depuis combien de temps ? Depuis que j'ai seize ans... Non dix-sept ! Je n'ai jamais rien fait d'impulsif, d'imprudent ou d'irresponsable. Toujours la tête dans le guidon, je travaille aussi dur que toi. Plus dur même, car ce n'est pas facile d'être une femme dans le monde des affaires. Je n'ai jamais...

Lorsqu'il vit ses yeux se remplir de panique, il lui prit les mains.

— Tout va bien, *bella*, dit-il d'un ton ferme.

Elle était la femme la plus sensée qu'il connaissait. Cette anxiété, cette panique était étrange. Avait-elle des ennuis ? Pas financiers, il en aurait entendu parler : il avait beaucoup d'actions dans So Sweet.

S'agit-il... d'un homme ?

Cette pensée lui fit l'effet d'un désagréable électrochoc.

— Promets-moi d'abord, exigea-t-elle.

— Je ne peux pas te faire une promesse sans savoir ce que tu vas me demander, répliqua-t-il d'une voix sèche, sans comprendre lui-même sa réaction.

Neha n'avait pas eu d'autres histoires après ses fiançailles rompues, et cela l'avait toujours étonné. Il n'aurait pas dû être aussi surpris qu'elle ait aujourd'hui un homme dans sa vie.

— Tout ce que je veux, c'est que tu réfléchisses à ma demande. J'ai fait le tour de toutes les autres options. Venir te voir est la meilleure solution.

Elle parlait comme si elle voulait se convaincre elle-même.

— D'accord, *bella*. Je te promets de réfléchir à ta demande. Vas-y. Ce suspense me donne mal à la tête.

— Quelle que soit ta réponse, pourras-tu s'il te plaît ne rien dire à Mario ou à ma mère ? Cela concerne ma vie privée, mon avenir.

Leo hocha la tête, tout en essayant de chasser l'amertume qu'il ressentait.

Il s'agissait bien d'un homme…

Sinon, pourquoi aurait-elle voulu tenir sa mère et son beau-père à l'écart ?

Cet homme l'avait-il déjà trahie ? Avait-elle seulement conscience du nombre de types intéressés par sa fortune ?

Avec un profond soupir, elle se laissa aller sur le canapé et croisa les mains sur ses genoux. La lumière du soleil mettait des reflets cuivrés dans ses épais cheveux soyeux.

— J'ai bien considéré tous les aspects du problème, et j'en ai conclu que c'était ce que je devais faire. Pour moi, pour ma vie…

Elle se mordit la lèvre avant de relever le menton d'un air de défi.

— Je vais avoir un enfant.

Bon sang, c'était la dernière chose à laquelle il s'attendait… Pendant quelques secondes, il la regarda sans rien dire, tentant d'assimiler rapidement cette information.

— Et que veux-tu que je fasse pour toi ? demanda-t-il d'une voix rendue heurtée par la surprise.

Quand elle passa la langue sur sa lèvre inférieure, son corps réagit instantanément. Les mouvements qu'elle faisait, si féminins, comme celui de remettre une mèche de cheveux derrière l'oreille, lui faisaient un tel effet…

Basta ! Il avait perdu assez de temps à imaginer une histoire qu'il ne pourrait jamais rendre réelle.

Elle se leva et le regarda droit dans les yeux.

— Je voudrais que tu sois le père de mon enfant.

2

Si tous ses espoirs n'avaient pas été suspendus à la réponse qu'il allait lui faire, Neha aurait ri de la stupéfaction qui se peignait sur le visage de Leo.

S'agissait-il d'une perplexité typiquement masculine devant l'idée de grossesse ? Ou sa surprise était-elle due à la franchise de sa question ?

En revanche, chez aucun homme elle n'avait vu cette rapidité à se reprendre et à rebondir.

— Tu n'es pas *déjà* enceinte ? demanda-t-il.

— Quoi ? Bien sûr que non ! s'exclama-t-elle. Je n'ai pas eu d'histoire avec un homme depuis...

Elle rougit en sentant son regard intense posé sur elle. Lentement, elle se força à desserrer ses doigts crispés par la tension.

— Mais je *voudrais* l'être, reprit-elle. C'est pourquoi je te demande... d'être le père de mon enfant. Pour que je puisse devenir mère, construire la famille dont je rêve. Pour être... heureuse.

Afin de se donner une contenance, elle attrapa son petit sac à main et en sortit un mouchoir en papier. Leo continuait de la scruter sans trahir la moindre de ses pensées.

Dire qu'elle passait dans des émissions de télé, donnait des conférences devant des P-DG et des chefs d'entreprise, et maintenant qu'elle abordait avec lui la chose la plus importante de sa vie... Elle se conduisait comme une écervelée.

En cet instant, même ses répétitions devant le miroir de sa chambre ne lui étaient d'aucune aide. Sans doute parce que, quand elle était seule, elle occultait un aspect fondamental de leur relation : la dangereuse attirance qu'elle éprouvait pour Leo depuis des années. Depuis tout ce temps, il hantait ses rêves, lui donnait envie de briser les défenses qu'elle avait mis tant de soin à ériger autour d'elle... Tout ça pour le désir fou de l'embrasser.

Son corps se moquait bien du nombre de fois où elle s'était répété que Leonardo n'était pas pour elle. Même si elle était parvenue à lui demander si elle lui plaisait, et qu'il ait répondu oui, elle ne serait pas allée plus loin : Leo était trop... important pour elle. Par ailleurs, elle savait très bien ce qu'il pensait des femmes en général, et à quel niveau de priorité il situait les relations amoureuses. Il ne croyait pas à l'amour, ni au mariage (pas plus, elle devait l'admettre, qu'elle ne croyait à l'existence d'un autre homme comme son père : tendre, chaleureux, capable d'un amour inconditionnel).

Bref, Leo était le dernier homme avec lequel une femme pouvait rêver d'avenir. Bien sûr, c'était un homme bien. Et il était prêt à tout pour protéger ses proches, quoi qu'il arrive.

Elle avait tellement envie qu'il le fasse aussi pour elle...

Lors de leur première rencontre, elle était encore en plein deuil de son père, et lui... tellement en colère contre le sien. La douleur, les regrets qu'elle avait lus dans ses yeux quand il avait réalisé qu'il n'avait pas su protéger son frère... elle ne les oublierait jamais. Ce jeune homme si beau qui avait le monde à ses pieds était bouleversé par ce qu'il venait de comprendre : à l'opposé du héros qu'il voyait en lui jusque-là, son père était une brute qui s'attaquait à plus faible que lui. Tout s'était effondré pour lui.

Cette fois-là, et cette fois-là seulement, Neha avait vu de la vulnérabilité chez Leo.

Puis, une fois que leurs carrières à tous deux avaient décollé, ils avaient pris l'habitude de se rencontrer plusieurs fois par an. Il l'invitait à dîner chaque fois qu'il était de passage à Londres. Et elle faisait escale à Milan chaque fois qu'elle en avait l'opportunité.

En secret, de façon compulsive, elle avait suivi dans les magazines toutes ses histoires sentimentales, se demandant souvent si, au milieu de toutes ces femmes avec lesquelles il couchait avant de les plaquer, il se souviendrait de son existence. Mais quelle que soit la petite amie du moment dans sa vie, Leonardo

Brunetti, P-DG de BFI, voyait son amie Neha Fernandez, P-DG de So Sweet Inc., à chacun de ses passages à Londres.

Et, pendant ce temps-là, les médias faisaient de leur relation une sorte de mythe, objet de leurs perpétuelles spéculations. Et ceux qui la suivaient sur les réseaux sociaux se perdaient aussi en analyses, critiques, conjectures, espoirs…

— Tu veux que je fasse un… *bébé* avec toi ? lâcha enfin Leo d'un ton coupant. C'est cette requête que tu souhaitais que j'examine avant de la rejeter tout de suite ?

— Oui, répliqua-t-elle en redressant les épaules.

Il passa une main nerveuse dans ses cheveux et s'éloigna de quelques pas.

— On ne crée pas une vie innocente parce qu'on s'ennuie, parce qu'on est malheureux… ou parce que c'est la dernière mode chez les gens célèbres…

— Tu as le droit d'être choqué par ma demande, le coupa Neha, décidée à lui faire comprendre son point de vue. Ne crois pas que j'aie pris cette décision à la légère. Ou qu'il s'agisse d'un acte irréfléchi causé par une alarme de mon horloge biologique. Par ailleurs, tu me connais mieux que ça pour penser que je veux me faire un coup de pub…

Elle dut s'interrompre pour prendre une profonde inspiration et calmer sa voix qui devenait trop aiguë.

— J'ai toujours voulu une famille, reprit-elle. Un homme que je respecterais et que j'aimerais, des enfants, une maison avec un petit jardin et une immense cuisine…

Elle secoua la tête.

— Parfois, je me demande si je ne me suis pas lancée si vite dans cette histoire avec John à cause de ses filles. Elles étaient si jeunes, elles avaient besoin d'une mère… Je me suis mise à rêver… sans savoir quel genre d'homme il était vraiment. Je crois que cela m'a aveuglée…

Elle eut un rire amer.

— Mon rêve n'a pas pu se réaliser.

Après cette histoire, elle avait perdu sa joie de vivre.

Et puis, la première attaque de panique était survenue. Une fois l'épreuve surmontée, elle s'était dit que cet accès d'angoisse venait lui rappeler qu'elle devait impérativement changer de vie. Et cela lui avait donné l'impulsion nécessaire.

— Tu ne m'as jamais dit pourquoi tu avais annulé le mariage, dit Leo.

Elle détestait l'idée de devoir lui avouer la naïveté dont elle avait fait preuve. Mais lui dire la vérité était plus important que son amour-propre.

— La veille du mariage, commença-t-elle, John m'a avoué que Mario avait tout orchestré...

— Comment ça ?

L'embarras la fit violemment rougir.

— Cinq semaines avant que je rencontre John, j'ai évoqué ma lassitude professionnelle devant Mario...

Elle soupira avant de reprendre :

— Mais il faut que je remonte encore un peu en arrière. La première pâtisserie que j'ai ouverte a eu un tel succès en si peu de temps que je n'arrivais pas à y croire. Mais, après avoir ouvert mon troisième établissement, j'ai vraiment été sous pression financièrement. L'argent investi par Mario est arrivé pile au bon moment... mais je me suis retrouvée prise au piège. Sans m'avertir, il a franchisé ma marque, lancé de nouveaux produits que je n'avais pas conçus. J'ai dû accepter de passer dans des émissions de télé, nous avons lancé une ligne d'instruments de cuisine sans que j'aie mon mot à dire... Certains jours, les réunions s'enchaînaient sans que j'aie une minute à moi... Mais l'affaire était en pleine expansion, ma mère était ravie pour moi... Alors j'ai laissé Mario faire pendant des années. Je n'avais pas le cran de m'opposer à lui alors que j'avais du mal à identifier les raisons de ma frustration grandissante. Jusqu'au jour où le P-DG d'une petite entreprise américaine de pâtisserie m'a appelée. Il m'avait vue dans une émission et me proposait de reprendre la branche européenne de sa société. J'aurais eu carte blanche : le développement, la gamme de produits – je me serais occupée de tout. C'était exactement ce dont j'avais besoin pour...

Elle détourna le regard. Elle ne voulait pas lui parler des relations complexes qu'elle entretenait avec sa mère.

— Bref, c'était le bon moment pour commencer autre chose.

Je me suis donnée six semaines pour régler ce que j'avais en cours chez So Sweet et accepter l'offre. Une semaine plus tard, comme par hasard, John intégrait mon département... Plus tard, j'ai découvert que Mario l'avait payé pour qu'il devienne... proche de moi. John avait tout de l'homme parfait : drôle, gentil, un merveilleux père pour ses filles. Et il croyait en l'amour. Il voulait se remarier, avoir d'autres enfants... Ce que j'ignorais, bien sûr, c'est que Mario l'avait coaché, utilisant mes rêves, mes peurs... Résultat, un mois seulement après notre première rencontre, John m'a demandée en mariage. Toute à ma joie, j'ai repoussé l'offre du P-DG américain : je voulais donner toutes ses chances à mon couple tout neuf. Mario avait eu ce qu'il voulait. Sauf que John a fini par me dire la vérité. La veille du mariage, il m'a tout raconté. Apparemment, il avait eu un urgent besoin d'argent après la mort de sa femme, à cause des factures d'hôpital qui s'étaient amoncelées... Et Mario est arrivé.

Leo jura.

— Pourquoi as-tu continué de travailler avec lui ?

— Nous nous sommes violemment disputés mais...

Elle tourna la tête pour lui dissimuler la douleur qu'elle ressentait encore. Sa mère avait refusé de lâcher Mario : elle ne voyait même pas ce qu'il avait fait de mal puisqu'il s'agissait de garder Neha près d'eux.

— Ce n'est pas facile de briser les liens, dit-elle à voix basse.

Leo secoua la tête.

— Cela ne change rien au fait que je suis le dernier homme auquel tu devrais t'adresser aujourd'hui.

Neha le regarda droit dans les yeux pour lui montrer sa détermination.

— Je ne suis pas naïve au point de penser que l'amour est la condition sine qua non du bonheur. Je ne suis même pas sûre qu'un homme soit capable de prendre soin de mes intérêts... Le succès est une arme à double tranchant, n'est-ce pas ? Crois-moi, Leo, j'apprécie tous les avantages qu'il procure. Mais je suis prête à passer à autre chose. Je veux un enfant, lui donner mon amour, l'aider à grandir, construire avec lui une relation identique à celle que j'avais avec mon père.

— Pourquoi pas un donneur anonyme ? demanda Leo, sourcils froncés.

Même si elle était préparée à cette question, le ton de sa voix la surprit. Était-ce de la méfiance ?

— Pourquoi *moi* ? insista-t-il.

Oubliant sa résolution de rester calme quoi qu'il arrive, Neha s'emporta.

— Bon sang, Leo, tu ne penses quand même pas que je veux te piéger ? Je ne viens peut-être pas d'une famille italienne dont les quartiers de noblesse remontent à la nuit des temps, mais j'ai ma propre fortune ! Je peux arrêter de travailler pour m'occuper du bébé et avoir de quoi vivre confortablement. D'accord, je ne pourrais plus aller à Milan en jet privé, avoir un chauffeur ou vivre dans une maison de maître en plein centre de Londres, mais je n'ai jamais eu besoin de ça.

— Très bien, tu n'es pas intéressée par mon argent. Mais tu sais bien que les femmes que je fréquente ont en général un objectif bien précis en tête.

— Tu me crois intéressée par le mariage ? rétorqua-t-elle, indignée.

Décidément, son arrogance n'avait pas de limites…

— Tes histoires ne durent pas plus de trois mois, et tu n'as guère de considération pour tes conquêtes : tu penses que ça me fait envie ? Par ailleurs, désolée de te le dire, mais toutes les femmes ne meurent pas d'envie que tu les épouses, Leo ! Tiens, par exemple, cette scientifique… Et puis, la chef d'entreprise qui a protesté publiquement contre un article laissant entendre que tu l'avais plaquée…

Soudain, elle vit une lueur d'amusement s'allumer dans les yeux bleus de Leo.

— Je vois que tu suis ma vie amoureuse, *bella*.

Neha réprima un soupir de dépit. Bien, maintenant, il savait qu'elle était obsédée par sa vie amoureuse… La belle affaire : la moitié des femmes de la planète s'intéressait à lui, à sa fortune, son sex-appeal affolant, son sourire ravageur…

— Si tu ne veux ni argent ni mariage… Il s'agit peut-être d'une ruse pour évaluer l'intérêt que je te porte. Pour m'attirer dans ton lit.

« M'attirer dans ton lit… »

À ces simples mots, des images torrides affluèrent à son cerveau : leurs corps nus enlacés sur des draps blancs, Leo l'embrassant avec passion…

Neha sentit une vague de chaleur l'envahir et sa poitrine se gonfler douloureusement. Elle se força à inspirer profondément.

— Si je voulais une liaison avec toi, je te l'aurais proposée directement.

Dans les yeux de Leo brillait un feu qu'elle n'avait jamais vu auparavant.

— Vraiment ?

— D'accord, peut-être pas…, avoua Neha.

Elle avait l'impression déstabilisante que la situation lui échappait. Mais aussi, l'idée que Leonardo puisse être attiré par elle lui faisait un effet incroyable…

Pendant des années, elle avait bridé ses fantasmes, mis sous clé tous les sentiments qu'il suscitait en elle. Alors aujourd'hui, elle n'allait pas laisser ces rêves de gamine et ces émotions stupides l'empêcher d'atteindre son but.

— Ne te moque pas de moi, dit-elle doucement. S'il te plaît.

— Alors explique-moi.

Leo ne se contenterait pas de demi-vérités, elle le savait. Mais elle ne pouvait pas *tout* lui révéler.

— Tu es la seule personne qui fasse peur à Mario. Ma mère… Pour elle je suis contrainte de rester. Je n'ai pas trouvé le moyen de sauver ma relation avec elle tout en échappant à la présence toxique de Mario. Il dirige ma vie : mon quotidien, ma vie sociale, mes projets, mon travail, jusqu'aux vêtements que je porte, jusqu'aux paroles que je prononce hors de mon bureau…

Elle se massa les tempes. Le simple fait de parler de sa situation lui donnait la migraine. Et le sentiment d'impuissance qui s'emparait d'elle pouvait, elle le savait désormais, la mener à l'angoisse la plus intense.

Elle posa la main sur son ventre et se força à inspirer profondément. Puis elle se concentra pour trouver un point dans la pièce sur lequel fixer son attention. Les mains de Leo qui lui versait un verre d'eau… Voilà. Grandes, belles… Et douces, elle en était sûre.

En une seconde, la panique reflua.

Savoir qu'elle pouvait la contrôler la rendait moins effrayante que la première fois. Tout comme la certitude de faire ce qu'il fallait pour reprendre le contrôle de sa vie.

— Récemment, poursuivit-elle, il est devenu vital pour moi de donner la priorité à ce qui comptait vraiment. Le rythme que m'impose Mario, je ne peux plus continuer comme ça sinon je vais devenir folle. Tout le conseil d'administration est à sa botte, même si je suis P-DG. Alors, tu comprends, si j'ai un enfant d'un donneur anonyme, je serai encore plus vulnérable face aux manœuvres de Mario, et mon enfant sera à ses yeux une nouvelle arme pour me manipuler.

Elle eut un rire nerveux en imaginant les répercussions de la bombe qu'elle s'apprêtait à lâcher sur son beau-père.

— Crois-moi, il va utiliser tout ce qu'il peut contre moi dans un avenir proche, et je refuse que mon enfant soit un pion dans son jeu.

— Tu es sûre que tu ne surestimes pas la menace qu'il représente ?

— C'est ce qu'on dit toujours aux femmes qui ont peur, répliqua-t-elle d'un ton amer.

Leo haussa les sourcils et attendit d'un air patient.

— Désolée, c'était injuste.

Il agita la main pour lui signifier que cela n'avait pas d'importance.

— Je n'aurais pas dû mettre en doute tes paroles. Tu n'es pas du genre à te monter la tête.

Le visage soucieux, il posa la main sur son épaule quelques secondes, avant de la retirer. Comme s'il ne voulait pas laisser le contact s'éterniser.

— Mais il y a autre chose, n'est-ce pas ?

Elle hocha la tête, surprise par son intuition.

— Oui. Je veux quitter So Sweet, et très vite. Je suis en train d'étudier les détails juridiques, mais je voudrais l'annoncer dans une semaine ou deux.

— Si vite ? Ne prends pas de décision sous le coup de l'émotion.

— Ce n'est pas ce que je fais.

— S'il s'agit pour toi d'être une bonne mère, je ne doute pas que tu puisses mener maternité et carrière de front, Neha.

Les paroles de Leo lui firent chaud au cœur. Comme c'était bon d'entendre parler quelqu'un de son rêve comme d'une possibilité réelle…

— C'est vrai, je veux continuer à travailler, mais pas au rythme fou que j'ai depuis dix ans. Je ne peux pas continuer comme ça. Pas si je veux rester en bonne santé, être heureuse et solide pour mon enfant… S'il est de toi, Mario n'osera pas s'en approcher. J'ai besoin que tu fasses semblant d'être à mes côtés pendant que je construis la vie que je veux. Peux-tu faire ça pour moi ?

En entendant Neha éclater de rire, Leo serra la main sur sa tasse de café.

Désirant garder un œil sur elle, il avait convaincu la jeune femme de venir passer le week-end dans la villa familiale du lac de Côme.

Son éclat de rire, profond, authentique, lui rappelait s'il en était besoin que Neha, derrière une façade de froide élégance, était drôle et spirituelle. Mais il n'avait jamais invité aucune femme ici… Les multiples liaisons de Silvio, affichées sans vergogne dans cette maison, et devant la mère de Massimo, avaient causé assez de drames comme ça.

Depuis deux jours qu'elle était là, il n'avait pas recherché la compagnie de Neha, la laissant avec Natalie, pleine d'attention et de gentillesse.

Sans plus prêter attention aux plaintes de sa *nonna* au sujet de l'organisation de sa fête d'anniversaire – elle aurait quatre-vingts ans dans deux semaines —, Leo se leva et traversa la vaste terrasse. Le doux soleil de novembre nimbait d'une lumière dorée les jardins de la villa, des jardins qui faisaient sa joie et sa fierté. À l'époque où il était un jeune homme désemparé et perdu, la villa avait représenté son seul refuge solide. Grâce à ce lieu, il avait pu prendre en charge sa famille, et la direction de BFI.

Mais les jardins, eux, lui donnaient un profond sentiment d'appartenance. Et, comme si ce sentiment lui conférait un pouvoir spécial, la plus récalcitrante des fleurs s'épanouissait entre ses mains. Pendant longtemps, il avait pensé que c'était sa façon à lui de contribuer à l'héritage des Brunetti. Sans compter, bien sûr, la croissance florissante de BFI depuis deux décennies.

Soudain, le même souvenir d'enfance, confus et lointain, lui revint...

Une pelle et un seau en plastique à la main, il suivait une femme, belle et délicate, dans ces mêmes jardins. Il se souvenait d'avoir ressenti une intense félicité... Et d'avoir entendu le rire doux et les mots tendres de cette femme...

Le rire de Neha résonna de nouveau et le ramena au présent.

La jeune femme se tenait sur le chemin menant au labo construit par Massimo. Elle portait un pantalon couleur pêche qui moulait ses hanches et ses fesses, et un T-shirt blanc ajusté qui révélait la ligne de sa poitrine. Ses cheveux étaient noués en une queue-de-cheval haute, qui dansait dans son dos au rythme de ses pas. Splendide, elle souriait avec joie.

« Je voudrais que tu sois le père de mon enfant... »

Plusieurs jours après, il était plus que jamais frappé par l'intensité avec laquelle elle avait évoqué cet enfant encore virtuel. Mais ce qui l'étonnait davantage c'est que, depuis, il pensait sans cesse à ce petit garçon ou cette petite fille qu'il pourrait guider et protéger, pendant que Neha lui offrirait un amour inconditionnel...

— Après deux jours ici, elle a déjà l'air plus heureuse, dit Massimo, qui l'avait rejoint sur la terrasse sans qu'il l'entende.

— Tu crois ?

— Tu n'as pas remarqué ? demanda Massimo sur un ton sérieux, pour une fois.

— Dis-moi ce que *toi* tu as remarqué.

Massimo lui lança un regard curieux mais obtempéra.

— Elle a des cernes que son maquillage ne parvient pas à cacher. Je ne l'avais pas vue depuis... un an et demi, mais elle a clairement maigri. Je sais que des magazines stupides peuvent la décrire comme ronde...

— Si So Sweet marche si bien, c'est parce qu'elle est authentique et vraie. Elle mange comme une personne normale et elle a des courbes comme une femme normale, le coupa Leo avec une véhémence dont il ne prit conscience qu'à contretemps.

Massimo haussa les sourcils.

— Mais il ne s'agit pas que de son apparence physique, poursuivit-il néanmoins. Elle a perdu sa lumière intérieure, et je la trouve fragile. Je me rappelle que ma mère était comme ça avant son départ. Comme si elle était à bout.

— Elle travaille énormément et elle est fatiguée.

Mais son frère avait raison. Son séjour à la villa avait rallumé l'étincelle de joie dans ses yeux.

— Elle veut avoir un enfant. Avec moi.

Sans même le regarder, il perçut la surprise de Massimo.

— Je ne savais pas que vous étiez ensemble !

— Nous ne le sommes pas.

— Tu es sérieux ? Tu vas lui dire oui ? demanda son frère, stupéfait.

Leo sentit dans sa poitrine la vieille douleur lancinante venue du passé, qu'il repoussait depuis toujours. Mais cette douleur l'avait façonné… Il ne pouvait prendre sa décision sans être sûr qu'une vie innocente ne serait pas blessée.

— Vas-y, fais-toi l'avocat du diable, lança-t-il à son frère.

Massimo s'appuya contre la rambarde de la terrasse et l'observa un long moment avant de parler.

— Tu envisages d'avoir un enfant avec la seule femme présente dans ta vie, une femme que tu admires et que tu respectes ? Je pense que c'est *fantastico*.

Leo essaya de surmonter le choc causé par les paroles enthousiastes de son frère. Celui-ci dut deviner l'obscure inquiétude de Leo, car il enchaîna :

— Notre père était dur, violent, mauvais… mais nous ne sommes pas comme lui.

— Toi, tu as eu une mère pour t'apprendre à bien te conduire, murmura Leo. Elle t'a enseigné qu'éprouver des émotions n'était pas une faiblesse.

Ces mots semblaient sortir d'un recoin obscur en lui et trouver leur source dans la douleur qu'il avait fait tout son possible pour enfouir au plus profond de son cœur.

Lui n'avait eu que son père. Et pour sa mère qui l'avait abandonné il n'avait que de la rancœur. Greta n'était pas méchante, mais elle n'avait jamais su rassurer ses petits-fils. Du moins pas avant de se remarier. Son second mari, Carlo, avait été le premier à leur apprendre ce qu'était un homme bien.

Mais Leo était déjà grand, alors. Et l'amertume qu'il ressentait pour sa mère, dont il ne pouvait même pas se rappeler le visage, l'avait envahi.

— Peut-être, mais tu sais que j'ai failli perdre Natalie, releva Massimo. Et puis, tu es venu à mon secours quand tu as découvert que Silvio était une brute. Tu l'as écarté et tu m'as encouragé à suivre ma passion. Tu as cru en moi, tu as investi des millions dans mes logiciels. Crois-moi, une femme intelligente et sensée comme Neha a beaucoup de raisons de t'avoir choisi.

Comment aurait-il pu exprimer sa gratitude à son frère en l'entendant parler ainsi ? Il n'avait pas eu besoin que Massimo le rassure, mais cela faisait néanmoins un bien fou.

— La seule chose qui m'inquiète dans ce scénario, ajouta Massimo avec un large sourire, c'est... Eh bien, la façon dont vous allez vous en sortir, tous les deux. Natalie et moi allons observer ça de loin ! Elle va adorer que Neha fasse partie de ta vie.

Leo sourit à son tour.

— Elle veut que je sois le géniteur, c'est tout.

Massimo éclata de rire, avant de redevenir sérieux en voyant le visage soucieux de Leo.

— Comment ça ?

— Elle pense que, si je suis le père de son enfant, Mario restera à l'écart et ne pourra pas se servir de lui pour la manipuler, comme il le fait depuis des années. Elle ne veut pas d'une vraie relation.

— Et tu es d'accord avec ça ?

Leo ne répondit pas et regarda, dans le jardin, la jolie jeune femme qui venait de mettre sa vie sens dessus dessous.

Il allait accepter, oui, mais il avait lui-même des conditions.

Ce qui le tourmentait, c'est qu'en accédant à la demande de Neha il s'interdisait à tout jamais de satisfaire l'intense désir qu'elle suscitait chez lui.

Jamais il ne prendrait le risque de blesser la mère de son enfant.

3

Neha toqua à l’épaisse porte en bois.

Pas de réponse.

Elle tourna la poignée métallique et pénétra dans la suite de Leonardo.

Elle était plus grande que la sienne. Et, alors que celle-ci était ultra-féminine avec ses murs rose pâle, celle de Leo était décorée de façon exclusivement masculine : un bureau de chêne foncé se trouvait à un angle de la pièce, et un ordinateur à grand écran était posé dessus ainsi que des dossiers soigneusement empilés. Des canapés confortables faisaient face à la cheminée où crépitait un beau feu, et des peintures hors de prix – comme dans toute la villa – décoraient les murs crème.

La nuit n’était pas encore complètement tombée, et la lumière orangée du crépuscule passait à travers les hautes fenêtres pour inonder la pièce.

Neha remarqua un portrait au mur, celui de Silvio assis dans un fauteuil, Leo près de lui, à l’âge de six ou sept ans. Le petit garçon qu’il était alors portait un costume trois-pièces gris ; ses cheveux bouclés étaient lissés en arrière, et on décelait dans son regard bleu une douleur qu’il n’avait pas encore appris à cacher.

Quel contraste frappant avec l’homme puissant et ténébreux qu’il était devenu !

Neha appela plusieurs fois Leo, sans succès. Elle inspira et s’avança plus avant. En raison des stores baissés, la chambre aux murs gris clair était plus sombre que le salon attenant. Un immense lit aux draps blancs immaculés faisait comme un îlot chaleureux et confortable.

Neha imagina Leo allongé au milieu de ce lit, les muscles détendus après une longue journée de travail, un sourire d'invitation aux lèvres, l'attendant... Elle commença à respirer plus vite...

À ce moment, Leo entra dans la chambre par une porte qu'elle n'avait pas remarquée. Celle du dressing, car on voyait des rangées de vêtements luxueux derrière lui.

Elle en eut le souffle coupé.

Torse nu, il portait un pantalon noir taille basse. Ses cheveux, épais et ondulés, étaient humides après la douche.

À sa grande honte, elle était incapable de regarder ailleurs. Il était parfait, comme les statues qu'on voyait dans les jardins. Elle savait qu'il faisait du sport avec la même discipline implacable qu'il appliquait à tout le reste, mais elle aurait pu passer des heures à admirer son corps et à imaginer toutes les choses qu'elle aurait aimé lui faire...

Sa peau ferme appelait les caresses. La largeur de ses épaules, la saillie des clavicules, les muscles de son torse, les abdominaux de son ventre... Il était intensément masculin, tout l'inverse de ses courbes à elle.

Elle imagina la sensation de sa peau contre la sienne, de ses tétons contre la toison de son torse... Sa poitrine se gonfla douloureusement, une pulsation sourde se mit à battre dans le bas de son ventre.

Quand elle vit une goutte d'eau couler de ses cheveux mouillés sur son torse, elle en suivit le parcours, des pectoraux jusqu'aux abdominaux parfaitement dessinés...

— Tu veux que j'attende avant de mettre une chemise ?

La voix rauque de Leo la sortit de ses rêveries, et elle rougit violemment, avant de noter une lueur d'amusement dans ses yeux bleus. Son sourire, sincère et éclatant, était si beau qu'elle eut l'intuition étrange qu'il avait le pouvoir de la sortir de n'importe quelle angoisse.

Elle détourna le regard, incapable de lui donner une réponse anodine. Il flirtait avec elle, et elle aurait voulu entrer dans son jeu. Mais où cela les aurait-il menés ?

— Massimo m'a appris que tu repartais pour Milan et qu'ensuite tu irais à Paris. Je ne voulais pas te rater… Nous n'avons pas reparlé, et je pensais…

Il restait silencieux.

— Je vais t'attendre dans le salon. Pourrons-nous parler pendant que tu vas à l'héliport ?

Il se pencha pour attraper sa chemise blanche sur le lit.

— Je ne serais pas parti sans te parler, dit-il.

Soudain, il posa sur elle un regard brûlant qui la fit frissonner, et elle se rappela qu'elle ne portait qu'une tunique transparente enfilée à la hâte, qui couvrait à peine le haut de ses cuisses.

— Je voulais juste…

— J'ai pris une décision.

Elle chancela, ses genoux se dérobant soudain sous elle. Aussitôt, Leo fut près d'elle pour la soutenir.

— Tout va bien, souffla-t-elle en se dégageant et en se contraignant à inspirer profondément plusieurs fois. Je vais te laisser finir de t'habiller.

Elle avait fait irruption dans sa chambre et, maintenant, elle n'avait qu'une hâte : fuir. Car s'il refusait de l'aider…

— Parlons ici, répliqua Leo. Et je vais finir de m'habiller puisque cela te met mal à l'aise.

— Pas mal à l'aise, non… Cela me distrait, c'est tout, lâcha-t-elle avec difficulté.

Il rit. La pensée soudaine qu'elle pourrait embrasser son torse musclé la transperça de désir.

— D'accord, dit-il avec un sourire diabolique en tendant la main vers sa chemise. Allons dans le salon.

Neha le regarda enfiler sa chemise, sans gêne aucune. Un grain de beauté sur le biceps droit, une petite cicatrice en haut du torse… Des détails qu'elle n'oublierait jamais.

Elle le suivit hors de la chambre à coucher, mais elle était trop agitée pour s'asseoir.

— Nous devons nous mettre d'accord sur ce que nous attendons l'un de l'autre, annonça-t-il.

Elle hocha la tête.

— Je signerai tous les documents que tu veux attestant que je ne te demanderai jamais d'argent. Que je ne chercherai jamais à t'épouser. Que je ne te demanderai pas de t'impliquer dans la vie de l'enfant. Que je...

Il s'assit sur le canapé. Toute trace d'amusement avait disparu de son visage.

— Je ne voulais pas parler de ce genre d'arrangement.

— Je veux juste que les choses soient claires : je ne serai pas un problème pour toi, Leo.

Il pressa les doigts contre ses tempes, comme s'il essayait de rester patient.

— Tu m'insultes en parlant ainsi.

— Quoi ? demanda-t-elle, stupéfaite. Comment ça ?

— Tu veux que je sois le père de ton enfant et que je t'aide face à Mario, mais je n'aurai pas le droit de te soutenir, moralement ou financièrement ?

Les traits crispés de son visage en faisaient ressortir la beauté rude.

— C'est comme ça que tu me vois ?

— Je ne suis pas sûre de comprendre...

Il soupira.

— C'est un peu... perturbant d'être considéré comme un homme capable de faire un enfant pour rendre service avant de passer à autre chose.

Jamais elle ne se serait attendue à ça...

— Un jour, dit-elle enfin, tu m'as dit que tu avais beaucoup de mal à faire confiance aux femmes. Et, quand j'ai rétorqué que c'était sexiste, tu m'as répondu que tu n'avais pas la moindre intention de changer. Tu as aussi dit... que l'amour était pour les imbéciles qui se vantent d'avoir volontairement accepté des tonnes de compromis. À un journaliste, il t'est arrivé d'expliquer que tu étais ravi que Massimo se charge de perpétuer la lignée des Brunetti. Depuis que je te connais, je sais que ce genre de liens ne fait pas partie de tes projets d'avenir.

Il frotta sa paume sur sa joue.

— Être lié à une femme est une chose. Un enfant, c'est complètement différent.

— C'est-à-dire ?

— Si j'ai un enfant, je veux être impliqué dans sa vie. Tu dis que tu me connais, alors tu aurais dû t'en douter.

Ses paroles, presque chuchotées, lui firent l'effet d'un coup de poing. Mais elle ravala les justifications qui lui venaient aux lèvres, comprenant peu à peu qu'il ne s'agissait pas d'elle mais de... ses sentiments à lui. Il avait raison : dans les innombrables scénarios qu'elle avait élaborés toute seule, elle n'avait pas pensé à ce qu'il ressentirait.

— En aucun cas je ne voulais te juger, dit-elle enfin. Je t'ai choisi parce que tu es le seul homme que je connaisse qui ferait tout pour protéger un innocent.

Le regard qu'il posait sur elle était perçant, comme s'il voulait lire à travers son âme. À son grand soulagement, il finit par hocher la tête.

— Cet enfant et son bien-être seront ma priorité, d'accord ? Je ferai tout pour lui, ajouta-t-il avec un regard radouci. Et c'est pour cela que je te dis oui, *bella*. Mais tu dois accepter l'idée que je ne serai jamais un père absent ou lointain. Je sais ce qui se passe dans la tête d'un enfant quand ses parents l'abandonnent. Je refuse que le mien connaisse cette situation.

Comment avait-elle pu négliger, dans tous ses scénarios, le fait que la mère de Leo avait fui au milieu de la nuit, le laissant à cinq ans seul avec son père ? Comment avait-elle pu omettre ce qu'elle savait pourtant mieux que personne : cet abandon lui avait laissé une blessure inguérissable...

« Mais tu dois accepter l'idée que je ne serai jamais un père absent ou lointain. »

Si Leo était un père à part entière, jamais Mario ne pourrait faire de mal à son enfant. Ce dernier bénéficierait du soutien et des conseils de Leo... sans compter l'affection de Natalie et de Massimo. Il appartiendrait à une vraie famille. Tout ce qu'elle avait toujours voulu pour son enfant.

Mais pouvait-elle accepter ?

— Notre relation..., commença-t-elle.

— ... sera basée sur le bien-être de notre enfant, la coupa-t-il d'un ton rassurant.

Elle se sentait de plus en plus confiante. Tous deux étaient des adultes raisonnables, ils connaissaient les forces et les faiblesses de l'autre : oui, ils pourraient gérer rationnellement la situation.

— Tu as d'autres conditions ? demanda-t-elle.

— Je veux que tu repousses l'annonce de ton départ de So Sweet.

— Impossible.

Leo haussa les sourcils devant le refus catégorique de la jeune femme. Pourquoi cette peur et cette méfiance dans ses yeux, tout à coup ?

— Neha, reprit-il doucement, écoute-moi.

Il ne voulait pas la brusquer : pour une raison qu'il ne comprenait pas encore, elle se sentait fragile en ce moment.

Elle se dirigea vers la fenêtre, et sa silhouette se découpa en contre-jour dans la lumière de cette fin de journée.

En dépit de la tension, il sentit le désir l'envahir. Le décolleté de sa tunique légère offrait une vue tentatrice sur les rondeurs de sa poitrine. Le tissu transparent laissait entrevoir sa peau mate et soyeuse et l'ombre de son bikini orange, et effleurait le haut de ses cuisses. Ses pieds nus étaient chaussés de simples sandales, et ses orteils étaient vernis de rose.

Ainsi, elle était l'image même de la féminité et de la sensualité, et cela lui coupait le souffle.

Dès qu'il l'avait vue dans sa chambre, fixant son lit du regard, il avait ressenti le besoin irrésistible de soulever sa tunique pour découvrir ses courbes voluptueuses.

Ses cheveux ramenés en arrière faisaient ressortir la beauté pure de son visage. Il aurait voulu faire courir les mains sur tout son corps, découvrir si sa peau était aussi douce qu'il l'imaginait.

Elle fit quelques pas et revint rapidement vers le canapé, trahissant ainsi sa nervosité, sa préoccupation. Sous la façade d'élégance qu'elle portait comme une seconde peau, Leo voyait maintenant ce que Massimo avait décelé avant lui : les cernes sous ses yeux, ses lèvres pincées.

Il se dirigea vers elle, mais elle se détourna, et il vit qu'elle tremblait de tout son corps. Il lui prit les mains, tout en gardant la distance entre eux. Ses mains étaient si douces...

— Neha, regarde-moi. Je ne te le demanderais pas si ce n'était pas important.

Le visage de la jeune femme se détendit alors.

— Tu as raison.

Elle s'assit sur la table basse, et Leo s'installa sur le canapé en face d'elle. Leurs genoux se touchaient presque.

— Vas-y, explique-moi, dit-elle, déterminée.

— Tu es au courant de la cyber attaque contre BCS, la société de mon frère, n'est-ce pas ? Mais ce n'est que la partie émergée de l'iceberg. Récemment, des contrats en fin de négociation et prêts à être signés sont tombés subitement à l'eau. Le passé... compliqué de Silvio a resurgi comme par hasard dans la presse. Des journalistes ont même évoqué le détournement de fonds dont il s'était rendu coupable et qui lui aurait valu la prison si je n'étais pas intervenu. Par ailleurs, la vie privée d'Alessandra, son passé, sa famille : tout a été exposé dans les magazines people.

Neha plissa les yeux en réfléchissant. À plusieurs reprises, elle avait eu l'occasion de rencontrer la superbe top model, belle-fille de Greta Brunetti, la *nonna* de Leo. Et à chaque fois elle avait remarqué que, malgré sa dureté et son côté acariâtre, Greta se montrait différente avec Alessandra, la fille de son second mari, Carlo. Celui-ci était mort depuis longtemps, mais Alessandra faisait définitivement partie de la famille.

— Pourtant, Alessandra ne porte pas le nom des Brunetti, fit remarquer Neha, sourcils froncés.

— Massimo et moi pensons qu'elle a été désignée comme cible en raison de sa proximité avec Greta. Ces derniers mois, nous avons tous été mis en avant dans la presse, et toujours en lien, de près ou de loin, avec des scandales ou des rumeurs malveillantes. Dans le milieu de la finance, des réputations ont été brisées, des sociétés ruinées pour moins que ça.

— Alors tu penses que tout est lié ?

Il approuva d'un mouvement de tête.

— Je ne t'en ai pas parlé, mais Natalie... Au départ, quelqu'un l'a embauchée pour qu'elle attaque le système de sécurité mis en place par Massimo. Les données financières de nos clients auraient pu être volées. Heureusement, elle ne l'a pas fait.

Neha écarquilla les yeux de surprise.

— C'est comme ça que Massimo l'a rencontrée ?

— *Sì*. Et ils sont tombés follement amoureux l'un de l'autre… Bref, Natalie a fini par nous révéler le nom de l'homme qui l'avait embauchée : Vincenzo Cavalli. Pour une raison mystérieuse, ce type est déterminé à causer le plus de tort possible aux Brunetti… Quand Natalie a piraté le logiciel de Massimo, nous n'étions que quatre à le savoir : Natalie, Massimo et moi, et Cavalli. Comme par hasard, ton beau-père a été au courant et a fait circuler l'info auprès du conseil d'administration de BFI. Il a voulu monter les membres contre moi, les poussant à demander ma démission sous le prétexte que j'allais ruiner BFI comme mon père avait failli le faire par le passé. La plupart des membres du conseil se souviennent des dégâts causés par Silvio…

Neha sentit ses mains devenir moites.

— Mario est lié à Cavalli ?

Leo soupira.

— C'est possible. Et, si c'est le cas, Mario s'est empressé de saisir cette opportunité de m'éjecter du fauteuil de P-DG.

— Mais quel rapport avec mon départ de So Sweet ?

— Tu fais gagner beaucoup d'argent à Mario. La menace de ton retrait me donne une arme contre lui.

Il nota que la jeune femme avait les mains serrées sur ses genoux.

— Comment ça ?

— Tu me promets de ne pas t'énerver ?

— Je t'écoute, non ?

— Nous allons faire semblant d'être vraiment en couple. Si je comprends bien la façon dont fonctionne Mario, il va être furieux à l'idée qu'un autre homme – surtout moi – soit en mesure de contrôler ton existence. D'après ce que tu m'as raconté sur la façon dont il te manipule depuis des années, il fera tout pour ne pas perdre son emprise sur toi.

— Alors tu vas m'utiliser comme une marionnette entre vous deux ?

— Je veux qu'il croie que j'ai de l'influence sur toi, oui, et que je peux te pousser à quitter So Sweet du jour au lendemain. Je veux lui mettre la pression.

Le regard sombre, elle secoua la tête.

— Je ne peux pas attendre, Leo… Cela n'a pas été une décision facile à prendre.

— Je comprends.

— Non, je ne crois pas que tu puisses.

Malgré lui, Leo se sentit atteint par les paroles de Neha.

— Alors rien de tout cela ne marchera.

— Pour toi, mon départ de So Sweet n'est pas une chose sérieuse. Tu penses que c'est une sorte de caprice passager. Alors comment puis-je être certaine que tu feras passer mon intérêt avant ton besoin de faire parler Mario ou d'arrêter ce… Cavalli ?

Elle avait raison. N'avait-il pas sous-estimé les raisons qui la poussaient à vouloir quitter sa propre entreprise ? N'avait-il pas considéré que ses projets n'étaient pas réellement vitaux ?

Mais il savait reconnaître ses erreurs.

— Tu as raison. Je veux mettre la pression sur Mario pour qu'il crache le morceau avant que Cavalli cause des dommages irréparables à ma famille, mais je ne veux pas te faire de mal… Mais tu sais que Mario va être furieux que nous ayons un enfant tous les deux : veux-tu le rendre encore plus fou en lui annonçant que tu quittes So Sweet ?

— C'est sûr, il ne va pas apprécier, murmura-t-elle en se massant la nuque. Il va déjà être furieux en apprenant notre… relation.

Leo lui prit la main et la pressa : il voulait qu'elle lui fasse confiance.

Bien sûr, il avait aussi l'envie irrépressible de l'embrasser jusqu'à ce que toute trace de tension la quitte, de la serrer contre lui pour sentir la rondeur de ses courbes… De l'apaiser, comme elle avait su le faire pour lui bien des années plus tôt.

Mais, s'il faisait ça, il ne pourrait en rester là…

Et puis après ? Que se passerait-il quand il se lasserait, comme cela lui arrivait *toujours* ? Quand ce serait sur son visage *à elle* qu'il lirait de la déception ?

Elle retira lentement sa main de la sienne. Visiblement, elle restait sur ses gardes et tenait à maintenir de la distance entre eux.

— D'accord, dit-elle. Je vais suivre ton plan.

— Bien. Ah, et tu dois faire une prise de sang. La mienne est déjà faite. J'ai pris quelques rendez-vous avec des spécialistes des FIV, ensuite nous pourrons décider de l'organisation : quand, où...

Il vit l'embarras colorer ses joues.

— On s'organisera, d'accord ?

Elle hocha la tête, et il sourit.

— Je n'y connais pas encore grand-chose, mais je crois que tu vas devoir faire des injections d'hormones ?

— Oui. C'est un peu invasif et douloureux, mais ça ira.

— Je ne doute pas de ta détermination, *cara*. Appelle-moi si tu as besoin que je sois là pour te soutenir.

— « Appelle-moi » ? releva-t-elle avec un petit sourire qui la rendit encore plus belle. Ne me donne pas d'ordre, Leonardo Brunetti.

— OK, mais n'oublie pas que c'est un partenariat, Neha Fernandez, répliqua-t-il en riant.

Dio, elle était si forte... Et cette force l'attirait, ainsi que sa volonté d'avancer malgré l'adversité.

— Tout ira bien, Neha. Je suis heureux que tu sois venue me voir.

— J'espère...

Les pupilles dilatées, le souffle court, elle noua les bras autour de son cou et se serra contre lui. Cela ne dura que quelques secondes, mais il se délecta de son odeur, de sa chaleur... Elle déposa un baiser sur sa joue, et il frémit de désir.

— Je ne sais pas comment te remercier, dit-elle en se reculant. Je te le promets, Leo, tu ne le regretteras pas.

Tout son corps lui disait que cette femme l'attirait terriblement. Une femme qui ne demanderait jamais plus que ce qu'il était prêt à donner, qui serait une mère parfaite pour leur enfant...

Leo resta immobile en la regardant quitter la pièce.

Cristo, à présent, son odeur fleurie flottait dans la chambre.

Le reste de la soirée, il se demanda s'il n'allait pas bientôt regretter sa décision. Car il s'était lié de manière irrévocable à une femme qu'il désirait désespérément et qu'il ne pouvait avoir.

4

Neha sortit sur la terrasse de sa suite et se perdit dans la contemplation du splendide paysage et des lumières scintillantes du lac de Côme. Après une journée dans le luxueux spa de la villa et un agréable déjeuner dans le beau quartier des Navigli en compagnie de Natalie, elle était prête à affronter la soirée.

La fête était donnée pour les quatre-vingts ans de Greta : l'occasion parfaite pour Leo et elle d'officialiser leur relation...

Ce soir, ils confirmeraient les rumeurs qui se propageaient depuis quelque temps grâce aux visites que Leo lui faisait à son bureau, à leur présence ensemble à l'inauguration d'un nouveau café de Londres à la mode...

Tout était parfaitement orchestré.

Durant les deux dernières semaines, ils s'étaient plus vus qu'en plusieurs années. Leo agissait ainsi pour les journalistes, elle en avait conscience, mais elle devait constamment se défendre d'y croire tout de même un peu...

Par exemple lorsqu'il lui avait fait envoyer ses orchidées préférées, le jour de son retour à Milan. Ou encore lorsqu'il était venu la chercher la veille au bureau, afin qu'elle puisse assister à la fête de Greta et profiter en même temps d'un week-end à la villa.

Au départ, Neha avait protesté : si elle partait avec lui, elle perdrait toute une journée de travail et elle ne pouvait pas se le permettre.

— Tu veux arrêter de travailler chez So Sweet et tu refuses de faire une petite pause ? avait-il fait remarquer.

Et elle avait accepté de le suivre, émerveillée que sa seule présence ait le don de faire paraître son bureau plus petit… L'attirance qu'elle éprouvait pour lui était d'autant plus douloureuse qu'elle ne pouvait y céder.

Les deux semaines qui avaient suivi son retour à Milan avaient été occupées par d'incessantes réunions et la visite d'une nouvelle pâtisserie dans l'est de Londres : elle n'avait pas pu entrer dans les cuisines, mais elle avait été photographiée avec dans les mains de délicieuses friandises qu'elle n'avait pas créées… Elle avait par ailleurs passé beaucoup de temps à étudier avec des juristes le contrat d'édition – des centaines de pages – d'un livre de recettes, qui porterait son nom et sa marque… Recettes qui avaient été élaborées par une équipe de chefs.

Et, dans le même temps, elle s'était rejoué des centaines de fois la scène qui s'était déroulée dans la chambre à coucher de Leo. Elle imaginait *dans tous les détails* ce qui se serait passé si elle l'avait embrassé, si elle lui avait demandé de concevoir leur enfant en faisant *vraiment* l'amour…

Rien que d'y penser, ses joues étaient en feu. L'aurait-il prise au mot ? Sentait-il ce qui se passait dans son corps quand il était près d'elle ?

Elle soupira.

Le coucher de soleil était magnifique. Pour la première fois depuis longtemps, Neha avait foi en l'avenir. Avec Leo à ses côtés, elle pourrait enfin se construire la vie qu'elle voulait. Et son bébé aurait tout ce qu'elle avait eu et perdu : des parents pleins d'amour, une famille aimante.

— Alors, elle refuse toujours de nous rejoindre ? demanda Massimo.

Leo venait de passer une heure avec Greta qui, visiblement, avait décidé de se comporter comme une adolescente et non comme la matriarche des Brunetti s'apprêtant à célébrer son quatre-vingtième anniversaire. Oubliant que la haute société milanaise allait arriver dans moins d'une heure pour lui rendre hommage…

— Elle ne joue pas la comédie, cette fois, expliqua Leo. Elle est vraiment très contrariée par l'absence d'Alessandra.

— Ce n'est vraiment pas le genre d'Alessandra de disparaître comme ça sans nous faire signe.

Leo acquiesça. La belle-fille de Greta – Alessandra Giovanni, un des plus célèbres top models du monde – allait régulièrement aux États-Unis voir sa famille, quittait souvent Milan plusieurs mois d'affilée pour des séances photo. Mais elle leur donnait toujours des nouvelles et leur disait où elle se trouvait. Surtout, elle ne laissait jamais passer plus de deux ou trois semaines sans rendre visite à Greta.

Cette fois, même la mère d'Alessandra ne savait pas où sa fille se trouvait.

Greta, qui avait passé son temps à gérer les pulsions destructrices de son fils, Silvio, ne s'était jamais montrée douce ou aimante avec Leo et Massimo. Mais elle les avait néanmoins protégés et les avait aidés à écarter Silvio quand il était devenu clair qu'il allait détruire BFI. Ce n'était qu'auprès de son second mari, Carlo – il était malheureusement mort après quelques années de bonheur —, et la fille de celui-ci, Alessandra, qu'une nouvelle facette de sa personnalité avait émergé.

Leo savait qu'Alessandra aimait profondément Greta, qu'elle se sentait chez elle ici avec lui et Massimo, davantage que dans sa famille maternelle. Alors pourquoi disparaître ainsi ? Où était-elle ?

Il allait suggérer à son frère de joindre l'agent de la jeune femme quand Neha entra dans le salon.

Elle était absolument renversante dans une robe rose qui dénudait ses épaules et épousait la rondeur de ses hanches. Tout en étant sexy, elle réussissait la prouesse de rester élégante. Ses cheveux étaient coiffés en un chignon structuré qui mettait ses joues et ses sourcils en valeur. Ses lèvres portaient un léger gloss rose qui évoquait des fruits savoureux. Des fruits dans lesquels il aurait voulu mordre.

Elle s'immobilisa en voyant les deux frères.

— Désolée, je ne voulais pas vous interrompre. Je peux revenir plus tard...

La lumière diffusée par le lustre en cristal déposait sur sa nuque et son décolleté des éclats dorés qui appelaient la caresse. Impossible de la quitter du regard. *Dio*, il ne pouvait se rappeler la dernière fois qu'une femme l'avait fasciné à ce point. Mais était-ce même jamais arrivé ?

— Tu ne nous déranges pas du tout, dit-il.

Peut-être un peu trop sèchement, car elle plissa légèrement les yeux.

Il alla se servir un verre : il en aurait besoin s'il devait passer le reste de la soirée en sa compagnie, à la regarder sans pouvoir la toucher, sans rien faire de ce qu'il mourait d'envie de lui faire.

— Je vais voir Greta, annonça Massimo avec ce sourire malicieux auquel Leo commençait à s'habituer.

Massimo s'arrêta devant Neha, mit les mains sur ses épaules et l'étreignit légèrement. Un sourire bienveillant aux lèvres, la jeune femme se laissa embrasser sur les joues.

— Tu es magnifique, *bella mia* ! Ah, si seulement tu avais eu une meilleure opinion de moi..., dit-il avec un sourire espiègle. Mais, hélas, je me souviens que tu m'as repoussé... sans me briser le cœur bien sûr !

Neha éclata de rire.

— *Per favore*, Massimo. Arrête de flirter avec moi et va retrouver ta femme.

— *Sì*, répondit-il en s'inclinant pour la saluer, ce qui la fit rire de plus belle.

Dès qu'il se fut éclipsé, un silence pesant s'installa.

— Tu fais la tête parce qu'il a flirté avec moi ? s'étonna Neha sans s'approcher de lui.

Leo haussa les épaules.

— Non. Massimo n'a d'yeux que pour Natalie. Son petit numéro n'était destiné qu'à moi.

— Comment ça ? demanda-t-elle en écarquillant les yeux.

Leo serra les mâchoires. Il n'allait certainement pas lui expliquer à quel point son frère trouvait hilarante l'attirance qu'il éprouvait pour elle...

— Tu veux un verre avant l'arrivée des invités ? demanda-t-il enfin.

— Un peu d'eau pétillante, merci.

Leo ouvrit une bouteille avant de lui tendre un verre, qu'elle lui prit des mains en évitant soigneusement de le toucher.

— Tu ne m'as pas dit comment tu me trouvais, fit-elle remarquer.

— Je ne pensais pas que tu étais le genre de femme à avoir besoin de compliments pour te sentir en confiance.

Une irritation qu'il n'avait jamais vue chez elle flamba dans ses yeux.

— Il y a deux choses fausses dans ce que tu viens de dire. Premièrement, je ne connais pas de femme n'appréciant pas le compliment d'un ami bien élevé.

— Touché, commenta-t-il en levant son verre. Et ma seconde erreur ?

— Je m'apprête à jouer devant une foule d'invités le rôle que tu m'as attribué. Alors, oui, j'aimerais savoir ce que tu penses pour une fois, au lieu d'essayer de décrypter l'expression de ton visage.

Quelque chose dans sa voix le troubla, mais Leo aurait été incapable de dire de quoi il s'agissait. C'était comme si le terrain neutre où ils évoluaient depuis tant d'années s'était transformé en champ de mines, en un territoire dangereux où régnait la tension sexuelle et… quelque chose d'autre.

Étaient-ils en train de gâcher leur relation ?

Se rendait-elle compte à quel point elle était séduisante ? Et à quel point il aurait voulu qu'elle lui sourie aussi librement qu'à Massimo ?

D'un trait, il acheva son verre et s'approcha d'elle. Il lui prit le menton pour rencontrer son regard.

— Tu es la femme la plus belle, la plus digne, la plus intelligente et la plus courageuse que je connaisse.

Elle rit et lui tapa l'épaule du poing avant de s'écarter.

— Tu n'as pas quelques adjectifs à ajouter, si ?

— Tu crois que je plaisante ?

— Ne t'en fais pas, vraiment, répondit-elle d'une voix soudain plus tendue. Je me suis assez fait plaisir pour ce soir…

Elle avait murmuré, comme si elle se parlait à elle-même. Cela ne dura qu'un instant. Quand elle le regarda de nouveau, elle avait recouvré son maintien habituel.

— Natalie m'a dit que tu lui avais suggéré de me tenir compagnie aujourd'hui… Comme tu m'as suggéré, ajouta-t-elle avec un sourire, de choisir sa robe pour ce soir.

— Elle n'a pas le sens de la mode. Toi, en revanche, tu es toujours renversante.

Elle rit.

— Tu nous as manipulées toutes les deux.

— Vous travaillez dur, et j'ai pensé que vous aviez mérité de vous détendre.

— C'est exactement ce dont j'avais besoin, en effet, sauf que je ne m'en rendais même pas compte. Alors merci.

— De rien… Quand je t'ai vue hier soir, tu avais l'air si fatiguée. Tu ne dors pas bien ?

Elle ramena une mèche de cheveux qui s'était échappée de son chignon, et rien qu'à ce petit geste il comprit qu'elle allait lui mentir.

— Je vais bien, j'ai juste eu une semaine difficile.

— Mario t'a parlé de moi ?

— Nous avions quelques réunions ensemble, mais il… Bon sang, que je suis nerveuse ! Au sujet de ce soir, je veux dire. Je… j'aurais préféré que nous ne rendions pas les choses publiques aujourd'hui. Sans doute parce que je voudrais repousser l'inéluctable…

Elle rit, tout en jouant nerveusement avec son verre.

— Tu dois penser que je suis folle.

— Pas du tout. En revanche, je commence à penser que tu es stressée de façon générale. Tu as des regrets au sujet de ce que nous avons décidé de faire ?

— Bien sûr que non ! s'écria-t-elle. Si tu veux tout savoir, j'ai évité Mario cette semaine. Je ne suis pas allée chez eux, ce qui n'est pas dans mes habitudes car j'aime voir ma mère au moins un jour sur deux. J'ai annulé un déjeuner avec lui, sous prétexte que j'avais un rendez-vous médical… Ce genre de choses.

Leo lui prit la main et sentit qu'elle tremblait.

— Neha, as-tu peur de lui ? Est-ce qu'il t'a fait du mal physiquement ?

— Mon Dieu, non… Mais, s'il avait levé la main sur moi, au moins ma…

Elle retira sa main d'un mouvement brusque.

Qu'avait-elle failli lui dire ? se demanda Leo.

— S'il m'avait frappée, j'aurais répliqué, déclara-t-elle avec force. Mais Mario a une trop haute opinion de lui-même pour s'abaisser à un comportement qu'il qualifierait de vulgaire. Sa façon de faire est plus… insidieuse. Je ne t'en ai pas parlé mais, avant que je vienne te voir, ce jour-là dans ton bureau, je m'étais disputée avec lui. Au sujet du contrat d'édition que nous étions en train de signer. Quand je lui ai dit que j'allais te voir, cela l'a rendu furieux, je suis sûre qu'il a pensé que je voulais me plaindre auprès de toi de ce contrat. Maintenant qu'il sait que tu es passé plusieurs fois au bureau la semaine dernière, et vu qu'au même moment je l'évitais… Il doit être hors de lui.

— Alors pourquoi l'éviter ? Pourquoi ne pas l'affronter aujourd'hui, alors que je suis avec toi ?

— À chaque fois que ça se passe mal entre lui et moi, ma mère en souffre. Et puis, c'est l'anniversaire de mon père la semaine prochaine, et elle est toujours très fragile à ce moment-là. Nous avons l'habitude de passer cette journée ensemble : nous nous rendons au refuge où mon père était bénévole et nous y faisons un don. Ensuite nous dînons avec des amis de mon père, des membres de la famille… Je prépare toujours avec soin cette journée… cela me donne l'impression que nous ne nous sommes pas trop éloignées l'une de l'autre…

La tristesse qu'il vit dans son regard heurta Leo. Mais, une fois encore, elle se reprit aussitôt.

— Si j'avais une violente explication avec lui maintenant, c'est ma mère qui en subirait les conséquences. Elle s'inquiéterait, et je ne veux pas que l'anniversaire de mon père soit encore plus douloureux pour elle.

— Mais qui prend soin de toi dans tout ça ? répliqua aussitôt Leo.

Elle fronça les sourcils.

— Je me suis toujours débrouillée seule. Ma mère a toujours été fragile émotionnellement… À vrai dire, je ne pense pas qu'elle se soit remise de la mort de mon père. Mais c'est vrai que parfois j'aimerais…, murmura-t-elle d'un air gêné, avant de soupirer.

Elle jouait nerveusement avec une de ses bagues.

— Je n'aime pas parler de tout ça avec toi.

— Pourquoi ?

— Je me sens coupable de parler d'elle comme ça. Et je ne veux pas que tu me méprises… Je sais à quel point tu détestes les mélodrames.

— Que je te méprise parce que tu as une relation complexe avec ta mère ? releva-t-il en retenant les qualificatifs cinglants qui lui venaient aux lèvres, comme « toxique » ou « nocive ». Décidément, je crois que tu te fies trop à ce que tu as pu lire dans la presse au sujet de mes relations avec les femmes…

Pour une raison qu'il avait du mal à comprendre, il aurait voulu… être un homme parfait à ses yeux.

Cristo, pourquoi cette idée étrange ?

— Neha, que nous le voulions ou non, nos histoires familiales vont avoir une influence sur notre enfant.

— Et cela ne te gêne pas ? demanda-t-elle avec sérieux en le regardant droit dans les yeux.

Il sourit.

— Je crois que j'ai oublié « obstinée » dans ma liste d'adjectifs, dit-il en lui prenant la main. Crois-moi, *bella*. Nous ferons face ensemble, et tu n'as rien à me cacher. En attendant, je suis heureux d'être ton chevalier servant.

Elle leva les yeux au ciel et éclata de rire.

— Je n'ai pas *vraiment* besoin d'un chevalier servant, Leo. Juste que tu fasses semblant de l'être.

Elle lui pressa le bras.

— Mais, oui, je suis heureuse que tu sois à mes côtés.

5

Quelques heures après le début de la fête, Neha était heureuse que Leo l'ait convaincue d'y assister avec lui.

Sentir ses mains posées à tout moment sur elle l'avait grisée toute la soirée. Oh ! elle n'était pas dupe, elle savait que les regards appuyés et les caresses tendres – comme elle aimait sentir sa paume en bas de son dos ! – n'étaient que pour les quelques journalistes qu'il avait invités. Il s'agissait de dire publiquement, sans pour autant faire une déclaration officielle, qu'après des années de relations platoniques ils étaient passés à autre chose.

Malgré tout, Neha ne pouvait s'empêcher de profiter de ces moments.

Chaque fois qu'il posait la main sur sa taille ou ses épaules, elle sentait des picotements dans son dos, qui se propageaient dans ses veines comme une décharge électrique.

Elle adorait l'entendre prononcer son prénom quand il la présentait aux membres de la famille Brunetti ou du conseil d'administration. Elle buvait ses paroles, se délectait du sourire complice qu'il lui adressait quand quelqu'un se réjouissait que le plus inaccessible des célibataires soit désormais pris.

Mais il n'y avait pas que ça.

Le simple fait de le savoir à ses côtés lui donnait de la force. Elle se débrouillait toute seule depuis si longtemps que l'avoir près d'elle était comme un luxe merveilleux. Enfin elle n'était plus seule pour affronter Mario.

Même l'air renfrogné de celui-ci, son regard noir qui les suivait partout ne l'empêchait pas de profiter de la soirée.

Autour d'elle, l'ensemble du domaine scintillait : les lumières illuminant les jardins se reflétaient à la surface du lac de Côme. Des tentes blanches accueillaient la foule des invités. Des lanternes blanches étaient suspendues aux plafonds, et de magnifiques lys blancs décoraient les tables rondes.

Une estrade avait été installée au centre de la tente principale, et Greta y monta pour prononcer un discours dans un italien trop rapide pour que Neha puisse le comprendre vraiment. Ensuite la vieille dame invita sa famille à la rejoindre. À sa grande surprise, Leo lui fit signe de venir avec lui et la guida vers l'estrade.

Pendant quelques secondes qui lui parurent durer une éternité, Neha sentit tous les regards braqués sur elle. C'est vrai, ils faisaient semblant, mais elle n'aurait jamais pensé que Leo irait jusqu'à faire mine de l'intégrer publiquement à la famille Brunetti.

Il perçut son hésitation.

— Je pensais avoir été clair, lui dit-il à l'oreille. Quoi qu'il arrive, toi et notre enfant appartiendrez à cette famille.

— Mais tout le monde va prendre ça pour une déclaration, murmura-t-elle.

— Je m'en moque complètement, *bella*.

Après cela, elle n'avait plus pensé une seconde à Mario. Avec un sentiment de légèreté exaltant, elle avait laissé Leo prendre sur lui son fardeau, au moins pour la soirée. Elle dansa une fois avec Massimo, et deux avec Leo. Elle se délecta des mets raffinés du buffet, tout en plaisantant avec Natalie.

Après une longue période de solitude, elle éprouvait une intense joie de vivre.

Afin de retoucher son maquillage, elle se rendit dans un salon doté de miroirs en pied et d'un grand canapé de cuir blanc. Soudain, dos à la porte alors qu'elle remettait un peu de gloss, elle sentit que quelqu'un venait d'entrer dans la pièce. Elle se tourna vivement.

Elle s'était préparée à affronter Mario et sa colère. Mais c'était sa mère qui se tenait devant elle, le visage creusé par la détresse. Elle portait un tailleur-pantalon crème qui se mariait à la perfection avec sa peau pâle et le collier de perles à son cou.

À l'adolescence, Neha rêvait de lui ressembler, petite et délicate, d'avoir ses cheveux noirs soyeux, ses traits fins... Mais à présent elle était heureuse d'avoir hérité sa force et sa nature résiliente de son père.

— Bonjour, maman, dit-elle en se penchant pour l'embrasser.

Une subtile senteur florale emplit ses narines, lui étreignant aussitôt la poitrine.

— Je suis contente que nous puissions bavarder avant ton départ. Je ne t'ai pas vue depuis longtemps... Je suis désolée, je ne suis pas encore venue te voir ce soir, mais Leo souhaitait me présenter à des tas de gens. Et Natalie a voulu que le photographe prenne des clichés de nous deux et...

— Je pensais que tu avais dépassé le stade de la rébellion adolescente, la coupa sèchement Padma. Tu te conduis comme si tu ne cherchais qu'une chose : mettre ton beau-père dans l'embarras.

Elle ne lui demandait même pas pourquoi elle ne lui avait pas rendu visite depuis deux semaines... Aucune question sur son histoire toute récente avec Leo...

Sa gorge se serra douloureusement.

— Maman, de quoi parles-tu ?

— Cette... liaison avec cet homme.

— Eh bien ?

— Tu sais très bien que Leonardo Brunetti est l'ennemi de ton beau-père, qu'il lui a causé des tas d'ennuis. Et, parmi tous les hommes possibles, c'est celui-là que tu as choisi ? Tu n'éprouves donc aucune loyauté pour Mario ? Après tout ce qu'il a fait pour nous ? Pour toi ? Il t'a toujours considérée comme sa propre...

Sa mère fut secouée d'un long frisson, et elle dut s'appuyer contre le mur derrière elle. Elle avait le souffle court, et son visage était contracté.

La panique s'engouffra aussitôt dans l'esprit de Neha.

— Maman, ne te mets pas dans cet état, tu sais que ce n'est pas bon pour toi. Tu vas avoir une crise d'asthme et...

Padma se recula, refusant qu'elle la touche.

— Alors tu aurais dû réfléchir avant de te mettre avec un homme que Mario ne supporte pas.

— Maman, écoute-moi. Ce n'est pas ce que tu crois, et je n'aurais jamais fait quoi que ce soit pour te blesser. Il s'agit d'une chose que je dois faire pour moi et...

Elle se passa les mains dans les cheveux, luttant pour recouvrer son calme. Elle se sentait si impuissante…

— Il s'agit de construire la vie que je…, tenta-t-elle d'expliquer.

— Tu provoques l'homme qui t'a tout donné. Et quand Brunetti te quittera, comme Mario dit qu'il le fera, qui te ramassera de nouveau, en miettes ? Qui veillera sur toi ? Ton beau-père, évidemment.

Padma posa la main sur la joue de Neha.

— Quitte cet homme, dit-elle d'une voix que les larmes rendaient implorante. Rentre avec nous ce soir. Mario est un homme généreux : il te pardonnera l'erreur que tu as commise en tombant dans le piège de Leonardo Brunetti.

Au contraire, pensa Neha avec amertume, cet homme ne connaissait pas le pardon. N'avait-il pas fait en sorte que Padma voie un ennemi en Leo ? Ne l'avait-il pas convaincue que sa propre fille était égoïste, naïve au point de se laisser berner par un séducteur ?

— Maman, essaya-t-elle encore. Je n'ai rien à me faire pardonner. Toutes ces années, je suis restée alors que…

— Arrête ! cria Padma, la bouche tremblante. Cela me fait du mal que vous ne vous compreniez pas, ma chérie.

— Maman, je fais ça pour moi, pour mon avenir…

— Je t'en prie, mets un terme à cette histoire avant d'être blessée ou de nous faire du mal.

— Et si je ne le fais pas ?

Padma fit un pas en arrière, l'air soudain très déterminé.

— Alors je saurai que Mario a raison quand il dit que tu ne l'as jamais accepté et que tu ne m'as jamais pardonné de m'être remariée après la mort de ton père.

Sous la voûte nocturne constellée d'étoiles, Leo s'avançait sur le chemin mal entretenu menant à la serre, elle-même abandonnée depuis plus de vingt ans. Pendant des années, il avait évité le bâtiment à l'abandon, refusant même de s'en approcher. Et puis, récemment, il avait engagé une équipe pour le rénover ; mais, en dehors d'une rapide inspection avec l'architecte, il n'y avait plus mis les pieds. Avant d'y retourner, il voulait que le lieu soit refait à neuf pour ne plus y voir un endroit désolé, plein de souvenirs qui l'empêchaient souvent de dormir.

Si Massimo n'avait pas tapé à sa porte après minuit pour lui faire part de son inquiétude, jamais il ne serait venu ici.

Il tapa le code d'entrée sur le boîtier de sécurité récemment installé et poussa la porte vitrée. Aussitôt, il sentit un souffle d'air chaud et humide sur son visage.

Avec surprise, il observa les progrès accomplis par l'équipe d'ouvriers et d'artisans. Les massifs et les plantes grimpantes avaient été taillés, et un nouveau système de contrôle de la température avait été installé. Un évier en porcelaine et un plan de travail en granit noir longeaient un des murs ; des spots diffusaient partout une lumière douce et chaude. Contre le mur opposé, la grande vigne vierge avait été laissée en l'état. Comme pour conserver un bout du passé que lui-même semblait incapable de lâcher…

Cristo, que son humeur était étrange ce soir !

Sur une chaise avait été jeté un sweat gris.

Celui de Neha.

La jeune femme était en train de parcourir les allées, manifestement perdue dans ses pensées. Même le bruit de la porte ne l'avait pas interrompue.

Sa raison lui dictait de la laisser tranquille et de faire demi-tour. Pourtant, il était incapable de la lâcher du regard.

Elle portait un débardeur et un short en coton. Une tenue qui n'aurait pas été sexy sur une autre, mais qui faisait ressortir ses courbes et ses longues jambes fuselées et musclées. Les femmes trop minces n'étaient pas son genre. Il aimait les formes et, à chaque regard qu'il posait sur celles de Neha, il avait l'impression qu'elles étaient faites pour ses mains, pour ses caresses.

L'absence de maquillage mettait en valeur la fraîcheur soyeuse de sa peau. Sa chevelure opulente avait été maîtrisée en une tresse déjà à moitié défaite.

Soudain, il s'aperçut qu'elle pleurait. Aussitôt, il écarta l'idée de la laisser seule avec ses pensées et s'avança vers elle.

— Neha ?

Elle s'essuya rapidement les yeux.

— Leo… Que fais-tu ici ?

Elle avait l'air si triste…

— Massimo m'a dit qu'il t'avait trouvée dehors en train de marcher et qu'il t'avait donné le code de la serre.

— Oh ! dit-elle dans un souffle en jouant avec l'ourlet de son débardeur. Je ne pouvais pas dormir. J'ai du mal à retrouver mon calme après la fête, tu comprends ? D'autant plus que… La soirée était réussie, non ?

Pas une seconde il ne fut dupe de son sourire trop éclatant.

— Je suis désolée d'être entrée ici sans te prévenir, continua-t-elle, mais Massimo a pensé que ce serait mieux pour moi de marcher ici. Si j'ai bien compris, les invités n'y ont pas accès. Je ne voulais pas me coucher avec toutes ces pensées qui tournoyaient dans ma tête.

— T'excuser ainsi est une mauvaise habitude, *cara*. Tu peux te balader où tu veux dans le domaine.

— Bon… Mais je pense que j'ai assez vagabondé pour ce soir. Bonne nuit, Leo.

— Tu as l'air bouleversée, dit-il en lui prenant le bras quand elle passa près de lui.

Elle ne se dégagea pas, mais il percevait la tension dans tout son corps, ce qui ne fit qu'augmenter son envie de la protéger.

— Est-ce que Mario t'a parlé ? Pendant la soirée, j'ai fait en sorte que tu ne te retrouves jamais près de lui. Et quand j'étais occupé avec Greta j'ai demandé à Massimo d'y veiller. Mais il a réussi à t'approcher, c'est ça ? Que t'a-t-il dit ? Il t'a menacée ?

— Non…, répondit-elle en essayant de lui dissimuler son visage.

Mais Leo, doucement, la fit pivoter pour qu'elle soit en face de lui et que les lumières éclairent son visage.

Ses yeux étaient gonflés, et elle avait le nez rougi. Elle se sentait mal mais, comme d'habitude, elle voulait se débrouiller toute seule…

— Je comprends que tu veuilles préserver ton intimité, mais je t'ai poussée à mener cette bataille contre Mario. Alors dis-moi ce qui s'est passé. Et ne va pas imaginer que je te trouve faible en ce moment. Têtue, oui, mais faible, non.

Avec un soupir, elle posa le front sur son épaule. Sans rien dire, Leo lui caressa les bras comme pour la réchauffer doucement. Dans l'humidité ambiante, le parfum vanillé de la jeune femme se mêlait à l'odeur de sa peau, créant une fragrance enivrante qui lui emplissait les narines. Il sentait le souffle tiède de Neha dans son cou.

Il serra les dents, priant pour que son corps ne le trahisse pas.

— Tu as raison, dit-elle enfin, je dois en parler.

Quand elle s'écarta, elle semblait avoir retrouvé son sang-froid, sa force.

— Mario n'est pas venu me voir. J'ai croisé son regard noir dès son arrivée et je suis restée loin de lui toute la soirée.

Avec patience, il attendit qu'elle continue. Nul mieux que lui ne savait combien il était difficile de montrer de la vulnérabilité quand on avait passé toute sa vie à la réprimer. Et le respect qu'il éprouvait pour elle ne s'en trouvait que renforcé.

— Mais il l'a utilisée, elle, pour m'atteindre.

— Qui ça, ta mère ?

— Oui, avoua-t-elle avec une petite grimace. Et honnêtement, je suis bien stupide d'en avoir été étonnée. Je sais pourtant l'emprise qu'il a sur elle… Je sais comment il raisonne. Mais elle…

Elle déglutit avec difficulté et leva les yeux vers lui.

— Ce soir, j'ai compris, et pour la première fois depuis longtemps, à quel point c'était bon d'avoir quelqu'un avec soi. Je sais que nous faisions semblant, mais c'est bon d'être avec des gens qui m'aiment et me respectent, et avec lesquels je n'ai pas besoin de marcher sur des œufs. Mais elle a tout gâché…

« Je sais que nous faisions semblant… »

Elle se trompait. Il voulait *vraiment* la protéger. Et plus il la regardait, plus il la voulait à ses côtés. La force de ce désir était aussi irrésistible qu'inexplicable.

— Mario lui raconte n'importe quoi, et elle y croit. Selon elle, tu ne t'intéresserais à moi que pour atteindre Mario… Pendant si longtemps, j'ai essayé d'être forte pour elle… J'ai laissé Mario me manipuler, gâcher ma vie parce que j'avais peur de la blesser, elle. Et, alors que pour la première fois je prends une décision en propre, que je veux réaliser un projet personnel… Peux-tu le croire, elle m'a demandé de repartir avec eux ce soir ! Elle pense que je… me suis mise avec toi par rébellion ! Elle ne comprend pas que je puisse avoir mes propres rêves, mes propres besoins. Que je veuille avoir ma propre vie.

Sa voix vibrait de colère à présent.

Dio, comment Padma pouvait-elle ne pas voir les cernes de sa fille ? Son angoisse ? Comment pouvait-elle faire passer Mario avant elle ?

— Alors il est temps de renoncer à elle, si sa présence est toxique pour toi, dit-il doucement.

Elle releva brusquement la tête.

— Quoi ?

— Mario n'est pas à l'origine de cette douleur dans tes yeux. Ta mère, si. Ne lui donne plus ce pouvoir.

Elle écarquilla les yeux.

— Mais je ne peux pas la sortir de ma vie !

— *No* ?

Son regard était pensif, mais elle avait le menton relevé en signe de défi.

— Que se serait-il passé si Massimo avait décidé de te sortir de sa vie, il y a des années de cela, dit-elle enfin. S'il l'avait fait juste au moment où tu voulais renouer avec lui ? S'il avait décidé que tu n'en valais pas la peine ?

La question le laissa sans voix.

Si Massimo avait refusé de faire la paix…

Il aurait été totalement seul. Et Silvio aurait pu achever son œuvre : faire de lui son fidèle reflet : un monstre assoiffé de pouvoir.

Cette idée le perturba tant qu'il répliqua sèchement :

— Je ne me pose pas de questions sur chacun des choix que j'ai faits ces quinze dernières années.

Neha se figea. Elle n'aurait pas dû être surprise par la dureté de Leo, dont elle avait déjà été témoin. Simplement, jusqu'à présent, elle n'en avait jamais été la cible.

Sa question l'avait sans doute perturbé, voilà pourquoi il avait réagi ainsi. Étrangement, au lieu de lui en vouloir, elle se sentait proche de lui. Quelle sorte d'homme serait-il devenu s'il n'avait pas découvert qui était vraiment son père ? Et à quelle part de lui avait-il dû renoncer pour rompre avec Silvio ?

Avec ses sourcils froncés, ses traits rudes, taillés à la serpe, sa cicatrice à la joue gauche, sa bouche ferme et sensuelle, sa peau brunie par le grand air, il n'avait pas une beauté classique. Sans compter l'impression de pouvoir et d'assurance qui émanait de lui... Ce soir, elle prenait conscience que le désir qu'elle éprouvait n'avait fait que s'intensifier avec le temps.

Quand elle l'avait connu, il y avait en lui une certaine arrogance juvénile. Mais ensuite, la discipline qu'il s'était imposée dans tous les domaines avait fini par imprégner ses traits.

— J'ai vécu si longtemps sur la corde raide, à désirer des choses sans pouvoir les obtenir, de peur que ma mère en souffre. À tel point que, souvent, je ne me reconnaissais plus. J'ai été si lâche...

Leo secoua la tête.

— Tu es trop dure avec toi-même.

Il lui prit les mains et les serra, et elle sentit sa gorge se nouer. Elle s'était sentie si seule... Leo avait réveillé quelque chose en elle, quelque chose qui dormait depuis longtemps.

— Tu as eu le courage de te lancer dans une nouvelle vie. Non seulement tu es venue me voir, mais tu as trouvé les mots pour me convaincre. Et aujourd'hui tu n'as pas laissé ta mère t'intimider. En dépit de la douleur que cela te cause.

Lentement, une larme chaude coula sur la joue de Neha. La tendresse de Leo agissait comme un baume sur son âme, et sa conviction lui communiquait de la force. En cet instant, elle aurait pu se perdre dans la profondeur de ses yeux bleus... Sentir ses mains était la seule chose sûre dans son monde chaotique ; la chaleur qui irradiait de son corps la seule réalité à laquelle elle pouvait s'accrocher.

Avec une infinie douceur, il essuya la larme de sa joue.

— Tu te souviens de nos conversations passionnées au sujet de mes opinions sur les femmes ?

Elle hocha la tête, se demandant où il voulait en venir.

— Oui, tu étais un macho en herbe.

Il rit, et son visage s'éclaira tout entier.

— Tu as eu une influence décisive sur ma vie, Neha. Tu as réduit la colère que je ressentais contre les femmes à cause de ce qu'une seule d'entre elles, ma mère, m'avait fait. Tu m'as aidé à réaliser à quel point je deviendrais amer et haineux si je ne me libérais pas de ça. Te voir devenir une femme aussi gracieuse, courageuse, belle… m'a aidé comme tu ne peux pas l'imaginer. Alors ne dis jamais plus que tu es lâche.

Sans pouvoir se maîtriser, Neha éclata en sanglots et se jeta contre Leo, qui la serra dans ses bras puissants. La force de son étreinte la bouleversa, tandis qu'elle essayait de refréner la tempête d'émotions qui se déchaînaient en elle.

Elle se haussa sur la pointe des pieds et déposa un baiser sur sa joue. Son odeur et sa chaleur, son corps musclé et dur, tout l'enivrait. Elle passa les bras autour de son cou et le regarda dans les yeux, où elle lut le même désir que le sien.

Elle se rapprocha, et leurs souffles se mêlèrent. Elle le désirait depuis si longtemps… Elle voulait qu'il l'embrasse, être celle dont il avait besoin. Elle n'aurait pas pu partir, même si sa vie en avait dépendu. Après des années passées dans une prison dont elle avait elle-même érigé les murs, elle avait l'impression de sauter à pieds joints dans la vraie vie.

Alors elle pressa les lèvres contre celles de Leo, pour un baiser dont elle rêvait depuis dix ans.

Sa bouche était incroyablement ferme et douce contre la sienne… Ce simple contact répandit une chaleur intense à travers tout son corps, la laissant tremblante, tendue de désir.

Mais, sans la repousser, il restait anormalement immobile.

Elle passa la langue sur la lèvre inférieure de Leo, en suivant la courbe, et sentit sa respiration s'accélérer. Elle frissonna violemment et continua à goûter sa bouche. Elle posa le bout de la langue contre la sienne, avant de s'arrêter et de recommencer, encore et encore. Elle se gorgeait de lui, le respirait…

Mais pourquoi ses mains ne se posaient-elles pas sur son corps, comme elle en mourait d'envie ?

Quand elle mordilla sa lèvre, il gémit, et ce son si masculin qu'il n'avait pu retenir ne fit qu'accroître son désir.

Elle sentait son sexe devenir moite, et chaque parcelle de son corps criait son besoin de caresses… Elle tira sur les pans de la chemise de Leo jusqu'à en faire craquer les boutons et posa les mains sur son torse nu.

À son tour elle gémit.

Ses pectoraux musclés, la chaleur de sa peau, son torse recouvert d'une toison brune... Comme c'était bon ! Tout en le caressant, elle l'embrassa de nouveau. Sa poitrine gonflée lui faisait mal tant elle avait envie qu'il la touche.

Sans pouvoir s'arrêter, ses mains allaient et venaient sur son torse fort et musclé, sur son ventre. Elle les passa sous la ceinture de son pantalon et en même temps elle embrassait la ligne de sa mâchoire, son cou... Elle savourait la saveur de sa peau.

Soudain, elle le sentit frémir. Il enfouit les doigts dans sa chevelure, et sa bouche écrasa la sienne.

Son baiser était rude, direct, et suscita en elle des sensations électriques. Jamais, dans ses rêves les plus fous, elle n'avait imaginé qu'elle pourrait éprouver ça.

Il n'explorait pas, il ne tentait pas de savoir si l'expérience était agréable. Non, dans son baiser il n'y avait pas la maladresse qu'il peut y avoir entre deux personnes qui s'embrassent pour la première fois et qui cherchent un rythme commun.

Entre eux existait un désir sauvage, grandi au fil du temps, qui les avait poussés inéluctablement l'un vers l'autre.

Il dévorait sa bouche avec avidité, passion, férocité. Et elle se noyait dans cette foule de sensations qu'il semblait faire naître facilement avec sa langue, ses lèvres, en mordillant les siennes... Tout ce qu'elle lui avait fait, il le lui rendait au centuple, parfois lentement et en douceur, parfois en étant exigeant et dur. Ses tétons étaient tendus et sensibles contre son torse...

Quand elle sentit son sexe en érection contre son ventre, elle laissa échapper un gémissement rauque. Elle chercha à le toucher, mais il l'arrêta.

— *Basta, cara*, murmura-t-il.

Elle eut l'impression de recevoir un coup de poing. Soudain, elle était glacée, en dépit de la chaleur qui régnait dans la serre.

Elle se recula.

— Je suis désolée..., balbutia-t-elle en passant la main dans ses cheveux et en se mordant la lèvre. Je suis désolée de t'avoir forcé...

— Mais tu ne m'as pas forcé ! Regarde-moi, *cara*. Je sais très bien ce que j'ai fait et j'étais plus que consentant.

— Quand même, je suis désolée, Leo... Je...

— Arrête ! Tu as fait le premier pas, c'est tout. Une fraction de seconde plus tard, et c'est moi qui t'aurais sauté dessus. *Cristo*, sais-tu seulement ce que ça me fait de te regarder porter ce débardeur et ce petit short ? Sais-tu depuis combien de temps j'ai envie de toi ? Parfois je me dis que c'est depuis toujours... Si tu n'occupais pas une place si importante dans ma vie, je n'aurais pas résisté aussi longtemps, *cara*.

Elle laissa le regard errer sur sa bouche et sentit son cœur se serrer affreusement quand elle repensa à la passion de leur baiser. À la justesse de ce moment qui s'était produit entre eux, à ce qu'elle éprouvait depuis si longtemps et qui ne demandait qu'à déployer ses ailes et à prendre son envol.

Soudain, elle prit la plus grande décision de sa vie.

— Je veux le faire pour de vrai, lança-t-elle dans un souffle.

La décision avait été si facile à prendre. Et si juste.

— Comment ça ?

Une sensation nouvelle de liberté courait dans ses veines. C'était si bon de le regarder sans honte, d'admettre ouvertement le désir qu'il lui inspirait.

Il avait été attentif et attentionné dès le moment où elle était allée le trouver dans son bureau. Il voulait la protéger de Mario... Pas un instant elle n'en avait douté : il ferait ça toute sa vie pour leur enfant, et pour elle.

Il serait là, quels que soient ses besoins. Et c'était vrai même s'il était incapable de s'ouvrir réellement à elle. L'aveu qu'il venait de lui faire n'était-il pas déjà trop pour lui ?

Elle le comprenait car elle-même avait construit une armure de cette sorte, et depuis tellement de temps qu'elle avait fini par étouffer à l'intérieur. La solitude intense, les nuits silencieuses succédant à des journées ridiculement occupées... Elle avait toujours été seule, même dans la foule.

Elle avait enfin brisé ses chaînes et elle n'était pas prête à les remettre. Elle voulait vivre sa vie, elle voulait cet homme et elle voulait éprouver le plaisir fou de faire l'amour avec lui pour concevoir leur enfant.

Bien sûr, cela ne durerait pas, elle le savait. Leo se lasserait d'elle à un moment ou à un autre, comme toujours. Mais curieusement, cette échéance la libérait de ses peurs.

— Je veux que nous concevions notre enfant de façon naturelle.

6

Leo fixait Neha, l'esprit assailli d'images érotiques. La femme qu'il avait toujours désirée était enfin à sa portée.

Il secoua la tête.

— Tu as eu beaucoup d'émotions ce soir, dit-il enfin.

Malgré ses cernes, elle avait l'air si résistante, si résolue… et son regard était si intense…

— Tout cela après deux semaines folles. Et des années de stress.

— Leo…

— Demain, tu le regretterais. Tu paniquerais en te disant que nous avons été trop loin. Je ne veux pas profiter d'un moment de faiblesse de ta part.

Elle se recula, la colère vibrant dans ses yeux.

— Oh ! tu veux faire le gentleman ? Je suis une grande fille, Leo, tu peux me dire la vérité.

— Je ne comprends pas.

— Dis simplement que tu n'as pas envie de faire l'amour avec moi. Surtout après m'avoir vue pleurer ce soir.

— Tu penses sérieusement ce que tu dis ? Que je pourrais te trouver moins désirable parce que tu es bouleversée par le chantage émotionnel de ta mère, celle qui devrait te protéger contre ce salaud de Mario ? Tu penses que des années de désir peuvent s'évaporer en une minute ? Si seulement c'était si simple, *bella*.

Un silence électrique les enveloppa.

— Je te crois, dit-elle enfin. Alors fais-moi confiance aussi. Leo, j'ai l'impression d'émerger du brouillard dans lequel je vivais. J'en ai assez de vivre dans la peur, à toujours calculer les risques, à m'inquiéter des conséquences de tout ce que je fais. Je déteste l'idée d'avoir laissé Mario me dominer ainsi pendant ces années. À cause de lui, j'ai délaissé tout ce qui me donnait de la joie, du plaisir… Alors je ne veux plus penser aux kits d'ovulation, aux prises de température, aux FIV. Je veux concevoir notre enfant en faisant ce dont j'ai terriblement envie.

Leo sentait ses capacités de raisonnement se réduire peu à peu en poussière. Mais il devait être sûr que c'était vraiment ce qu'elle voulait.

— Tu ne fais pas ça parce que tu es en colère contre Mario ?

— J'ai envie d'être dans tes bras.

Neha se plaqua contre lui jusqu'à ce que ses cuisses épousent celles de Leo, la poitrine contre son torse. L'odeur de sa peau remplissait ses narines.

Elle fit courir les doigts sur son torse. Quand elle sentit son cœur battre à toute allure, cela lui donna du courage. Elle enfouit les mains dans ses cheveux épais et approcha sa bouche de la sienne. Lui avait posé les mains sur ses épaules, les pressant doucement : il s'empêchait de franchir la petite distance qui les séparait encore.

— Si tu penses que c'est un moyen tordu pour me venger de Mario ou une rébellion adolescente contre ma mère, tu te trompes complètement.

Et, sans tenir compte des mains de Leo sur ses épaules, elle se plaqua encore plus étroitement contre lui. Sa chaleur, sa force… Il lui convenait parfaitement, c'était si bon…

— Tu avais vingt ans quand je t'ai vu pour la première fois. Et depuis ce jour, dans mes rêves, je te serre contre moi et je te donne un baiser inoubliable. Si je pouvais parler à la jeune fille que j'étais il y a dix ans, je lui dirais de le faire pour de vrai.

Neha ondulait contre lui pour essayer de se coller plus encore, et elle l'entendit jurer à voix basse. Elle sentait son sexe dur contre son ventre, preuve indéniable de son désir.

— Je veux te sentir en moi, savoir ce que ça fait…

— Alors laisse-moi te regarder, *cara mia*.

Le cœur battant à toute allure, elle s'écarta d'un pas. Elle avait déjà froid loin de lui…

— Ce T-shirt me tourmente depuis que je l'ai vu sur toi, murmura-t-il avec une lueur diabolique dans les yeux. Je voudrais te voir complètement nue.

— Tu veux dire... Ici ?

— *Sì*, acquiesça-t-il avec un sourire. Tu as dit « ce soir », et moi je dis « ici ».

Il jeta un regard circulaire à la serre, et ses traits se durcirent un instant.

— Cet endroit a besoin de nouveaux souvenirs, de toute façon. Et quel meilleur souvenir que toi, nue ?

— Mais...

— Tu regrettes, *cara* ?

Elle frissonna sous son regard brûlant. Qu'elle se soit jetée sur lui ne suffisait pas... Il la voulait nue, sans vêtements et sans défenses, parce qu'il voulait être certain qu'elle était parfaitement consciente de ce qu'elle faisait.

— Mais, si tu préfères un lit, alors nous pouvons retourner dans ma...

Neha souleva l'ourlet de son débardeur et passa celui-ci au-dessus de sa tête, dans un geste fluide dont l'audace la surprit elle-même. Mais le regard qu'il posa sur sa poitrine recouverte d'un soutien-gorge de dentelle rose lui ôta toute timidité à l'idée de se dénuder devant lui.

— *Dio en cielo*, et tu es si sexy, *cara*.

Chacune de ses paroles lui donnait du courage. Et elle voulait aller jusqu'au bout. Bien sûr, son cœur s'affolait dans sa poitrine... Mais elle n'avait jamais manqué de courage pour atteindre son but. Ni de jugement pour s'en donner les moyens. Et puis, même si les médias publiaient des articles dès qu'elle prenait un kilo, elle n'avait jamais laissé les critiques l'atteindre. Quand elle se plaignait, adolescente, d'être trop grosse, sa mère savait désamorcer cette peur. Avec comme résultat de pouvoir développer une vision positive de son corps.

Passant les mains derrière son dos, elle dégrafa son soutien-gorge et soupira en sentant ses seins opulents se libérer des armatures.

Le regard de Leo devint plus intense.

Le dos bien droit, elle fit tomber le bout de dentelle à ses pieds.

L’air humide caressait ses tétons durcis. Sa peau était humide, chaude, et elle se sentait à l’étroit dans ce qui lui restait de vêtements.

Sans le quitter du regard, elle ôta ses chaussures. Le sol était étonnamment froid sous ses pieds nus, un contraste bienfaisant pour son corps en surchauffe. Puis elle se débarrassa de son short : elle ne portait plus qu’une petite culotte de dentelle. Pour une fois, elle se félicita de sa passion coupable pour la lingerie de luxe.

Il la regardait comme s’il voulait mémoriser chaque centimètre carré de sa peau. Et son cœur battait si fort dans sa poitrine qu’elle n’entendait plus que ça.

— Je suis heureux que tu aies attendu avant de m’embrasser, *cara*. Car à vingt ans j’étais plein d’arrogance, trop empressé et pas assez mûr, dit-il en admirant ses seins, son ventre, ses cuisses, la culotte de dentelle rose. Je n’aurais pas su quoi faire avec une femme aussi audacieuse et sensuelle que toi. Mais aujourd’hui… je sais la valeur de ce que tu m’offres.

En entendant ces mots, Neha sut, s’il en était encore besoin, qu’elle avait choisi l’homme qu’il lui fallait.

— Tu veux dire qu’à trente ans tu es plus mûr mais moins empressé ? demanda-t-elle avec un sourire moqueur.

Le sourire éclatant de Leo la bouleversa.

Il acheva d’ôter sa chemise.

— On va vérifier tout de suite…

Il la plaqua contre lui, et sa bouche s’écrasa sur la sienne.

Contre son torse, ses tétons étaient ultrasensibles, et elle avait l’impression que les mains de Leo étaient partout sur elle, ce qui ne faisait qu’accroître son impatience.

Enfin il toucha sa poitrine, et elle gémit en sentant le contact de ses doigts sur ses tétons gonflés. Il les fit rouler entre ses doigts, attisant encore le désir qui irradiait de son ventre. Des vagues de plaisir la parcouraient, si intenses qu’elle en perdait toute capacité de penser.

Il la poussa doucement contre le comptoir en granit et pencha la tête sur sa poitrine. Dès qu’elle sentit sa bouche sur ses seins, Neha fut électrisée. Et, quand la langue de Leo traça le pourtour d’un mamelon en cercles hypnotisants, elle se cambra de plaisir.

— J'ai tellement rêvé de te toucher comme ça. *Cristo*, je me suis tellement…

Neha renversa la tête en arrière, ses paroles lui faisant autant d'effet que ses caresses.

— Dis-moi…

La pensée de Leo prenant du plaisir en pensant à elle la rendait folle.

— Montre-moi, dit-elle. Fais-moi ce que tu veux.

— Et toi, qu'est-ce que tu veux ? demanda-t-il sans cesser de la caresser.

— Ta bouche, ici, répondit-elle sans honte en prenant ses seins dans ses mains pour les lui présenter.

Il gémit.

— *Dio*, tu es la seule femme que je connaisse à pouvoir demander tout en s'offrant, *cara mia*.

Il referma la bouche sur un téton. Puis sur l'autre, jusqu'à ce que ses seins soient délicieusement sensibles, même au plus infime souffle sur sa peau. Alors il aspira un téton, et elle sentit le plaisir couler comme de la lave jusqu'à son sexe.

— *Dio*, tu vas jouir si je continue, murmura-t-il. Tu es ultrasensible…

Il lui pinça un téton, et elle sentit une décharge de plaisir la transpercer.

Elle n'avait pas été intimidée en se dénudant devant un homme qu'elle connaissait depuis dix ans. Mais à présent, au cœur de ce dialogue si intime qui se nouait entre eux, elle sentait une sorte de fragilité l'envahir, en même temps qu'un puissant plaisir.

— Je t'en prie, Leo, chuchota-t-elle en enfouissant les mains dans ses cheveux. J'ai envie… Maintenant.

— Pas encore, *cara*. Pas avant que je t'aie touchée et embrassée partout.

Il posa la main sur son ventre et la fit glisser de plus en plus bas, jouant avec l'élastique de sa culotte. Elle retenait son souffle à chaque fois qu'il passait sous le tissu.

— Je veux être en toi quand tu vas jouir.

Elle gémit quand il toucha son sexe. D'abord, il l'explora lentement. Puis il glissa un doigt dans son intimité liquide de désir, et elle cria lorsqu'il se mit à caresser son clitoris de façon circulaire. Elle ondulait sous ses caresses expertes et attentives. À présent, elle n'était plus que désir et sensations pures.

Chaque mouvement de ses doigts, chaque baiser sur ses seins, chaque respiration sur sa peau, chaque mot qu'il prononçait la rapprochait du plaisir. Elle retint son poignet quand il voulut retirer sa main.

— Continue s'il te plaît...

— Non, pas encore, répondit-il en riant.

— Je te déteste, murmura-t-elle, incapable de raisonner.

Il l'embrassa doucement. Si son cœur était en danger, c'était maintenant. Ses ultimatums, sa possessivité, sa dureté même... elle pouvait y faire face. Mais sa tendresse... Cela pouvait la détruire.

— Tu me fais confiance, n'est-ce pas ?

— Oui...

Son sourire était si éclatant que ses doutes s'évanouirent en une seconde. Il lui prit la main, et elle le suivit vers la méridienne qu'elle avait remarquée un peu plus tôt en entrant dans la serre.

D'un seul mouvement, il ôta son pantalon et son boxer, et elle eut le souffle coupé quand elle posa les yeux sur l'endroit de son corps qui ne pouvait dissimuler son désir. Elle aurait pu le regarder éternellement, sans se lasser. Ses cuisses musclées, sa peau mate... Elle s'humecta les lèvres et contempla de nouveau son sexe en érection, qui durcissait encore sous son regard.

— Viens, *cara*, dit-il d'une voix rauque en s'asseyant sur la méridienne, sans lâcher sa main.

Elle tremblait de tout son corps et, pourtant, elle avait la conviction qu'elle se tenait exactement là où elle devait être. Nue, ivre de désir, avec l'homme qu'elle voulait depuis toujours. Vivant pleinement et simplement le moment présent.

7

Il admira ses seins opulents, sa taille fine, ses hanches épanouies, ses cuisses rondes et fermes, ses jambes féminines et harmonieuses. Sa peau légèrement hâlée brillait comme de l'or poli, ses cheveux en bataille auréolaient son visage. Et dans ses yeux brillait le même désir que celui qui l'envahissait.

Elle ne portait plus qu'une petite culotte de dentelle rose.

Son érection était douloureuse tant il avait envie de la posséder. En Neha se mêlaient la force et la sensualité, et cette irrésistible combinaison faisait d'elle une femme qui ne ressemblait à aucune autre.

Elle l'avait déstabilisé avec sa demande, avec la façon dont elle avait assumé ses failles et décidé de changer d'existence. Et maintenant... Elle lui offrait un désir semblable au sien, un désir sauvage et entier. Soudain, il comprit qu'il ne tiendrait jamais aucune autre femme comme elle dans ses bras et qu'il n'oublierait jamais cette nuit.

Cette nuit, il la voulait aussi inoubliable pour elle.

Il remarqua soudain qu'elle portait une petite chaîne en or à la cheville, qu'il n'avait pas remarquée auparavant. Il ne voulait plus rien rater de son corps somptueux, de son sourire, des nuances de son regard. Et puis, il y avait son odeur, celle de sa peau mêlée à la vanille, dont il se souviendrait à chaque fois qu'il entrerait dans cette serre.

Il entoura sa taille de ses bras, encore une fois émerveillé par sa beauté et sa grâce.

— Tu trembles..., murmura-t-il avant d'embrasser son ventre.

— C'est à cause de toi, répondit-elle en passant les bras autour de ses épaules, puis les mains dans ses cheveux.

Il se recula légèrement.

— Mets-toi toute nue.

Elle ôta sa culotte. Les yeux brillants, la respiration courte, elle se tenait, offerte, devant lui. La candeur de son regard, son honnêteté le désarma. Il avait envie de la soumettre à son désir et, en même temps, de la protéger de tout son être.

Il l'attira à lui et posa les mains sur ses fesses.

— Écarte les jambes, *bella*.

Il jura à voix basse, tout le corps tendu par le besoin de la pénétrer. Il glissa un doigt, puis un autre, dans son sexe, et dans un cri elle se mit à onduler sur ses doigts.

Elle était plus que prête. Et lui, après tant d'années, il était prêt aussi, quoi qu'il se passe ensuite. Car, il en avait la certitude, quelque chose commençait cette nuit. Quelque chose qu'il ne comprenait même pas.

— Leo, ça suffit... Maintenant, je t'en prie, implora-t-elle.

Il l'assit à califourchon sur lui, enfouit les mains dans son épaisse chevelure et l'embrassa avec passion. Et en une poussée il fut en elle. Avec un soupir de volupté, Neha se figea un instant dans ses bras, cambrée, les ongles enfoncés dans ses épaules.

Que c'était bon d'être en elle ! Jamais il n'avait ressenti quelque chose de semblable. Était-ce parce qu'il n'avait jamais eu de relations sexuelles sans préservatif ? se demanda-t-il, tentant de rationaliser. Mais jamais non plus il n'avait laissé une femme le séduire comme Neha l'avait fait cette nuit, même s'il avait fini par lui reprendre les rênes.

Il enfouit le visage dans son cou, écoutant les battements de son cœur, laissant les émotions déferler en lui tout en essayant de garder le contrôle.

Était-ce parce qu'il y avait déjà une forme d'engagement entre eux ? D'habitude, il donnait toujours à ses liaisons une date de fin. Avec Neha, c'était très différent, peut-être parce qu'elle allait porter son enfant.

— Ça va, *cara* ?

Dans ses yeux, il lisait le même émerveillement que celui qui devait briller dans les siens. Son visage était comme illuminé de l'intérieur, un sourire à la fois hésitant et voluptueux se dessinait sur ses lèvres.

— Parfois on a envie de décrire ce qui nous arrive avec des mots élaborés... Mais soudain, on comprend qu'aucun mot ne pourrait décrire ce qu'on ressent et...

Tourmenté par le besoin de sentir son goût, il écrasa la bouche contre la sienne. De doux, son baiser se fit passionné.

Chaque caresse lui faisait l'effet d'une déflagration. La passion les submergeait en un rythme parfait, et Leo se disait qu'il aurait pu passer sa vie à l'embrasser, à respirer son odeur, uni à elle d'une façon si intime.

Leurs corps bougeaient selon un rythme ancestral. Les bras serrés autour de lui, elle se blottissait contre lui, ses seins allant et venant sur son torse. Le plaisir montait en lui, jusqu'à devenir une pression douloureuse.

Les mains posées sur ses hanches, il accompagnait chacun de ses mouvements avec gourmandise.

— Je ne savais pas que ça pouvait être si bon, Leo...

Et elle ondulait sur lui. Bon sang, le contrôle qu'il avait sur lui allait-il l'aider à résister, alors qu'il n'avait qu'une envie : jouir en elle ?

Il approcha la main de son sexe et, du pouce, caressa son clitoris. Chaque fois qu'il appuyait dessus, elle se cambrait tout en bougeant sur lui. Tout son corps voulait atteindre l'orgasme, et il la sentait elle-même si près de l'atteindre, ses muscles se contractant et se relâchant...

— Regarde-moi, *cara*... Prends tes seins dans tes mains pour moi.

Sans le quitter des yeux, elle lui tendit ses seins, et il aspira de la bouche un téton, le léchant tout en continuant à la caresser. Et soudain, elle jouit en criant. Il sentait les spasmes de ses muscles autour de son sexe. Abandonnée, sauvage, elle était si belle... Si belle qu'il avait envie de se perdre dans sa chaleur. Il allait et venait en elle avec force, rapidement, avec un besoin qu'il n'avait jamais éprouvé. Quand elle se pencha pour l'embrasser, les mains sur ses joues, il atteignit l'orgasme, plus vite qu'il ne l'avait pensé.

Pendant longtemps, il n'entendit plus rien d'autre que sa propre respiration. Quand il rouvrit les yeux, la force de son plaisir le faisait encore vibrer.

Il l'allongea sur la méridienne avant de faire de même à son tour. Brûlante, elle était trempée de sueur quand il enroula les bras autour d'elle. Il sentait monter en lui une étrange tendresse. La puissance de son plaisir et le tourbillon d'émotions qu'il avait ressenties mirent un long moment à s'apaiser.

Il ne voulait pas la quitter.

Pas cette nuit. Pas tout de suite.

Une sensation inhabituelle de courbature réveilla Neha alors qu'elle se tournait dans son sommeil pour trouver une position plus confortable sur la méridienne. Une profonde langueur engourdissait tout son corps, comme si ses membres avaient été plongés dans du miel.

Quand elle essaya de se redresser, des mains fermes se posèrent sur ses épaules nues.

— Tout va bien, *cara*. Je suis là.

Sa poitrine se serra quand elle entendit la tendresse dans la voix de Leo. Il était si beau... Ses cheveux épais formaient un halo autour de son visage, sur lequel se peignait comme si souvent une expression impénétrable. Assis au bord de la méridienne, il avait remis son pantalon et sa chemise, sans la boutonner. Comme elle avait envie de le toucher !

Elle se redressa.

— J'ai dormi longtemps ?

— Une demi-heure, pas plus.

Soudain, elle remarqua qu'elle portait son T-shirt et son short.

— Tu m'as rhabillée ? demanda-t-elle sans le quitter des yeux.

— Oui.

— Tu aurais pu partir, tu sais.

— Et te laisser retrouver à l'aube le chemin de ta suite ? Je sais que tu penses que je suis allergique à toute idée de contrainte, mais je ne traite pas les femmes comme ça.

— Ce n'est pas ce que je voulais dire, rectifia-t-elle tout en sachant que si. Je suis désolée de m'être endormie...

— *Dio mio !* Arrête de t'excuser. Tu étais épuisée, et je n'ai pas voulu te réveiller pour… recommencer.

Elle se détendit soudain.

— Cette idée ne m'aurait pas déplu, dit-elle avec ironie.

Si elle n'avait pas vu une ombre de sourire sur sa bouche, elle aurait pensé qu'il regrettait déjà ce qui s'était passé. Mais elle n'avait pas envie de se perdre en analyses… Avec un homme comme Leo, qui exerçait sur lui-même le plus grand contrôle, seules les actions comptaient.

Elle avait reçu de lui plus qu'elle n'avait jamais rêvé, et cette nuit resterait la plus fabuleuse de toute sa vie. Dans ses bras, elle avait éprouvé un plaisir incroyable, mais aussi une joie inouïe. Elle ne pouvait lui en demander plus.

— Tout à l'heure, je… je voulais seulement rester allongée un petit moment. J'ai lu que ça pouvait… augmenter les chances.

Il haussa les sourcils et croisa les bras.

— Et je me suis endormie.

— Tu n'as pas besoin de te justifier parce que tu ne t'es pas enfuie.

Elle hocha la tête et se leva, imitée par Leo. Elle se hissa sur la pointe des pieds et déposa un baiser sur sa joue.

— Merci, Leo.

Il lui prit le poignet et la fixa comme s'il voulait lire en elle. Comme s'il voulait tout savoir de ce qu'elle mettait de côté pour l'instant.

Elle détourna le regard.

— Au fait, que se passe-t-il ici ?

Tête baissée, il était en train de reboutonner sa chemise, et elle vit une marque rouge sur ses pectoraux. Elle s'empourpra violemment : c'était elle qui l'avait griffé ainsi…

Curieusement, elle n'avait pas eu de mal à lui dire qu'elle voulait concevoir leur enfant naturellement. Mais à présent elle voulait davantage… Des petites choses, intimes, qu'elle souhaitait partager avec lui : lui boutonner sa chemise, passer les mains dans ses cheveux, l'embrasser pour chasser ce froncement de sourcils… Tout ce qu'elle n'aurait jamais.

Il leva la tête.

— Comment ça ?

— La serre, elle est en travaux ?

— Je suis en train de la faire restaurer.

— Comment a-t-elle pu se délabrer autant ?

Le silence qui lui répondit la fit frissonner. Le regard de Leo était devenu froid et lointain.

« Cet endroit a besoin de nouveaux souvenirs. »

Soudain, elle comprit.

— Cet endroit était à ma mère, dit-il enfin d'une voix coupante.

Elle perçut de la colère dans sa voix, mais elle ne put s'empêcher de dire en souriant :

— Alors c'est d'elle que tu tiens tes talents de jardinier. Massimo dit que tu peux faire fleurir n'importe quelle fleur.

Il haussa les épaules.

— Tu as beaucoup de souvenirs d'elle ?

— Après son départ j'ai tout oublié, et tant mieux.

Elle avait l'impression qu'il lui avait claqué la porte au nez.

— Au début je voulais raser la serre pour en faire une nouvelle.

Il se dirigea vers la porte.

— Mais l'architecte m'a dit que ce serait dommage de détruire l'ancienne structure, alors il la restaure.

Neha comprit qu'il aurait préféré effacer tout souvenir pour se couper définitivement de sa mère. Comme il lui avait conseillé de le faire avec la sienne.

Mais elle ne pourrait jamais s'y résoudre. Effacer les choses mauvaises, cela voulait dire effacer aussi les bonnes. Jamais elle ne pourrait se passer de la présence de sa mère dans sa vie. Avant que tout soit détruit par la maladie et la mort de son père, elle avait été heureuse avec ses deux parents. Elle avait été choyée par sa mère… Ensuite, le cours de leurs vies avait irrémédiablement changé.

En sortant de la serre derrière Leo, Neha frissonna dans la fraîcheur de la nuit.

Il lui prit le bras.

Elle devinait qu'il ne voulait pas parler de son enfance, de sa mère. Il avait été douloureusement blessé, et elle ne comprenait pas que personne n'ait jamais abordé la question avec lui pour l'aider à surmonter sa douleur. Mais qui l'aurait fait ? Son père, cet homme violent ? Greta, incapable de tendresse ? Ensuite, Leonardo avait endossé le rôle de chef de famille, qu'il le veuille ou non... Mais est-ce que quelqu'un lui avait jamais demandé ce que le départ de sa mère avait provoqué en lui ? Quelqu'un y avait-il même pensé ?

— Je n'ai pas vu de photos de ta mère à la villa...

— Une journée bien remplie m'attend demain, et j'ai vraiment besoin de dormir.

— Bien sûr.

Elle aurait voulu insister. Son instinct lui disait qu'il n'avait jamais parlé de ça à personne. Mais elle n'osa pas.

Entre eux, l'intimité avait été physique mais certainement pas émotionnelle.

Ils arrivèrent enfin devant sa suite. Il en tourna la poignée, sans ouvrir la porte.

— Je ne voulais pas être désagréable, dit-il en posant la main sur sa taille.

Elle hocha la tête. Des années d'habitude ne pouvaient changer du jour au lendemain, et elle n'était même pas sûre de vouloir connaître les secrets de Leo. Cela ne ferait que brouiller davantage les lignes entre eux...

— Tout va bien ? demanda-t-il.

— Oui, dit-elle en souriant. Ne t'inquiète pas, Leo. Je ne t'embêterai pas.

Sans attendre, elle entra dans sa chambre et se dirigea droit vers la douche. Elle aurait aimé garder l'odeur de Leo sur sa peau, mais pour son bien elle devait redescendre sur terre.

8

Le lendemain de leur nuit dans la serre, et pour la première fois de sa vie, Leo s'était réveillé tard. La lumière du soleil entrait à flots dans sa chambre. Et, étrangement, il avait ressenti de la répugnance à l'idée d'entamer son habituelle journée de travail de seize heures.

Quand il s'était levé, il avait appris que Neha était partie pour Londres avec Massimo.

Il avait passé les trois jours suivants à penser à elle, et tous ses efforts pour se concentrer sur son travail n'y avaient rien fait. Il la revoyait, nue dans ses bras, le regard soutenant le sien avec audace... Et il songeait à la façon dont elle lui avait dit au revoir, devant la porte de sa suite.

« Ne t'inquiète pas, Leo. Je ne t'embêterai pas. »

Il n'avait pas eu besoin qu'elle dise cela, et même, ça l'ennuyait qu'elle l'ait fait.

Jamais il n'avait eu un tel lien avec une femme, un lien qui allait au-delà de la dimension physique. Quelle qu'en soit la raison, il était désormais certain qu'une nuit ne lui suffirait pas. Il en voulait davantage.

Il avait un million de choses à régler : il avait remis une visite à son père, alors que sa santé s'était brutalement dégradée ce dernier mois ; Alessandra n'était pas revenue, mais elle avait tout de même appelé Greta pour son anniversaire ; et il avait une réunion prévue avec Mario dans deux jours. Ou plutôt une confrontation en vue de laquelle il devait se concentrer. Et voilà qu'il se retrouvait en train de penser à Neha en plein milieu de l'après-midi…

Basta ! D'habitude, il n'était pas du genre à rester assis en se demandant pourquoi il voulait quelque chose. Il allait le chercher, point final.

Il attrapa son téléphone. Quand Neha décrocha, il entendit des voix en arrière-fond et le bruit de ses talons pendant qu'elle marchait. Puis le silence.

— Hello, Leo.

Le son de sa voix faisait déferler en lui des sensations enivrantes. *Cristo*, elle avait eu le courage d'admettre qu'elle avait envie de lui… Il n'allait pas rester dans son bureau à se morfondre comme un adolescent !

— Comment vas-tu, *cara* ?

— Oh ! merci, je vais bien. La routine, tu sais. Des réunions qui s'enchaînent du matin au soir, mais ça va, déclara-t-elle avant de marquer une légère pause. Tu as pu parler à Mario ?

— Non, dit-il, immédiatement en alerte. Il est venu te voir ? Il a envoyé ta mère ?

— Non. Je l'ai appelée, mais elle n'a pas répondu.

La douleur dans sa voix le fit se sentir impuissant, et il ressentit aussitôt le besoin irrépressible de serrer la jeune femme dans ses bras et de lui dire que tout finirait par s'arranger.

— Je dois le voir dans deux jours, expliqua-t-il. Je ne veux pas paraître trop pressé. Mario est malin. Je veux qu'il continue à croire qu'il a le contrôle de la situation.

— Tu veux que je sois là ?

— Non.

Il ne voulait pas l'exposer davantage aux humeurs de son beau-père.

— S'il te pose des questions à notre sujet, réponds-lui simplement que nous passons davantage de temps ensemble. N'évoque pas BFI avec lui, ni même ma famille. Les médias lui en révèlent assez, n'est-ce pas ?

Comme il s'y attendait en effet, les médias s'emballaient au sujet de leur relation : les journalistes présents à la soirée n'avaient pas raté le moment où il avait demandé à Neha de se joindre aux Brunetti, après le discours de Greta.

— Neha… Tu n'avais pas besoin de partir à la sauvette.

— J'ai pensé que c'était mieux comme ça, qu'il valait mieux mettre un peu de distance entre nous. Parce que, même si c'était formidable… c'était beaucoup d'émotions pour moi. Cela faisait longtemps que… Je ne veux pas te donner l'impression que je veux plus que ce que tu es prêt à donner. Jamais je…

— *Cristo*, Neha ! Tu n'as pas pensé que j'aurais envie de te voir le lendemain matin ?

Pourquoi ne répondait-elle pas ? Visiblement, il l'avait prise de court. Enfin il l'entendit soupirer, puis inspirer avec détermination.

— Leo… La vérité, c'est que je n'ai eu que deux petits amis, et j'ai failli me marier avec l'un d'entre eux. J'ai toujours associé sexe et émotions, et avec toi cela a été comme un tremblement de terre. J'avais besoin de prendre un peu de distance, pour mettre les choses en perspective.

— En me réveillant il y a trois jours, j'avais envie d'aller te retrouver dans ton lit.

Un autre silence.

— Et, au lieu de ça, tu as fui avec Massimo.

— Je n'ai pas fui, j'ai…

— Je veux te voir vendredi. Je viendrai te chercher au travail.

Une autre longue pause. *Cristo*, il aurait dû prendre un avion pour Londres au lieu d'avoir cette conversation par téléphone.

— J'ai des réunions vendredi. Samedi, j'en ai une avec le département « Publicité » pour faire des photos illustrant le nouveau livre, et puis le soir…

— Tu diriges cette boîte, non ? Tu dois pouvoir te libérer.

— Je ne peux pas m'absenter comme ça, je suis déjà allée deux fois à Milan et…

Il entendit quelqu'un l'appeler.

— Je regarderai mon agenda, lança-t-elle à la hâte. Et je t'envoie un SMS pour te dire.

— Tu vas m'octroyer un rendez-vous de quinze minutes qui correspond au moment de ton cycle où nous avons le plus de chances de concevoir un enfant ? s'exclama-t-il en regrettant aussitôt ses paroles.

Mais au lieu d'être offensée Neha éclata de rire.

— J'aime bien quand tu es comme ça, grognon et… frustré ?

Elle rit de nouveau avant de reprendre plus sérieusement :

— Mon agenda est aussi rempli que le tien, tu le sais. Et c'est d'ailleurs pour cette raison que j'essaye de réorganiser ma vie.

— *Bella*, si je suis frustré, c'est parce que je trouve que le temps passe trop vite quand tu es dans mes bras.

Elle eut ce petit soupir qui le rendait fou.

— Alors, dans un premier temps, nous allons rapidement remédier à cette… frustration, et puis après nous trouverons notre rythme. Et maintenant, sauf à vouloir scandaliser mon équipe avec davantage de sous-entendus sexuels ou leur donner de quoi vendre des infos aux tabloïds, je vais devoir raccrocher.

— *Bene*. Et souviens-toi, ne parle pas à Mario sans moi. Appelle-moi si tu en as besoin. Et, si tu n'arrives pas à me joindre, appelle Massimo.

— Je le ferai.

— Ciao, *bella*.

— Leo ? Merci de prendre soin de moi, dit-elle d'une voix soudain étranglée.

Il attendit la suite, devinant qu'il lui était difficile de parler. Elle se débrouillait sans personne depuis si longtemps… Il la comprenait car il était pareil.

— Je me sens un peu moins seule et j'ai l'impression de tenir mon avenir entre mes mains. Comme si nous formions une équipe…

Incapable d'exprimer ses émotions, Leo ne répondit pas. L'an passé, Massimo et lui avaient enfin pu mettre des mots sur leur histoire familiale, sur le fossé que leur père avait creusé entre eux et qu'ils essayaient de combler. Mais, même avec Massimo, il avait encore du mal à parler.

Lors de la nuit dans la serre, Neha avait essayé d'évoquer avec lui le sujet de sa mère. Elle en avait le droit : ne lui avait-il pas conseillé de couper les ponts avec la sienne ? Mais il l'avait rabrouée si rudement qu'il était étonnant qu'elle ne l'ait pas pris comme une insulte.

Pourtant, il aurait aimé lui dire combien il appréciait qu'elle lui parle librement, avec honnêteté.

La seule chose que Silvio lui avait enseignée, c'était la façon d'exercer le pouvoir. Greta, elle, ne croyait qu'au nom des Brunetti, et pensait qu'il fallait le respecter et le protéger, quoi qu'il en coûte. Seul son second mari, Carlo, avait tenté de lui enseigner le sens moral.

Mais il n'avait pu être proche de personne, et jamais on ne lui avait permis d'exprimer ses émotions. Alors il les avait enfouies.

À cet instant, Leo aurait voulu répondre à Neha, mais toute son énergie était mobilisée à lutter contre l'étau qui oppressait sa cage thoracique et l'étouffait.

— Je dois y aller maintenant, murmura-t-elle.

Sans un mot, Leo raccrocha.

Et pour la première fois il se demanda si Neha finirait par lui demander quelque chose qu'il serait incapable de lui donner.

Même bien préparé pour la réunion, Leo éprouva une immense répugnance au moment où Mario entra dans son bureau à l'heure prévue. Le visage de son vieil ennemi affichait un sourire satisfait qu'il aurait voulu effacer avec un coup de poing.

Il n'avait jamais aimé Mario qui, déjà à l'époque où il avait été le comparse de Silvio, dissimulait son hypocrisie derrière une apparence trop lisse. Des années plus tôt, sa vraie nature était apparue au grand jour dès les premiers signes de la chute de Silvio : il avait aussitôt coupé les liens avec lui et l'avait lâché. Longtemps, Leo s'était demandé ce que Mario savait réellement, à l'époque, des agissements de son père, mais aucune preuve de complicité n'avait jamais été trouvée. Maintenant qu'il savait comment Mario traitait Neha, en utilisant son affection pour sa mère, Leo était certain d'avoir vu juste. Mario était du même acabit que Silvio : il s'attaquait aux plus faibles que lui. Sauf qu'il était beaucoup plus intelligent que Silvio.

Cheveux gris, des traits vigoureux, doté d'une silhouette mince à soixante-cinq ans, Mario était considéré comme un bel homme.

— Tu as bien fait de programmer cette réunion, annonça-t-il en faisant quelques pas vers le bureau de Leo.

Celui-ci ne bougea pas et resta assis dans un des fauteuils de l'espace réunion.

— Depuis que tu t'es donné en spectacle avec elle, l'autre soir, je voulais te dire un mot ou deux.

— Elle ? demanda Leo.

— Ma belle-fille, Neha, qui d'autre ?

— Je ne comprends pas.

Avec un grognement, Mario vint vers lui.

— Sa mère et moi nous inquiétons à son sujet. Ces derniers temps, elle ne va pas bien. Elle n'a pas sa clairvoyance habituelle.

S'il n'avait pas su la vérité, Leo aurait pu se laisser abuser par son air préoccupé.

— Tu veux dire que quelque chose ne va pas chez Neha ?

— Alors elle ne t'en a pas parlé, n'est-ce pas ? releva Mario avec une satisfaction non dissimulée. Non, la gamine ne va pas bien.

— Ce n'est pas une gamine, Mario. Elle est P-DG de So Sweet, qui au passage te rapporte beaucoup d'argent.

Une lueur de colère étincela dans les yeux de Mario.

— Elle le cache même à sa mère, mais je sais que quelque chose ne va pas. Clairement, les attaques de panique dont elle souffre lui ont fait perdre le jugement.

— Des attaques de panique ? répéta Leo avec étonnement.

— Elle en a eu une il y a quelques mois, alors qu'elle était en Chine. Son assistante me l'a révélé, même si Neha lui avait demandé de ne pas le faire… Elle ne raisonne plus comme il faut. Pourtant, elle va finir par se rendre compte que tu joues avec elle, que tu l'utilises pour m'atteindre. Et que tout le monde la prendra pour une idiote quand tu la laisseras tomber.

La ruse qui brillait dans son regard fit frémir Leo.

— Peut-être qu'en dépit de l'inquiétude de sa mère je devrais simplement attendre que cette histoire se termine toute seule. Cela lui donnerait une leçon.

Ainsi Padma s'inquiétait pour sa fille… Ce serait pour Neha une consolation de le savoir, même si c'était loin de compenser la douleur qu'elle lui causait.

— Une leçon, Mario ?

Ce dernier agita la main d'un air impérieux.

— Oh ! elle a toujours eu un faible pour toi. Elle t'idolâtre et elle a toujours pensé que tu étais de son côté. Pas vrai ?

Leo sentait la fureur l'envahir, et il avait du mal à se contenir. Quel genre d'homme pouvait ainsi trahir la confiance de sa belle-fille ? S'en servir comme d'une arme ? Et quel genre de femme pouvait lier sa propre fille à un homme aussi toxique ?

« Elle a perdu sa lumière intérieure, et je la trouve fragile. »

Les mots de Massimo lui revinrent en mémoire, et Leo prit pleinement et douloureusement conscience de leur sens.

— Que tu aies décidé d'utiliser son faible pour toi ne m'étonne pas, continua Mario.

— Tu penses que j'utilise… l'admiration de Neha à des fins personnelles ?

Mario haussa les épaules.

— C'est ce que j'aurais fait à ta place. Néanmoins, ton plan a une faille. Tu vas te fatiguer d'elle quand tu comprendras qu'elle ne te donne aucun avantage sur moi et tu la laisseras tomber. La gamine en aura le cœur brisé, et elle comprendra à qui elle doit être loyale. Une leçon dont elle a bien besoin.

Qu'il se réjouisse par avance de la douleur de Neha le dégoûtait tellement qu'il en oublia un instant son plan minutieusement mis au point.

— Je n'en serais pas si sûr, si j'étais toi ! dit-il durement.

Mais il n'allait pas révéler à ce salaud tout ce qu'il pensait *vraiment* de Neha, ni qu'elle occupait toutes ses pensées et à quel point il l'estimait et la respectait.

— Il y a de nombreux avantages à être lié à une femme aussi belle et talentueuse que Neha. Surtout si elle est prête à tout pour moi, comme tu le prétends. À ta place, je ne ferais pas de pari sur la durée de notre relation.

Le visage de ce dernier se déforma sous le coup de la contrariété.

— Que te faudrait-il pour… raccourcir la durée de ton histoire avec elle ?

— Comment as-tu appris que le système de sécurité de BFI avait été attaqué ?

— Une rumeur.

— Impossible. Seules quatre personnes étaient au courant. Massimo et moi, le hacker et l'homme qui l'avait embauché pour ça. Tu n'as pu l'apprendre que de ce dernier.

— Cette réunion est une perte de...

— Que t'a offert Vincenzo Cavalli ? Le fauteuil de P-DG de BFI ? Plus d'actions ?

Mario examina ostensiblement ses ongles parfaitement manucurés.

— Je ne sais absolument pas de quoi tu parles.

— *Basta*, Mario ! Pense à ton intérêt et dis-moi comment je peux le trouver, et pourquoi il veut ruiner BFI.

— Ou alors ?

— J'ai mis la main sur ton trésor, Mario. Je peux en faire ce que je veux.

— Qu'est-ce que ça veut dire, bon sang ?

— Toi et moi savons que Neha en a assez, n'est-ce pas ? Assez du stress, des semaines de quatre-vingts heures. Assez que tu diriges sa vie... Tu penses qu'il me serait difficile de la convaincre de prendre des vacances définitives ?

Mario avait l'air près d'exploser.

— Neha ne ferait rien qui puisse blesser sa mère.

— Oh ! mais puisque tu parles de Padma... Après tout, ce ne serait pas la première fois qu'une faible femme serait amoureuse du mauvais type et en perdrait sa lucidité, tu ne crois pas ?

Mario rougit violemment.

— Tu es donc bien le fils de Silvio ! Tu vas utiliser une femme pour garder le pouvoir ? Quoi d'étonnant à ce que Cavalli veuille tous vous ruiner ? N'oublie pas que je connais tous les secrets de Silvio, des secrets dont tu n'as même pas idée. Je peux te les révéler ou les livrer à Cavalli. À toi de voir. Quitte Neha, publiquement, et disparais de sa vie. Alors je réfléchirai peut-être à ce que je pourrai t'apprendre.

Leo se leva. Il ne pouvait plus jouer la comédie davantage.

— Je n'ai rien à voir avec mon père. Je ne passe pas de marchés avec des salauds.

— Il en veut à toute ta famille, et rien ne l'arrêtera, répliqua

Mario. Réfléchis, Leonardo. Pense à ce que ton histoire passagère avec Neha va te coûter. Tu te vois comme un homme respectable, pas vrai ? Alors pense aussi à ce que cela va lui coûter à elle. Parce que toi et moi savons bien qu'au bout du compte tu la quitteras pour une autre. Elle est déjà fragile. Que deviendra-t-elle quand elle sera seule au monde ?

Avec cette dernière menace, Mario sortit du bureau.

Il lui fallut quelques minutes pour se calmer. *Maledizione*, il n'avait pas eu l'intention de révéler si tôt à Mario les projets de Neha... Mais comment ne pas perdre son sang-froid face à ce type odieux ?

Au moins, il en avait la confirmation : leur père était au cœur de cette histoire.

Il devait aller voir Silvio, lui demander s'il se souvenait de la famille Cavalli et le pousser à signer le testament transférant ses actions à Massimo et lui à parts égales. *Cristo*, il en avait assez de gérer les conséquences des actes de son père. Toute sa vie d'adulte, il avait dû reconstruire ce que ce dernier avait détruit, assainir ce qu'il avait perverti...

Non, il voulait laisser le passé derrière lui et il n'avait aucune envie de voir en ce moment l'homme qu'il avait vénéré avant de le haïr de toutes ses forces.

Il refusait que le passé les atteigne, Neha et lui.

Une attaque de panique...

Leo ne pouvait lui en vouloir de le lui avoir caché. Le plus important, c'est qu'elle avait besoin de sa protection. Surtout maintenant que Mario savait qu'elle voulait lâcher So Sweet.

Pour la protéger pleinement, il n'y avait qu'un seul moyen.

L'idée d'épouser Neha, au lieu de le terrifier, devenait une évidence à chaque seconde qui passait.

Durant les semaines qui venaient de s'écouler, elle lui avait prouvé combien elle était rationnelle, sensée. Et il y avait entre deux des sentiments qui constituaient des bases solides pour un mariage : respect, passion physique, désir mutuel d'offrir le meilleur à leur enfant.

Soudain, Leo comprenait qu'il avait la possibilité d'imaginer son avenir et de laisser le passé de côté.

Leur enfant grandirait au sein d'une famille unie, et il aurait tout ce que lui-même n'avait jamais eu.

Leo demanda au concierge de prévenir Neha de son arrivée. Il se tenait dans le vaste hall de l'immeuble où elle habitait à Mayfair. Admiratif, il prit le temps d'étudier le haut plafond voûté, le bel escalier de chêne, le sol marbré de Nettuno.

Quelques années plus tôt, Neha lui avait demandé des conseils pour investir, et il lui avait recommandé d'acheter cet appartement à Mayfair. Ce quartier de Londres était alors sur le point de rivaliser avec Knightsbridge en termes de résidences de luxe. Depuis, la valeur du trois-pièces qu'elle avait acheté n'avait cessé de grimper. Après avoir affronté Mario deux jours plus tôt, son admiration pour Neha augmentait encore : elle avait sans doute dû batailler ferme pour avoir le droit d'acquérir une propriété aussi chère à son propre nom.

Il avait tellement envie de la voir, de la toucher…

Quand elle sortit de l'ascenseur, il en eut le souffle coupé. Ses cheveux noirs lissés brillaient comme de la soie. Elle portait une brassière et une longue écharpe ainsi qu'une longue jupe au drapé ondulant, le tout dans les teintes crème et or. Ainsi vêtue, elle avait l'air d'une princesse orientale.

De grandes boucles d'oreilles ornées de perles s'agitaient au moindre mouvement de sa tête. Elle avait dessiné un rond noir entre ses sourcils, et ses grands yeux étaient soulignés de khôl. Du rouge à lèvres rose pâle recouvrait sa bouche, et cela lui rappelait les délicieuses pâtisseries qu'elle lui avait parfois demandé de tester, quand il la retrouvait dans la cuisine d'un des établissements So Sweet. À chacun de ses bras, des bracelets d'or étincelaient.

Elle s'immobilisa, et son regard intense lui fit l'effet d'une caresse.

— J'ai bien choisi ? demanda-t-elle, faisant référence au SMS énigmatique qu'il lui avait adressé tout à l'heure au sujet du *dress code* de la soirée.

Il approuva de la tête. Comme elle était belle, et comme il voulait la protéger !

— Tu peux m'en dire plus sur la soirée, maintenant ? demanda-t-elle tout en tendant la main vers lui pour discipliner une boucle de cheveux rebelle, avant de la retirer précipitamment.

Mais cela suffit pour que sa subtile odeur de vanille emplisse ses narines, déclenchant aussitôt une réaction de son corps.

Il sortit deux billets de la poche intérieure de sa veste et les agita devant elle.

— Nous allons à un concert de tabla. Même si je ne suis pas sûr qu'on utilise le terme de concert. Donné par ton musicien préféré.

— Mon Dieu, Ustaad Atif Hussain ? C'est pour ça que tu m'as demandé de porter des vêtements indiens traditionnels…

Les yeux écarquillés, elle attrapa les billets.

— Je n'ai pas pu avoir de places pour son dernier concert, je m'y suis prise trop tard ! Attends… C'est un récital exclusif et sur invitation uniquement. C'est vrai qu'Ustaadji n'aime pas jouer devant trop de monde. Comment as-tu réussi à… ? Je n'arrive pas à croire que tu te sois souvenu que j'adorais cette musique.

— Une fois, tu m'as dit que tu aurais adoré aller à un concert de lui avec ton père. Que vous passiez des heures à écouter des disques en travaillant dans la pâtisserie.

Les yeux de Neha se remplirent de larmes, et elle secoua la tête.

— Je n'ai pas pu l'emmener…

Leo sentit son cœur se serrer devant la tristesse de son regard. Mais, avec un sourire ému, elle se jeta dans ses bras et le serra avec force. Il rit quand elle l'embrassa sur les joues, en lançant des « merci » entre ses baisers.

Elle s'écarta soudain et le fixa.

— Pourquoi fais-tu ça ?

Sans hésitation, Leo répondit :

— Je sais que tu es bouleversée parce que ta mère a annulé ce que vous faites d'habitude pour l'anniversaire de ton père. Je sais combien cela t'a blessée. Et c'est en partie ma faute.

— Pourquoi ta faute ?

— J'ai évoqué ton éventuel départ de So Sweet devant Mario. Je savais qu'il allait s'en prendre à toi. Mais je…

— Tu n'imaginais pas qu'elle renoncerait à notre habituelle commémoration ? Moi non plus. Mais elle l'a fait.

— Je suis désolé de lui en avoir trop dit.

Elle lui serra le poignet.

— Cela devait arriver, de toute façon. Tu le sais. Mais au moins, je ne suis pas seule à affronter ça.

— Non, tu n'es pas seule... J'ai pensé que ce serait un bel hommage pour le jour de l'anniversaire de ton père. Peut-être même que cela pourrait devenir un rituel ?

Elle hocha la tête, avec dans les yeux une lueur qu'il n'y avait jamais vue.

— Il est temps de changer les traditions, c'est vrai, dit-elle en inspirant profondément. Leo, je ne sais pas comment te remercier.

— En profitant de la soirée. Mario, ta mère et BFI peuvent bien attendre quelques heures, non ? demanda-t-il en caressant sa bouche du pouce. Après toutes ces années, je pense que nous méritons bien un vrai rendez-vous.

Avec toujours cette même étincelle dans les yeux, elle acquiesça de nouveau.

— Oui, amusons-nous. Ce soir, on oublie les familles dysfonctionnelles et les ennemis qui cherchent à se venger.

Elle lui prit le bras.

— Mais tu ne sais même pas si tu vas aimer la musique hindoustani !

— Si tu as pu assister à un opéra entier, répliqua-t-il en souriant, faisant allusion à la fois où ils étaient allés à la Scala, je peux y arriver aussi. Et ne t'inquiète pas, *bella*. Je trouverai une façon de me rattraper si je m'ennuie.

Ils éclatèrent de rire.

Soudain, il lui sembla que ce concert allait durer une éternité. Alors que tout ce qu'il aurait voulu faire, c'était l'emmener chez elle, lui passer au doigt la bague qu'il avait dans sa veste et l'embrasser sauvagement.

9

La présence de Leonardo, chez elle, faisait battre son cœur à toute allure. Il arpentait son appartement – sa première victoire contre Mario —, s'arrêtant çà et là pour admirer les œuvres d'art qu'elle avait rapportées de ses voyages à l'étranger.

Depuis trois jours, elle s'était répété que le moment passé dans la serre n'avait pu être aussi fabuleux que dans son souvenir. Et qu'elle avait passé l'âge de croire à ses rêves romantiques d'adolescente.

Mais ce soir...

Ce soir, toutes les lignes étaient brouillées. Et elle n'avait jamais eu aussi peur.

Après le concert de tabla, il lui avait demandé de lui dire tout ce qu'elle savait sur Ustaadji. Visiblement, il avait été enthousiasmé par la musique. Puis ils avaient dîné à la terrasse d'un restaurant, parlant toujours du récital.

Il avait raison, elle avait fui la villa. Mais comment aurait-elle pu continuer à se montrer distante avec lui ? Avec ce qu'il avait fait pour elle ce soir ?

Tandis qu'il regardait les photos qu'elle avait accrochées dans le couloir, des photos d'elle et de ses parents au fil des ans, elle en profitait pour l'observer tout son soûl.

Il ôta sa veste noire, révélant ses larges épaules. De façon instinctive, Neha aimait qu'il soit si grand : cela la faisait se sentir féminine et sexy. Sa chemise bleu ciel épousait parfaitement son torse. Sans cravate, le col ouvert, il ressemblait moins à un homme d'affaires qu'à un jardinier viril... doté de mains rugueuses qu'elle avait tellement aimé sentir sur sa peau...

Il se tourna vers elle, et leurs regards se rencontrèrent.

Soudain, ils étaient enveloppés dans un monde qui n'appartenait qu'à eux, tissé des souvenirs de la nuit qu'ils avaient passée ensemble.

— Je vais me changer, et puis nous parlerons, dit-elle d'une voix légèrement tremblante. J'ai fait une liste de ce que je devais voir avec toi quand tu m'as dit que tu passerais.

— Tu n'as pas besoin de préparer une liste de sujets quand je viens te voir.

Un sourire sensuel aux lèvres, il lui attrapa le poignet. Elle sentait ses doigts chauds contre la veine qui battait à son poignet.

— Je n'aurai pas la force de fuir, cette fois.

— Je ne te l'ai jamais demandé, *cara*.

Chacune de ses paroles la faisait frissonner. Tout près de lui, elle pouvait voir les rides d'expression autour de ses yeux et elle sentait la chaleur irradier de son corps puissant.

— Tu perds du temps à essayer d'agir en fonction de moi. Alors que ce que nous voulons vraiment tous les deux...

Elle eut un petit hoquet de surprise lorsqu'il tira sur le *dupatta*, qui tomba au sol avec un bruit soyeux, laissant apparaître le profond décolleté de sa blouse. Il posa la main sur sa peau nue et se pencha pour l'embrasser. Électrisée, elle plongea les doigts dans ses cheveux, tandis que sa langue jouait avec la sienne d'une façon si érotique qu'elle se cambra entre ses bras. Il lui donnait tout ce qu'elle attendait sans même qu'elle ait à le demander.

C'était comme le paradis. Comme rentrer chez soi.

— C'est ce que j'ai envie de faire depuis des jours..., murmura-t-il d'une voix rauque.

Il explorait sa bouche doucement, lentement, comme s'il voulait tout connaître d'elle. Il la tenait avec une prévenance infinie, son corps était un havre de chaleur qu'elle ne voulait pas quitter.

Ses doigts couraient sur son ventre, son dos, passant sous sa blouse évasée, sur sa poitrine, et elle se cambra de nouveau quand il toucha son téton du pouce.

Elle serra fort ses épaules. Avec lui, si solide sous ses mains, il était difficile de redouter l'avenir. Et de rester rationnelle sous ses baisers... Elle avait l'impression de tomber sans fin, mais elle n'y prenait pas garde : elle ne faisait attention qu'à sa bouche et à ses mains sur elle.

Il encercla sa taille, et elle sentit pleinement la force brûlante de son désir. Elle défit la fermeture de son *lehenga*, qui tomba au sol à son tour. Quand elle se plaqua contre lui, le monde autour d'elle s'évanouit. Elle oublia tout.

Resterait-il avec elle jusqu'au matin ? Elle était trop à fleur de peau pour rester seule. S'ils ne concevaient pas tout de suite un enfant et que cette situation durait des mois, comment ferait-elle pour supporter ce flot permanent d'émotions ? Pourrait-elle maintenir une frontière entre ces émotions, justement, et son désir physique ? À cette pensée, elle fut si effrayée qu'elle enfouit le visage dans le cou de Leo, cherchant à calmer sa respiration. Tout son être tremblait de désir, et à cause d'autre chose, qu'elle refusait d'identifier.

— J'ai peur que ce soit trop difficile, dit-elle dans un souffle.

— Quoi ?

— Ça... Toi et moi.

Elle se redressa et plongea le regard dans le sien.

— Dis-moi à quoi tu penses.

— Tu vas croire que je change les règles du jeu.

— Parce que tu as envie de plus que d'une nuit volée dans la serre ?

— Je ne sais plus ce que je veux. Et c'est ce qui me fait peur.

Il lui caressa doucement la joue.

— Il ne peut pas s'agir que de sexe et de reproduction, *bella*, dit-il, la surprenant une fois encore par sa perspicacité.

Il la rassurait au sein du tourbillon émotionnel dans lequel elle se débattait.

— Nous nous connaissons depuis des années, tous les deux, alors ça ne peut pas être que ça, si ? Et nous n'avons pas établi de règles, il me semble, *tesoro*.

Les yeux fermés, elle hocha la tête. Une chaleur bienfaisante la pénétrait tout entière. Comment s'y prenait-il pour toujours dire ce dont elle avait besoin ?

— Mais nous devons aussi parler de Mario, ajouta-t-il.

Elle regarda ses mains, suppliant la panique qui venait de naître dans son corps de refluer.

— Je ne pensais pas que ma mère annulerait la journée pour l'anniversaire de mon père. Quand je l'ai appelée, elle n'a même pas décroché. Mario m'a complètement coupée d'elle, et je ne peux plus rien faire.

Il lui serra l'épaule en signe de réconfort.

— Mario est bien le monstre que tu m'as décrit. Je suis désolé d'en avoir douté, même brièvement.

Alertée par le son de sa voix, elle fronça les sourcils.

— Qu'est-ce qu'il t'a dit ?

— Il a fait beaucoup d'esbroufe… mais il m'a appris que tu avais eu une attaque de panique lorsque tu étais en Chine. Pourquoi ne pas m'en avoir parlé ?

— Je t'ai tout raconté sauf ça. Cela m'a vraiment fait peur, mais ça m'a forcée à réagir. Je te promets, Leo, que ma santé, physique et mentale, est ma priorité absolue. C'est primordial pour notre enfant.

— J'en suis sûr, répondit-il en entrelaçant les doigts aux siens. Tu en as parlé à quelqu'un ? À ta mère ?

— Non, je… J'ai dû m'occuper de certaines choses quand je suis rentrée, et…

— Tu avais un gros problème et tu n'as pas pu te confier à elle ?

Neha s'assit sur le canapé, tremblant de tout son corps. La vérité qu'elle avait essayé de fuir la frappait au visage. Leo avait raison : elle n'avait pas pu se confier à sa mère, avoir son soutien dans un moment difficile. Elle était sur le point de craquer et, pourtant, elle avait encore dû se montrer conciliante, faire des concessions pour sa mère…

Comme c'était douloureux ! Elle ne pouvait plus se voiler la face en espérant que sa mère finirait par agir correctement. Cela n'arriverait jamais.

— On ne peut rien construire de neuf sans arracher les racines de ce qui est mort, tu ne crois pas ?

Neha cligna plusieurs fois des yeux.

— Elle m'a fait du mal, oui, mais elle m'aime, je le sais. Et je ne pourrai pas cesser de l'aimer, Leo.

— *Bella*, si un jour notre enfant rencontrait ce genre de problème, que ferais-tu ?

— Je me battrais contre le monde entier pour le protéger. J'affronterais tout, même toi !

Il sourit.

— Dis-moi ce que le médecin t'a dit, quand tu lui as parlé de ta crise d'angoisse, demanda-t-il en s'asseyant près d'elle.

— Que c'était la conséquence d'une fatigue chronique. Maintenant, je connais les signes annonciateurs d'une attaque de panique et j'essaye d'éviter les situations qui peuvent les provoquer. Mais elles ne cesseront pas tant que je n'aurai pas réglé le vrai problème. Je travaille quasiment quatre-vingts heures par semaine, en faisant des choses qui ne m'intéressent pas. Je n'ai pas de vie en dehors du boulot, pas de copain, pas d'amis.

— Et c'est pour ça que tu veux te retirer ? demanda Leo, le regard préoccupé.

Elle n'avait pas pleuré même au moment de sa crise de panique, mais Neha sentit les larmes emplir ses yeux. Elles se mirent à couler sur ses joues, sans qu'elle puisse les retenir.

Elle se détourna, profondément gênée, mais Leo l'arrêta et l'entoura de ses bras solides qui faisaient comme une armure autour d'elle. À l'oreille, il lui murmura qu'elle ne serait plus jamais seule, qu'il serait toujours là, qu'elle était la plus belle, la plus courageuse des femmes.

Jamais sa mère n'avait su lui dire ces mots… Pourtant, comme c'était bon d'avoir le soutien complet de quelqu'un, d'un homme qui la tenait dans ses bras ! Décidément, elle n'avait rien à gagner à maintenir une relation avec sa mère, une relation qui ne pouvait que la faire souffrir.

— Tu as raison, je dois m'éloigner d'elle. Mais je ne peux pas le faire du jour au lendemain… Je… Je ne peux pas.

— Je sais, *cara*, chuchota-t-il en la serrant contre lui. Décris-moi l'attaque de panique.

Les mots sortirent facilement, comme s'ils étaient prêts depuis longtemps.

— Je travaillais sans répit depuis des mois. Nous étions en train de faire des essais pour une émission de télé à Pékin… J'avais à peine mangé et je n'avais pas encore récupéré du décalage horaire. Quand les projecteurs se sont allumés, je suis restée pétrifiée pendant quelques minutes. Je... Je ne savais plus où j'étais ni ce que j'étais en train de faire. J'entendais les gens m'appeler par mon prénom, mais j'étais comme dans un autre monde. J'avais l'impression que quelqu'un m'empêchait de respirer. Je me suis agenouillée, puis je me suis laissée tomber au sol jusqu'à ce que ça passe. Je... C'était exactement le signal d'alarme dont j'avais besoin.

Pendant elle ne savait pas combien de temps, elle se laissa aller dans les bras de Leo.

— À l'avenir, dit-il enfin, j'aimerais que nous n'ayons plus de secrets l'un pour l'autre, d'accord ? Ta santé, tes affaires, ton travail, tout ce qui te concerne, ton avenir, le bébé : je veux être au courant. Je veux que tu viennes me demander de l'aide si tu en as besoin.

Avec un sourire, Neha posa un doigt sur sa bouche.

— Tu es très autoritaire... Tu ne peux pas me donner l'ordre de tout te dire de ma vie.

— C'est pourtant ce que je fais.

— Cela ne marche pas comme ça, répliqua-t-elle avec le sentiment de ne pas tant combattre Leo que sa propre faiblesse.

Car elle désirait sentir sa force à chaque fois qu'elle en aurait besoin, fuir dans ses bras le fossé grandissant entre sa mère et elle. Elle avait désespérément envie qu'il la soutienne jusqu'à ce qu'elle ait achevé de détruire ses chaînes et qu'elle puisse de nouveau voir la lumière au bout du chemin.

— Leo, je pense que tu n'as pas du tout envie d'une femme complètement dépendante de toi.

— Ne spécule pas sur ce dont j'ai envie ou pas, *cara mia*. Ce que je sais, c'est que tu ne devrais pas être soumise à un tel stress.

— Mais...

— Apprends à demander de l'aide. Et apprends à l'accepter quand je te l'offre.

Neha hocha lentement la tête. Au fond de son cœur, elle savait qu'il avait raison. Mais elle n'était même pas encore enceinte – elle avait rangé les tests dans un placard de sa salle de bains – et déjà elle passait du matin au soir d'un état émotionnel à un autre.

— Pendant des années, je me suis débrouillée toute seule. Je ne peux pas tout changer en quelques jours.

Il hocha la tête.

— Alors dis-moi, de quoi voulais-tu parler ?

Neha se dégagea de son étreinte et attrapa son ordinateur portable posé sur la table basse.

— Je veux vendre mon appartement.

— Pourquoi ? Sa valeur va encore augmenter.

— J'ai fait mes calculs. Quand j'aurai quitté So Sweet, mes revenus vont devenir fluctuants pendant un certain temps. Et puis, je ne veux pas élever le bébé dans un appartement. Comme j'ai en tête de nouvelles recettes et l'idée de monter une école de pâtisserie, je pense que ce serait bien si j'achetais un terrain pour y construire une maison et de grandes cuisines. Je vais donc avoir besoin de beaucoup de capital...

— Si tu élèves notre enfant à Londres ou dans ses environs, je ne pourrai pas le voir souvent.

La véhémence de son ton prit Neha de court.

— Je comprends mais...

— Emménage plus près de chez moi, en Italie. Je peux t'aider financièrement. Et garde l'appartement.

— Ce n'est pas une bonne idée. Ce serait trop compliqué et...

Il se leva si brusquement que Neha perdit le fil de son propos.

— Je te l'ai dit très clairement, je ne veux pas être un simple étalon qu'on a choisi pour son patrimoine génétique. Il s'agit d'un partenariat, et il faut que tu l'envisages ainsi.

Elle se leva à son tour et s'approcha de lui pour lui prendre les mains.

— Ce n'est pas évident pour moi de te demander de l'aide ou de l'accepter quand tu me l'offres, mais j'apprends à naviguer là-dedans. Néanmoins, choisir un nouveau lieu de vie en fonction de...

— Ta vie à Londres est si exaltante que tu ne puisses pas lui tourner le dos ? Nous ne pourrons pas avancer si tu ne fais aucune concession, Neha.

L'impatience contenue dans sa voix la fit sourire.

La vérité, c'était qu'elle ne voulait plus être seule. Durant les prochains mois, elle allait avoir de plus en plus besoin de lui, ne serait-ce qu'au sujet des conditions juridiques de son retrait de So Sweet. Et parce que ses hormones risquaient de la rendre plus vulnérable aux attaques de panique. Comment oublier que le stress pouvait être un facteur déclenchant ?

Il lui avait déjà prouvé qu'elle pouvait compter sur lui, qu'il serait là si elle avait besoin de quoi que ce soit. Pourtant, quitter Londres pour l'Italie, uniquement parce qu'il le voulait... Si elle allait vivre près de lui, supporterait-elle de le voir un jour avec une autre femme, lorsqu'ils auraient mis un terme à leur histoire ? Non, cela serait trop dur pour elle...

— Que se passera-t-il lorsqu'il y aura une autre femme dans ta vie ? Ce serait étrange, non ? Je refuse de me sentir en trop et...

Leo posa l'index sur les lèvres de Neha pour l'arrêter.

— Aucune femme ne passera avant toi, la mère de mon enfant. Je te donne ma parole.

— Personne, même toi, ne peut prédire l'avenir. Tu peux tomber amoureux, tu peux vouloir échapper à ton rôle de parent...

Il la prit par les épaules et la serra contre lui.

— Rien de tout cela n'arrivera, car nous allons nous marier aussi vite que possible.

— Quoi ? s'exclama-t-elle en se reculant. Le mariage n'est pas une décision anodine qu'on prend sous l'impulsion du moment, Leo !

— Ce n'est pas une impulsion. J'y pense depuis plus plusieurs jours.

— Mais... Pourquoi ?

— Réfléchis, *cara*. Entre nous il y a du respect, de l'admiration, une attirance qui n'est pas près de s'éteindre, nous savons ce que nous attendons l'un de l'autre... Beaucoup de mariages n'ont pas autant d'atouts. Nous partageons un but commun, celui de tout faire au mieux pour notre enfant. Alors pourquoi ne pas officialiser notre union ? Tous les deux, nous sommes trop raisonnables pour nous laisser entraîner dans l'amour et ce que ça implique. Mais nous pouvons construire quelque chose de mieux.

— Mais quel genre de relation aurions-nous ?

— Une relation fondée sur la fidélité et le respect. Cela veut dire que nous fondons une famille, *cara*. Ce n'est pas pour ça que tu t'es lancée dans cette aventure ?

Dans les yeux de la jeune femme brillait une émotion qu'il ne parvenait pas à identifier.

— Je dois réfléchir. Tu me donnes un peu de temps ?

Leo acquiesça. Pourtant, il aurait voulu qu'elle accepte tout de suite. Jamais il n'avait autant voulu quelque chose de sa vie. Mais il était déjà heureux qu'elle n'ait pas refusé... De toute façon, elle était trop raisonnable pour sauter de joie avec naïveté. Elle allait peser le pour et le contre, comme lui-même l'avait fait. Et, il en était sûr, elle en arriverait à la même conclusion que lui : ils se convenaient parfaitement.

Il la prit dans ses bras et la serra. Son odeur, son corps tiède et voluptueux étaient tellement appétissants... Il posa les mains sur ses fesses rondes. *Dio*, le jour où elle découvrirait le pouvoir qu'exerçait son corps sur le sien...

Elle ne s'écarta pas. Leo posa le menton sur son épaule et une main sur son ventre plat. L'idée qu'elle puisse déjà porter son enfant le remplissait d'une joie inconnue. Comme si une part manquante dans sa vie se mettait soudain en place.

Il frotta doucement sa joue rugueuse contre la sienne, si douce.

— Pendant que tu réfléchis à ma proposition, rien ne nous interdit de nous faire plaisir, n'est-ce pas ?

Il ne voyait pas si elle souriait ou non, ou si ses beaux yeux marron brillaient de désir. Mais il sentait sa poitrine monter et descendre au rythme de sa respiration ainsi que les frissons qui parcouraient son corps voluptueux.

Elle se serra plus fort contre lui, et il gémit en sentant son sexe en érection contre son ventre.

— Je veux être en toi, *cara mia*. Te faire l'amour de toutes les façons possibles... Et cela n'a rien à voir avec tous nos problèmes, tous nos projets. Cela ne concerne que nous, toi et moi. Et pour longtemps. Dis oui, *carissima*.

Elle eut à peine le temps de murmurer « oui » qu'il l'embrassait passionnément.

10

Dormir avec Leo qui la tenait dans ses bras était un bonheur dont elle ne se lasserait jamais. Alors que l'aube laissait poindre une lumière orangée à travers les fenêtres, elle reposait alanguie et délicieusement fourbue. Comme elle se sentait bien ainsi ! Ils avaient passé le plus gros des deux derniers jours au lit : après dix ans à se désirer, ils avaient du mal à remettre les pieds sur terre.

Leur attirance mutuelle était stupéfiante par son intensité, mais Neha savait aussi que Leo espérait que cela la convaincrait d'accepter sa proposition.

La bulle dans laquelle il les avait enfermés tous les deux était comme un cocon de chaleur, de joie, de sécurité et de plaisir. Pouvoir le toucher au milieu de la nuit et sentir sous ses doigts son érection virile la rendait folle.

Leo, elle le savait, veillerait sur ses intérêts. Avec lui, elle saurait toujours où elle en était. Et cela lui procurait un merveilleux sentiment de sécurité et de liberté – surtout après avoir traversé toutes ces années de stress émotionnel avec sa mère. Une vraie famille avec Leo, c'était plus qu'elle n'avait jamais espéré dans ses rêves les plus fous.

Alors, pourquoi tant hésiter ?

Pourquoi le doute l'envahissait-il dès qu'elle était loin de lui ?

Par naïveté, espérait-elle encore connaître le bonheur que ses parents avaient autrefois partagé ? Elle était certaine que sa mère n'aurait pour rien au monde renoncé aux années de joie et d'amour qu'ils avaient eues ensemble, même après celles, douloureuses et éprouvantes, qu'avait duré la longue maladie de son mari.

Si elle se lançait dans un mariage avec Leo, elle devait refouler cette naïveté. Car elle ne pouvait espérer plus que ce qu'ils partageaient en ce moment. Et au fond, cela lui faisait mal.

Elle tâtonna de la main et découvrit que la place à côté d'elle était vide. Alors elle enfouit le visage dans l'oreiller et inspira à fond l'odeur de l'homme qui occupait toutes ses pensées.

Elle se redressa juste au moment où Leo entrait dans la chambre, les cheveux humides après la douche, déjà vêtu d'un pantalon noir et d'un T-Shirt blanc. Ses yeux s'arrêtèrent sur ses seins nus, et la chaleur qu'elle lut dans ses yeux l'arrêta dans le geste de se couvrir avec le drap. Toute la gêne qu'elle aurait pu ressentir à être nue devant l'homme qu'elle avait toujours pensé inaccessible avait disparu depuis que Leo lui avait fait découvrir de nouveaux domaines du plaisir.

Assise les fesses au bord du canapé, les jambes écartées dans un abandon impudique pendant que Leo la faisait jouir avec sa bouche, sa langue, ses doigts... Faire l'amour sur le tapis devant un feu de cheminée, à quatre pattes pendant que Leo allait et venait en elle de plus en plus vite, de plus en plus fort... Voilà qui avait détruit toute gêne. Tout comme le fait qu'il soit ensuite capable de lui murmurer de douces paroles en italien, de la savonner sous la douche avec une douceur dont elle ne l'aurait jamais cru capable.

Elle en perdait sa lucidité et sa capacité à trouver des arguments : pourquoi ne pas accepter de faire ça toute sa vie ?

— *Buongiorno, cara*, dit-il d'une voix profonde qui la fit frissonner.

Pourtant, le regard bleu de Leo semblait en alerte, presque distant.

— Hello, tu es déjà habillé ?

— J'ai demandé au chauffeur d'aller me chercher quelques affaires. Je dois prendre l'avion pour Bali. Désolé si je t'ai réveillée.

— La lune de miel est déjà terminée ? répliqua-t-elle pour le taquiner.

— Cela ne serait pas le cas si tu acceptais de venir tout de suite à la villa. Crois-moi, je n'ai pas envie de m'inquiéter de ce que Mario va faire pendant que je serai à l'autre bout du monde.

— Ne me traite pas comme si j'étais une charge pour toi.

— Il est de mon devoir de m'inquiéter à ton sujet, comme il est du tien d'arrêter d'être aussi têtue.

— Tu sais que ce n'est pas si simple, dit-elle.

Elle ne voulait pas aller en Italie avant quelques mois.

Elle trouva enfin le T-shirt dont elle s'était débarrassée quelques heures plus tôt et l'enfila.

— Tout va bien ? demanda-t-elle.

La soudaine distance qu'il y avait entre eux ne lui plaisait pas. Mais elle ne voulait pas se montrer intrusive.

— Rien que je ne puisse gérer, répondit-il en se détournant. Mais je dormirais mieux pendant mon absence si nous faisions une déclaration officielle, si tu refuses d'emménager en Italie. Et je pourrais demander à Massimo ou à Natalie de te tenir compagnie.

— Ce n'est pas nécessaire, dit-elle en essayant de se persuader que son autoritarisme signifiait qu'il s'inquiétait pour elle.

— Qu'est-ce qui n'est pas nécessaire, *cara* ? L'annonce ou le mariage lui-même ? demanda-t-il d'une voix forte qui résonna dans la pièce.

Neha se sentait elle-même si frustrée. Elle voulait passer sa vie avec lui, à construire la famille qu'ils voulaient tous les deux. Elle savait qu'il ne la blesserait jamais. Alors, pourquoi les punissait-elle par son entêtement ?

Peut-être parce que, bien des années plus tôt, elle avait rêvé d'un mari avec lequel elle aurait partagé un amour fou et sincère. Mais Leo ne lui offrirait jamais ça. Cela réduisait-il à néant ce qu'il lui offrait ?

Neha se leva et s'approcha de lui, sans qu'il se retourne. Elle pressa la joue contre son dos.

— Tu as bien insisté en disant qu'il s'agissait d'un partenariat. Et pourtant, tu me tiens en ce moment même à l'écart de tes problèmes. Tu ne veux pas partager ce que tu ressens…

Elle avait mal en pensant à la solitude dans laquelle il vivait, au fardeau qu'il portait depuis si longtemps.

— Pourquoi se marier si tu ne peux pas partager ce que tu as en tête ? Parle-moi, je t'en prie. Partage tes soucis, à défaut du reste.

— Je n'ai pas l'habitude.

Elle sourit.

— Je n'ai pas l'habitude qu'un homme me donne des ordres au sujet de ce que je dois faire. Mais je n'ai qu'à me rappeler ce que cet homme autoritaire me fait avec ses mains, ou qu'il m'a tenue dans ses bras quand j'avais le cœur brisé à cause de ma mère, qu'il m'a fait comprendre que je n'étais plus seule et... Je peux faire des compromis. Je peux laisser tomber mes rêves de petite fille et accepter la réalité. Je suis capable d'accepter un avenir imparfait mais réel et d'abandonner pour cela mes fantasmes d'un romantisme échevelé. Je veux t'avoir comme mari, te promettre que je m'engagerai dans la vie que nous construirons ensemble. J'ai pu observer mes parents autrefois, et pour moi le mariage est un lien infiniment respectable. Si je m'engage, si je suis d'accord pour être ta femme, je le ferai de tout mon cœur. Mais mari et femme... Ce lien a quelque chose de sacré qui change tout. Je veux être la meilleure épouse possible, Leo, mais je ne pourrai pas si tu te fermes ainsi.

Il se tourna vers elle et déposa un baiser sur sa tempe. Cela ne dura qu'un instant mais, quand leurs regards se croisèrent, elle pressentit qu'il avait compris ce qu'elle venait de lui expliquer.

— Pour moi, dit-il, le mariage est une étape logique. Une façon d'être sûr que l'histoire ne se répétera pas avec notre enfant.

Elle approuva d'un signe de tête, pour dissimuler la soudaine douleur qui lui transperçait le cœur.

— Bien sûr. Mais il veut dire beaucoup plus pour moi.

Son froncement de sourcils se changea peu à peu en sourire, et il lui caressa la joue.

— Évidemment. J'aurais dû savoir que tu ne t'engagerais pas sans t'investir tout entière.

Puis il s'appuya contre le mur, mettant de nouveau de la distance entre eux.

— Que veux-tu savoir ?

Neha baissa les bras, heureuse qu'il parle, au moins.

— Tu ne m'as pas dit ce que Mario t'avait appris sur Cavalli.

— Mario a parlé de ce qu'il pourrait faire à notre famille, mais c'était très vague.

— Et il ne t'a pas dit pourquoi il vous en voulait tellement ?

Leo haussa les épaules.

— Il m'a vaguement fait comprendre que cela avait à voir avec mon père.

— Avec Silvio ? Il serait à l'origine de cette histoire ?

— Oui. Mais hormis, et encore, une petite amie éconduite par Massimo, nous n'avons jamais fait de mal à personne, que ce soit sur le plan personnel ou sur le plan professionnel.

Neha savait qu'elle allait s'aventurer sur un terrain dangereux, mais elle devait essayer.

— Alors pourquoi ne pas tout simplement en parler à Silvio ? Il pourrait peut-être t'expliquer ? Et tu pourrais alors essayer de... réparer les choses avec cet homme, non ?

— Tu penses vraiment que quelqu'un qui s'est attaqué plusieurs fois à BFI, à BCS, mais aussi à Massimo, Greta et même Alessandra, accepterait une *réparation* avant de laisser tomber ? Je ne sais pas ce que Vincenzo a en tête, et nous en sommes pour l'instant réduits à attendre qu'il bouge un nouveau pion. Je ne me suis jamais senti aussi impuissant. Quant à mon père, il n'est pas du genre à se sentir coupable des crimes qu'il a commis dans sa vie et à vouloir réparer ses torts. Le seul sujet de conversation que nous ayons, c'est l'accord que nous avons passé il y a des années : il m'a donné une procuration pour ses actions, et je le laisse sortir de sa clinique une fois par an pour qu'il puisse voir ses amis. Nous ne partageons rien d'autre depuis bien longtemps.

— Leo, ce n'est pas... sain. Je sais qu'il a été affreux toute sa vie, mais tu n'as jamais voulu lui poser des questions au sujet de ta mère ? Comprendre ce qui s'était passé ?

— Et lui donner l'occasion de montrer une fois de plus ses talents de manipulateur ? À ton avis, tu crois qu'il me dirait la vérité ou qu'il me servirait une version arrangée qui pourrait lui servir contre moi ? Les hommes comme mon père ne comprennent que le pouvoir. Et puis, crois-tu qu'aujourd'hui cela fasse une différence pour moi ? Elle m'a laissé avec lui, *cara*. J'ai fait la paix avec ça.

— Vraiment ?

Ses yeux flamboyaient d'un feu glacial.

— Oui. Crois-moi, tu ne gagneras rien à exhumer le passé. Tu me connais mieux que quiconque, Neha. Je n'ai pas besoin d'une discussion à cœur ouvert avec mon père pour aller mieux. Je veux résoudre le problème posé par Vincenzo une bonne fois pour toutes et me tourner vers l'avenir. Pas me morfondre dans le passé.

Pouvait-on avancer sans liquider le passé ? se demanda Neha. Pouvait-on construire quelque chose de neuf si les émotions étaient constamment étouffées parce qu'elles pouvaient apporter de la douleur ? Et, sans prendre le risque d'être vulnérable, l'amour était-il possible ?

— Ce voyage à Bali, c'est pour retrouver Vincenzo ?

— Oui. Massimo et Natalie ont localisé une société offshore qui serait à l'origine de la transaction dont aurait bénéficié Mario.

— Que se passera-t-il si tu ne le trouves pas là-bas ? Tu ne vas pas pouvoir le chercher dans le monde entier...

— À vrai dire, je ne cherche pas que lui. Il y a Alessandra aussi : son agent m'a dit qu'elle se trouvait à Bali au moment où elle a arrêté de nous donner des nouvelles.

Neha frémit d'appréhension en pensant à Alessandra à la merci de cet homme, Vincenzo.

— Tu ne penses pas qu'il s'agit d'une coïncidence, n'est-ce pas ?

— Non, répondit Leo, l'air sombre et préoccupé. Massimo non plus. Depuis sa dernière attaque, nous attendons sa prochaine manœuvre. Cela fait des mois maintenant, et il ne se passe rien. Et puis soudain nous apprenons qu'Alessandra est à Bali depuis tout ce temps... Greta se fait un sang d'encre, et je la comprends. Je dois trouver Alessandra et m'assurer qu'elle a réussi à rester à l'écart de ce type.

Neha devina les paroles qu'il ne prononçait pas : « S'il n'est pas déjà trop tard... » Comment lui en vouloir d'avoir été un peu dur avec elle ?

— Je suis désolée de t'avoir donné des soucis supplémentaires...

— C'est l'accord que nous avons passé, *bella*. Un accord que j'ai pleinement accepté. Tu t'en souviens ?

Il posa la main sur sa nuque.

— Je n'ai aucune envie de partir alors que Mario est furieux. Il va chercher à te manipuler et utiliser ta mère pour ça.

— J'ai compris que je ne pouvais pas compter sur elle, dit-elle, la poitrine soudain oppressée. Elle va rater notre mariage, perdre la chance de connaître son petit-fils ou sa petite-fille.

Un sanglot la secoua, mais elle le réprima : elle avait déjà versé assez de larmes pour sa mère.

— Mario ne peut rien me faire. Je te le promets. Fais ce que tu as à faire et reviens vite.

— *Bene.*

Elle frotta la joue contre son torse. Lutter davantage ne servait à rien : elle voulait un avenir avec lui et prendre ce qu'il avait à lui offrir.

Chassant les doutes de son esprit, elle pressa la bouche contre la sienne.

— Je veux cet avenir avec toi, Leo. Pour la première fois depuis des années, j'ai l'impression d'être vivante. Je me réveille joyeuse, avec des projets et... Oui, je suis d'accord pour t'épouser.

À travers le baiser qu'il lui donna, il exprima tout ce qu'il ne disait pas, elle le savait. Puis il sortit de sa veste une boîte en velours. Il lui prit la main gauche et déposa un baiser au creux de sa paume, avant de l'embrasser de nouveau avec passion.

Le splendide diamant, sur un anneau de platine, brillait dans la lumière matinale. Neha se sentait prise dans un tourbillon d'émotions contradictoires.

— Ce n'est pas vrai, murmura-t-elle enfin.

C'est pour les apparences... Seulement les apparences...

— C'est une grave accusation, répliqua-t-il.

Elle éclata de rire devant son ton sérieux.

— Tu n'as pas compris. Je ne parle pas du diamant ! Mais nous avons fait l'amour toute la nuit, et puis tu sors cette bague de ta veste... Je dirais oui à tout !

Elle tremblait quand il passa l'anneau à son doigt, qui lui alla parfaitement. C'est elle qui l'embrassa cette fois, car elle avait besoin du lien intime qui existait entre eux quand ils communiquaient avec leurs corps. Comme à chaque fois, le contact devint quelque chose d'autre, de plus fort, et leurs respirations se firent haletantes.

Quand il la regardait comme ça, elle aurait presque pu croire qu'il tenait à elle.

Mais ce n'était pas vrai.

— Tout ce que je fais avec toi semble facile et évident, *bella*.

Pour la première fois de ma vie, je construis quelque chose de tangible et de réel, pour moi. Toi, cet enfant... C'est à moi. Rien qu'à moi. Cela n'a aucun rapport avec mon héritage familial, mon passé. C'est un nouveau départ. Commencer quelque chose a quelque chose de merveilleux, semble-t-il, et même moi je ne peux pas résister.

Après le départ de Leo, Neha resta un long moment allongée sur le lit. Ce qu'il avait dit lui restait dans la tête.

Sur le papier, c'était vrai, leur mariage pouvait être parfait. Pas d'attentes trop élevées, pas d'émotions perturbantes, pas de hauts et de bas... Mais la vie, elle le savait, n'était jamais si simple ou gouvernée par la logique.

Même si elle faisait appel à toute sa rationalité, elle serait toujours vulnérable lorsqu'il s'agirait de Leo. Déjà, elle prêtait bien trop d'attention à ses paroles, ses regards, ses gestes. Et, quoi qu'il dise, elle était pour lui une autre personne à soutenir, alors qu'il passait son temps à épauler les autres.

Pourtant, Neha savait qu'il était trop tard pour s'éloigner de lui. Son cœur était déjà en danger.

Comme Leo l'avait prédit, Mario entra dans son bureau le mardi après-midi, arborant un sourire grimaçant. Neha soupira en le voyant, heureuse qu'au moins il ne soit pas venu avec sa mère.

Depuis que la nouvelle de son mariage s'était répandue comme une traînée de poudre, Neha était sur des charbons ardents. Elle avait un coup au cœur à chaque fois que le téléphone sonnait, espérant que ce serait sa mère et que celle-ci aurait compris que Mario agissait mal.

Elle eut à peine fermé la porte en verre de son bureau que Mario se mit à crier :

— Tu n'as aucune loyauté ? Tu n'as pas honte ? Tu es si dingue de lui que tu te laisses manipuler comme une gamine ? Tu trahis ta propre famille !

Neha soupira.

— Tu as fini ?

— Non. Tu regretteras de m'avoir provoqué ainsi quand tu verras de quoi je suis capable. Tu penses que tu as tout organisé comme il fallait, n'est-ce pas ? Ton départ de So Sweet, tes fiançailles avec Leonardo... Tu n'as aucune idée de la vitesse à laquelle il se débarrassera de toi quand je me serai attaqué à lui.

— Ça suffit, Mario, le coupa-t-elle fermement. J'en ai assez entendu. Je n'ai pas ouvert la bouche pendant des années parce que j'avais peur que tu dresses ma mère contre moi. Tout ce temps perdu ! Et tu sais quoi ? En dépit de tous mes efforts, tu as creusé un gouffre entre elle et moi. J'en ai assez de cette situation. Tu pourras le lui dire, d'accord ? continua-t-elle sans pouvoir empêcher les larmes de couler sur ses joues. Dis-lui que j'en ai assez d'être, de nous deux, l'adulte sensée et forte et de supporter la brute qu'elle a choisie pour mari uniquement dans son intérêt à elle.

Elle essuya les larmes sur ses joues et prit une profonde inspiration. Heureusement, sa voix demeurait forte et sûre. Grâce au courage que Leo lui avait insufflé.

— Tu as perdu tout pouvoir sur moi. En menaçant Leo, en me menaçant, tu as perdu ce que j'aurais pu te laisser parce que tu es le mari de ma mère. C'est fini, Mario. Et crois-moi, je ne te laisserai aucun argent.

Pour la première fois de sa vie, Neha vit de la stupeur se peindre sur le visage de son beau-père.

Elle contourna son bureau et alla ouvrir la porte.

— Sors, maintenant. Et, si tu me menaces de nouveau, si tu t'approches de moi, je laisserai Leo faire ce qu'il a vraiment envie de te faire.

Elle lutta jusqu'au bout pour conserver son attitude ferme et assurée, jusqu'à ce que Mario sorte enfin de son bureau, sans un mot.

Alors elle s'effondra dans son fauteuil et attrapa à la hâte son mobile.

Leo répondit aussitôt.

— Neha ? demanda-t-il, inquiet.

— Je l'ai envoyé promener, murmura Neha, la gorge nouée.

— Bien sûr que tu l'as fait, approuva-t-il avec une telle bienveillance que son cœur se gonfla de tendresse. Tu as dû être fantastique.

Elle rit à travers ses larmes.

— Oui, je crois. Vraiment. Mais tu sais, il ne va pas en rester là. En y repensant, je me demande si j'ai bien fait de le mettre encore plus en colère.

— Tu as tous les droits, *bella*. Et ne t'inquiète pas, je m'occuperai de lui, quoi qu'il fasse. Ça va aller ?

— Oui, mais reviens vite, d'accord ? demanda-t-elle en osant exprimer tout haut son désir.

— *Sì, bella*, très vite.

Neha resta un long moment assise, le téléphone serré contre la poitrine. Puis, avec un regard circulaire à son bureau, elle se dit qu'en réalité rien ne la retenait plus ici.

Un chapitre de sa vie se terminait, un autre allait bientôt s'ouvrir. Et elle avait hâte de l'entamer avec Leo auprès d'elle.

En sous-vêtements devant la coiffeuse de sa salle de bains, Neha vérifia une fois de plus le bâtonnet en plastique posé sur le marbre noir. Et vérifia une fois encore. Et encore.

Enceinte.

À travers ses larmes, le monde lui paraissait distordu et flou. Elle cligna des yeux, effrayée à l'idée que tout son univers ait changé autour d'elle.

Non.

C'était le sixième test de grossesse qu'elle faisait, et tous avaient indiqué le même résultat.

Elle était enceinte. Enceinte de Leo.

Enceinte de l'homme qu'elle avait désiré si longtemps qu'aujourd'hui, quand il posait sur elle son regard pénétrant, elle devait se pincer pour se persuader qu'il s'agissait bien de la réalité et pas d'un fantasme créé par son esprit.

Ils allaient former une famille, se soutenir l'un l'autre, couvrir leur enfant d'amour. Après s'être morfondue dans la solitude, elle voyait son rêve se concrétiser.

Bouleversée, Neha frissonna. Agrippée au marbre de la coiffeuse, elle baissa la tête et prit de profondes inspirations. Son regard tomba sur le diamant à son doigt.

Cela faisait une semaine qu'elle avait accepté d'épouser Leo. Et depuis, elle attendait le retour brutal à la réalité. Car une petite voix lui soufflait que c'était de la folie. Pourtant, le poids de la bague lui devenait familier, et elle pouvait s'y accrocher comme à une balise rassurante lorsque le tour nouveau que prenait sa vie menaçait de la submerger d'angoisse.

Devant l'emballement médiatique après l'annonce officielle de leur mariage, face aux réactions enthousiastes de tous ceux qui la suivaient sur les réseaux sociaux, Neha devait se contraindre à ne pas oublier qu'il ne s'agissait que d'apparences. Et, si Leo s'engageait réellement auprès d'elle et de leur enfant, il utilisait aussi ce lien pour mettre la pression à Mario dans le but d'obtenir des informations sur Vincenzo Cavalli.

Elle posa la paume sur son ventre nu, même si celui-ci était encore plat. Comme elle avait hâte de partager cette nouvelle avec Leo ! Et bientôt, elle dirait adieu à des années de servitude et de contraintes... Plus que quelques semaines, se rassura-t-elle en enfilant un T-shirt blanc et un jean noir.

Elle avait tout juste fini son smoothie et enfilait sa veste quand son téléphone sonna.

Elle fronça les sourcils.

— Massimo ?

— Neha, comment vas-tu ? demanda-t-il d'une voix sombre.

— Bien. Et Leo ? Que se passe-t-il ?

— Leo va bien, *cara*. Il est juste occupé à gérer des choses ici à la villa...

— Oh ! je ne savais pas qu'il était déjà rentré de Bali, s'étonna-t-elle en luttant contre un sentiment de malaise.

Pourquoi ne l'avait-il pas appelée dès son retour, alors qu'il était inquiet à l'idée de la laisser seule avec Mario dans les parages ? Alors qu'elle devait faire les tests de grossesse ?

Son esprit rationnel reprit très vite le dessus. Honnêtement, Leo ne pouvait se rappeler ses dates d'ovulation de façon aussi précise qu'elle ! Non seulement il dirigeait BFI, mais il avait un millier d'autres responsabilités. Parfois, elle se demandait comment il faisait pour soutenir ce rythme depuis si longtemps.

— Neha, tout va bien ?

— Oui, bien sûr. Désolée, j'étais dans mes pensées.

Elle fronça les sourcils en percevant l'hésitation de son interlocuteur.

— Massimo, pourquoi m'appelles-tu ?

— Leo a dû écourter son voyage, car mon père... notre père a fait un arrêt cardiaque. Silvio est mort hier après-midi à la clinique. Natalie m'a soufflé que tu n'avais sans doute pas encore eu la nouvelle.

Neha repoussa l'idée perturbante que Leo n'avait pas pensé à la joindre pour lui annoncer la mort de son père. Cela n'avait rien à voir avec elle. Il s'agissait de sa relation complexe et tourmentée avec Silvio.

Elle devait être là pour lui, même s'il semblait ne jamais avoir besoin de quiconque.

— Quand auront lieu les funérailles ? demanda-t-elle.

— Demain après-midi.

— Peux-tu me prévoir un vol ?

À travers le soupir de Massimo, elle perçut son soulagement.

— Mario va vouloir y assister, et je préfère être sur place, ajouta-t-elle tandis qu'il gardait le silence.

— Bien sûr. Je dis au pilote de te contacter directement.

— Merci d'avoir pensé à m'appeler, Massimo.

Malgré tous leurs problèmes, les Brunetti avaient toujours présenté un front uni face au monde. Quels que soient les fautes de leur père, Massimo et Leo lui avaient servi de bouclier toute leur vie.

— À vrai dire, j'avais des raisons plus égoïstes d'espérer que tu viendrais, *cara*, lâcha Massimo.

— Comment ça ?

— Je veux que Leo ait quelqu'un à ses côtés. Même si mon frère agit comme s'il n'avait besoin de rien et de personne.

Après avoir raccroché, Neha resta un moment immobile. Comme Massimo avait raison !

Que Leo le veuille ou non, elle serait près de lui.

11

Sous le ciel orangé du crépuscule, Neha prit congé du dernier groupe d'invités en prétextant une migraine, qui devenait plus réelle de minute en minute. Debout depuis l'aube, elle avait mal dormi la nuit dernière. Par ailleurs, elle avait été si inquiète en imaginant une possible altercation entre Mario et Leo qu'elle avait pensé devenir folle.

La plupart des invités étaient partis à présent, y compris Mario et sa mère. Avoir vu celle-ci sans pouvoir partager avec elle la nouvelle de sa grossesse... Elle avait dû mobiliser toutes ses forces pour garder son sang-froid. Pas une seconde sa mère ne s'était éloignée de Mario. À la fin, avec tous ces regards posés sur eux, elle s'était simplement réjouie que son beau-père n'ait pas fait de scandale.

Depuis deux jours qu'elle était à la villa des Brunetti, elle était affairée, s'occupant de la famille et des amis qui étaient arrivés : établir les menus avec la gouvernante, arranger les chambres dans une villa voisine, tenir éloignés de Greta les membres de la famille bien intentionnés mais curieux, pendant que Leo et Massimo faisaient face aux médias déchaînés après la mort de Silvio.

Au moment où l'hélicoptère l'avait déposée, toute la villa bruissait de la rumeur selon laquelle Silvio avait cédé ou vendu ses actions de BFI à un tiers avant de mourir.

Qui d'autre que Mario aurait pu diffuser ce genre d'informations déstabilisantes pour BFI ?

Leo et Massimo ne pouvaient donc même pas être tranquilles

le jour des funérailles de leur père ? Comment Leo pouvait-il supporter ce stress depuis tout ce temps ?

Alors qu'elle avait toujours été une femme implacable à l'énergie inépuisable, Greta était sur le point de faire une dépression nerveuse, Neha s'en était rendu compte en se rendant auprès d'elle pour vérifier que tout allait bien. Natalie l'avait prise à part pour lui expliquer que Greta, en plus de la mort de son fils, avait reçu des nouvelles alarmantes de sa belle-fille, Alessandra, toujours absente. Neha avait fini par appeler son médecin, qui avait prescrit un léger somnifère à la vieille dame.

Pour aider Natalie, jeune et inexpérimentée dans ce genre de situation, Neha avait, avec Massimo, pris en charge l'accueil des personnes venues assister aux funérailles. Pour un homme qui avait failli ruiner BFI, Silvio avait encore un énorme réseau de connaissances. Sans compter les familles ou les personnages importants, y compris un ministre, qui voulaient témoigner leur respect aux Brunetti.

Heureusement, et même si elle se moquait de l'opinion des autres, personne ne lui avait fait de remarques parce qu'elle avait endossé le rôle d'hôtesse.

Le premier jour, elle avait vu Leo en coup de vent, et depuis il se contentait de hocher la tête quand ils se croisaient. Et la nuit elle avait mal dormi, espérant qu'il viendrait la rejoindre. Mais, peu après l'aube, Leo avait regagné sa propre chambre.

Bien sûr, il devait penser à tant de choses. Et elle ne serait jamais une femme collante, ayant toujours besoin d'être rassurée. Mais elle aurait aimé qu'il lui dise quelque chose, n'importe quoi. Ainsi, elle aurait pu deviner son état d'esprit. Au lieu de cela, il lui faisait clairement comprendre qu'il n'était pas disponible ou qu'il ne voulait pas parler, même brièvement. Impossible de lui apprendre qu'elle était enceinte... Pas dans cette situation. Elle répugnait à se l'avouer, mais elle redoutait sa réaction s'il l'apprenait *maintenant*.

Trop souvent blessée par les changements d'humeur de sa mère, elle se tenait à distance, presque docilement. Alors qu'elle détestait ça. Et peu à peu, malgré elle, elle ressentait de la colère.

Contre elle-même parce qu'elle laissait Leo la décourager, contre lui parce qu'il la traitait comme si rien n'avait changé entre eux.

Et maintenant cette migraine...

Sourire, parler poliment, cela lui demandait trop d'efforts.

Se souvenant qu'elle devait faire plus attention à elle, elle prit un verre d'eau et l'avala d'un trait.

À présent que les invités avaient pratiquement tous quitté la villa, elle commençait à retrouver le calme merveilleux qu'elle avait connu lors de son premier séjour ici. Mais elle doutait que cela suffise à venir à bout de son humeur en dents de scie.

Le personnel, efficacement supervisé par Maria, la gouvernante, n'avait plus besoin d'instructions supplémentaires. Neha se rendit une dernière fois auprès de Greta pour voir comment elle allait, avant de regagner sa suite.

Sans cesser de se demander ce que Leo pensait en ce moment.

Elle voulait le serrer dans ses bras, lui dire qu'ils allaient avoir un enfant. Et voir briller dans ses yeux cette lueur qui s'allumait quand il parlait de leur avenir. Elle aurait voulu qu'au moins il lui confie ce qu'il ressentait après la mort de son père. Lui dire qu'elle avait failli prendre sa mère à part et lui dire qu'elle était enceinte. À quel point elle se sentait seule et effrayée quand elle croisait le regard distant et froid qu'il avait parfois.

De nouveau elle était seule...

Non, elle ne pouvait pas lui avouer cela. Comment lui faire part de ses tourments et de ses peurs dans un moment comme celui-ci ? Elle devait attendre qu'il vienne à elle.

Mais le ferait-il ?

D'après tout ce qu'elle savait de lui, Leo se renfermait dans les moments de chagrin ou de douleur.

Elle fit glisser la fermeture Eclair de sa robe fourreau noire et se dirigea vers le dressing.

Soudain, elle s'immobilisa.

Pourquoi le laissait-elle décider ? Les choses avaient changé entre eux. Il ne s'agissait pas que de sexe, de faire un enfant, d'affaires... N'était-ce pas ce qu'il avait dit ? Et puis, quand elle avait besoin de lui, il était là : pourquoi l'inverse ne pourrait-il pas être vrai ?

Il avait été trop occupé pour l'appeler après son retour de Bali, trop occupé à contrecarrer les rumeurs qu'il allait perdre son poste de P-DG de BFI : elle pouvait le comprendre. Mais elle n'allait pas attendre qu'il ait le temps de lui accorder de l'attention. Et elle n'avait pas envie de dormir toute seule, alors que sa chambre était tout près de la sienne.

Il lui manquait tellement ! Et elle mourait d'envie de partager avec lui la nouvelle la plus importante de leur vie.

S'il était d'accord pour lui laisser le rôle d'hôtesse ici à la villa, alors il devait aussi l'être pour qu'elle le rejoigne dans sa chambre.

Voilà ce qu'elle allait faire. Plus jamais elle ne laisserait quelqu'un lui assigner un rôle ou une place dans la vie. Plus jamais elle ne laisserait quelqu'un décider pour elle. Même pas Leo.

Elle remonta le zip de sa robe puis, ses talons à la main, elle sortit de la suite qui lui était réservée.

Elle alla d'abord trouver Maria pour la prévenir qu'elle serait dans la chambre de Leo et lui demander de bien vouloir lui faire préparer un plateau-repas.

Une fois dans la suite, elle se déshabilla et prit une douche, avant de chercher quelque chose à porter dans le placard de Leo, et s'installa sur le lit. Les draps luxueux étaient doux contre sa peau. Elle s'assit en tailleur et dégusta le bol de fruits que Maria lui avait apporté.

Rassasiée, elle souleva son T-shirt et étudia la courbe de son ventre.

Elle sentit la joie soulever sa poitrine en pensant à son bébé et à l'homme qui lui avait donné tout ce qu'elle avait demandé, et plus encore.

Ses yeux s'emplirent de larmes. Cette maison, cette famille, l'homme qui régnait sur tout cela... C'est ce qu'elle voulait. Elle le voulait tellement que son cœur s'affola.

Elle prit un oreiller et enfouit le visage dedans pour sentir l'odeur de celui qu'elle ne voulait jamais laisser partir. Au fond d'elle, sous le jaillissement d'émotions qui la transportaient à chaque fois qu'elle pensait à son bébé, quelque chose d'autre vibrait, qui l'interpellait doucement. Et cette chose la terrifiait.

Elle ferma les yeux et essaya de mettre de l'ordre dans son

esprit. Mon Dieu, faites que ce ne soit que les hormones ou le fait de garder le silence sur sa grossesse ! Rien d'autre…

Non, impossible, elle ne pouvait pas en vouloir à Leo parce qu'il ne lui donnait pas ce qu'elle ne pensait même pas désirer…

Sa dernière pensée, avant de sombrer dans le sommeil, fut d'espérer qu'il se rapprocherait d'elle, pour n'importe quelle raison, et qu'ils pourraient partager… Quoi au juste ? Elle pouvait bien entrer dans sa vie et y prendre place, mais son cœur… Le cœur de Leo lui serait toujours inaccessible s'il ne s'ouvrait pas à elle.

Peu après minuit, Leo entra dans sa chambre, avec à la main une bouteille de whisky à deux cents euros. Il en avait déjà bu la moitié, sans que cela produise aucun effet.

Il avait évité Massimo : la dernière chose dont il avait besoin en ce moment, c'était d'être scruté par son frère inquiet. Non qu'il n'ait envie de sa sollicitude, mais il ne voulait pas qu'il comprenne dans quel état de confusion et de colère il était. Il se sentait profondément déstabilisé et refusait de parler à quiconque avant d'avoir repris le contrôle.

Tout était sens dessus dessous, et il détestait ce sentiment.

Quarante-huit heures plus tôt, il avait appris que Silvio voulait lui parler de toute urgence. Mais il avait pensé qu'il s'agissait d'un caprice de son père et avait décidé d'ignorer l'appel. Et, aussitôt après, Silvio avait fait un arrêt cardiaque.

Si le rapport du médecin légiste, corroboré par le médecin de Silvio, n'avait pas fait mention de problèmes respiratoires la semaine précédant le décès, Leo aurait cru à un homicide. C'était si opportun que Silvio meure juste après avoir décidé de ne pas léguer ses parts de BFI à Massimo et lui…

Maintenant il allait falloir enquêter pour savoir à qui il les avait cédées.

Mais il ne parvenait même pas à s'y intéresser.

Cristo, il était épuisé après deux nuits sans sommeil et deux jours à essayer de préserver sa famille des rumeurs folles qui circulaient. Bien sûr, leur père ne leur avait pas facilité la vie, jusqu'à la fin. Le salaud.

À présent, tout ce qu'il voulait, c'était tout oublier, jusqu'à ce qu'il ait retrouvé son équilibre. Que son cerveau cesse de tourner autour de questions qu'il ne pourrait plus jamais poser.

Il entra dans la chambre et ôta sa chemise. Ses yeux, brûlants à cause du manque de sommeil, mirent quelques secondes à s'accoutumer à l'obscurité. Et soudain, il la vit. Et son cœur bondit dans sa poitrine.

Au milieu du grand lit, elle dormait.

Toute son attention se concentra sur la belle femme sexy devant lui, et tous ses tourments, ses soucis s'évanouirent. Seul le moment présent comptait. Et elle.

Le clair de lune la nimbait d'une douce lumière pâle. Elle dormait sur le côté, un bras sous la tête, en chien de fusil, ses cheveux soyeux autour d'elle. Elle respirait doucement. Ses longs cils ombraient ses pommettes. La chemise qu'elle portait laissait voir le haut de ses cuisses et sa petite culotte de dentelle rose. L'encolure offrait à son regard avide ses seins pressés l'un contre l'autre.

Le désir jaillit en lui, réussissant à lui faire tout oublier, là où l'alcool avait échoué.

Il déposa la bouteille sur une console près de la porte et s'approcha du lit pour s'apercevoir que la chemise était à lui.

Pendant ces deux jours, il l'avait vue se couler sans effort dans sa vie, veillant sur sa famille, devinant les besoins des invités, répondant à tous avec gentillesse et grâce. Avec calme, elle avait pris en main la dépression naissante de Greta, sans aucune aide. À chaque instant elle avait été une présence douce, bienveillante et fiable, quand il voulait garder le monde à distance et se centrer sur lui-même.

Mais maintenant, en la voyant alanguie comme une princesse sur son lit immense… Comme si elle appartenait depuis toujours à cet endroit.

Il ne devait pas rester ici : après l'avoir évitée pendant deux jours, il ne pouvait pas se jeter sur elle comme un rustre. Il ne lui avait même pas demandé comment elle allait…

Il avait presque atteint la porte quand il entendit la voix rauque et ensommeillée de Neha.

— Leo…

Le bruissement des draps sur sa peau nue…

Il se retourna.

Les cheveux en bataille, les genoux ramenés sur sa poitrine, la chemise qui dévoilait son épaule… Elle éveillait en lui tous ses instincts masculins.

— Dors, *cara*, murmura-t-il.

Elle cligna des yeux.

— Il est une heure et demie du matin. Où vas-tu ?

Il passa une main nerveuse dans ses cheveux.

— Je ne pense pas… pouvoir dormir cette nuit.

Il réprima l'envie de la rejoindre. Comme elle était belle et sensuelle !

— Pas de problème, dit-elle d'une voix douce. On peut parler si tu veux.

Dio, comme il s'en voulait de ne pas pouvoir accepter le repos qu'elle lui offrait ! Mais il ne pouvait pas se dévoiler ainsi, pas maintenant.

— Je vais te déranger si je reste, éluda-t-il, les dents serrées. Et je ne veux pas parler.

Elle s'assit au bord du lit.

Il attrapa la bouteille restée près de la porte et la porta à sa bouche pour boire une longue rasade.

— Tu es ivre, lâcha-t-elle, les yeux écarquillés. Toi qui haïssais les colères d'ivrogne de Silvio… Tu ne peux pas perdre le contrôle comme ça. Leo, s'il te plaît !

— Tu crois me connaître, *cara* ? répliqua-t-il d'un ton sarcastique qui la fit pâlir. Je suis ivre parce que j'aspire à un peu de paix au milieu des milliers d'obligations qui me tombent dessus à tout moment. Je vais chercher une autre chambre.

— Alors je représente une obligation pour toi ?

Même énervée, elle était splendide.

— Neha, retourne te coucher. Tu es debout depuis deux jours.

— Je ne pensais pas que tu l'avais remarqué, releva-t-elle d'une voix où affleurait une fragilité qui lui fit mal.

— Je remarque tout ce qui te concerne.

— Alors tu m'as tenue à distance volontairement.

— Oui, j'ai beaucoup de choses en tête et je n'ai pas le temps de m'occuper de toi.

— Ah... je vois pourquoi tu ne devrais pas boire. J'ai sous les yeux un Leonardo Brunetti brutal et arrogant.

Il ne put retenir un sourire.

— Maintenant, tu sais. Je suis comme lui.

— Tu es furieux parce que je suis venue dans ta chambre ?

Non, tu es destinée à tenir ce rôle : dans mon lit. Et dans ma vie.

Les mots restèrent coincés dans sa gorge.

Ce qui lui avait paru facile, évident, dans sa nouvelle relation avec Neha lui semblait à présent terrifiant par la myriade de possibilités qui s'offraient à lui. Tout ce qu'elle lui avait permis de ressentir formait maintenant un puits sombre dont il avait peur de ne plus pouvoir sortir s'il allait plus loin.

La famille Brunetti avait une longue histoire de violence, de dysfonctionnement. Massimo avait choisi une autre voie en allant vers Natalie, et lui aussi voulait faire la même chose. Neha pouvait briser ce cycle, lui permettre d'écrire un nouveau chapitre, une autre fin. Jusqu'à hier, il voulait ce nouveau départ. Mais cette nuit...

— Je ne suis pas en colère, dit-il enfin, mais je veux être seul cette nuit.

Il avait l'impression de parler comme un adolescent irascible. En une fraction de seconde, Neha fut près de lui, le visage grave.

— Je suis désolée pour la mort de ton père, Leo. Je sais que tu n'avais pas une relation facile avec lui. Qu'il a été un père minable mais...

— Non, ne fais pas ça. *Cristo*, pas toi... Ne me sers pas ces piètres condoléances comme tous les autres, tu sais que je m'en moque. Sa mort ne me fait aucun effet, Neha. Tu ne comprends pas ? Je ne ressens... *rien*. C'était un monstre qui a ruiné tellement d'existences. Quand j'ai eu le message qui disait qu'il voulait me voir de toute urgence, il y a deux jours, je l'ai ignoré. Et même maintenant je ne regrette pas ma décision. Voilà comme je suis, impitoyable et insensible. Et c'est avec cet homme que tu as fait l'amour, auquel tu as lié ton destin. Voilà, tu es contente, maintenant ? Nous avons parlé, comme tu le voulais.

Les yeux de la jeune femme étaient pleins de larmes, et la douleur qu'il y lut faillit le faire chanceler.

— Si c'est si simple, pourquoi bois-tu ? Pourquoi es-tu si sombre ? Parle-moi, Leo. Anesthésier ton chagrin ne servira à rien d'autre que nous faire du mal. Crois-moi, je l'ai fait si longtemps que je n'étais plus que l'ombre de moi-même. Je comprends ce que tu traverses. Je veux...

— Non ! Tu ne peux pas ! s'écria-t-il.

La douleur écrasait sa poitrine. Tout ce qu'il avait enfoui, sa vie durant, était en train de le submerger, le rendant fou.

Il se prit la tête entre les mains.

— Tu ne peux pas imaginer ce que ça fait, quand on est un petit garçon de cinq ans, de se réveiller un matin et de découvrir la chambre de sa mère vide... De la chercher désespérément dans tous les coins et recoins d'une villa vide... De découvrir que toutes ses affaires ont disparu... De courir partout, dans la serre, les jardins. Tu ne peux pas imaginer ce que ça fait d'être terrifié à l'idée que si on s'arrête de chercher elle aura *vraiment* disparu, que si on s'arrête de courir le monde entier s'effondrera... De courir jusqu'à ne plus ressentir d'émotion. Oui, j'aurais dû poser à mon père la question qui me hante depuis toujours, même si ça n'aurait rien changé...

Les mots sortaient, impossibles à retenir.

Pourquoi sa mère était-elle partie ? Son père l'avait-il chassée par ses colères et sa violence ? Comment avait-elle pu accepter de fuir en laissant son fils seul avec ce monstre ?

— Qu'y a-t-il de mal à vouloir connaître la vérité ? murmura Neha.

Elle souffrait pour lui, comprit-il, fasciné.

— C'était ta mère ! Qu'y a-t-il de mal à penser qu'il y a peut-être une explication, même terrible, à ce qu'elle a fait ?

— Si Silvio avait répondu à ma question, cela aurait-il changé quelque chose ? Non. La vérité ne suffirait plus à éclairer le passé... Jamais plus je ne serai comme ce petit garçon plein de douleur et de chagrin. Et rien ne fera plus changer l'homme que je suis devenu.

Les larmes coulaient sur les joues de Neha. Il aurait pu partir, mais il ne la lâcha pas.

— Chut… Ne pleure pas, *cara*. Ne gâche pas tes larmes pour moi.

— Je ne pleure pas pour toi.

Il essaya de sourire.

— Non. Alors tu pleures parce que tu es liée à un homme endurci par la douleur ? Tu t'es engagée avant de t'en rendre compte… Tu voudrais revenir sur notre accord ?

Elle s'essuya les joues, et la résolution qui brillait dans ses yeux le fit vaciller.

— Pas du tout, déclara-t-elle en s'écartant légèrement. Mais je vais retourner dans ma chambre puisque tu ne veux pas me voir. Continue à boire ou fais ce que tu veux. Quand tu seras… de meilleure humeur, viens me voir.

Leo sentit son cœur se serrer. Même ainsi, le visage inquiet, les yeux humides de larmes et la bouche tremblante, elle était si belle…

Et il avait tellement envie d'elle.

Elle attrapa une couverture dans un fauteuil et s'en enveloppa.

— Bonne nuit, Leo.

— Non, répliqua-t-il en saisissant les pans de la couverture et en tirant la jeune femme vers lui.

— Je veux que tu restes.

— Mais pourquoi ?

Il avait besoin d'anesthésier les émotions qu'elle avait fait surgir, de les faire taire. Il avait besoin de cautériser la plaie, pour toujours.

— Tu veux m'aider à me sentir mieux ? Tu veux être là pour moi ?

Nerveusement, elle s'humecta les lèvres, et il se souvint de ce qu'elle lui avait fait une nuit avec la langue… Être avec une femme capable de vivre ses désirs était extraordinaire… Le sexe avec elle était bien plus qu'une expérience physique. C'était autre chose, une chose qu'il était incapable de définir mais dont il était devenu dépendant sans qu'il lui soit possible de faire machine arrière.

— Alors embrasse-moi, continua-t-il. Viens dans le lit avec moi.

Leo se détesta pour son ton dur et pour la cruauté dont il semblait capable envers la seule personne qui voulait l'aider à se libérer des ténèbres en lui.

En fin de compte, ressemblait-il vraiment à son père ?

Il s'attendait à ce qu'elle le gifle mais, au lieu de cela, la couverture glissa au sol dans un bruissement soyeux. Puis, sans trace d'hésitation, Neha défit les trois boutons de sa chemise et s'en débarrassa.

Le désir vibrait en lui, et l'alcool qui coulait dans ses veines ne pouvait en rien l'entamer.

Sa chevelure couvrait en partie sa poitrine. Ses hanches rondes, le doux renflement de son ventre, ses cuisses musclées... Une déesse, voilà ce qu'elle était. Et il ne la méritait pas.

Mais, maintenant qu'elle était dans sa vie, il se serait maudit de la laisser partir.

— Tu te sacrifies, *bella* ?

Un sourire incurva sa belle bouche sensuelle.

— Je suis venue dans ton lit parce que je voulais être là pour toi, oui. Mais aussi parce que je ne voulais pas dormir seule. Et puis j'ai envie de toi.

Leo ôta son pantalon et fit les quelques pas qui le séparaient d'elle. La main sur sa nuque, il prit sa bouche pour un baiser sauvage. De l'autre main, il caressa sa poitrine, ses tétons, avant de la glisser entre ses jambes et de caresser son clitoris. Il voulait qu'elle soit prête quand il la pénétrerait.

Les ongles enfoncés dans ses épaules, elle gémit longuement, et il enfonça un doigt dans son sexe chaud et humide.

Il voulait être en elle.

Il la prit dans ses bras et la déposa au bord du lit. Les yeux emplis de désir, Neha s'allongea et entoura les jambes autour de ses hanches.

Sans la quitter des yeux, Leo écarta ses cuisses. Son désir était si violent qu'il la pénétra d'une seule poussée. Avec des coups de reins rapides et puissants, il les mena tous deux vers l'orgasme.

Enfin, il se laissa aller contre elle, envahi par le calme et la paix qu'il recherchait depuis deux jours. Et, en même temps, par la pensée déterminée qu'il ferait tout pour garder la seule bonne chose qui soit entrée dans sa vie.

Impossible de dormir. Neha, elle, avait dormi en pointillé, quand ils ne faisaient pas l'amour. Toute la nuit il avait eu l'impression de chasser dans ses bras les démons qui étaient à ses trousses.

Soudain, la jeune femme ouvrit les yeux. L'aube pointait.

— Nous avons réussi, Leo, dit-elle d'une voix ensommeillée. Je suis enceinte.

Il retint son souffle. Avait-il bien entendu ?

— Quoi ?

— J'ai fait le test avant de quitter Londres. En fait, j'en ai fait six en tout. Tous étaient positifs.

Ces cernes sous ses yeux… Ils prenaient encore plus de sens à présent. Le regard de Neha était scrutateur. Et méfiant aussi, comme si elle n'était pas sûre de sa réaction. Pensait-elle qu'il regrettait ?

— Pourquoi tu ne me l'as pas dit tout de suite ? lâcha-t-il d'un ton abrupt.

En réalité, il connaissait la réponse. Ne l'avait-il pas évitée pendant deux jours ? Et, quand elle était enfin venue le trouver, il avait méprisé sa sollicitude avant de se jeter sur elle comme un sauvage.

Cette nuit, sans doute pensait-elle partager cette incroyable nouvelle avec lui…

Et lui, il l'avait rabrouée…

— Comment tu te sens ? demanda-t-il en sentant une joie intense éclore en lui.

— Bien. Bien la plupart du temps… Tu es toujours partant ?

Il jura au lieu de répondre. Mais le regard de Neha ne flancha pas. Elle voulait une réponse.

— Bien sûr ! Rien n'a changé entre nous deux, *cara*, dit-il tout en sachant qu'il mentait.

Car quelque chose avait changé. En lui. Entre eux. Simplement, il ne savait pas ce que c'était ni comment le gérer, encore moins comment revenir en arrière.

— Tout va bien, Neha. Tout est parfait, assura-t-il avec force.

Elle prit sa main et la posa sur son ventre, et il eut l'impression de pouvoir de nouveau respirer. Quand il sentit sa peau douce sous ses doigts, un sentiment d'émerveillement s'empara de lui.

— C'est notre avenir, Leo. Le nôtre, rien qu'à nous, murmura-t-elle avec un sourire tremblant avant de l'embrasser.

Il répondit à son baiser. Pour la première fois de sa vie, il avait l'impression de ne plus pouvoir revenir en arrière et il voulait qu'elle le guide. La tendresse et la peur se disputaient son esprit sans relâche.

Il la serra dans ses bras, embrassa sa tempe, son nez, sa joue, sa bouche, le creux de son épaule. En lui tout chavirait.

— Parle-moi, *cara*. Parle-moi de tes projets pour nous, pour... notre enfant. Dis-moi tes rêves, tes espoirs... Parle-moi de tout ce qui te vient à l'esprit au sujet de notre bébé. S'il te plaît.

Tandis qu'elle parlait, Leo essayait de se servir de la douceur de sa voix pour repousser le sentiment de vulnérabilité qu'il ressentait et qui le terrifiait. Et il pria pour être capable de donner à Neha cet avenir qu'elle voyait clairement pour eux.

— Massimo dit que tu dois partir. Pourquoi ?

Leo leva le regard de son ordinateur et vit Neha debout dans l'encadrement de la porte de son bureau.

Elle portait un déshabillé blanc qui lui arrivait sous le genou et qui faisait ressortir sa somptueuse peau mate. Il l'avait quittée une heure plus tôt à peine, mais il fut comme toujours ébloui par sa beauté. Ses cheveux encadraient son visage, et ses yeux étaient pleins de ce défi qu'il adorait.

— Oui, je dois partir.

— Pourquoi est-ce que c'est toi qui pars ? répliqua-t-elle, la porte se refermant derrière elle avec un bruit sourd.

Il soupira. Que Massimo pouvait être bavard !

— Pourquoi es-tu debout à cette heure, *cara* ? Le gynécologue t'a demandé de te reposer le plus possible après avoir vérifié ta tension.

— Je n'ai fait que me reposer cette semaine, Leo. Et je t'en prie, ne me traite pas comme une enfant qui mettrait sa santé en danger. Rien n'est plus important pour moi que ce bébé.

Il hocha la tête. À de rares moments, il s'était surpris à envier cette vie innocente qu'ils avaient tous les deux créée et à être jaloux de cet amour inconditionnel que Neha lui portait. Sa mère l'avait-elle aimé ainsi, même une seconde ? Est-ce que Neha serait un jour capable...

Basta !

— Leo ?

Il passa la main sur sa joue râpeuse. Il détestait la décevoir mais, tant qu'il n'aurait pas retrouvé son équilibre psychologique, il devait se tenir à distance.

— Oui ? demanda-t-il d'une voix agacée.

Elle cligna des yeux.

— Si tu prenais le temps de répondre vraiment à ma question, au lieu de jouer à cache-cache avec moi, je me reposerais mieux. Je dois courir après ce pauvre Massimo pour obtenir des informations. Ton frère est-il encore une fois censé me servir de garde du corps pendant que tu poursuis des ombres à travers le monde ?

Il s'approcha d'elle.

— Neha, nous n'avons pas encore identifié le nouvel actionnaire... Alessandra est toujours aux abonnés absents. Et Mario est en train de rassembler les membres du conseil d'administration derrière lui, en présentant l'annonce de ton départ de So Sweet comme un coup de poignard que je lui aurais donné. Tant que je n'aurai pas découvert qui remplace Silvio au conseil, tous les membres penseront que la place de P-DG est à prendre.

— Je sais tout ça. Mais, ce que j'ignore, c'est pourquoi c'est toi qui dois résoudre le problème tout seul, dit-elle en se frottant les yeux de lassitude. Pourquoi Massimo ne peut-il y aller, pour une fois ?

Parce que j'ai besoin de m'éloigner de toi.

— Parce que Massimo déteste la bureaucratie et les manœuvres stratégiques. S'il ne s'agissait que de lui, il laisserait l'héritage des Brunetti à qui veut et il oublierait Vincenzo et Mario. J'ai beau haïr mon père, je ne peux pas être aussi irréfléchi. Des milliers de gens dépendent de BFI pour vivre. Je ne peux tout simplement pas laisser un fou guidé par la vengeance détruire tout ça.

Elle le regarda droit dans les yeux.

— Parfois, je déteste ton sens de l'honneur. Mais, puisque tu t'en vas, pourquoi ne pourrais-je pas retourner à Londres ? J'ai l'impression de gêner Massimo et Natalie. Et puis vraiment, si tu es si occupé, nous pouvons repousser le mariage. De toute façon, la mort de ton père est si récente…

— Nous avons prévu une petite cérémonie civile, *bella*. Et, pour la énième fois, je refuse que la mort de mon père ait la plus petite influence sur ma vie, répliqua-t-il d'un ton coupant. Et pourquoi ne vois-tu pas les choses autrement : plus tôt j'aurai résolu le problème, plus vite je serai libre pour suivre ta grossesse.

Elle l'entoura de ses bras, la joue pressée contre son torse puissant.

— Et il n'y a rien d'autre, Leo ?

— Rien, *cara*, répondit-il en passant les doigts dans ses cheveux.

Quel dilemme épuisant ! Il avait autant envie de la fuir que de la tenir dans ses bras pour l'éternité.

Ce qu'ils partageaient l'attirait et l'effrayait, et il avait le sentiment perturbant qu'il n'avait plus le contrôle absolu de sa vie, qu'il était placé entre le passé et l'avenir sans savoir comment avancer.

Neha avait touché quelque chose en lui, faisant émerger une faiblesse qu'il avait voulu oublier. Or il détestait se sentir vulnérable.

Comment cela avait-il commencé ?

Jusqu'à ce qu'il ait trouvé le moyen de recouvrer ses esprits, de tordre le cou à cette stupide vulnérabilité, il avait besoin d'être loin d'elle.

12

On se voit le 12 au matin.

C'est-à-dire le matin du mariage.

De plus en plus furieuse, Neha fixait le SMS sur son téléphone. Elle lança celui-ci sur le canapé avant de s'y asseoir lourdement, la main sur le ventre. Les yeux emplis de larmes, elle renversa la tête en arrière.

Ils allaient se marier dans deux jours, et il lui apprenait dans un SMS laconique qu'elle ne le verrait que quelques heures avant la cérémonie ? Après une semaine pendant laquelle il lui avait accordé si peu de temps et d'attention ?

Seigneur, elle était trop fatiguée pour se demander si elle surréagissait, s'il s'agissait de ses hormones ou si Leo se tenait loin d'elle à dessein !

Les larmes coulaient sur ses joues. Elle en avait assez de marcher sur des œufs parce qu'elle ne voulait pas l'énerver ou l'envahir.

Trois semaines après les funérailles de Silvio, elle se sentait à présent épuisée. Elle aurait dû attendre avant de lui dire qu'elle était enceinte. Pourtant, il avait réagi comme elle l'espérait, dans un moment difficile pour lui. Il l'avait embrassée avec une tendresse qui l'avait bouleversée, lui avait posé des tas de questions. Elle s'était endormie inquiète pour lui, mais le cœur plein d'espoir.

Mais le lendemain il lui avait à peine dit au revoir avant de partir.

Elle lui avait donné du temps. Et beaucoup d'elle-même alors qu'il était en colère, blessé, en deuil ; elle avait pris des risques.

Mais à présent il représentait un danger dont elle devait se préserver.

Quand ils avaient fait l'amour, la dernière nuit, elle avait eu besoin de se sentir proche de lui, de savoir que derrière l'homme blessant et irascible il était toujours celui à qui elle accordait une confiance absolue. S'il voulait utiliser son corps parce qu'il souffrait, elle était heureuse de pouvoir le lui offrir. Il représentait tellement pour elle... Elle voulait que leur relation soit ainsi : se soutenir l'un l'autre dans les pires moments.

Mais elle s'était trompée, et quelque chose avait changé ou s'était brisé. Le fossé entre eux paraissait grandir, devenir insurmontable. Et, si elle avait pensé que s'offrir à lui dans un moment douloureux pourrait tout réparer, elle se trompait : c'était tout le contraire.

Il s'était éloigné.

Oh ! il était poli, il faisait attention à elle. Il la surveillait, lui apportait ce dont elle avait besoin avant même qu'elle y pense elle-même. Parfait amant, parfait compagnon, et dans deux jours, parfait mari.

Mari, père, protecteur : en tout il serait parfait.

Mais ce n'était pas ce qu'elle voulait. Plus maintenant.

Ce qu'il avait promis, ce qu'elle avait demandé, ce n'était plus assez.

Elle se leva du canapé et se rendit dans le dressing où était suspendue sa robe de mariée. Jour et nuit elle se demandait, paniquée, si elle ne faisait pas une énorme erreur, ou bien si Leo ne finirait pas par lui dire des mots qui la sortiraient de cette détresse.

La soie ivoire émit un léger chuchotis quand elle l'effleura du bout des doigts.

Tout avait été arrangé pour un discret mariage civil, avec les membres proches de la famille, mais Neha n'avait pas pu abandonner l'idée de porter une robe de mariée. À la minute où elle avait exprimé ce vœu, Leo l'avait rendu possible en mandatant les meilleurs stylistes.

Le haut de la robe se resserrait sous sa poitrine, mettant celle-ci en valeur et dissimulant son ventre déjà rond. Originale et élégante, sa tenue était parfaite.

La veille, elle avait reçu de la part de Leo un magnifique collier :

une chaîne en platine délicatement sertie de petits diamants, un bijou si exquis que Neha avait peur de le sortir de sa luxueuse boîte de velours.

« *Pour ma belle fiancée* », disait le mot qui l'accompagnait.

Et, une semaine avant ça, il lui avait proposé un terrain de cinq hectares sur les rives du lac de Côme où, si elle le souhaitait, il demanderait à un architecte de construire des cuisines sur mesure pour qu'elle puisse y travailler. Les montagnes en arrière-fond d'un côté et le lac de l'autre : Neha n'avait jamais vu un aussi bel endroit. Et à seulement cinq minutes de la villa des Brunetti...

Leo s'était aussi chargé des entretiens avec des nounous, il avait trouvé une horde d'avocats pour mieux sécuriser son départ de So Sweet. Et il avait embauché une infirmière à domicile, vingt-quatre heures sur vingt-quatre, pour les deux derniers mois de sa grossesse et après l'accouchement. Elle avait dû se battre pour qu'elle ne vienne pas tout de suite. Bref, il avait organisé un nombre incalculable de choses pour elle.

Et pourtant...

Debout dans le dressing, la poitrine oppressée, elle lui envoya un SMS :

Seras-tu à la villa ce soir ?

S'il était là, elle pourrait lui demander si tout allait bien. Il la prendrait dans ses bras, et ils parleraient. Et peut-être lui avouerait-elle alors qu'elle...

Non, je ne serai pas là.

Mais moi, je peux te rejoindre ce soir ?

Nous ne nous sommes presque pas vus ces deux dernières semaines.

Sa gorge se serra. Rien. Pas de réponse.

Elle envoya un dernier message :

Tu me manques.

Toute sa vie, elle avait marché sur des œufs à cause de sa mère, réfléchissant à ne pas demander trop, essayant d'être toujours plus forte en espérant recevoir de l'amour en retour. Mon Dieu, elle ne voulait pas continuer à vivre comme ça ! Elle ne voulait pas de cet avenir-là.

Elle voulait dire à Leo à quel point il lui manquait, combien elle souffrait qu'il se soit ainsi éloigné d'elle. À quel point elle... elle l'aimait.

Elle l'aimait. Et depuis si longtemps !

Elle tapa un nouveau SMS.

Je veux être près de toi.

Enfin, il répondit :

Encore quelques jours, et nous formerons une famille.

Une famille ? Mais ce n'était pas ce qu'elle voulait *vraiment*. Cette distance entre eux, ce jeu qu'il jouait avec elle, ces doutes et cette confusion, cette détresse qui lui étreignait le cœur... Non, elle voulait plus, elle voulait tout, elle voulait son cœur.

Elle allait taper quand son téléphone sonna.

— Neha ? Qu'y a-t-il ? Ça ne va pas ?

— Tout va bien, répondit-elle, l'inquiétude dans la voix de Leo lui redonnant du sang-froid.

Le silence, à l'autre bout de la ligne, était pesant. Elle détestait ça.

— C'est juste que je ne me sens pas bien aujourd'hui... Dans ma tête, je veux dire. Le mariage, nous... Je t'ai à peine vu ces derniers temps. Je sais, je sais... tu es occupé à identifier et à mettre la main sur ce nouvel actionnaire. Mais quelque chose ne va pas, Leo...

— Tu as une attaque de panique au sujet du mariage ? Je t'ai dit que nous ferions mieux d'embaucher tout de suite cette infirmière à plein temps.

En entendant cette remarque, Neha sentit s'évanouir le calme qu'elle avait recouvré. La colère la fit trembler si violemment que pendant quelques secondes elle ne put plus respirer, encore moins parler.

— Neha, *cara*, si tu...

— Tu viendrais si j'avais une attaque de panique ?

— Pourquoi cette question ?

— Réponds-moi, Leo.

— Je viendrais aussi vite que possible.

— Parce que cela entrerait dans les devoirs liés à notre... relation ?

— Neha, tu m'inquiètes.

— Je ne veux pas de ton inquiétude. C'est toi que je veux.

— Quelle est la différence ? Tu n'as pas l'air dans ton état normal, *cara*. Je serai là dans quelques heures. Mais avant, je veux que tu appelles Natalie et que tu lui parles.

— Leo, je ne suis pas en train de faire une crise de nerfs. Alors arrête. Arrête ! Je... Je n'ai plus peur.

— De quoi parles-tu ?

Elle devait le faire, là, maintenant. Parce que quand elle le reverrait, s'il la touchait, s'il la serrait dans ses bras, s'il posait sur elle son regard intense, elle ne serait plus jamais capable de partir. Elle passerait le reste de sa vie à l'aimer désespérément, attendant les miettes qu'il lui céderait, sans jamais cesser de se demander ce qu'elle avait le droit de demander ou non.

Ses genoux ne la portaient plus, et elle se laissa glisser au sol. Elle tremblait de tout son corps et elle avait l'impression que son cœur se brisait.

— Je ne peux pas, Leo...

— Quoi donc ?

— Je ne peux pas t'épouser, pas comme ça.

— Neha, que se passe-t-il ?

— Je t'aime. Tellement. Je t'aime depuis si longtemps que tu es devenu une partie de mon âme. Une partie de moi. Et toi...

Elle essuya les larmes sur ses joues, mais elles étaient intarissables. Le silence de Leo était assourdissant, comme si son aveu avait sombré dans un abysse sans fond sans recevoir de réponse.

— C'est étrange, n'est-ce pas ? reprit-elle d'une voix étonnamment forte. J'étais si déterminée à rester rationnelle. Je pensais que j'étais prête à recevoir le peu que tu me donnerais. Je te désire depuis si longtemps, de loin, et puis soudain tu es là et tu me proposes quelque chose, et je ne pouvais pas croire que mon rêve était en train de devenir réel. Mais j'ai compris que tout ce que tu m'offres... n'est pas tant que ça, si ?

— Alors tu vas t'enfuir après toutes tes promesses ? répondit-il enfin d'une voix à la fois basse et froide. Tu vas déguerpir au premier obstacle, comme ma mère l'a fait, comme une lâche ? Tu vas faire de moi un étranger pour mon enfant ?

— Comment oses-tu parler comme ça ? Me traiter de lâche ? Comment oses-tu t'en prendre à moi alors que tu n'es même pas capable de reconnaître le vide que ta mère a laissé dans ta vie ? Alors non, je ne fuis pas. Je fais ce que tu m'as appris : je me défends. Tu n'as pas d'émotions, ton cœur est mort. Même aux moments les plus douloureux, tu ne t'es jamais ouvert à moi. Si je m'approche de toi, c'est toi qui fuis. J'ai compris que tu ne prendrais plus le risque de souffrir. Il y a peu de temps encore, j'étais d'accord pour ça. J'allais avoir une famille avec toi, et c'était plus que ce que j'avais jamais espéré. Mais je t'aime tellement que je veux pouvoir le dire, le montrer. Je veux tout, et ce petit peu que j'ai, cela ne me suffit pas. Alors je vais faire ce qui est sain pour moi et notre bébé, je vais penser à moi. Je ne peux pas me marier avec toi et oublier ce que je ressens. Je ne peux pas passer le reste de ma vie à t'aimer et à t'en vouloir. Et crois-moi, notre enfant sera mieux avec des parents séparés qu'avec les deux ensemble à se faire du mal.

Neha raccrocha. Dans le terrifiant silence qui s'ensuivit, elle laissa les sanglots éclater.

Dans le salon de marbre blanc, Leo attendait que la femme de chambre l'ait annoncé.

Cela faisait trois semaines que Neha avait annulé le mariage. Et trois semaines qu'il avait découvert ce que Vincenzo Cavalli avait manigancé ces deux derniers mois, au moment même où la vie de Leo était totalement bouleversée.

Désormais, il savait que Vincenzo possédait les actions de Silvio.

Et pourtant, il s'en moquait.

Il aurait tout aussi bien pu raser BFI, cela n'avait aucune importance pour lui.

— Bonjour, monsieur Brunetti.

Physiquement, la femme qui se tenait devant lui était tout le contraire de Neha : la peau claire, une silhouette gracile, le maquillage appliqué de façon experte. Elle ressemblait à une poupée délicate qui risquait de se casser si on la manipulait un peu brusquement. Rien dans les yeux de Padma n'évoquait le feu qui brûlait dans ceux de sa fille.

— Mario n'est pas là, annonça Padma avec une pointe d'agressivité.

— Je sais. C'est à vous que je voulais parler. De votre fille.

Padma se mit à tripoter nerveusement la serviette qu'elle tenait à la main, et Leo vit son corps gracile secoué de tremblements.

— Que pourriez-vous bien avoir à me dire ? Comme mon mari l'avait prédit, vous l'avez jetée dès qu'elle n'a plus présenté d'intérêt pour vous. Elle mérite mieux que ça. Elle a été forte si longtemps ! En réalité, elle mérite mieux que nous tous. Et, avec tous ces journalistes et ces sites qui prétendent qu'elle est enceinte, comment...

— Ce n'est pas une rumeur. Neha est enceinte. De moi, oui, continua-t-il d'une voix dont même lui percevait la fatigue. Neha voulait à tout prix un enfant, et elle a estimé que j'étais le seul à pouvoir empêcher Mario de se mêler de la vie de son enfant ou de se servir de lui pour la manipuler. Voilà pourquoi elle m'a choisi, pourquoi elle est venue me trouver.

« Je t'aime depuis si longtemps... »

Il eut l'impression que Padma allait s'effondrer et, en dépit de son aversion pour le mélodrame, Leo ne put s'empêcher de tendre une main pour la soutenir. L'inquiétude de Padma avait l'air sincère.

— Oh mon Dieu, elle est enceinte ! Ma petite fille chérie est enceinte ? Quand doit-elle accoucher ? Pourquoi ne me l'a-t-elle pas dit ? Comment avez-vous pu l'abandonner à un moment pareil ? Je l'ai déçue, n'est-ce pas ? Je vais être grand-mère, et elle me hait, ma propre fille me hait, et c'est ma faute. Son père aurait été tellement déçu que je ne sois...

Leo la guida vers un fauteuil et attendit patiemment qu'elle ait recouvré son calme. En la voyant trembler ainsi, secouée de sanglots, il comprit pourquoi Neha avait eu tant de mal à prendre ses distances : en dépit d'années d'erreurs, Padma avait peut-être du cœur.

Tout comme, peut-être, la femme qui l'avait abandonné il y avait bien longtemps...

Une sensation inconnue de paix l'envahit à cette pensée, une pensée qui éclairait les ténèbres qu'il avait laissées croître en lui.

« Tu n'es même pas capable de reconnaître le vide que ta mère a laissé dans ta vie. »

Neha le lui avait dit et redit, mais il avait refusé d'écouter parce qu'il avait peur, peur de ne pas être à la hauteur, de ne pas la mériter.

Soudain, Padma Fenelli lui adressa un regard plein de feu. Décidément, cette femme l'étonnait.

— Vous êtes aussi méprisable que Mario l'avait dit.

Leo secoua la tête.

— Je n'ai pas annulé le mariage… C'est Neha.

— Mais pourquoi ?

— Cela n'a pas d'importance, n'est-ce pas ? Neha est la femme la plus courageuse que je connaisse. Mais elle a besoin de vous, madame Fenelli, surtout maintenant. C'est pourquoi je suis là. Elle a toujours cru que vous méritiez une seconde chance, que vous finiriez par voir de quelle façon Mario l'a manipulée à votre insu toutes ces années.

— C'est trop tard, déclara Padma en pleurant. J'ai eu une terrible dispute avec mon mari la semaine dernière. J'ai regardé la récente interview que Neha a donnée, où elle explique les raisons de son départ de So Sweet, ses attaques de panique… Elle a été si courageuse, elle s'est débrouillée toute seule. J'ai demandé à Mario pourquoi il m'avait caché tout ça. Pour la première fois, je me suis disputée avec lui et, en quelques secondes, j'ai vu le monstre manipulateur qu'il était, le monstre dans les griffes duquel j'ai abandonné ma fille. Ma petite fille avait besoin de moi, et je l'ai laissée tomber. À maintes reprises. J'ai tellement honte…

— Alors allez la voir. Elle vous aime. Et, plus vrai encore, elle croit en vous. Elle croit que vous méritez son amour même si vous avez été injuste avec elle.

« Je t'aime tellement… »

Leo se redressa et se dirigea vers les portes-fenêtres donnant sur les beaux jardins à la française. Il avait beau prétendre qu'il avait foi en elle, il n'avait pas cru à ce qu'elle disait…

À présent, il le savait, il voulait tout d'elle. Et, parce qu'il avait eu peur de se l'avouer plus tôt, il l'avait tenue à l'écart. Il s'était éloigné dans l'espoir de reprendre le contrôle de ses sentiments, parce qu'il avait peur qu'elle le rende de nouveau vulnérable.

Mais elle, elle tenait à lui et elle l'aimait, même s'il n'avait pas été à la hauteur.

Il avait eu tant de mal à comprendre ce qui était là depuis toujours. Car, dès le début il l'avait aimée. N'était-ce pas pour cette raison qu'il avait toujours pris soin de maintenir de la distance entre eux ? Mais à présent il voyait clairement, et le poids énorme qui l'oppressait avait disparu.

Peut-être qu'il s'était vraiment libéré du fardeau du passé. Peut-être que la mort de son père l'avait libéré, y compris des questions angoissantes qu'il n'avait jamais pu lui poser.

Aujourd'hui, il était prêt à aimer la femme qu'il l'avait choisi depuis longtemps déjà.

13

Après son cours de yoga, Neha était revenue directement chez elle, et elle était sur le point de sauter dans la douche quand la sonnerie de la porte d'entrée retentit. Elle fronça les sourcils : était-ce déjà sa mère ? Avait-elle déjà eu le temps de préparer toutes ses affaires ?

À sa stupéfaction la plus totale, sa mère l'avait abordée la veille, les larmes aux yeux, alors qu'elle faisait ses courses sur le marché.

Neha sourit en se souvenant que son père avait toujours aimé chez Padma son penchant pour le drame, comme il disait. Sa mère avait mis des années à voir qui était vraiment Mario, et comment il les avait éloignées l'une de l'autre, mais dès qu'elle l'avait compris elle avait sauté dans un taxi pour venir la voir.

En short de sport et débardeur rose, Neha alla ouvrir. Mais son sourire se figea sur ses lèvres.

Son souffle se bloqua dans sa poitrine, et elle se mit à trembler.

Leo se tenait devant elle.

Les cheveux en bataille, il portait une chemise bleue qui mettait en valeur son torse puissant et un jean qui faisait ressortir ses cuisses musclées. Il était terriblement beau.

Les doigts agrippés à l'encadrement de la porte, Neha restait figée pendant que dans son cerveau explosait une myriade de réactions chimiques.

Pendant ce qui lui parut une éternité, ils s'observèrent sans rien dire. Le regard magnétique de Leo s'attarda sur son ventre, sa poitrine, puis revint se poser sur son visage.

Dire qu'il suffisait qu'il la regarde pour qu'elle se sente fondre...

— Je ne savais pas que tu venais à Londres, dit-elle enfin, uniquement pour briser le silence.

Jusqu'à cette minute, elle avait fait tout ce qu'elle pouvait pour le sortir de sa vie et de ses pensées. Ce qui avait été extrêmement compliqué, dans la mesure où il avait missionné Natalie auprès d'elle à Londres après leur dernière conversation téléphonique, et où il l'appelait tous les deux jours pour savoir comment elle allait.

Mais le sortir de son cœur… c'était une autre histoire. Et bien sûr, elle devait rester rationnelle en dépit de son chagrin et de sa colère : il restait et serait pour toujours le père de son enfant à naître.

— Hello, *bella*.

La même voix rauque que quand il lui faisait l'amour, quand il ne se contrôlait plus… Elle fut parcourue d'un long frisson.

— Il m'a semblé que c'était le bon moment pour une visite, reprit-il. Déjà, je voulais t'annoncer que nous avions enfin découvert qui était le nouvel actionnaire.

— Enfin ! Alors, qui est-ce ?

— Vincenzo Cavalli. Je ne sais pas comment, mais il a mis la main sur les actions de mon père. Massimo est en train d'enquêter pour savoir si nous pouvons porter l'affaire en justice.

— Qu'est-ce que cela signifie pour BFI ?

Il haussa les épaules.

— Massimo et moi pouvons faire face, quelles que soient les intentions de Vincenzo. S'il détruit BFI, eh bien nous rebâtirons une autre société, plus grande, plus forte. J'ai décidé de me concentrer sur d'autres priorités à partir de maintenant.

— Oh…

Cela faisait quatre semaines qu'elle ne l'avait pas vu, et elle devait faire appel à toute sa volonté pour ne pas se jeter dans ses bras. Rien ne l'avait préparée au choc de le revoir. Cela lui faisait si mal de ne pas pouvoir le toucher…

— Je peux entrer ? demanda-t-il d'une voix polie, que son regard brûlant contredisait.

Elle hocha la tête et s'effaça pour lui céder le passage.

Son odeur, si familière et si évocatrice des merveilleux moments qu'elle avait passés avec lui, l'atteignit violemment.

Il caressa doucement sa joue, mais s'écarta quand elle se raidit.

— Tu vas bien, *tesoro* ?

Devenait-elle folle au point d'imaginer cette nuance… tendre dans sa voix ? Non, elle aurait été folle de croire que les choses avaient changé en quoi que ce soit.

— Oui, très bien.

Elle se rendit dans la cuisine, consciente de son regard posé sur elle. Elle se servit un verre d'eau froide qu'elle avala d'un trait. Quand elle revint dans le salon, elle s'installa prudemment sur le canapé, le plus loin possible de Leo.

— Je déjeune avec ma mère et je ne veux pas la faire attendre, mentit-elle.

— Alors elle est venue te voir ?

— Oui, elle… m'a accostée alors que je me trouvais sur le marché, elle pleurait. Elle m'a demandé pardon pour n'avoir pas réalisé, pendant toutes ces années, ce qui se passait sous son nez. Tu ne le croiras pas, mais elle quitte Mario… Elle dit qu'elle l'a épousé parce qu'elle se savait trop faible pour s'occuper de moi, que j'avais besoin d'avoir au moins un parent solide… Toutes ces années pour comprendre que Mario me faisait du mal…

Elle eut un petit sanglot et posa la main sur sa poitrine.

— *Cara*, ça ne va pas ?

— Si, si. Je suis si heureuse qu'elle soit enfin venue me voir, qu'elle… Je ne lui avais rien demandé, et toi… tu l'as fait. Tu es allé la voir pour lui expliquer ?

Son cœur battait si vite que Neha avait l'impression qu'il allait s'échapper de sa poitrine. Elle s'approcha de lui sur le canapé, mais il se recula, comme s'il avait peur qu'elle lui saute dessus.

— Oui, je l'ai fait. Au début, je pensais que tu étais mieux sans elle. Mais tu l'aimes tellement que j'ai compris qu'il devait bien y avoir une raison à ça, en dehors du fait qu'elle est ta mère. Tu avais raison. Elle t'aime autant que tu l'aimes, mais simplement elle n'est pas aussi forte que toi. Elle avait besoin d'être rassurée, voilà tout.

Il avait fait ça pour elle… La gorge serrée par l'émotion, Neha cligna des yeux pour retenir ses larmes.

— Être rassurée à quel sujet ?

— Sur ma présence auprès de toi. Elle voulait être sûre que je te protégerais de Mario si elle le quittait.

— Oh... Merci pour ce que tu as fait... Pour tout... Tu n'avais pas besoin de faire tout ce chemin pour me le dire, tu sais.

Une ombre passa sur le visage de Leo.

— Que veux-tu dire ?

Pour la première fois depuis qu'elle le connaissait, Neha voyait une émotion assombrir son regard.

— Je te l'ai dit, je ne veux pas être une charge pour toi, Leo.

— C'est ce que tu penses ?

— Oui. Je sais que je t'ai demandé ton aide, que je t'ai fait entrer dans ma vie. Je t'ai parlé des problèmes que j'avais avec ma mère... Mais je ne peux plus supporter la façon dont tu me considères.

— Quelle façon, *cara* ? demanda-t-il d'une voix dangereusement basse.

— Comme une personne de plus à protéger. Et encore plus maintenant que je suis la mère de tes futurs enfants.

Il posa la main sur son bras, fermement mais doucement.

— Tu as dit... *tes* enfants ?

Sans plus résister, elle posa le front sur son torse puissant.

— Des jumeaux, murmura-t-elle en relevant la tête pour le regarder. Nous allons avoir des jumeaux... Un garçon et une fille. J'ai fait une échographie hier.

— Pourquoi tu ne m'as pas appelé ?

— J'allais le faire. J'avais tellement envie de... d'entendre ta voix, de t'annoncer la nouvelle, de te demander... Mais si...

— Quoi ?

— Je voulais aussi que tu me serres dans tes bras, que tu m'embrasses. Est-ce que tu te serais senti obligé de le faire ? Tu aurais considéré cela comme un devoir, comme...

— Chut... *tesoro.* Arrête...

Il se mit à parler en italien et se pencha pour déposer une pluie de baisers sur son visage : sur ses yeux, ses tempes, son nez, ses joues, et puis sa bouche.

Elle se cambra contre lui. Il était son phare, sa maison, son salut. Il l'embrassait avec une passion qui répondait à la sienne, ses mains caressaient tout son corps. Entre chaque baiser, il prononçait des mots tendres en italien.

— Je t'aime tellement que ça me terrifie, d'accord ? dit-il. Tu m'as fait ta déclaration si frontalement que j'ai fui. Mais, quand je suis allé parler à ta mère, ton aveu a pris tout son sens. Je t'aime depuis si longtemps, moi aussi... Mais je ne savais pas ce qu'était l'amour et je ne pouvais voir au-delà de ma peur : si je laissais mes sentiments s'exprimer, tu pouvais me quitter. Tu pouvais me blesser. T'aimer... J'en tremblais de peur.

Il rit, et Neha ne savait plus, à travers ses larmes, si c'était un rêve ou la réalité.

Il prit son visage en coupe dans ses mains et, quand elle plongea le regard dans le sien, elle comprit que c'était vrai.

— Mais t'aimer me rend aussi joyeux. Je suis enfin en paix, comme si j'avais trouvé la pièce qui me manquait sans le savoir. Je peux enfin laisser le passé derrière moi. Quand je me réveille le matin, je pense à ce qui nous attend. T'aimer me rend plus fort et parfois plus faible, tout ça en même temps. Mais si tu me veux avec toi – je ne pourrai pas supporter de passer un autre jour sans toi – je passerai ma vie à te prouver que je suis digne de t'aimer, *cara*.

Éperdue, Neha pressa les lèvres contre les siennes.

— Bien sûr que tu l'es ! Tout ce que je voulais, c'était un petit morceau de ton cœur.

— Tu m'as permis de comprendre que mon cœur forme un tout. Et qu'il est tout à toi.

Les larmes coulaient sur ses joues sans qu'elle cherche à les retenir.

Leo posa les mains sur les épaules de Neha.

Dio, cette femme incroyable, magnifique, forte, était à lui. Toute à lui. Il se mit à genoux et posa la tête sur son ventre avant de l'embrasser, émerveillé par les changements de son corps. Puis il leva les yeux vers les siens, ses magnifiques yeux bruns.

— Je n'avais rien avant que tu entres dans ma vie. Merci de m'aimer, *bella*, de m'avoir choisi.

Elle prit sa bouche pour un baiser passionné et possessif qui le fit trembler de tout son corps.

— Je te choisirai toujours, mon amour. Toujours.

Épilogue

Trois ans plus tard

Neha sortit les roulés à la cannelle tout chauds du gigantesque four auquel elle n'était pas encore habituée et les disposa avec soin sur un plat en céramique. Une perte de temps, elle le savait, mais elle aimait présenter joliment ses créations, même pour quelques secondes.

Car elle devait l'admettre, son public n'avait pas développé son sens esthétique au même rythme que sa gourmandise.

Elle versa du lait froid dans la carafe en verre et emporta le tout dans la cour, d'où l'on pouvait admirer le beau lac de Côme.

Elle avait à peine posé le plateau que deux paires de mains sales se saisirent des roulés, réduisant le soigneux empilement en miettes. Une pelle en plastique à la main, Neha fit mine de courir après les deux bambins qui poussaient des cris de joie perçants.

Soudain, des bras solides l'attrapèrent par-derrière et l'immobilisèrent. Ce havre de chaleur et de solidité, elle ne s'en lasserait jamais...

— Laisse-les, lui murmura Leo à l'oreille, avant d'enfouir le visage dans son cou. Ta mère les surveille.

— Ma mère est fragile et délicate, et tes enfants sont deux petits monstres. Maya, on peut la raisonner, mais Matteo... Tu es trop indulgent avec lui, c'est une petite terreur.

— Il a deux ans, *cara mia*. Je n'ai pas le cœur de lui dire d'arrêter de creuser des trous dans le jardin pour trouver des trésors enfouis ou d'expliquer à Maya qu'elle est responsable de son frère. Quand ce sera le moment, il apprendra à bien se comporter. Laissons-les être des enfants, le plus longtemps possible.

Neha soupira et noua les bras autour de son cou, avant de plonger les mains dans ses cheveux. Son mari était plus qu'indulgent quand il s'agissait de ses enfants.

— D'accord, mais ne viens pas te plaindre quand il sera un adolescent gâté et mal luné.

Leo passa les mains sous sa blouse et monta plus haut, jusqu'à ce que la respiration de Neha s'accélère.

— Peut-être qu'ils ont simplement besoin de compagnie… Tu n'es pas partante pour une nouvelle paire, par hasard ?

— Une nouvelle paire de quoi ? demanda Neha tout en se serrant contre lui.

— De jumeaux, *cara mia*. Nous pourrions demander à Massimo et Natalie de faire du baby-sitting et nous ferions une vraie lune de miel pour nous occuper de ça, qu'en penses-tu ?

— Oui…, murmura Neha avant de lui donner ses lèvres pour un baiser passionné. Oui à *tout* ce que tu suggères, mon chéri.

Il rit. Dans ses yeux bleus brillait un amour éperdu. Et Neha le savait : dans trente ans, elle aurait encore les jambes tremblantes quand il la regarderait comme ça.

— *Ti amo, tesoro,* murmura-t-il avant de l'embrasser fiévreusement.

TARA PAMMI

L'épouse d'une vengeance

Intégrale
Conquêtes italiennes

Traduction française de
CHRISTINE MAZAUD

SAGAS

HARLEQUIN

Titre original :
THE FLAW IN HIS MARRIAGE PLAN

Ce roman a déjà été publié en 2021

1

— Marions-nous, ma princesse.

Contrairement à l'habitude, Vincenzo Cavalli parut désarçonné, comme si la proposition qu'il venait de faire lui avait échappé.

La super-top model Alessandra Giovanni, l'une des plus belles femmes qu'il ait jamais rencontrées, sembla aussi abasourdie que lui. Elle s'apprêtait à remettre une mèche de ses somptueux cheveux blonds en place, et resta, le bras en l'air, à le regarder.

Il la dévisageait, comme effaré.

Que s'était-il passé pour qu'il enfreigne les règles qu'il s'était juré de ne jamais transgresser ?

Il était fou ! Pas possible, il avait disjoncté !

Depuis vingt longues années, il suivait à la lettre un plan qu'il s'était promis de mener à bien : s'approprier ce dont il avait toujours été privé, l'amour et l'argent.

Chacun de ses pas, chacun de ses gestes étaient guidés par cet unique objectif – faire main basse sur Brunetti Finances Inc., cela et rien d'autre. Chaque heure de chaque jour, il avait sué sang et eau pour sortir de la pauvreté et atteindre ce but – obtenir, un jour, ce qui lui revenait de droit de par sa naissance.

Au départ, poursuivre Alessandra Giovanni de ses assiduités avait fait partie de son plan ; il s'y était attelé dès qu'il avait découvert qu'elle était liée aux Brunetti, cette famille qui les avait laissés mourir de faim, sa mère et lui.

Mais demander Alessandra en mariage n'avait jamais fait partie du projet. L'étonnement était aussi énorme pour lui que pour elle.

Maintenant que les mots étaient lâchés, il ne lui restait qu'à aller jusqu'au bout. Pas parce qu'il était un homme d'honneur, qui tiendrait sa parole.

L'honneur était un luxe qu'il n'avait jamais pu s'offrir... Pas plus que des souliers neufs ou trois repas par jour, du temps où il errait dans les rues de Milan.

L'honneur était un mot qui n'avait pas sa place dans son vocabulaire. C'était une notion qu'il ignorait.

Non, sa demande était personnelle. La première chose non calculée qu'il faisait depuis longtemps. Peut-être même depuis toujours.

C'était déraisonnable, illogique mais, au vu du choc dans les yeux d'Alessandra, de son excitation – qu'elle s'était empressée de dissimuler —, au vu du rose qui lui avait empourpré les joues, de sa respiration qui s'était emballée... et de l'adrénaline qu'il avait sentie courir dans ses veines et qui lui avait enflammé le sang à l'idée de se retrouver devant les Brunetti, ces maudits Brunetti, Alessandra, devenue sa femme, à son bras, il sut tout de suite qu'il avait eu raison.

Pourtant, plus que tout, il la voulait dans sa vie.

La chimie avait opéré dès l'instant où il l'avait débusquée dans un coin paradisiaque de Bali, et il en avait été profondément déstabilisé. Il ne s'attendait pas alors à une quelconque attirance réciproque. Maintenant qu'Alessandra s'était donnée à lui, il n'allait pas la laisser lui échapper. Il avait trop aimé...

Quant aux liens d'Alessandra avec la famille qu'il projetait depuis toujours de détruire, il se faisait fort de les dénouer et de lui faire adopter son point de vue. Une fois ses raisons exposées, Alessandra se rangerait de son côté. Elle n'avait pas de lien de sang avec eux. Elle comprendrait son besoin de les écraser tous. Elle avait un sens très fort du bien et du mal, défendait des causes justes... Cela faisait partie de ses qualités et la lui rendait d'autant plus magnétique.

Il leva sa flûte de champagne sans la quitter des yeux.

Dans son minibikini bleu ciel qui enserrait ses seins comme la main tendre d'un amant, elle était divine. Mannequin défilant pour les plus grandes maisons de couture, elle ne l'avait pas surpris par son régime fitness, en revanche son énergie pour prendre à bras-le-corps les problèmes du monde l'avait interloqué.

Le bleu de la piscine, au milieu des pelouses de la luxueuse villa, avec, en toile de fond, les collines luxuriantes puis les vallées de Bali, ne pouvait égaler la beauté de la belle. Elle était magnifique, voluptueuse, à couper le souffle. Ce n'était pas seulement la beauté d'une peau parfaite, ni les traits réguliers de son visage, ni la silhouette que toutes les femmes ou presque lui enviaient sûrement, c'était autre chose.

C'était ses imperfections qui lui plaisaient, de petits détails charmants qui faisaient d'elle la plus délicieuse des femmes.

L'interstice entre ses dents de devant, les dents du bonheur, sa fraîcheur et son naturel, son humour décapant et son obsession pour le milieu de la boxe, sa volonté de redresser les injustices du monde... Tout cela, c'était sur le papier. Sûrement trop beau pour être vrai. Tant d'atouts avaient excité sa curiosité...

Et c'était vrai. Elle était sublime et, dès la seconde où leurs regards s'étaient croisés, il avait su qu'elle avait gagné !

Il émanait d'elle, aussi, une certaine fragilité, nuance subtile que les photographes, même les plus talentueux, n'avaient pas captée.

Elle le regardait maintenant fixement de ses grands yeux noirs, lumineux, dont l'éclat l'avait tenu éveillé toutes les nuits passées.

Elle est naïve, lui rabâchait sans relâche sa conscience, qu'il ne parvenait pas à faire taire. *Tu vas la faire souffrir.*

Non, pas s'il lui donnait une vraie place dans sa vie. Pas s'il lui offrait cette chose qu'il n'avait jamais envisagé d'offrir à personne. Pas s'il lui expliquait clairement ses motivations, pas avec le sens inné du bien et du mal qui la caractérisait.

— Se marier ? répéta-t-elle.

Elle s'humecta les lèvres, ne se doutant pas que la caresse de sa langue sur sa bouche l'excitait.

— Non, Vincenzo, ne joue pas avec ça.

Elle fit semblant de rire mais il vit qu'elle était émue et essayait de le cacher. Cela aussi lui plaisait chez elle. Elle était limpide, il lisait en elle comme dans un livre ouvert, une qualité rare qui détonnait dans son monde sans pitié.

Il finit son verre et, le cœur battant, piqua une tête dans la piscine. Quelques brasses et il revint au bord, sortit de l'eau et la serra contre lui, si près qu'il sentit son souffle tiède sur son visage.

Il lui remit une mèche de cheveux derrière l'oreille, le simple fait de la toucher l'excitait.

— Tu devrais savoir que je ne parle pas pour ne rien dire, ma princesse, lui dit-il, l'embrassant sur la joue.

Il glissa les mains sur ses hanches, geste qui la fit frissonner.

— Ah ?

— Oui, ma chérie. Les semaines que nous venons de passer ont été...

Il fronça les sourcils, essayant de décrypter le sens de son *ah ?* Jamais il ne s'était abandonné à la sensualité comme avec elle. Aucune femme ne lui avait fait perdre la tête comme elle.

— Merveilleuses. Fantastiques. Magiques, fit-elle.

Il rit d'un rire qui le surprit lui-même.

— Tout ça. Et je trouve...

Il l'attira à lui jusqu'à ce que leurs souffles se mêlent. Jusqu'à ce qu'elle passe les bras autour de son cou. Jusqu'à ce qu'elle plonge les doigts dans ses cheveux pour lui faire baisser la tête. Jusqu'à ce que leurs poitrines se touchent et que leurs cœurs battent à l'unisson.

— Je ne veux pas te laisser partir, ma chérie. Je ne pourrai jamais. Et si nous officialisions ?

Elle eut un soupir. Il la sentit frissonner contre lui.

— C'est dingue ! Ces semaines ont été complètement folles.

— Folles... Folles ? demanda-t-il. Ou folles... pas bien ?

Il sentit une boule lui serrer la gorge. Il n'était pas habitué à cette sensation-là. D'habitude, il n'attendait pas les réponses, il s'en moquait. Pendant toute sa vie d'adulte, il avait manipulé le cours des choses pour qu'elles se déroulent comme il l'entendait. Il avait pris au lieu de demander. Parce qu'il avait appris, jeune, que c'était la seule façon d'obtenir ce qu'il souhaitait.

— Non, folles sympa. Folles comme un conte de fées, enfin presque. Quand je suis avec toi, je me sens presque une princesse... C'est comme cela que tu m'appelles, non ?

Elle se tut et il attendit, un peu inquiet.

— Aucun homme ne m'a jamais émue comme toi. En fait,

j'étais sur le point de rayer le mot hommes de mon vocabulaire. J'en avais assez d'eux, et du monde en général. Quand j'étais plus jeune, j'ai lu l'histoire d'une fille sauvée par un prince. Et toi...

— Je ne suis pas un prince, Alessandra.

Elle soupira et, blottie au creux de son épaule, mordilla la peau tendre de son cou.

Immanquablement, son corps réagit. Il se pressa encore plus contre elle.

— Entre nous c'est magique et je ne veux pas que cela s'arrête. Je ne veux pas retourner à la vraie vie.

Elle releva la tête et planta son regard dans le sien.

— C'est bien gentil mais nous ne nous connaissons même pas ! Ou si peu.

— Assez, en ce qui me concerne, pour savoir que je veux partager ma vie avec toi. C'est une chose qui ne m'est jamais arrivée. Maintenant, comment être sûr que ces quelques semaines ont vraiment modifié ce que je veux de la vie ? Comment être sûr que ce que tu m'as confié de tes souhaits pour l'avenir coïncident avec les miens ?

Un immense sourire illumina son visage de madone.

— C'est sûr, Vincenzo. N'attendons pas. Marions-nous.

Le baiser passionné d'Alessandra lui enleva tous ses doutes... S'il en avait encore. La douceur de son corps qui ondulait contre le sien et clamait son désir acheva de le convaincre.

En quelques secondes, il lui ôta son bikini et la prit, violemment, impatient de se délecter du plaisir de l'avoir toute à lui. Un sentiment de paix qu'il n'avait jamais éprouvé l'envahit alors tandis que, savourant ses lèvres, il la sentait se resserrer autour de lui.

Pour un homme qui n'avait jamais partagé sa vie avec personne, la tendresse de ces baisers lui fit l'effet d'une bénédiction, comme si un avenir qu'il pensait ne jamais connaître s'ouvrait à lui.

La sonnerie d'un téléphone sortit Alessandra de son sommeil. Elle s'étira et sourit en sentant les courbatures, douloureux et délicieux témoins de la nuit de folie que Vincenzo et elle venaient de passer. Encore ensommeillée, elle enfouit le visage dans l'oreiller posé près du sien. Il était vide.

Évidemment ! L'homme qu'elle avait épousé était un bourreau de travail.

Le portable sonna encore. Agacée, elle se leva et, à tâtons, trouva le téléphone dans un tiroir. Bizarre, ce n'était pas l'endroit où Vincenzo le rangeait habituellement.

Coup d'œil à l'écran. Elle connaissait ce numéro. C'était celui de Massimo.

Pourquoi Massimo Brunetti appelait-il Vincenzo ? Et comment le connaissait-il ?

Depuis que Greta Brunetti, la matriarche de la dynastie Brunetti, l'avait accueillie à bras ouverts quelque treize ans plus tôt – Alessandra était alors adolescente —, après avoir découvert que son second mari, beaucoup plus jeune qu'elle, avait une fille illégitime née d'une aventure avec une autre femme, les Brunetti étaient devenus sa famille adoptive. Elle partageait son foyer avec les petits-fils de Greta, issus du fils qu'elle avait eu de son premier mariage. Bien qu'ils n'aient pas de lien de sang avec Alessandra, Leonardo et Massimo Brunetti l'avaient tout de suite adoptée et aimée, partageant sans compter avec elle leur maison et leurs cœurs.

Le portable sonna de nouveau. Bien sûr, Massimo s'inquiétait pour elle. Comme eux tous, sûrement.

Assaillie par sa mauvaise conscience, Alessandra pensa aux semaines qui venaient de s'écouler. Elle n'avait pas prévu de rester aussi longtemps loin de Milan. Elle pensait prolonger – un peu – son séjour à Bali après sa dernière séance photo, pour y voir plus clair dans ses projets et dans sa vie en général. Elle avait même coupé son téléphone pour être sûre d'avoir la paix.

Mais au lieu de réfléchir à son avenir, elle avait rencontré Vincenzo. Et s'était mariée en secret. Elle pensait l'annoncer plus tard aux Brunetti ; Massimo, Leo, et surtout Greta méritaient plus qu'un texto ou un message pour une nouvelle pareille. Pour l'instant, Massimo, le génie de la technique, avait dû découvrir – par quel miracle ? Mystère – qu'elle était avec Vincenzo. Mais comment était-ce possible ? Vincenzo ne lui avait même pas dit qu'il connaissait les Brunetti.

Elle finit par décrocher.

— Massimo ? Bonjour.

— Alessandra ? Mais où es-tu ? Et pourquoi réponds-tu au portable de Vincenzo Cavalli ?

Alessandra se mordit les lèvres. Massimo avait une drôle de voix. Quelque chose n'allait pas.

— Comment se fait-il que tu fasses son numéro, Massimo ? Comment le connais-tu ?

Une certaine impatience teinta la voix de Massimo.

— Écoute-moi. Vincenzo est... C'est lui qui est à l'origine de tous les ennuis que nous connaissons chez Brunetti Finances. C'est lui qui a lancé la cyberattaque contre nos sociétés. C'est lui qui a soudoyé nos administrateurs pour qu'ils ne renouvellent pas le mandat de Leo. Il est dangereux, toxique. Ça fait plus d'un an qu'il mène des actions contre nous. Des attaques concertées contre nous tous, Leo, Greta, moi. Il a même réussi à mettre la main sur la majeure partie des actions de Père.

Contre nous tous... Massimo, Leo, Greta.

Et elle ? Était-elle aussi une sorte de cible ?

Sentant le sol se dérober sous ses pieds, elle s'effondra sur le lit, les genoux tremblants, des nœuds à l'estomac.

— Massimo, je ne comprends pas. Mais pourquoi... Comment ?

— Leo essaie de te joindre depuis un moment mais tu es injoignable. On a appris que Cavalli était aussi à Bali et on voulait s'assurer que tu gardais tes distances. Il est redoutable. Finalement c'est Natalie, qui a travaillé avec lui, qui a eu l'idée d'appeler sur son ancien numéro pour essayer de lui parler. C'est tout ce qu'on a trouvé comme idée.

Sous le choc, Alessandra resta tétanisée. Muette.

— Bon sang, Alessandra, mais qu'est-ce que tu fiches avec ce type ? Pourquoi... ?

Ulcérée par le mensonge de son tout nouveau mari, se sentant trahie, elle coupa la parole à Massimo.

— Je... Si je... réussis à trouver un taxi pour l'aéroport, est-ce que tu peux me rapatrier, Massimo ?

C'était urgent. Il fallait qu'elle parte. Tout de suite. Avant le retour de Vincenzo. Avant qu'il use de son charme, et de son talent de beau parleur et d'expert en amour pour la séduire de nouveau.

— Pas de problème, je m'en occupe. Mais dis-moi, tout va bien ?

— Oui... Enfin... S'il te plaît, sors-moi de là.

— OK, ne bouge pas. Donne-moi quelques minutes, le temps de t'organiser un vol. Ne t'inquiète pas, Leo et moi, on va t'arranger ça. On ne te laisse pas tomber.

Elle raccrocha et se mit à gémir sur le téléphone.

Aïe aïe aïe, qu'avait-elle fait ?

Pourquoi Vincenzo ne lui avait-il jamais parlé des Brunetti, puisqu'il les connaissait ? Pourquoi leur voulait-il du mal ? Ce n'était sûrement pas une erreur. Cela faisait plus d'un an que Leo et Massimo étaient attaqués sur tous les fronts dans leurs affaires. Même elle s'en était rendu compte.

Et, maintenant, l'homme dont elle était raide dingue, l'homme qu'elle avait épousé tambour battant, n'était pas le prince romantique qu'elle croyait mais un effroyable ennemi.

Quelques heures plus tard, alors qu'elle volait vers Milan sans avoir soufflé mot de son départ à Vincenzo, elle ne pouvait s'empêcher d'espérer qu'elle vivait un mauvais rêve, que Vincenzo n'était pas l'homme qui avait décidé de détruire sa famille adoptive, qu'il n'était pas l'homme qui menaçait de déboulonner Leo de sa fonction de P-DG de Business Finances Inc., qu'il n'était pas l'homme qui n'avait eu de cesse de trouver les points faibles d'une des plus puissantes familles de Milan pour la frapper là où cela ferait le plus mal.

2

Sur la rive du lac de Côme…

Vincenzo contempla la villa qui abritait les Brunetti depuis près de deux cents ans et les marches de marbre sur lesquelles sa mère avait supplié Greta Brunetti de croire que son petit garçon – lui, Vincenzo – était son petit-fils, le fils de Silvio Brunetti.

La chair et le sang de Greta.

Mais vingt ans plus tard, alors qu'il montait ces mêmes marches, ni peur ni honte ne le tenaillaient plus. Bientôt, tout ceci serait à lui.

Déterminé et sûr de lui, il passa sous le porche et entra dans le hall.

C'était évidemment sa délicieuse épouse, Alessandra, qui, en s'enfuyant de Bali pour se cacher ici, avait provoqué sa venue. Il avait dû modifier ses plans, mais peu importait.

Il se réjouissait à l'idée de les trouver tous là, la matriarche, Greta Brunetti, ses petits-fils Leonardo et Massimo Brunetti, leurs femmes Neha et Natalie, et, au milieu de tout ce beau monde, Alessandra.

Elle leva les yeux en le voyant entrer. Il ne cilla pas mais sentit son cœur s'emballer. Au lieu de la colère qui s'était levée en lui quand il s'était rendu compte de sa disparition, ce fut une grande inquiétude qui l'envahit.

Elle avait les yeux bouffis, rouges. Sa coiffure – un chignon sommaire au sommet de la tête – faisait ressortir ses joues creuses.

Un T-shirt sans manches, beaucoup trop grand pour elle, un short en jean et des tongs roses complétaient l'ensemble.

Sans maquillage et fagotée comme elle l' était, elle restait d'une beauté rare.

De ses yeux magnifiques, dans lesquels se lisaient incrédulité, tristesse et colère, elle le fixa. Sans un battement de cils. Qu'espérait-elle ? Lui trouver un semblant de dignité ? Une trace d'honneur ?

Elle pouvait toujours chercher, elle ne trouverait rien.

Il la balaya du regard, de haut en bas, et constata, non sans plaisir, qu'elle avait toujours son diamant au doigt.

— Alors, ma princesse, comme ça, on se volatilise ? Sans même un mot. Être mariés est nouveau pour nous deux ; nous allons devoir édicter quelques règles de bonne conduite, dit-il, narquois, sans prêter attention aux deux hommes plantés là comme des sentinelles qui veillaient sur elle.

Leonardo Brunetti, P-DG de Brunetti Finances Inc., la holding, synonyme de prestige pour les *happy few* milanais, était l'homme que Vincenzo allait détrôner pour prendre sa place. À ses côtés se tenait Massimo Brunetti, le brillant informaticien, l'arme toute puissante de Brunetti Cyber Services, une filiale de BFI Inc., l'homme qui avait ravi le cœur de Natalie, l'ancienne associée de Vincenzo.

Des hommes qui possédaient tout ce qui aurait dû lui revenir, à lui aussi.

Des hommes auxquels il était fermement décidé à tout reprendre.

— Tu crois vraiment être en droit d'imposer tes conditions après ce que tu as fait, Vincenzo ?

Si elle avait hurlé sur lui, il aurait été plus à son aise pour dominer la situation. Mais ce reproche murmuré d'une voix douce… C'était déconcertant, désarmant.

— Viens, *cara*. Tu pourras me poser toutes les questions que tu voudras, je te répondrai en privé.

— Tu as eu tout le temps que tu voulais pour me parler en privé. Pour m'expliquer ce que tu as fait à ma famille. Pour, au moins…

Très énervée, les larmes aux yeux, elle se mordillait les lèvres.

— Eh bien, parle ! Dis-nous… pourquoi.

— Pourquoi quoi ?

Zut, il n'aurait pas dû attendre si longtemps pour tout lui raconter.

— Pourquoi leur en veux-tu ? Que t'ont-ils fait ?

Déçue, frustrée, entre larmes et sanglots, elle ne parlait plus, elle suffoquait.

— Pourquoi as-tu manœuvré avec Natalie pour la faire entrer chez BCS où, finalement, elle est tombée amoureuse de Massimo ? Pourquoi t'es-tu servi du beau-père de Neha pour les espionner ? Pourquoi as-tu acheté un maximum d'actions de BFI ? Pour faire tomber Leo et prendre sa place à la tête du conseil d'administration ?

— C'est assez clair, non ?

Alessandra se leva et vint vers lui.

Saisi par l'odeur de son parfum, il cligna des yeux, revoyant malgré lui les étreintes qu'ils avaient partagées, les nuits torrides dont ils se réveillaient jambes emmêlées, corps fourbus par le plaisir qu'ils s'étaient donné. Il revit le sourire émerveillé qu'elle avait alors, la manière dont il rayonnait sur son visage et lui faisait oublier la solitude qu'il avait organisée autour de lui comme une araignée tisse sa toile.

Il nota la petite veine bleue qui battait trop vite à la base de son cou et releva les yeux pour affronter son regard. La détresse et le mépris l'atteignirent comme une gifle en plein visage.

Où étaient les yeux qui l'avaient admiré ? Ces yeux débordants de tendresse et de désir ?

— Tu penses que je plaisante ?

Il mit les mains dans ses poches pour ne pas être tenté de la toucher.

— Détrompe-toi, Alessandra. Je ne plaisante pas. Maintenant, si tu ne comprends pas, je vais t'expliquer. J'ai passé le plus clair de ma vie à préparer cet instant. À manœuvrer gens, contrats, argent, comme des pions pour arriver à ça. J'ai l'intention de m'instituer P-DG de BFI Inc. J'ai l'intention d'acquérir la société. J'ai l'intention d'en éjecter tout ce qu'elle compte de Brunetti jusqu'à ce qu'elle m'appartienne. En totalité.

Elle ne put contenir sa rage, ni retenir ses larmes.

— Pourquoi ? Nom d'un chien, pourquoi ?

— Parce que je vais reprendre ce qui m'appartient… et qui m'est refusé depuis trop longtemps.

Incapable de s'en empêcher, il écrasa la larme qui roulait sur la joue d'Alessandra, se délectant de la douceur de sa peau sous son doigt.

Bon sang ! Il n'avait pas voulu lui faire de mal. Il allait le lui dire… quand elle relèverait les yeux. Mais elle ne le regarda pas.

— Je me suis juré d'y arriver, dit-il.

Elle desserra les lèvres, inspira doucement. La main sur le cou, elle leva les yeux. Comme en un flash, il comprit qu'elle était comme lui, envoûtée par le souvenir de la magie qu'ils avaient créée ensemble. Par le souvenir de ce qui s'était passé entre eux, cette fusion indescriptible, déraisonnable, qui l'avait poussé à faire ce qu'il pensait ne jamais faire, se marier.

Et il était là, en train de s'expliquer, après ce qu'elle lui avait fait, après s'être sauvée sans même lui laisser un mot.

— Alessandra ? fit Greta, rompant le charme.

— Tu estimes que BFI devrait être à toi ? demanda Alessandra, ignorant Greta.

— Oui. Puisque c'est Silvio Brunetti qui a séduit ma mère avec force mensonges, qui lui a fait un enfant et l'a ensuite mise dehors comme on jette un torchon sale. Ma mère a été qualifiée de putain, elle et moi avons été traités de mendiants et de menteurs et livrés à la rue par celle que tu considères comme ta belle-mère. J'ai été privé de tout dans mon enfance et ma jeunesse, et j'ai décidé qu'aujourd'hui je ne me contenterais pas de la portion congrue. Je veux voir jusqu'au dernier des Brunetti, tête baissée de honte, franchir la porte de cette maison pour ne plus jamais y remettre les pieds. Je vais tout leur prendre.

— Mais…

Elle vacilla. Il se précipita pour la soutenir mais elle le repoussa vivement.

— Non, Greta n'a pas pu faire ça. Elle m'a accueillie les bras ouverts quand je suis venue vivre ici avec mon père, son second mari. Je ne la considère pas comme une belle-mère. Elle m'a toujours aimée, peut-être même plus que…

Elle se tourna vers Greta dont le regard fuyant confirmait la culpabilité ; elle courbait le dos comme pour affronter une violente bourrasque. Sans doute n'avait-elle jamais repensé à *ces deux-là* alors que lui avait fait de cette injustice le combat d'une vie.

Les ignobles accusations. Les privilèges prétendument dus à leur rang. Le manque total d'empathie… Ah ! ils ne l'emporteraient pas en paradis !

L'air dans la pièce devint étouffant. Irrespirable. Tous s'étaient tournés vers Greta et la fixaient, partagés entre incrédulité et accusation. Tous sauf Alessandra qui, malgré l'air coupable de la vieille dame, refusait toujours de le croire. Elle le regardait comme si c'était elle qui avait reçu le coup, réaction à laquelle il ne s'attendait pas mais qu'il aurait dû anticiper.

Même les frères Brunetti semblaient horrifiés. Leurs regards passaient comme des métronomes de leur grand-mère à Vincenzo. En d'autres circonstances, cela l'aurait sûrement fait rire.

Massimo lança une bordée de jurons tandis que son frère Leo, sidéré, restait figé dans un silence sinistre.

— On peut faire un test ADN pour vous prouver la légitimité de ce à quoi je prétends, dit Vincenzo d'un ton détaché. Mais je garderai le nom de ma mère. Il y aurait une certaine justice à faire précéder le prestigieux sigle BFI de son nom, n'est-ce pas ?

— Nous vous prenons au mot, Cavalli, bien que vous ne soyez qu'un bâtard jaloux et rancunier, dit Massimo.

— Voilà qui est généreux de votre part. Votre père et votre grand-mère n'ont pas eu ce scrupule vis-à-vis de ma mère, répondit-il, repensant au regard vide de sa mère qui lui laisserait toujours un goût amer.

— Et moi, Vincenzo ? demanda Alessandra. J'aimerais savoir où je me situe dans cette affaire.

Sa gorge se serra. Il sentit un froid glacial remonter dans son dos. Pour l'heure, il n'avait pas de réponse. Aucune en tout cas qui n'étouffe pas l'espoir qui brillait dans ses yeux. Aucune qu'il veuille lui donner devant eux.

Elle opina comme s'il lui avait répondu clairement. Et, comme si son silence le condamnait définitivement, elle s'enfuit.

Alessandra ravala les larmes qui menaçaient et but un grand verre d'eau. Mince ! Elle avait déjà beaucoup trop pleuré sur Vincenzo ces derniers temps.

Elle regarda par les grandes baies vitrées les pelouses, lisses comme du velours, qui entouraient la maison. Leo avait fait restaurer la serre et le chai, qui servait désormais de repaire informatique à Massimo.

La fierté et le sens de l'histoire de ce lieu coulaient dans leurs veines. Ils l'avaient dans le sang. C'était leur héritage. Leur place en ce monde.

Vincenzo, lui, avait été cruellement exclu de cet endroit, il avait été privé de la sérénité d'appartenir à une famille… et de sa part d'héritage. Elle n'avait jamais oublié ce qu'elle avait ressenti – un mélange d'anormalité et d'impuissance – en découvrant, adolescente, que Steve, le mari de sa mère, l'homme qu'elle croyait être son père, ne l'était pas. Elle avait eu l'impression de n'être de nulle part et éprouvé un besoin quasiment viscéral de faire partie de *quelque chose*. Cela avait été flou dans sa tête, pourtant cela avait existé.

Elle imaginait donc facilement la souffrance d'un petit garçon rejeté, sans trop comprendre pourquoi, par sa propre famille. Et comprenait que la blessure n'ait jamais cicatrisé. De là, après tant d'années, à vouloir détruire Leonardo et Massimo… Elle ne l'admettait pas. Elle ne pouvait pas.

— Il faut que tu cesses de me fuir, *cara mia*.

Sa voix de basse portée par une légère brise l'atteint comme une portée de notes sur un clavier. Elle frissonna mais resta le dos tourné. Par lâcheté ? Non, parce qu'elle connaissait ses faiblesses et devait s'armer, contre elle-même, avant de lui faire face.

Il était tout de même temps qu'elle se décide. Elle devait regarder dans les yeux cet homme qui l'avait bouleversée au point de perdre tout bon sens et de se précipiter à l'autel pour l'épouser, sans réfléchir.

— Tu ne m'as pas laissé le choix, répondit-elle.

Même après avoir appris la vérité, même pendant le long vol depuis Bali, même pendant les deux jours jusqu'à ce qu'il surgisse, une petite part d'elle-même espérait que tout le monde se trompait.

Que l'homme dont elle était tombée follement amoureuse et qu'elle avait épousé en secret n'était pas cet homme obsédé, guidé par un seul objectif, mettre à genoux tous ces gens qu'elle aimait.

— Si j'étais restée à Bali, tu aurais eu le match de boxe que tu réclamais et je t'aurais mis en miettes, si j'en juge par mon état d'esprit actuel.

L'éclat de rire de Vincenzo décupla sa colère et elle se raidit mais ne put s'empêcher de frissonner tant le son de sa voix la touchait. Comme son parfum et la chaleur de son corps quand il s'allongeait sur elle pour la prendre.

Entre eux, l'entente charnelle avait été immédiate. Elle les avait embrasés et semblait ne pas vouloir s'éteindre, même pas maintenant, alors que son cœur brisé cognait dans sa poitrine, meurtri par le chagrin de la trahison, et que son esprit se rebellait.

— Peut-être que je l'aurais mérité ?

— Tu crois que c'est aussi simple ?

Elle se retourna et lui fit face.

— Tu crois qu'il suffit que je te hurle dessus ou que je cogne ta méchante gueule d'amour pour que nous soyons quittes ?

Leurs regards se soudèrent. Le sang-froid qu'elle admirait chez lui, qui la fascinait même, figeait son visage. Il ressemblait à un chat sauvage, muscles bandés, violence contenue, prêt à bondir sur l'ennemi, à passer à l'attaque.

Sa chemise blanche ouverte laissait voir, dans le V bronzé de son torse, les boucles noires d'un duvet soyeux. Les cernes sous ses yeux disaient sa fatigue. Il était, comme elle, un bourreau de travail.

Il était un peu chiffonné, quoi de plus normal après le vol et les trente-six heures de travail qui avaient suivi son départ. Le gris de ses yeux se durcit, s'approfondit, trahissant le fond de sa pensée… le fond de son cœur.

Elle le fixa sans pouvoir détacher les yeux de son regard fiévreux. Étaient-ils dans le même état d'esprit ? Son corps brûlait-il du même désir que le sien, de l'envie d'autres nuits torrides et de matins paresseux ?

Elle battit des cils. C'était fou mais elle voulait encore tout de l'homme qui lui avait promis qu'elle ne serait plus jamais seule… et qu'elle avait quitté à cause de ses mensonges.

Elle s'éclaircit la gorge.

— Natalie a passé des heures, au risque de s'attirer davantage encore les foudres de Greta, de Leo et même de Massimo, à essayer de me convaincre que tu n'es pas le monstre que tes actes laissent à penser. Elle prétend que fut un temps tu étais le seul à la protéger dans ce monde cruel. Qu'elle te doit beaucoup. À une époque où elle ne pouvait rien faire pour te remercier, tu as été son héros.

Son regard se troubla mais il garda une attitude raide comme la justice.

— Elle ne t'a pas dit que j'ai finalement exigé quelque chose en retour ?

— Pourquoi dis-tu ça ? Tu es surpris qu'elle soit encore de ton côté ? Arrête de te faire passer pour plus méchant que tu n'es !

— Je ne sais pas si je suis méchant, ma princesse, mais je ne suis certainement pas un héros, dit-il en s'avançant dans la pièce d'un pas de propriétaire satisfait.

Greta s'était donné beaucoup de mal pour accueillir Alessandra, alors adolescente, et lui faire un nid douillet chez elle. Chaque recoin de cette pièce magnifique avait représenté un havre pour la petite fille au cœur brisé à plusieurs reprises par sa mère.

— Je croyais que Massimo jouissait de la loyauté inconditionnelle de Natalie, dit-il d'une voix si douce qu'elle l'entendit à peine.

— Je suis sûre qu'ils aimeraient que ce soit aussi simple. Ce que l'on ressent pour une personne n'annule pas forcément ce que l'on ressent pour une autre, tu n'es pas d'accord ?

Il hocha la tête.

— Je dois dire que je n'ai pas beaucoup d'expérience en matière de sentiments, de famille, et du cortège de drames qui va avec. Donc, non, je ne sais pas. Mais si, par fidélité envers moi – et abusivement —, Natalie m'a peint à tes yeux sous un jour flatteur, alors je la remercierai. Mais ne m'attribue pas des qualités que je n'ai pas. Je te l'ai dit, je ne suis pas un héros ; je ne suis que l'homme que tu as épousé récemment.

Trouvant ses propos insupportables, elle chassa l'air devant elle d'un geste de mépris.

— Tu t'attends peut-être à ce que je mette sous le tapis tout ce que tu leur as fait et que je continue avec toi comme si rien ne s'était passé ?

— Et si je te disais que je leur ai fait tout ça…

D'un geste du bras, il engloba l'espace autour d'eux.

— … par simple détermination de l'homme d'affaires intraitable que je suis à régner sur le monde de la finance de Milan, dont BFI est l'un des fleurons ?

Aveuglé par le soleil de l'après-midi, il porta la main en visière à son front. Alors elle nota des ressemblances qui ne l'avaient pas frappée auparavant. Le sourire de Massimo, la même moue de mépris que Leo quand quelque chose lui déplaisait… Autant de détails qui confirmaient que les Brunetti et lui ne faisaient qu'une seule et même famille, que sa place était ici, dans cette maison qu'il disait sienne. Qu'il était ici chez lui au même titre que ses frères.

C'était dérangeant. Trop d'émotions pour elle. Trop de doute et de confusion.

— Comme si les choses pouvaient être aussi simples ! Le seul fait que tu le croies prouve que nous ne sommes pas sur la même longueur d'onde.

— OK. Si on les oubliait un peu… ces gens-là.

— C'est toi qui m'as entraînée sur ce terrain-là.

— Tu veux bien qu'on laisse notre mariage en dehors de tout ça ?

— C'est là que nos chemins se séparent, Vincenzo. Voilà ce qui arrive quand on joue avec la vie des autres comme aux échecs. Tu ne peux pas exiger ma fidélité quand, dans le même temps, tu cherches à détruire ceux que j'aime.

Elle expira.

— Nous deux, ce n'est plus possible. Je ne vois pas comment nous pouvons poursuivre la route ensemble… Parce que tu m'as menti.

— Faux. Je ne t'ai jamais menti.

— OK, si tu veux couper les cheveux en quatre, disons que tu m'as menti par omission. En ne me disant pas la vérité. Ce que j'essaie de comprendre, c'est ce que tu as pu ressentir, petit garçon, pour choisir ainsi la voie de la vengeance. J'essaie d'imaginer combien l'indifférence de Greta t'a blessé…

— Traiter ma mère de putain et de chercheuse d'or, tu appelles ça de l'indifférence ! dit-il, haussant la voix. Grâce à elle j'ai connu la misère, la vraie misère. Ma mère a fait une dépression nerveuse dont elle ne s'est jamais remise. Comme nous n'avions plus de ressources, nous nous sommes retrouvés à la rue. Elle a fini par perdre complètement la tête.

Bouleversée mais résolue à ne pas prendre parti, Alessandra plaqua la main sur sa poitrine et hésita.

— Mais… ça… ce n'est pas la faute de Greta.

— Ah non ? Si ma mère n'a pas été soignée assez tôt, si elle a fait une dépression nerveuse et n'a pas eu accès au minimum d'aide sociale, ce n'est pas leur faute ? Qu'elle vive maintenant dans une maison médicalisée et nécessite des soins vingt-quatre heures sur vingt-quatre, ce n'est pas non plus leur faute, peut-être ?

Elle avait l'impression d'être face à un fauve blessé, prêt à bondir.

— Si sa maladie s'est développée aussi vite et que l'état de ma mère s'est dégradé encore plus vite, au point de ne même plus me reconnaître, c'est aussi leur faute.

— Elle ne te reconnaît plus ? murmura Alessandra, bouleversée par sa souffrance.

Comment combler le fossé creusé par le chagrin et la colère qu'il retenait depuis trop longtemps ? Comment espérer le détourner de sa soif de destruction quand il s'entêtait à voir Leo et Massimo comme ses ennemis ? Sa haine plongeait profondément ses racines dans son enfance massacrée.

En restant avec lui, sachant ce qu'il projetait contre des gens qu'elle adorait, quelle image donnerait-elle d'elle ?

Il hocha la tête.

— Elle croit que j'ai encore dix ans. Elle est restée… bloquée à cette époque.

— Pourquoi ne m'as-tu rien dit ?

— Pour que tu ne t'apitoies pas sur moi. Comme tu le fais en ce moment. Je ne veux pas de ta pitié.

— Qu'attends-tu de moi, alors ?

Soucieux d'entretenir sa réputation d'homme intraitable quelle que soit la circonstance, il ravala son émotion sous le regard mi-fasciné, mi-furieux d'Alessandra.

— Que tu honores les vœux que tu as prononcés. L'avenir que nous nous sommes promis. Voilà ce que je veux.

— Je n'arrive toujours pas à croire que Greta ait pu faire une chose pareille.

— Parce que tu es écrasée sous le poids de ta dette envers eux. Tu les vois sous un certain jour mais ce n'est pas leur vrai visage. Ils sont bourrés de privilèges. Ils ont le pouvoir dans le sang.

— Et ce serait des raisons pour ne pas les aimer ? Quand j'ai découvert que Carlos était mon père biologique et que je suis allée vivre avec lui, Greta était déjà sa femme, elle ne savait même pas que j'existais. Cela ne l'a pas empêchée de m'ouvrir les bras et sa maison en grand, comme si j'étais chez moi. Et quand il est mort, elle est restée le pilier de ma vie. Leo et Massimo aussi m'ont acceptée, ils m'ont traitée comme si j'étais un membre à part entière de la famille. Personne n'a jamais fait de différence entre nous. Tu n'imagines pas, Vincenzo, ce que ça représente pour moi.

— Alors comment oses-tu prétendre que tu comprends mon hostilité envers eux ?

La rage qu'elle lut dans ses yeux l'arrêta net. Ses colères étaient rares et n'avaient jamais été dirigées contre elle. Sa remarque méritait tout de même une réponse.

Elle prit une profonde inspiration et, de peur d'aggraver sa fureur, choisit soigneusement ses mots.

— Tu as raison. C'est trop facile de dire que je te comprends. Mais toi... sais-tu ce qu'a été la vie de Leo et de Massimo avec Silvio ? Qu'ont-ils fait de mal ? Ils ne méritent pas que tu les détestes. Ton vrai ennemi, c'est Silvio Brunetti. Pas eux. Mais il est mort.

Buté, agressif, il haussa les épaules.

— Ils portent le nom que j'ai haï toute ma vie. De toute façon, il n'y a pas de guerre sans victimes, *cara*. C'est inévitable.

Après la gifle morale qu'elle venait de recevoir, elle hésita.

— Parce que pour toi, ça, c'est une *guerre* ? insista-t-elle.

— Oui. Une guerre que j'ai décidé de mener depuis longtemps. J'ai guetté les failles, les points faibles, là où ça faisait mal, pendant des années. Je les ai attaqués chaque fois que j'ai pu. Ce n'est pas maintenant que je vais...

— Attends..., dit-elle, glacée d'effroi par le flash qui lui traversait la tête.

Les morceaux du puzzle venaient de se mettre en place et l'évidence s'imposait, éclatante, une évidence qui lui avait, jusque-là, échappé... Une affreuse certitude qui lui donnait pour la deuxième fois envie de fuir.

Alessandra Giovanni, super-top model. Icône de la mode et du style. Femme d'affaires. Philanthrope. Fille adoptive de la célèbre famille Brunetti.

Elle se souvenait parfaitement de ce gros titre. Elle l'avait lu dans les pages people d'un magazine, quelques jours avant son départ pour son shooting à Bali.

Bali où un homme d'affaires italien, beau gosse mystérieux aux superbes yeux gris, l'avait surprise.

Elle se rappelait aussi leur rencontre, au hasard d'un circuit touristique dans les ruines d'un vieux temple...

De leur amour partagé pour les vieilles pierres...

Des trois heures où il avait attendu, le lendemain, la fin de sa séance photo comme s'il n'existait pas d'autres endroits sur terre où il pouvait être, avec ses yeux fascinants qui la dévoraient toute crue.

De la promesse qu'il lui avait faite de lui faire découvrir des endroits que les touristes lambda ne voyaient jamais...

De leur premier baiser devant une impressionnante chute d'eau.

De ses questions sur ses actions caritatives, sur l'entreprise qu'elle projetait de créer, sur tout ce qui la touchait, sur tout ce qu'elle aimait...

De la façon dont il l'avait quittée, la laissant pantelante de désir après cette première nuit sur la terrasse de sa villa...

De sa demande en mariage, digne d'un conte de fées, et des vœux qu'il avait prononcés de cette voix de basse tellement sensuelle lors de la cérémonie...

Tout cela avait-il existé ?

Prise d'une horrible envie de vomir, elle plaqua la main sur sa bouche.

— Tu es venu me chercher à Bali avec une idée précise en tête ? Pour m'utiliser et gagner ta *guerre* ?

Il ne cilla pas mais elle le connaissait et savait déchiffrer le moindre frémissement dans ses joues, sur ses lèvres.

— Réponds-moi, Vincenzo, dit-elle, déchirée entre un chagrin indescriptible et la fureur.

— Oui, Alessandra. Oui.

— Parce que tu avais lu dans le journal les déclarations de Greta, « Alessandra est la personne que j'aime le plus au monde », c'est ça ?

Le silence. Encore. Assourdissant de sens. D'aveu.

Malgré les efforts qu'elle faisait, elle fondit en larmes, elles coulaient sur ses joues et lui brouillaient la vue.

J'ai guetté les failles, les points faibles, là où ça faisait mal, pendant des années. Je les ai attaqués chaque fois que j'ai pu.

Comme si cela ne lui suffisait pas de s'en prendre à BFI et à BCS, d'avoir fait main basse sur les actions de Silvio Brunetti dans BFI, il avait fallu qu'il les frappe là où il savait qu'il les atteindrait, surtout Greta.

Il avait tout prémédité. Planifié. Parfaitement exécuté.

Et elle était tombée dans son piège.

Elle se tourna vers lui et, s'essuyant les joues d'un revers de main, en proie à une rage incontrôlable comme elle n'en avait jamais eu, s'écria :

— Comment vois-tu la suite ? Qu'attends-tu de moi maintenant que tu as brisé la vie de ces gens que j'aime tant ?

— Que tu fasses ce que tu aurais fait si tu n'avais rien su. Que tu donnes une chance à notre mariage. Que tu passes le reste de ta vie avec moi. Que tu tiennes parole et respectes les vœux que tu as prononcés.

— Notre mariage ? Tu veux dire… cette farce !

— Non. Je t'ai épousée, Alessandra. J'ai promis de passer le reste de ma vie avec toi. Je ne l'ai pas fait à la légère.

Elle le regarda, scruta son visage, le fouilla dans l'espoir de découvrir quelque chose à quoi se raccrocher. Mais il ne cillait pas.

— Pourquoi ? Pourquoi m'avoir épousée ? Tu pouvais me draguer et t'en aller. C'était facile. Je t'ai supplié de me prendre dans ton lit. Je t'ai poursuivi toute la semaine qui a suivi notre rencontre. Je… Tu pouvais t'en aller après avoir couché avec moi. Tu pouvais me laisser tomber, me dire que tu voulais juste jouer.

— Je ne traite pas les femmes comme des jouets. Je laisse ça aux Brunetti.

— Alors, pourquoi ?

— Tu es belle, tu es intelligente, un trésor dont tous les hommes rêvent. Pour quelqu'un qui a grandi sans un sou, qui sera toujours un bâtard, qui a bâti son empire en piétinant tous ceux qui se trouvaient sur sa route, tu es un trophée, Alessandra. Ma récompense.

Il reprit son souffle.

— Je t'ai épousée parce que, pour la première fois de ma vie, j'ai vu quelque chose d'autre que la vengeance. Une chose qui n'était pas ce feu qui me consume de l'intérieur depuis vingt ans. Je t'ai épousée parce que – excuse la comparaison – pour moi tu étais la cerise sur le gâteau. Car la perspective de t'enlever à cette vieille femme me faisait jouir de plaisir. Je jubilais.

Alessandra hocha la tête, le cœur à l'envers.

— Ça me laisse sans voix. Que répondre à un homme qui pense qu'il peut m'enlever à la femme qui m'a ouvert sa maison, qui pense que j'accepterais de le voir détruire ma famille. Qui m'avoue que m'avoir dans sa vie le fait accéder à un monde où il n'a jamais eu sa place. Je ne…

Ah non, on n'allait pas encore se servir d'elle. Elle refusait d'être au centre d'un combat entre des personnes qu'elle aimait. Elle avait déjà donné et en gardait les cicatrices.

Elle ne serait ni le maillon faible ni une arme.

— Je ne suis pas un trophée, un gros lot qu'on s'arrache. Je ne suis pas une arme à utiliser contre qui que ce soit.

Froide comme un serpent malgré son envie de hurler, elle n'éleva pas la voix, au contraire.

— Je te demande de t'en aller. Quitte cette maison. Je ne veux pas discuter de ça pour l'instant… S'il te plaît, Vincenzo, va-t'en.

Il resta là, immobile, impassible, comme un énorme rocher inamovible.

Les secondes s'écoulèrent, une éternité, et il hocha la tête.

La gorge sèche, le cœur en miettes, elle alla vers la fenêtre et l'entendit partir.

Évidemment, il ne l'avait pas épousée pour elle.

Elle n'était pas une princesse et elle ne vivait pas un conte de fées. Il n'y avait rien de magique dans son aventure.

— Elle est partie.

— Comment cela, « elle est partie » ? hurla Vincenzo à la figure de Massimo Brunetti.

Les mains au fond des poches, il regarda les deux frères qui se reposaient dans des chaises longues sur la terrasse. Il faisait un peu frais pour un après-midi de juin et il était en colère.

Alessandra ne lui avait plus donné signe de vie depuis cinq jours, ce qui l'avait décidé à venir interroger les occupants du domaine, mais sa patience était à bout. La semaine passée avait été la pire de sa vie tant sur le plan professionnel que personnel.

Pour commencer, une grosse crise dans le service finances de sa société puis le départ inopiné d'Alessandra pour Milan, sans un mot pour le prévenir, ensuite son propre vol Bali-Milan pour la retrouver, leur confrontation qui avait mal tourné *grâce* aux Brunetti – merci, messieurs – qui l'avaient montée contre lui en avançant des raisons machiavéliques. Enfin, pour corser le tout, un appel urgent des soignants qui s'occupaient de sa mère vingt-quatre heures sur vingt-quatre et lui demandaient de revenir immédiatement chez lui, en Toscane.

Il avait donc dû laisser Alessandra seule avec ses doutes et, surtout, avec les Brunetti qui ne s'étaient pas privés de déverser leur poison dans ses oreilles. Pour ça, oui ! Elle avait dû en entendre, des mensonges !

Mais il n'avait pas le choix, il était allé en Toscane. Rien ne l'aurait empêché de voler au chevet de sa mère.

— Vous n'aviez qu'à ne pas la laisser, déclara Leo d'un ton doux, presque aimable.

Vincenzo se cabra et Leo continua.

— En tout cas, pas aussitôt après lui avoir montré votre vrai visage. Vous auriez mieux fait de la laisser passer sa rage sur vous. Cela lui aurait évité de ressasser votre trahison.

— Je ne l'ai pas trahie.

— Vos mensonges, si vous préférez.

— Je ne lui ai pas menti.

Il bouillait, sa patience avait atteint ses limites. Il n'avait pas trahi Alessandra. Il avait seulement passé sous silence une partie de la vérité avec l'intention de tout lui dire, mais plus tard, comptant sur son sens de la justice. C'était mal mesurer son attachement à ces personnes bourrées de privilèges et honteusement gâtées, les Brunetti.

— J'avais des obligations. Maintenant, soyez aimables de me dire où elle est.

— Nous n'en savons rien, dit Massimo. Après votre départ elle s'est enfermée dans sa chambre ; quand Natalie a voulu la voir, le lendemain matin, elle n'était plus là.

— Vous voulez me faire croire qu'elle s'est enfuie sans que vous l'aidiez ? Je pense que vous avez été trop heureux de lui rendre ce service ! Ce petit jeu est d'une gaminerie… !

— Vous avez raison, dit Leo.

Il n'y avait aucune animosité dans sa voix.

— Nous voudrions bien vous aider mais vous frappez à la mauvaise porte. Vous semblez oublier qu'Alessandra a des relations en haut lieu, dans le monde entier. Elle ne manquera pas de gens prêts à l'aider à se sortir d'une situation intenable. Elle se doutait que vous voudriez savoir où elle est, elle ne nous a donc rien dit… pour nous protéger.

— Elle s'est battue comme une lionne avec moi, parce qu'elle estimait devoir vous protéger, et vous ne l'avez pas aidée ? J'ai du mal à vous croire.

— Vous n'écoutez pas, Cavalli. Je vous dis que ça fait un moment qu'elle est partie, qu'on ne sait pas où elle est allée, ni même si elle reviendra. Désolé qu'elle vous ait planté !

Vincenzo crut sentir le sol se dérober sous lui.

Sans se féliciter ouvertement qu'elle ait *planté* Vincenzo, les deux frères ne semblaient pas mécontents de sa mésaventure, mais ils étaient inquiets pour elle.

— Elle ne peut pas s'être volatilisée. Elle a des obligations, une carrière en jeu.

— Une carrière qui s'effilochait. Si vous la connaissiez un peu, vous sauriez qu'elle honorait les contrats qu'elle avait signés mais n'en contractait pas de nouveaux, dit Massimo. Je ne sais pas ce que vous avez pu lui faire pour qu'elle s'interroge de cette façon sur son avenir, sur son métier, sa vie.

— Que veux-tu dire ? demanda Leo à son frère.

Justement la question que Vincenzo voulait poser.

— Elle a rompu avec son petit ami, Javier Diaz, le photographe, il y a quelques mois. Elle est lassée des podiums et du mannequinat. Je me suis demandé pourquoi elle épouserait un inconnu après...

— Inconnu ? Alessandra et moi nous sommes connus quelques semaines, dit Vincenzo.

Il perdait pied, ne savait plus s'il avait raison de croire encore en elle.

Les vœux qu'elle avait prononcés en se mariant avaient-ils eu une quelconque valeur à ses yeux ? Pourquoi se cachait-elle de lui ? Elle aurait pu se battre, lui demander de s'expliquer. Lui laisser l'occasion de la convaincre que ses mobiles étaient fondés. Non, lâchement elle s'était sauvée.

— Il n'empêche, vous restez un inconnu. Mais je crois comprendre. En fait, elle vous a épousé par dépit. Pour oublier Javier. Vous avez été une échappatoire. Un égarement passager.

L'envie de mettre le poing dans la figure de ce petit génie s'empara de Vincenzo qui réussit à se retenir.

— Attention à ce que vous dites, Massimo.

— Allez-vous-en, Cavalli.

Le plus jeune frère se leva.

— On dirait que vous n'avez pas encore compris, Alessandra est partie. C'est ce qu'elle fait quand elle souffre trop.

Vincenzo resta sans voix. Ce n'était pas l'Alessandra qu'il connaissait. Elle avait beau sembler fragile, elle avait de la ressource. C'était en tout cas ainsi qu'elle lui était apparue avec son sourire éclatant, les petits secrets qu'elle lui avait livrés peu à peu, son charme tellement irrésistible qu'elle l'avait, en quelques semaines, sorti de vingt ans de solitude volontaire.

Mais, finalement, que savait-il vraiment d'elle, mis à part le rapport que le détective privé lui avait remis et le portrait que les médias faisaient d'elle ?

— Je suis supposé croire que cette femme compliquée… est la femme que j'ai épousée ?

— Peu importe que vous nous croyiez ou pas. Nous, nous la connaissons depuis longtemps, se vanta Massimo. Vous avez trahi sa confiance. Apprendre, en plus, comment Greta vous a traité lui a donné le sentiment d'avoir été trahie deux fois. Maintenant que je devine les méandres de votre pensée, je suis quasiment certain qu'avec votre esprit retors vous aviez l'intention de vous servir d'elle contre nous. Et je crois qu'elle l'a compris. Mais Alessandra connaît ses points faibles, fit-il d'un ton assez mystérieux.

Cette fois, c'en était assez.

— Si c'est sa façon de me dire de choisir entre elle et mon projet…

Vincenzo n'en dit pas plus.

— Si elle avait pensé qu'elle parviendrait à vous convaincre de renoncer à cette vengeance complètement folle…

Le regard noir de Leonardo lança des éclairs de colère.

— … elle ne serait pas partie en pleine nuit sans nous prévenir. Ce qui veut bien dire que vous n'avez rien fait pour la rassurer. Rien qui lui prouve qu'elle n'était pas un simple pion dans votre jeu.

— Ce que je projetais contre les Brunetti n'a rien à voir avec elle.

— C'est que vous ne comprenez pas ce que le mot « famille » veut dire pour elle. Ce que la notion de « famille » veut dire, tout simplement.

Vincenzo détourna le regard, refusant de voir le semblant de sympathie dans les yeux de Leonardo.

— Elle est partie, Cavalli. C'est comme ça. Et je ne pense pas qu'elle revienne de sitôt.

Vincenzo serra les dents, déçu, frustré, sentant l'avenir qu'il commençait à imaginer avec elle lui filer entre les doigts.

Le mot engagement signifiait donc si peu pour elle qu'elle s'évanouissait à la première difficulté ? Qu'elle reniait les vœux prononcés le jour de son mariage ?

Massimo le regarda avec pitié.

— Je vous parie qu'elle est retournée se jeter dans les bras de Javier. Je ne vois pas qui le lui reprocherait quand son prince s'est révélé un crapaud. Quant à la retrouver, elle réapparaîtra quand elle l'aura décidé.

3

Neuf semaines plus tard

Alessandra attendait l'ascenseur. Après un long vol au départ de San Francisco, elle avait atterri à Milan et directement rejoint la tour BFI, dans le quartier des affaires.

Elle ne s'était pas changée depuis quarante-huit heures et avait conscience de son apparence négligée. Ses yeux la piquaient, elle était fatiguée. Personne, ni d'un côté ni de l'autre de l'Atlantique, ne l'avait reconnue. Avant de quitter les États-Unis, elle avait consulté les avocats de la famille puis trouvé assez de force en elle pour affréter un jet privé et rentrer en Italie.

Pour l'heure, debout devant la batterie d'ascenseurs dont les portes métalliques lui renvoyaient l'image d'une femme très, très fatiguée, elle repensait aux événements des jours précédents. Elle avait du mal à tenir en place car, dès qu'elle n'était plus dans l'action, son cœur, brisé, révolté contre l'évidence, la torturait. C'était pathétique.

Elle allait devoir affronter la réalité : sa mère était morte et, la dernière fois qu'elles s'étaient vues, elle lui avait dit des choses atroces. Alessandra allait devoir ravaler ses griefs envers cette mère qui lui avait prouvé sa nette préférence pour son demi-frère, le jeune Charlie.

Elle allait devoir affronter le fait que son besoin désespéré d'être aimée l'avait précipitée dans une union désastreuse avec un homme qu'elle ne connaissait pas vraiment, un homme à qui elle avait donné son cœur alors qu'il ne savait même pas ce que cela voulait dire.

Elle revit Charlie, avec sa bouille de petit bonhomme, essayant de paraître grand et fort devant elle quand elle était venue lui dire au revoir. Leur mère était ce qu'elle était, mais Charlie était son demi-frère et Alessandra l'avait adoré dès l'instant où elle l'avait vu, nouveau-né, pour la première fois. Cela remontait à sept ans auparavant.

Elle avait toujours eu une relation difficile avec sa mère, mais l'angoisse ressentie pendant des années, l'amertume qui l'avait rongée après la naissance de Charlie, tout cela était à mettre de côté aujourd'hui. L'heure n'était ni à la culpabilité, ni au chagrin, ni aux regrets.

C'était le temps de l'action. Le moment de s'assurer que Charlie, désormais privé de mère, n'allait pas se retrouver au milieu du chaos provoqué par des adultes inconséquents, comme elle-même l'avait été, enfant.

Il fallait qu'elle arrête de courir. Elle devait être forte pour aider cet enfant innocent et affronter, maintenant, l'homme qu'elle s'était pourtant juré de ne jamais revoir.

Pendant les neuf semaines où elle s'était cachée, toutes sortes de spéculations avaient ébranlé le monde des finances. Qui était Vincenzo Cavalli, le mystérieux milliardaire qui avait fondé Cavalli Enterprises, ce requin de la finance, cette pieuvre qui déployait ses tentacules dans tous les secteurs d'activité ? Qui était ce diable qui se démenait pour déboulonner Leonardo Brunetti de son poste de P-DG de BFI, sans que l'on comprenne pourquoi ? Qui était cette espèce de génie mathématique qui avait fait son premier milliard à la Bourse ? Qui était cette créature sans pitié qui écrasait quiconque se trouvait en travers de son chemin ?

Alessandra ignorait tout de cela quand elle avait accepté sa surprenante demande en mariage.

Elle n'arrivait toujours pas à faire coïncider l'homme tendre, drôle et charmant, qu'elle avait connu à Bali, avec l'homme qui déversait sans l'ombre d'une mauvaise conscience une haine implacable sur les Brunetti. Ils ne *matchaient* pas.

Et elle allait devoir quémander son aide, après l'avoir fui pendant plus de deux mois.

Non, elle n'allait pas mendier. Elle allait *exiger* qu'il fasse cela pour elle. Elle ne pouvait pas se mettre en position de faiblesse face à un homme qui ne comprenait rien au mot « famille ».

— Madame Cavalli ?

— Ne m'appelez pas comme ça, dit Alessandra d'une voix sourde.

— Ah, pardon. Vous n'avez pas l'air… en forme, répondit l'hôtesse d'accueil penchée sur l'énorme banque de marbre blanc destinée à impressionner quiconque aurait imaginé approcher facilement le tout-puissant Vincenzo Cavalli.

Alessandra se redressa et toisa l'hôtesse.

— Eh bien, c'est pourtant moi.

— Dois-je appeler un des deux messieurs Brunetti pour vous ? Ils sont tous les deux dans nos bureaux, dit une autre personne qui s'était avancée.

— Non, merci.

Aussi puissants qu'ils soient, Leo et Massimo ne pouvaient rien pour elle en la circonstance.

— On m'a dit, en bas, que M. Cavalli occupait tout cet étage. C'est bien cela ?

— Oui.

— Parfait, ne m'annoncez pas, ce n'est pas la peine.

L'air compatissant, la femme opina.

Alessandra détourna le regard. Le divorce vite fait bien fait qu'elle envisageait de négocier n'était plus d'actualité. Au contraire. Et, c'était sûr et certain, Vincenzo allait apprécier cette nouvelle.

Mais ce ne serait que ponctuel, elle s'en faisait le serment.

Elle ne savait pas encore quel marché ils allaient conclure mais leur accord ne durerait qu'aussi longtemps qu'elle aurait besoin de Vincenzo. Ensuite, elle sortirait de sa vie pour toujours. Elle partirait loin du beau parleur qu'il était. Loin de son regard de braise, loin de lui. Elle n'aurait plus alors qu'à guérir son cœur naïf et ses espoirs fous.

Vincenzo s'interrogeait, son manque de sommeil lui donnait-il des hallucinations ?

L'absence prolongée d'Alessandra – sans la moindre idée de l'endroit où elle pouvait se trouver – le déstabilisait totalement. Cela faisait plus de deux mois maintenant qu'elle s'était volatilisée. Même son équipe, des salariés qui le connaissaient depuis dix bonnes années, redoutait désormais ses terribles sautes d'humeur. Il refusait de l'admettre, mais la facilité avec laquelle elle l'avait quitté, alors qu'ils étaient mariés, était une blessure cuisante.

Et il n'était pas prêt à baisser les bras.

Agacé par un léger grincement de sa porte, il aboya.

— Foutez-moi la paix !

Furieux, il se passa nerveusement la main dans les cheveux. Cette silhouette, une liane, appuyée le dos contre sa porte, était-ce vraiment sa femme ?

— Bonjour, Vincenzo ! dit-elle en serrant la bandoulière de son sac qui lui écrasait la poitrine.

Il n'avait pas rêvé, elle était bien là. Alessandra, la fuyarde… avec sa voix de miel aux intonations italiennes et américaines à la fois, si amusantes. Un timbre qu'il aurait reconnu entre tous, jusque dans son sommeil. Que de fois l'avait-il entendue susurrer des mots tendres à son oreille, quand il était en elle, dans ce refuge tiède et apaisant qu'il avait enfin trouvé, après l'avoir tant désiré. Un abri qui lui avait été refusé pendant tant d'années, tant d'années… Une paix que les millions et les millions de dollars qu'il avait engrangés ne lui avaient pas apportée.

Et, brusquement, son rêve devenu réalité, ce songe dont il ne voulait pas se réveiller, ce refuge, ce sentiment de paix lui avaient été arrachés.

Elle le lui avait arraché. À la première difficulté, elle s'était enfuie. Très certainement dans les bras de son ex.

Il inspira profondément. Son cœur s'était emballé, son sang cognait dans ses tempes avec une rage qui véhiculait autant de violence et de rancœur… que de désir. Car c'était incroyable, malgré ses griefs et le mal qu'elle lui avait fait, il avait envie d'elle.

Elle avait changé, cependant.

L'Alessandra qui le regardait, adossée à la porte, ne ressemblait plus à la femme qu'il avait vue, blessée, quand elle avait appris qui il était, ni à l'ardente défenseure des enfants maltraités, ni à la belle princesse qu'il avait mise dans son lit, un soir, et qu'il avait décidé d'épouser dès le lendemain matin.

Une nuit et il avait été perdu. Enchaîné comme si elle avait tissé sa toile autour de lui. Comme si elle lui avait jeté un sort.

Cette femme-ci n'avait pas l'air d'aller bien, pas du tout. Elle était vêtue n'importe comment. Elle pouvait à première vue passer pour une étudiante sans le sou incapable d'accorder temps et énergie à autre chose que ses études. Côté coiffure, ce n'était guère mieux. Ses cheveux tombaient lamentablement sur ses épaules et sa poitrine, cette poitrine haute qu'il avait adoré caresser. Sa peau, cuivrée deux mois plus tôt, était presque noire, comme si elle avait passé tout son temps à l'extérieur.

À forniquer sous le soleil avec son ex, peut-être ? Il fut pris d'un subit accès de jalousie.

C'était surtout ses yeux qui la changeaient. Ils avaient quelque chose de dur, un éclat qu'il ne leur avait jamais vu auparavant. Au lieu de la culpabilité, ou de la honte qu'il pensait lire sur son visage à son retour, ils n'exprimaient que du défi. Il ne restait rien de la bouche gourmande qu'il aimait, de la moue boudeuse qui lui plaisait tant. Rien que des lèvres pincées.

Le premier choc passé, il reconnut la volonté, la détermination qu'elle dégageait toujours.

De toute évidence, elle n'était pas heureuse d'être là. Si elle était venue, c'était qu'elle avait une sérieuse raison de le faire.

— Eh bien, ravi de te revoir, ma princesse, dit-il en reculant sur sa chaise.

Pas vraiment sûr de tenir sur ses jambes, il ne se leva pas. Il avait la gorge sèche, son cœur battait à trois cents à l'heure.

— Assez folâtré comme ça avec ton ex ? demanda-t-il, sarcastique, avec un sourire forcé.

Elle sursauta, prise de court, mais se ressaisit vite.

— Je n'ai jamais rien entendu d'aussi bête, dit-elle en s'écartant de la porte. Je n'étais pas avec Javier.

Plus sa colère enflait, plus Vincenzo faisait d'efforts pour feindre le calme. Il n'allait sûrement pas afficher son désarroi devant cette femme impulsive qui l'avait si piteusement éconduit.

— Ah non ? Vous disparaissez tous les deux en même temps pendant plus de deux mois et c'est un hasard ? Quelle drôle de coïncidence, tu ne trouves pas ?

Elle se gratta le nez en faisant la grimace.

— Tu crois peut-être que j'ai envie de courir d'un homme décevant et menteur à un autre qui l'est tout autant ?

Malgré son ressentiment, il la crut. Il y avait dans sa réponse un tel accent de sincérité indignée…

Il se passa la main dans les cheveux. Sa jalousie l'égarait. Elle lui prêtait des pensées méprisables.

— Pourtant, quand je lui ai demandé au téléphone si tu étais avec lui, il n'a pas démenti.

Elle soupira.

— Évidemment, Javier est un beau salaud. Comme toi. Il a sauté sur l'occasion pour te faire enrager ! Il m'en veut en ce moment, tu t'en doutes.

De nouveau, il pensa qu'elle lui disait la vérité mais cela ne le calma pas. Qu'elle l'associe à son ex était humiliant. Surtout après ce que Massimo lui avait dit, qu'elle était avec lui par dépit.

— Peut-être mais il savait où tu étais, non ?

— Oui. Il m'a mise en contact avec un ami à lui qui a une ferme au Brésil mais il n'était pas avec moi.

— Et pendant que tu prenais ton pied au Brésil, tu ne t'es pas demandé ce que je vivais, moi ? Neuf semaines, Alessandra, tu es partie neuf semaines sans donner signe de vie. Même pas un texto. Est-ce que tu te rends compte de ce que j'ai vécu, ou pas ?

— Tu as su au bout d'une semaine qu'il ne pouvait rien m'arriver. J'avais demandé à Massimo de te prévenir.

Encore ces Brunetti ! N'empêche, il enviait la fidélité dont elle faisait si généreusement preuve envers eux.

De plus en plus nerveux, il se leva et alla vers elle. Bien droite, presque aussi grande que lui, elle le regarda dans les yeux. Le défiant presque. Où était passée l'exquise femme peu compliquée dont il était instantanément et éperdument tombé amoureux à Bali ?

Pour l'heure, menton pointé, épaules bien carrées en arrière, elle était prête au combat.

— Je suis ton mari, ne t'en déplaise. Être informé après tout le monde, surtout avec les ricanements de cet imbécile de Massimo, que tu es en sécurité dans je ne sais quel trou est inacceptable.

Elle se cabra.

— Qu'attendais-tu de moi, Vincenzo ? Que je te téléphone pour te dire que je m'interrogeais sur tout ce que tu m'avais dit, et fait ? Que je n'arrivais plus à me regarder dans la glace tellement j'avais honte de ma bêtise, de m'être ridiculisée... Que l'idée d'être avec toi quand tu avais pris un malin plaisir à détruire Massimo et Leo me donnait la nausée ? J'ai préféré partir, loin de toi, de Greta, de tout.

— Et ?

— Et quoi ? C'est quoi ce *et* ? Tu ne vois pas que toutes les promesses que nous nous sommes faites ne valent rien puisqu'elles ne reposent sur rien, que ce ne sont que des paroles en l'air, du vent ?

Le bout des doigts commença à le démanger...

— Quand quelque chose est abîmé, tu le jettes sans même chercher à le réparer ? demanda-t-il.

— Non, sauf quand c'est en miettes, comme ma confiance en toi.

Il préférait les larmes et les insultes à cette Alessandra froide et dure comme de la pierre et qui le regardait avec un insoutenable air de mépris.

— Je crois que Massimo a raison, fit-elle.

— L'Alessandra que les journaux nous vendent, celle qui capture des millions de cœurs en jouant à la Mère Teresa, est une imposture. L'Alessandra qui clame qu'elle a toujours rêvé d'avoir une grande famille est un mensonge incarné dont les promesses ne valent rien. Clairement, le mariage n'est pour elle qu'une partie de plaisir, de jambes en l'air et d'escapades romantiques. Cette fille est si immature qu'elle est incapable de s'expliquer avec l'homme avec lequel elle a promis de passer sa vie.

4

Impulsive. Immature.

Alessandra avait déjà entendu cela, mais elle avait enfoui ces mots le plus profondément possible. Sa mère Alyssa les avait employés lors de leurs discussions, quand Alessandra refusait d'aplanir leurs différends.

De la part de Vincenzo, ces accusations sonnaient vrai et faisaient mal. La disparition brutale de sa mère et de son beau-père, en la fragilisant encore plus que d'habitude, n'arrangeait rien.

Elle s'attendait à la colère de Vincenzo, elle avait été prévenue par Massimo qu'il était malheureux malgré ses efforts pour le cacher. Elle avait mis cette prétendue blessure sur le compte de la suffisance d'un homme habitué à ce que rien ne lui résiste. Avec elle, il était mal tombé.

— Fuir les problèmes quand ils se présentent ne résout rien. Cela les aggrave au contraire, *Piccola*.

Son père biologique avait coutume de le lui répéter quand, après une nouvelle dispute avec sa mère, elle le suppliait de l'accueillir chez lui. Finalement, Carlos avait cédé. Résultat, le fossé entre Alyssa et elle n'avait cessé de se creuser.

Fuir. Avait-elle fait la même chose, cette fois encore ? Que devait-elle à un homme qui l'avait piégée dans son tissu de mensonges ?

Pour l'instant en tout cas, il n'avait rien gagné en se mariant avec elle.

Je t'ai épousée parce que, pour la première fois de ma vie, j'ai vu quelque chose d'autre que la vengeance.

Les joues en feu, refusant de détourner les yeux comme si elle avait eu tort, elle releva crânement le menton.

— Te demander d'excuser ce que j'ai fait ne serait pas honnête. Je ne suis pas partie comme ça, sans réfléchir. Non, je n'avais pas le choix. *Tu* ne m'as pas laissé le choix. Enfin, j'avais le sentiment de ne pas avoir le choix.

— Et maintenant, ma belle ?

Appuyé sur son bureau, il allongea les jambes devant lui, déclenchant ce qu'elle redoutait le plus en venant le voir, l'émotion physique qui ne s'était jamais démentie depuis qu'elle l'avait quitté.

— Tu as trouvé un… autre choix ? C'est pour ça que tu daignes revenir ?

Le voir là, devant elle, si beau, si viril, si désirable lui faisait perdre ses moyens. Et pourtant, il dégageait une insupportable suffisance. Comme s'il le faisait exprès pour la tenir à distance. Il ne se comportait pas ainsi à Bali. Au contraire. Il l'avait laissée l'approcher. Il était différent. Ou était-ce son incorrigible naïveté qui l'avait trompée ? Ou son besoin de croire aux contes de fées ?

Elle hocha la tête, le dévisagea.

Comment les ressemblances entre Leo, Massimo, et lui avaient-elles pu lui échapper ? Comment avait-elle pu ne pas voir les traits du visage, cette façon de se tenir légèrement à l'écart, la tendresse dans sa voix quand il parlait de sa mère… Il ressemblait tellement à ses demi-frères… C'était tellement un Brunetti…

Il aurait détesté la comparaison mais les similitudes existaient, à commencer par l'assurance avec laquelle il s'exprimait, son allure qui en imposait. Il les avait chèrement acquises et ne s'en débarrasserait pas facilement.

Il avait des cernes profonds sous ses yeux bordés de longs cils. Son nez aquilin, héritage d'une longue lignée d'aristocrates, et sa mâchoire carrée, volontaire, contredisaient ce que ses longs cils pouvaient suggérer de féminin. Si sa lèvre supérieure était fine, sa lèvre inférieure au contraire – Alessandra ne s'en était jamais fait la remarque – débordait d'une sensualité qu'il cachait habilement sous un masque d'insensibilité.

La température était agréable dans son bureau, mais Alessandra frissonna.

L'ouverture de la chemise grise de Vincenzo révélait sa peau bronzée, une peau qu'elle avait câlinée, embrassée sans se priver. D'ailleurs, ses doigts la démangeaient. Elle rêvait de le caresser encore, de glisser les mains sur la peau tiède de sa poitrine, de sentir ses muscles se contracter à leur contact. Elle trouvait si romantique qu'elle, si retenue et même froide, ait rencontré un homme qui la fasse vibrer rien qu'en la tenant dans ses bras. Une pensée en amenant une autre, elle se rappela sa main allant et venant sur son corps, descendant sur ses cuisses, remontant et empoignant… Elle se mit à trembler.

— Alessandra !

Sortant de la contemplation rêveuse de ce corps dont elle était devenue folle, elle sursauta.

— Heu… J'ai trouvé un quoi ?

Exaspéré, il soupira.

— Tu as trouvé ce qui t'a poussée à revenir ? Greta t'a promis de te protéger du grand méchant loup ? Leo et Massimo vont t'arracher aux griffes du pervers narcissique avec lequel tu t'es embarquée ?

— Je suis assez grande pour me défendre toute seule, je n'ai besoin de personne pour m'aider.

Elle hésita, reprit son souffle.

— Si. J'ai besoin de toi.

Comme si elle avait jeté un sort au bureau, l'atmosphère changea dans la pièce. Comme à Bali quand leurs regards s'étaient croisés pour la première fois et qu'un courant de trois cent mille volts au moins était passé entre eux. Une décharge d'électricité de la violence d'une bombe nucléaire.

Un éclat presque bestial brilla dans les yeux gris de Vincenzo. Le cœur battant, excitée par le pouvoir qu'elle exerçait sur lui, elle eut un mouvement de recul.

Était-il possible qu'elle suscite une telle réaction chez lui ? Et pourquoi cette réaction lui faisait-elle encore autant d'effet ? Quand ces imbéciles, ces idiots de cœur et de corps comprendraient-ils que Vincenzo n'était pas pour elle ? En dépit du plaisir que lui procuraient ses étreintes, il poursuivait un objectif qu'elle ne partagerait jamais.

— Tu as besoin de moi pourquoi, ma belle ? J'ai commis l'erreur de te faire confiance aveuglément une fois, je ne répéterai pas cette bêtise.

Le ton sarcastique la fit blêmir mais elle se ressaisit vite.

— J'ai besoin de faire semblant d'être mariée. C'est pour ça que je suis revenue.

— Mais... tu es mariée !

— Oui..., non..., enfin..., je t'explique, fit-elle en bafouillant.

— Je t'écoute.

— Ma mère et mon beau-père sont morts dans un accident de voiture il y a deux semaines.

Elle se tut, avala la boule imaginaire coincée dans sa gorge et continua, sans lui laisser le temps de manifester sa sympathie. Tout, sauf éclater en sanglots devant lui et accepter le réconfort de ses bras. Ce genre de faiblesse, c'était fini.

— J'ai pris l'avion pour venir ici juste après les obsèques à San Francisco. Mon beau-père laisse une énorme fortune à Charlie, mon demi-frère. Il a sept ans, et ses oncles, du côté de son père, se battent déjà pour obtenir sa tutelle. Ils veulent mettre la main sur sa fortune.

Elle se détourna et sécha furtivement une larme qui lui avait échappé.

— C'est affreux. Je suis désolé d'apprendre ça et de ne pas avoir été avec toi quand tu l'as appris.

À sa voix, elle comprit qu'il s'était approché. Au parfum qui flottait soudain près d'elle, aussi, véritable invite à se retourner et à se jeter dans ses bras pour y puiser l'apaisement auquel elle aspirait tant.

— Tu aurais dû me prévenir, Alessandra.

La voix était si tendre et le ton si sincère qu'elle faillit flancher, mais il ne fallait pas. Elle serait forte jusqu'au bout.

Elle se retourna, lui fit face.

— Pour quoi faire ? Je me suis toujours débrouillée seule dans la vie.

D'un geste aussi sec que son ton, elle repoussa une mèche de ses cheveux.

— Je veux obtenir sa garde. Je veux l'élever. Je veux lui donner l'amour d'une famille, et tout ce dont un enfant a besoin... Toute chose dont j'ai été privée, petite. Quand je vois comment les frères de mon beau-père se déchirent déjà, je ne peux pas les laisser faire. C'est impossible.

Elle se tut quelques secondes, comprit qu'il l'écoutait attentivement, et reprit :

— J'ai parlé avec des avocats spécialisés dans le droit de la famille. Ils m'ont fait comprendre que j'avais très peu de chances d'obtenir sa garde compte tenu de la vie que je mène actuellement. Pour tout le monde, je suis célibataire. Je voyage dans le monde entier pour mon métier. Je n'ai de racines nulle part, donc pas de stabilité. On parle trop de moi dans les magazines people, pas toujours en bien, et ma rupture d'avec Javier a fait les gros titres d'une certaine presse. En résumé, les oncles de Charlie sont bien décidés à se servir de tous les ragots qu'ils trouveront dans les journaux, même les petits trucs que j'ai pu faire il y a dix ans, pour démontrer que je ne suis pas digne de l'avoir avec moi. Alors, où interviens-tu là-dedans ?

— Oui, où ? Ce que je comprends, c'est que tu reviens vers moi uniquement pour me demander un service, parce que tu ne peux pas faire autrement. Il a fallu un drame pour que tu refasses surface, les vœux prononcés le jour de ton mariage ne veulent toujours rien dire pour toi.

Il grinça des dents.

— Maintenant, dis-moi ce que je viens faire là-dedans. Vas-y. Crache !

Elle aurait dû avoir honte de la situation qu'il venait si bien de résumer mais elle avait besoin de lui. L'heure n'était pas à l'autoflagellation.

— J'avais déjà pris la décision d'arrêter le mannequinat. Aujourd'hui, mon but est de prouver que je peux assurer stabilité et sécurité à Charlie, et cela, aussi longtemps qu'il le faudra. Mon intention est d'introduire une demande devant la Cour pour avoir sa garde, et de gagner. Je vais honorer les contrats que j'ai signés. Ensuite, il faudra que je fournisse une adresse de résidence permanente et que j'adopte un mode de vie moins chaotique.

Avec mon mari, de manière à montrer à la Cour qu'il y a un vrai foyer prêt à accueillir Charlie.

— C'est tout ? demanda sèchement Vincenzo.

— Oui. Et puisque j'ai un mari, je me suis dit « après tout, c'est le moment de t'en servir ».

— Au lieu de ?

— Au lieu de me débarrasser de l'actuel et d'en chercher un autre.

— Voilà qui a le mérite de la franchise, répondit-il.

Elle y était peut-être allée un peu fort ? Mais elle était fatiguée. Manque de sommeil, mal de tête... Elle n'avait pas mesuré la portée de ses propos.

— Je ne plaisante pas, dit-elle.

— Tu ne plaisantes pas ? J'aurais dû exiger que tu me dises la même chose, le jour de notre mariage, quand tu m'as promis amour et fidélité.

Elle ravala sa honte. Après tout, elle n'avait pas vraiment de raisons de se sentir coupable après ce qu'il lui avait fait.

— Tu me dois bien ça, Vincenzo.

Il haussa les sourcils.

— Pardon ? Je *vous* dois quelque chose... princesse ?

Son ricanement l'exaspéra.

— Oui. Tu m'as épousée sans me dire toute la vérité, on dirait que tu l'as oublié ! Et tu oses me reprocher notre mariage de pacotille ! Tu ne manques pas d'air ! C'est moi qui suis en droit de te demander réparation. Et c'est ce que je fais.

— Je te l'ai déjà dit et je le répète, pour moi notre mariage n'est pas un mariage de *pacotille,* comme tu dis. C'était sérieux.

— Je ne te demande pas le bonheur éternel, de toute façon j'ai compris que ça n'existait pas. Ce que je veux, puisque nous sommes toujours ensemble après tout, c'est que tu m'aides à redonner à Charlie le bonheur qu'il a perdu en perdant ses parents. Pauvre Charlie, déchiré entre des oncles qui n'en veulent qu'à ses sous ! Évidemment, tu ne sais pas ce que c'est que se battre, dans la vie !

Vincenzo pensait avoir déjà tout vu et que plus rien ne le choquerait dorénavant. Mais le feu qui brûlait dans les yeux d'Alessandra, sa posture combative face à lui lui firent un choc. C'était donc la femme qui lui avait fait perdre la tête.

À la fois vulnérable et féroce.

Fragile en apparence mais sans cœur.

En elle, il avait vu une femme qui le soutiendrait. Une femme qui se battrait avec lui contre les injustices dont il avait été victime. Une femme qui comprendrait la lutte qu'il menait depuis toujours, son ambition, son besoin de rétablir l'équilibre. Une femme – sa femme – qui se rangerait de son côté, qui prendrait son parti contre ceux qu'elle aimait qui n'étaient même pas de son sang.

Mais il ne se laisserait pas circonvenir. Il ne succomberait pas une nouvelle fois. Il ferait taire son cœur pour n'écouter que sa raison. Il refusait d'oublier, quelle que soit la détermination qu'elle affichait, qu'elle l'avait quitté, à peine mariée, sans même lui laisser ou lui dire un mot.

Pire, elle ne serait pas revenue si la vie ne lui avait pas joué un tour aussi cruel.

Et pourtant... Bien que sur la réserve, il ne pouvait rester insensible à la peine qu'il lisait dans ses yeux, aux regrets chaque fois qu'elle mentionnait sa mère, à son désarroi quand elle racontait la bataille des oncles pour accaparer Charlie.

Autant de sentiments qu'il ne connaissait que trop bien.

— Te rends-tu compte que la garde de Charlie est une énorme responsabilité ?

Elle n'hésita pas.

— Oui, dit-elle d'un ton calme mais sans appel.

— C'est une décision réfléchie, je suppose ? Comme si tu n'étais pas la reine des comportements impulsifs !

Elle tripota la bandoulière de son sac, attirant sur sa poitrine le regard de Vincenzo qui le détourna aussitôt.

— Tu n'es pas juste ! dit-elle.

— Vraiment ? Pendant les semaines où tu t'es cachée, j'ai eu tout le temps de cerner ta vraie personnalité, ma chère. Tu n'en es apparemment pas à ton coup d'essai. Tu es la championne des décisions prises sur un coup de tête.

Droite comme un i, elle s'approcha de son bureau.

— Je ne sais pas de quoi tu parles.

— Tu choisis de devenir mannequin pour faire bisquer ta mère. Parce que tu sais qu'elle désapprouvera. Tu pars en plein shooting, alors que tu as signé un contrat de deux millions de dollars avec un laboratoire de cosmétologie, parce que tu désapprouves leurs valeurs, que tu critiques d'ailleurs ouvertement. Aussitôt, pour échapper aux suites de ce coup d'éclat, tu vas te cacher à Bali où je te retrouve. Puis, tu prends la décision d'arrêter le mannequinat... j'ignore pourquoi. Finalement, tu te maries avec moi, par dépit, parce que ton ex t'a laissée tomber.

Elle écarquilla les yeux.

— Javier ! Encore ! Tu ne peux pas le laisser tranquille ?

— Non ! D'après Massimo, ton ex est très bavard depuis que tu es partie. Il donne régulièrement des infos sur toi. Je crois qu'il adapte ses versions en fonction de ce qui, selon lui, me fera le plus souffrir. Il se venge, quoi !

— Il se venge ?

— Il savait que ton départ à la sauvette m'avait mis hors de moi. Il prend donc plaisir à m'enfoncer un peu plus.

Massimo, Vincenzo s'en était rendu compte les semaines précédentes, était intrigué par lui. Le génie des mathématiques voyait une énigme passionnante en lui.

Comment détester cet homme qui déboulait dans son bureau pour bavarder comme l'auraient fait deux amis d'enfance ? Ou deux frères qui se retrouvaient après s'être perdus de vue depuis longtemps. De son côté, mais Vincenzo ne l'admettrait jamais, le mathématicien génial piquait lui aussi sa curiosité.

— Alors, est-ce vrai ?

— Quoi ? Qu'est-ce qui est vrai ?

Il grinça des dents. Elle se moquait de lui, c'était certain. Puisqu'il n'avait plus rien à perdre, autant lui poser la question qui le rongeait depuis qu'elle était partie.

— Dis-le franchement, tu m'as épousé par dépit.

Elle le fixa, les yeux plissés, l'air de réfléchir à ce qu'elle allait répondre, mais, intérieurement, elle était complètement nouée.

— Il y a peut-être du vrai là-dedans, finalement. Sinon, comment expliquer mon coup de folie de Bali ? Javier et moi... Nous avions plein de projets ensemble et... *plouf !* Plus rien. Ma relation avec lui, un échec. Mon métier ? Plus aucun intérêt. Je suis partie à Bali ravagée par ce que j'avais vécu comme un tremblement de terre et puis, tu as surgi… Le prince charmant volant à mon secours. Mais j'ai déchanté. En fait de prince charmant, tu es le crapaud… Insensible, gluant…

Il serra les dents. Elle comprit qu'elle avait touché un point sensible. Exagérait-elle ? Le voyant s'approcher, elle se blinda contre une réponse cinglante. Au contraire, prenant sa voix la plus douce, il lui dit qu'il compatissait à son chagrin d'avoir perdu sa mère.

— Le chagrin et les remords ne sont pas une raison pour prendre un enfant en charge. Un petit garçon n'est pas une marchandise que l'on renvoie si, finalement, on n'en veut plus.

Qu'il change brusquement le cours de la conversation, surtout pour le seul sujet qui lui tenait pour l'instant à cœur, la surprit. Cet homme était plus complexe qu'elle ne le pensait.

— Ça t'étonne qu'un homme comme moi – brutal, froid, cruel et… gluant, je reprends ton terme – puisse se préoccuper du sort d'un petit garçon, de ton petit frère, malgré notre discorde ?

— Non. Oui. Enfin… je ne m'attendais pas à cette réaction de ta part. Mais elle me rassure. J'avais peur que mon projet n'aggrave encore le sort de Charlie.

— Tu craignais que je sois une solution encore pire que celle qui l'attendait ?

— Bien sûr. Tu m'as tellement menti. Je n'ai plus confiance en toi. J'ai beaucoup réfléchi, tu sais, avant d'entreprendre la démarche que je fais aujourd'hui.

— Et tu en conclus que… ?

— Que je vais demander la garde de Charlie et qu'une fois Charlie élevé, ce mariage ne voulant plus rien dire pour moi, je…

— Tu te débarrasseras de moi, c'est ça ? dit-il, un drôle de sourire sur les lèvres.

— Quelque chose comme ça, répondit-elle, un peu gênée tout de même.

Il était debout tout près d'elle maintenant, si concentré que, pour un peu, elle aurait entendu ses neurones s'entrechoquer sous son crâne ! Quel calcul machiavélique préparait-il ?

— OK, je suis d'accord, mais ma coopération aura un prix.

— Je m'en doute !

Elle le foudroya du regard en ricanant.

— Finalement, je te connais par cœur !

— C'est normal, un prix, non ? Tu me demandes de jouer un rôle important dans la vie d'un enfant…

— Je ne te demande pas d'être son papa !

— Ah bon ? Comment vois-tu ça, alors ? On fait semblant d'être un couple fusionnel, tu obtiens la garde de ton demi-frère et tu files avec lui à l'autre bout du monde où personne ne te connaît, et tu oublies que tu as laissé un pauvre mari à la traîne.

Aucun endroit au monde ne lui ferait oublier qu'elle l'aimait.

— Alors, Vincenzo, ce prix ?

Il lui souleva le menton du bout du doigt et la regarda droit dans les yeux.

— Toujours le même, Alessandra. Je veux ce que j'ai toujours voulu et qui est à moi. Toi. Ni plus ni moins. Je veux la femme qui a promis d'être à moi. Je veux que notre mariage soit ce qu'il promettait d'être. Je te veux près de moi pour atteindre avec toi l'objectif que je me suis toujours fixé.

— D'accord, Vincenzo, mais les promesses dont tu parles, je les ai faites sur des mensonges. Tu n'es pas l'homme que je pensais. Et rien ni personne ne me fera trahir Leo et Massimo.

Démangé par l'impatience, il explosa.

— Tu n'as pas de service à leur rendre, *cara* ! Leonardo et Massimo sont assez grands pour s'occuper d'eux-mêmes. Contrairement à Charlie ! Garde ton énergie pour lui.

— À t'entendre, on dirait que c'est simple. Comme si tout se situait sur le même plan.

— J'ai l'impression qu'une chose cruciale t'échappe, Alessandra. Que je t'aie vue à Bali ou pas, que j'aie bafoué pour t'épouser les promesses que je me faisais depuis toujours alors que je n'ai jamais gardé de petite amie plus de deux mois – je continuerai de poursuivre mon objectif, celui qui a guidé ma vie, détruire tout ce qui porte le nom de Brunetti.

— Plutôt mourir que te laisser te servir de moi pour atteindre ton but, répondit-elle vivement.

Il encaissa ce qu'elle venait de dire avec un mélange d'admiration et de défiance.

Compte tenu du portrait que Massimo avait brossé d'elle, de

son attitude au cours des deux derniers mois, il s'était demandé s'il n'avait pas eu tort de se laisser subjuguer par sa beauté. Aujourd'hui, il savait qu'il avait bien fait. Cette Alessandra, qui se battait comme une lionne pour ceux qu'elle aimait, lui plaisait. Il voulait qu'elle lui témoigne la même loyauté.

Cruel ou pas, le sort lui donnait une nouvelle chance. La volonté d'Alessandra de s'occuper de son frère leur donnait l'occasion de rebattre les cartes et d'aplanir leur malentendu. L'occasion de passer du temps avec elle, de faire valoir son point de vue à lui, de faire en sorte que l'arrangement ponctuel qu'elle souhaitait évolue vers une vraie union, comme il le désirait.

— Bien, je vais te donner ce que tu veux. Nous ferons semblant d'être heureux, un couple radieux, éclatant de bonheur. Je vais t'aider à obtenir la garde de Charlie. Après une période d'essai de... disons trois mois.

— Une période d'essai ? Pour quoi faire ?

— Pour voir comment tu te comportes.

— Pardon ? Comment oses-tu...

— Écoute-moi. Tu dis que j'ai brisé la confiance que tu avais en moi. Sache que tu as fait la même chose. Crois-moi, ma princesse, tu es la première personne à qui je l'avais donnée et tu me l'as renvoyée en pleine figure, sans t'interroger. Comme une claque.

Elle ravala la réponse qu'elle avait sur le bout de la langue. Vincenzo n'avait pas tous les torts...

Leur mariage voulait dire quelque chose pour lui. Peut-être pas la même chose que pour elle, mais quelque chose quand même. En reniant les vœux qu'elle avait faits, en le quittant, quel genre de message lui avait-elle envoyé ? Qu'avait-il ressenti ? Un abandon ? Une trahison ? Pour lui, son mariage, ses vœux étaient-ils vraiment si sacrés ?

— Je ne... je ne te laisserai pas introduire un enfant dans notre histoire sans être sûr que c'est vraiment ce que tu veux. Être parent est une décision qui ne se prend pas à la légère. Il ne sera pas question, ensuite, de te... volatiliser. Pendant ces trois mois, montre-moi que tu peux avoir de la suite dans les idées. Pleure ta maman. Décide de ce que tu veux faire de ta carrière...

Elle détestait qu'on lui donne des ordres... Surtout quand ils étaient sensés.

— Pourquoi veux-tu que je pleure ?

— Parce que tu viens de perdre ta mère. Tu...

— Ma mère n'a jamais occupé une grande place dans ma vie, répondit-elle.

Il voulut prendre sa main mais elle le repoussa et recula. Pas parce qu'elle craignait de le toucher. Mais parce qu'elle se méfiait d'elle.

— Ne te sauve pas, dit-il avec un soupir. Ne... Reste là, avec moi, tranquille. Montre-moi que tu acceptes mon arrangement pour les trois mois à venir. Ensuite, on entreprendra les démarches.

— Mais ça va être trois mois pendant lesquels Charlie...

— Tu n'auras qu'à aller le voir. Honore tes obligations. Trois mois, c'est une goutte d'eau dans l'océan si tu considères que c'est une famille que tu lui donnes pour le reste de sa vie.

— C'est long, trois mois, surtout pour un enfant qui vient de perdre tout ce qu'il avait et qui vit avec des gens qui ne voient en lui que l'amélioration de leur niveau de vie. En fait, tu fais ça pour me punir. Parce que je t'ai quitté.

— Non, Alessandra, je fais ça parce que je veux être sûr que, cette fois, nous ne nous fourvoyons pas. Je refuse d'imposer à un enfant de vivre avec un couple chaotique. Tu connais aussi bien que moi les dégâts que des parents qui se déchirent peuvent faire. Les enfants sont fragiles. La moindre erreur...

Elle plaqua la main sur son cou.

— Non, je ne peux pas le laisser seul avec eux.

— Très bien, princesse.

Son ton s'était radouci et il la regardait avec insistance, le front plissé, l'air grave comme souvent.

— Ta mère avait sans doute des amis que Charlie connaît ? Des gens en qui tu as confiance ?

— Oui. J'en connais qui ont un petit garçon de l'âge de Charlie.

— Tu m'as dit que, ta mère et toi, vous ne vous entendiez pas bien.

— C'est vrai mais ce n'est pas une raison pour laisser tomber Charlie. Je n'ai jamais raté un seul de ses anniversaires et, dès qu'il a su lire, je lui ai écrit des cartes postales. Et même des lettres.

Je vais prendre contact avec la famille de Pol et voir s'ils peuvent prendre mon frère en attendant la décision du juge. Charlie pourra aller dans la même école que Pol, ce sera pratique.

Elle haussa les épaules.

— En ce qui nous concerne, dit-elle, moi aussi je pose mes conditions. Je ne dors pas avec toi. Ce n'est pas un vrai mariage. Ça ne l'est plus, en tout cas.

— Ah... Massimo avait raison.

Il prit la mèche de cheveux qui reposait sur son épaule et la fit glisser dans son dos.

— Je ne te connais pas bien. Et lui non plus. Il ignore à quel point tu peux être cruelle, n'est-ce pas, princesse ?

Elle se mordilla les lèvres.

— Avoir couché avec toi m'a bouleversée. Si je suis devenue cruelle, c'est ta faute. Enfin, peut-être... Tu fais trop bien l'amour, Vincenzo. Je me suis laissé prendre. Oui, c'est ta faute.

— Non, ce n'est pas ma faute, Alessandra. C'est que, physiquement, nous sommes faits l'un pour l'autre.

Il la tétanisa du regard.

— Et c'est ce que tu es en train de gâcher, *cara*.

— Le sexe, le sexe, le sexe... Il n'y a pas que ça dans un mariage.

— Je suis d'accord avec toi. Mon corps, en revanche...

Voyant qu'il l'agaçait, il n'insista pas.

— Maintenant, puis-je ajouter quelque chose à ta condition ? demanda-t-il. Que nous essayions chacun de séduire l'autre.

— Je n'ai aucune envie de te draguer.

Il inclina la tête sur le côté sans la quitter des yeux.

— Ça ne fait de mal à personne, si ?

De plus en plus agacée, elle haussa les épaules. Il se pencha à son oreille.

— Je vais te faire un aveu, chuchota-t-il. Je voudrais que tu changes d'avis et que tu me fasses la cour, princesse.

Son cœur s'emballa. Elle frotta ses bras couverts de chair de poule.

— Pourquoi ?

— Parce qu'il n'y a rien de plus érotique qu'une femme, belle et énergique, qui poursuit l'objet de son désir avec une détermination farouche. En fait, je vais te dire, c'est comme cela que tu m'as eu, *cara*.

Elle sentit son souffle effleurer son oreille mais il ne l'embrassa pas.

— Me sentir désiré par toi comme cela m'a hissé au sommet du monde.

5

À Bali, déjà, Alessandra s'interrogeait. Avait-elle bien fait de décider d'arrêter sa carrière de mannequin ? Pour l'heure, elle préférait ne pas trop y penser mais c'était difficile.

Défilé après défilé, plus frénétiques les uns que les autres, pour les plus grandes maisons de couture, vol après vol d'une capitale à une autre, d'un pays à un autre, comme une nomade, des semaines de quatre-vingts heures sans une minute ni pour elle ni pour les causes et les engagements qui lui tenaient à cœur, le stress avait eu raison d'elle.

Évidemment, au début, elle s'était follement amusée. Soirées débridées, fêtes effrénées, champagne immodéré – tout juste seize ans, libre et le monde à ses pieds – elle en avait largement profité. Puis, au fil des ans, le strass et les paillettes avaient pâli, le glamour et son plaisir aussi. La vanité de ce milieu futile lui était même devenue difficilement supportable.

Les photographes, qui avaient adoré travailler avec elle, avaient commencé à la trouver capricieuse, impatiente, si sa prestation n'était pas parfaite dès le premier flash. Elle arrivait de plus en plus souvent en retard aux rendez-vous, se trouvait mille prétextes pour justifier ce qui devenait une habitude. Un jour, en pleine *fashion week*, elle était arrivée quelques minutes avant de défiler sur le podium, en retard, couverte de paillettes et de la laque plein les cheveux, vestiges de la séance photo précédente. Stressée à mort et épuisée de courir d'un show à un autre, elle n'avait plus eu qu'une envie, fuir la foule de fous furieux qui s'agitaient autour d'elle.

Ce soir-là, elle avait confié à Javier qu'elle ne supportait plus ce milieu.

Cet imbécile s'était moqué d'elle. Leur discussion s'était envenimée, leur relation dégradée. Le dénouement était écrit d'avance, leur couple s'était défait. Elle avait alors pris conscience qu'elle n'avait plus aucune envie de vivre avec Javier. Il était devenu une autre béquille.

Un peu plus tard, elle avait appris les mauvaises conditions de travail des employés du laboratoire de cosmétologie pour lequel elle défilait. Scandalisée, elle avait ouvertement critiqué l'entreprise lors d'une interview et dénoncé tous ses contrats. L'affaire avait fait grand bruit dans le landerneau de la mode. Son agent l'avait *virée* – comme elle l'avait déclaré alors – à grand fracas. Elle faisait trop de tort à un milieu où la réputation comptait avant tout.

Cela lui avait suffi. Elle avait filé à Bali où elle avait épousé le premier homme à qui elle avait plu.

Vu de ce côté de la lorgnette, son portrait n'était pas flatteur.

Pour l'heure, droite comme tout mannequin qui se respectait, bras écartés, le visage tendu pour laisser le maquilleur poser LA juste touche de fard sur ses joues et ses paupières, elle fixait le reflet que lui renvoyait la glace.

Quel soulagement ! se dit-elle en souriant. Elle en avait tellement assez de tout ça ! Bientôt ce ne serait plus que des souvenirs.

Il ne restait que quelques minutes avant le défilé, les coulisses grouillaient d'agités certains d'assurer à eux seuls le bon déroulement du show. Elle était parfaitement consciente des regards curieux portés sur elle depuis son arrivée.

Les potins allaient bon train dans ce milieu. Son coup de sang à propos des salariés de La Reale, la société dont elle avait dénoncé les pratiques, son absence des plateaux pendant de longs mois et sa réapparition soudaine étaient abondamment commentés.

En rejoignant les top models qui attendaient, à la queue leu leu, de défiler avec elle, elle se sentait libre comme jamais, comme si on lui avait ôté un poids.

Quelqu'un vint voir la productrice, Isha, l'une des rares amies qu'Alessandra avait dans le métier, et le ton monta. Toutes les têtes se tournèrent vers les deux femmes qui s'accrochaient à propos de « qui allait s'asseoir où ».

Alessandra rejoignit son amie et la prit par les épaules en ayant soin de ne pas abîmer son maquillage.

— Qu'est-ce qui se passe ?

— Encore un de ces archimilliardaires qui débarquent à l'improviste à la dernière minute. Sa bande de grouillots exige qu'il soit placé au premier rang, évidemment ! Même notre créatif de génie de Benoit – d'un petit signe de tête elle désigna le couturier dont *les filles* présentaient la collection – refuse qu'on lui fasse cette faveur. Ils sont tous en train de se creuser la cervelle pour savoir où le placer. Apparemment, il est là pour voir un des tops.

Un petit vent de panique souffla sur Alessandra. Cela faisait deux semaines que Vincenzo et elle s'étaient expliqués puis mis d'accord sur un plan. Étant l'un comme l'autre extrêmement occupés, ils ne s'étaient pas revus depuis. Ce qui convenait à Alessandra, car le marché qu'ils avaient conclu allait bientôt prendre effet.

Brusquement, elle eut l'impression d'avoir le flair d'un animal pourchassé.

— Tu sais qui c'est, Isha ?

— Non, mais concentre-toi sur le show.

Ce qui n'était qu'un petit vent de panique se mit à souffler comme une bourrasque.

— Je veux savoir, Isha. Dis-moi, s'il te plaît.

— C'est cet homme d'affaires italien, le P-DG d'une société financière, un ours paraît-il, dont on a beaucoup parlé dans les médias ces derniers temps. Il aurait un lien avec les Brunetti et leur en voudrait à mort – ça a fuité dans la presse. En fait, ce serait le fils illégitime de Silvio Brunetti, un coureur, qui ne l'a jamais reconnu. C'est un certain...

— Vincenzo Cavalli, dit Alessandra, complètement retournée.

Le cœur battant comme un gong, perdue, elle inspira aussi profondément qu'elle put et, raide comme un piquet, avança sur le podium. Les haut-parleurs hurlaient des chansons rock à propos de filles qui vivaient à trois cents à l'heure et brûlaient la chandelle par les deux bouts.

Tout à fait mal venu, se dit-elle.

Il fallait qu'elle assure si elle voulait faire changer d'avis l'homme, assis au premier rang, qui la dévorait de ses insondables yeux gris.

Il était trop tard pour reculer, maintenant qu'elle avait signé un pacte avec le diable.

Vincenzo avala la dernière goutte de son whisky et monta sur la terrasse. La vue à trois cent soixante degrés donnait notamment sur le night-club qu'il avait ouvert récemment. Le voir, ce soir, sorti des ruines d'un ancien dépôt de la société des chemins de fer, l'emplissait d'une immense satisfaction.

Ce night-club confidentiel n'était plus si secret maintenant, car ce que Milan comptait de *modeux* l'avait découvert et il fourmillait de people qui avaient assisté au défilé. Les haut-parleurs diffusaient du hip-hop tandis que les serveurs régalaient les invités de cocktails de toutes les couleurs.

De son poste d'observation, Vincenzo distinguait, malgré la lumière qui flashait tour à tour sur les petits groupes agglutinés là, sa chère petite femme.

Son regard revenait sans cesse sur elle, elle lui avait beaucoup manqué pendant ses deux semaines d'absence et il ne se lassait pas de l'admirer.

Il avait toujours aimé le risque. Toujours défié la chance et gagné, sinon il n'aurait pas cherché à se venger des frères Brunetti qui étaient nés avec d'indiscutables avantages sur lui.

Son mariage avait été un risque, comme ce night-club, mais pas un risque stratégique ou financier à l'image de ceux qu'il prenait d'habitude. Son mariage était un risque d'un autre genre. Qui finirait par payer.

En bas, Alessandra virevoltait comme un papillon, ou butinait telle une abeille allant de fleur en fleur. Son corps, ferme mais aux lignes souples, qu'elle entretenait avec une discipline de fer, rendait justice à sa robe. Le décolleté en V, très profond, laissait voir l'arrondi de ses seins sans un soupçon de provocation ni de vulgarité. Elle était tout simplement élégante et il était difficile de détacher les yeux de sa sublime silhouette. Un petit volant, qui flirtait avec le haut de ses cuisses, fronçait juste sous ses fesses que Vincenzo serrait encore dans ses mains pas si longtemps auparavant.

Il eut un sourire amer. Ce genre de plaisir n'était pas près de se renouveler. Mais il serait patient. Il gagnerait Alessandra comme il avait toujours tout gagné dans sa vie professionnelle.

Savoir que la femme qu'il avait épousée était un top model de renommée internationale sur laquelle les hommes fantasmaient était une chose. Le constater de ses yeux en était une autre. En bas, ils folâtraient tous autour d'elle comme des mouches.

Tout le monde adore Alessandra, lui avait-on dit un jour.

Il en avait la preuve. Pourtant, c'était lui qu'elle avait choisi après seulement quelques courtes semaines.

Je ne suis pas un prix, Vincenzo. Ni un trophée. Ni un gros lot.

Ces mots, qu'elle avait lancés dans sa colère, se télescopaient dans sa tête. Il savait qu'être fier d'elle n'était que pure vanité, mais il ne pouvait s'empêcher de se répéter *Elle est à moi, cette beauté. Seulement à moi. Rien qu'à moi.* Cette réaction, indigne de lui, lui ressemblait peu. Et pourtant...

Voyant un homme la suivre de groupe en groupe comme une guêpe, il commença à grogner. Ce balourd d'Espagnol de Javier Diaz, peut-être ?

Alors que Vincenzo gardait un œil sur lui, prêt à voler au secours d'Alessandra si besoin, elle renvoya l'importun avec une remarque, apparemment blessante, qu'il ne se fit pas répéter deux fois. Malgré son agacement, Vincenzo sourit. Il n'avait pourtant pas de quoi être satisfait car, mis à part un discret signe de tête quand elle l'avait aperçu, elle l'ignorait depuis le début de la soirée.

Mais pas question de s'en formaliser. Elle avait besoin de décompresser après le stress du défilé. Lui-même, agité de pulsions qu'il contrôlait mal, devait se calmer avant de la revoir.

Alors qu'il comptait, pour retarder le tapage, ne pas annoncer immédiatement leur mariage et se garder du temps pour respirer un peu tous les deux, tout s'était précipité. Son lien avec les Brunetti avait fuité dans la presse.

Il avait ajourné un voyage à Pékin pour négocier avec les médias et gérer la crise que cette annonce avait causée au sein de BFI.

Est-il vrai que Silvio Brunetti a séduit la femme de ménage d'un hôtel et que vous êtes né de cette liaison ?

Êtes—vous vraiment le fils illégitime de Silvio Brunetti ?

Quels sont vos projets concernant BFI ?

Un journal à scandales avait même titré *Le bâtard Brunetti*... Vincenzo lui revaudrait cela un jour.

En arrivant au quartier général de BFI, le matin même, il avait eu quelques défis à relever. Était-ce Alessandra qui avait vendu la mèche, lui attirant ainsi des ennuis considérables ?

Finalement, il était arrivé au défilé énervé et décidé à en découdre avec la femme qui, semble-t-il, l'avait une fois de plus trahi.

La voir défiler sur le podium – avec une démarche d'automate, une assurance presque effrontée et la moue boudeuse de rigueur – avait stoppé net sa colère.

Dans un soutien-gorge rouge sang qui rehaussait ses seins déjà hauts, un bikini assorti, des talons hauts cuivrés comme ses jambes et les cheveux ramassés en un chignon qui dégageait la structure de son visage, elle était irrésistible. Aussi longtemps qu'il vivrait, il reverrait cette image de la perfection féminine incarnée.

Son rouge à lèvres rouge vif, qui accentuait encore sa moue, était une pure leçon de sensualité. Cette femme était un péché.

Soudain, elle leva les yeux, provoquant en lui la réaction violente qu'il aimait... et redoutait. Et puis zut ! Il en avait assez de la regarder de loin comme n'importe quel homme. Assez de tourner autour du pot, de la ménager sous prétexte d'une faute qu'il estimait ne pas avoir commise. Assez de lui laisser du temps et de l'espace pour évacuer son chagrin.

Il fallait que le monde sache qu'elle lui appartenait. Que la nouvelle explose comme une bombe et se répande,

Alessandra Giovanni a épousé le bâtard Brunetti.

Penché sur la rambarde en fer forgé de la terrasse, il accrocha son regard et lui fit signe de monter. Devant son air insolent, il éclata de rire. Mais le souvenir de ses yeux sombres, voilés par la passion quand, torturée par le désir, elle s'offrait à lui, lui mit le feu aux reins...

Il était habitué à prendre, habitué aux femmes qui se donnaient sans retenue, il n'accepterait rien de moins de celle qu'il avait épousée.

Le sursis de quinze jours qu'elle avait obtenu était épuisé. Fallait-il qu'elle soit folle pour s'imaginer qu'il s'en irait après le défilé sans chercher à la voir !

Alessandra n'en revenait pas. Vincenzo était à la terrasse et la suivait du regard, de ses grands yeux gris qui semblaient dire « tu es à moi ».

Comment osait-il lui faire signe de monter, d'un geste de la main ? Pour qui la prenait-il ? Pour une marionnette ?

Elle hésita pourtant à monter. Leur rencontre à Bali l'avait troublée comme jamais aucun homme ne l'avait fait. Greta avait tenté de lui faire comprendre qu'elle était naïve et même sotte de ne pas voir qui il était, mais cela avait été peine perdue. Elle était alors si sûre de lui qu'elle n'avait pas cru Greta. S'il y avait un domaine qu'Alessandra pensait bien connaître – pour avoir navigué dans ses eaux troubles depuis l'âge de seize ans —, c'était le monde des hommes.

Elle avait été importunée, draguée, harcelée, avait reçu toutes sortes de propositions, du plus modeste manager au plus riche producteur, du designer débutant aux P-DG de multinationales. C'était cela, les hommes. Des coureurs, des prédateurs.

Vincenzo n'était pas de ceux-là. Elle l'avait tout de suite classé à part. Bien que conscient de sa position et de son pouvoir, il gardait les pieds sur terre. Sa réserve et le respect dont il avait fait preuve, le soir de leur rencontre, en la quittant sans chercher à obtenir ses faveurs, l'avaient étonnée. Cela lui avait plu.

Elle ne s'était pas trompée à son sujet. C'était un homme profond, capable de sentiments sincères, contrairement à la plupart des hommes.

Mais il avait étouffé ces sentiments, année après année, dans sa soif de vengeance envers des gens qu'elle adorait. Et elle ne le laisserait pas faire.

Pas étonnant que Leo ait pensé qu'elle avait « fondu un plomb », comme il disait. Quant à Massimo, il s'était contenté de sourire, et, avec un clin d'œil, lui avait donné un conseil :

Trouve de la dynamite si tu veux ébranler la montagne que tu as l'intention de faire sauter !

Elle monta la dernière marche et regretta aussitôt de ne pas être restée en bas, en sécurité au milieu de la foule. La terrasse où il se trouvait était vaste et abritée des regards curieux. Trop confinée. Trop de recoins discrets, de canapés moelleux, cachettes idéales pour accueillir les corps brûlants de désir de jeunes mariés privés d'intimité depuis un mois.

— Tu n'es pas mon seigneur et maître, lui lança-t-elle, sur la défensive dès le départ.

— Tu es montée, pourtant !

— Pas pour me bagarrer. Ce n'est pas le moment.

— Je vois que tu connais tes limites.

— Quelles limites ?

— Tu le sais très bien. Tiens, assieds-toi.

— Non, je n'en ai pas envie.

Il s'était avancé et était sorti de l'ombre. Un spot éclairait désormais son visage. Et il flottait autour de lui une odeur fraîche de citron vert.

— Comme tu voudras.

Sa voix la fit frissonner. Sa voix de basse, rauque, sensuelle, avec laquelle il prononçait son nom quand il la désirait et, enfin, la pénétrait.

Mais il y avait autre chose, ce soir. Quelque chose de plus.

Elle se décida à le regarder. Il avait enlevé la veste de cuir fauve qu'il portait pendant le défilé, défait quelques boutons de sa chemise gris anthracite, et ses manchettes. Un coup d'œil sur son torse et sur le duvet noir qui lui faisait un effet incroyable quand elle frottait sa peau nue contre lui… Une folle envie de se jeter à son cou l'envahit.

Mais il souriait, un sourire narquois qui lui plissait les yeux. Bon sang ! Il se fichait d'elle !

— Je te trouve bien rouge, *cara mia*. Quelque chose de frais te ferait peut-être du bien ?

Elle étouffait en effet, mais pas à cause de la chaleur ambiante.

Elle empoigna la rambarde en fer.

— Non, ça va. Et cesse d'être aussi…

Aussi irrésistible. Aussi sensuel. Aussi viril.

— Aussi quoi ?

— À mes petits soins. Comme si j'étais…

Elle secoua la tête si fort que son chignon se défit. Les épingles tombèrent sur la terrasse en marbre avec un léger cliquetis de métal.

— Zut ! dit-elle en se baissant.

Mais il la devança.

— Laisse tes cheveux comme ça, dit-il.

— Non.

Elle commença à les relever, à refaire son chignon.

— Le monde entier vient te voir défiler en bikini, dans un petit bout de tissu riquiqui… Je n'ai rien contre, personnellement, mais tu imagines les hommes au sang chaud quand ils te voient comme ça…

Il profita de ce qu'elle levait les bras pour admirer sa poitrine, vit le sang battre dans la petite veine bleue à la base de son cou, s'en émut.

— Ça fait deux semaines que je rêve de toi, princesse, de te voir écroulée sur mon lit, les cheveux défaits… Ce n'est pas encore pour demain, j'en ai bien peur. Je te le demande pourtant, c'est ton mari qui te le demande, bien que tu lui aies planté un poignard dans le dos.

— Un poignard dans le dos ?

— Oui, en prenant le parti des Brunetti, encore et toujours.

À sa voix, elle comprit qu'il ne plaisantait pas.

— Qu'est-ce que tu racontes ?

Il pencha la tête et, le front plissé, scruta son visage.

— Ce n'est pas toi qui es à l'origine de la fuite dans la presse, peut-être ? Tu sais que tu as ruiné ma réputation dans le milieu milanais de la finance.

Ahurie, elle le dévisagea.

— Moi ? Mais tu es fou ! Je n'y suis pour rien ! Franchement, Vincenzo, pourquoi te mentirais-je ? Quel intérêt, au point où nous en sommes ?

— Tu es belle même quand tu m'agresses, *cara*.

— Tu es superbe même quand tu es diabolique, Vincenzo.

Il rit et les petites rides réapparurent de chaque côté de ses yeux. C'était charmant. Cela lui donnait un petit quelque chose d'un chat. Comment garder ses distances quand elle n'avait qu'une envie, qu'il la prenne dans ses bras et l'emmène loin d'ici ? Qu'ils oublient tout sauf que leur bonheur passait avant le reste, leur bonheur, leur désir, leurs étreintes. Et, ensuite, leur avenir. Que c'était elle qui passait avant tout.

— Je n'ai rien dit à personne, Vincenzo. Crois-moi. Tu ne réfléchis peut-être pas avant de faire mal, mais je ne suis pas comme ça. Surtout quand je sais combien le petit garçon que tu étais a souffert du sentiment d'injustice.

Il la regarda longuement, hésitant manifestement.

— En ce cas, ça ne peut être que ta charmante belle-mère, Greta.

— Tu vas un peu vite, non ? Décidément, tu ne peux pas t'empêcher de te voir des ennemis partout.

— À qui d'autre veux-tu que ça profite ? répondit-il. Ce qu'elle a fait est intelligent. J'ai perdu du terrain chez BFI. Deux membres du conseil d'administration qui devaient voter pour moi contre Leo ne m'ont finalement pas donné leurs voix. Les actions en Bourse de Cavalli Enterprises plongent depuis que la nouvelle est tombée. *Le bâtard Brunetti*, ça sonne bien. Quel joli surnom !

— Arrête. Tu as voulu attaquer de front Leo et Massimo, qui sont deux hommes d'affaires respectés. Tu t'es attaqué à BFI dont ils ont redoré le blason. Tu ne penses pas que tu devrais faire une pause et réfléchir à ce que…

— Je me moque de ce qu'on pense de moi. J'ai passé vingt ans de ma vie à traquer la moindre de leurs faiblesses pour les anéantir, tu ne voudrais pas que je baisse les bras maintenant ? Non, Alessandra, non, je ne vais sûrement pas m'arrêter en si bon chemin.

Elle soupira mais, décidée à lui tenir tête, continua.

— Si je suis capable, moi, de changer de vie, tu dois le pouvoir toi aussi.

— Ça va, Alessandra. Lâche-moi, s'il te plaît.

Il regarda la foule qui s'agitait en contrebas.

— Il ne t'a pas fallu longtemps pour rompre notre accord, dit-il brusquement.

— *Notre* accord ? Dicté par toi, je te rappelle. Qui voulait que je me tienne tranquille pendant les trois mois à venir ? Que je me taise tout en restant à tes côtés, les bras ballants, à te regarder détruire ceux que j'aime le plus au monde ? Ça ne sera jamais moi, ça, Vincenzo. Mets-toi bien cela dans la tête.

Ils se turent. Le silence s'éternisant, il reprit.

— Tu étais superbe sur le podium, aujourd'hui. Je comprends pourquoi tous ces *modeux*, comme vous dites, se lamentent que tu partes.

— Peut-être mais j'ai fait le tour de ce milieu. J'ai décidé d'arrêter... Sur un coup de tête, c'est vrai. Je ne supportais plus les conditions de travail des salariés du labo de cosmétologie que je représentais. Ma vie privée ne me satisfaisait plus, également. Pas de vie privée, le vide et la solitude après les feux de la rampe.

D'un signe de tête, il lui montra la piste de danse.

— Et lui, là ?

Sans même regarder, elle sut. Un instant, elle songea à frimer, à embellir sa relation avec Javier, par simple orgueil. Pour rabaisser aussi le caquet de Vincenzo et qu'il perde de sa superbe. Elle voulait revoir l'éclair de jalousie qui avait illuminé son regard quand il lui avait demandé si elle l'avait épousé par dépit.

Finalement, elle repoussa cette idée. Les mensonges n'étaient pas son fort.

— Ça faisait longtemps que ça n'allait plus entre nous. Quand je lui ai dit que j'allais arrêter le mannequinat, il a montré son vrai visage. Je ne l'intéressais plus car il n'allait plus pouvoir se servir de moi pour briller lui aussi, ni côtoyer un monde dans lequel il rêvait d'être comme un poisson dans l'eau. Sans moi, tout cela lui échappait.

Elle haussa les épaules. Cela lui faisait encore mal. Incorrigible romantique, elle avait cru partager avec Javier LE grand amour, pour se rendre finalement compte qu'il ne l'aimait pas pour elle mais pour ce qu'elle représentait. Aujourd'hui encore, la pilule était amère et dure à avaler. Un peu moins – tout de même – que lorsqu'elle avait appris qu'elle n'avait été qu'un poids pour sa mère, une obligation, le châtiment pour expier la faute d'une liaison extraconjugale avec Silvio.

— Il rôde toujours autour de toi, je l'ai vu.

— Tu m'as dit que je n'étais pas mal, aujourd'hui. Il doit se demander s'il ne me laisse pas partir un peu vite.

— Après votre dispute, tu l'as quitté tout de suite et tu es partie pour Bali, c'est ça ?

— Quelque chose comme ça. Ce jour-là, mon impulsivité m'a bien inspirée. J'ai pris la bonne décision en partant. Depuis, je suis lucide, je sais que c'est la fin de ma carrière, et que me retirer de ce monde-là est vraiment ce que je veux. Tu n'imagines pas à quel point ça me donne des ailes. Je me sens libre. Aujourd'hui, sur le podium, tu l'as remarqué d'ailleurs, j'étais sur un petit nuage. Je pense effectivement que je devais rayonner. Je vais finir au sommet, Vincenzo. Zéro regret. Pas de regard en arrière pour aborder le nouveau chapitre de ma vie.

— Tu sembles très déterminée.

— Absolument.

— Profitons-en, alors. Annonçons officiellement à tout le beau monde qui festoie ici ce soir le secret – qui n'en est plus un – de notre mariage.

— D'accord, répondit-elle en balayant des yeux les invités qui se pressaient dans le night-club. La plupart des journaux ont dépêché des photographes à l'occasion du défilé. Comment comptes-tu le leur annoncer ?

Il vint si près d'elle qu'elle frissonna et, instinctivement, se pencha vers lui. Il en profita pour remettre ses cheveux en place, lui effleurant le visage. Dans son élan, il posa la main sur son cou, sans appuyer, lui laissant tout loisir pour reculer.

— J'ai très envie de t'embrasser, dit-il. Que tu me témoignes un peu d'intérêt avant de faire cette annonce.

La musique était partout. Le contact de sa main sur son visage, après des mois de privation, lui fit l'effet d'une étincelle… Elle allait dire oui. Elle le savait. Il le savait. Il ne bougeait pourtant pas et elle ne voulait pas faire le premier pas de peur de passer pour une allumeuse.

Elle se passa langoureusement la main dans les cheveux puis battit des cils, lui coulant des regards énamourés.

— Tu m'en veux de t'avoir quitté comme ça, dit-elle, accompagnant sa réflexion d'une moue capricieuse. Tu veux me punir.

— J'ignorais que t'embrasser était une punition, ma belle.

Elle se pencha à son oreille.

— Ce n'en est pas une. Au contraire. J'adore. Et tu le sais. Même si je n'ai plus confiance en toi.

Elle vit une veine gonfler sur son front.

— Tout ce que je veux, c'est embrasser ma femme après les mois passés seul dans mon lit. Seul quand je vais me coucher, seul quand je me réveille au milieu de la nuit et que j'ai envie de toi à en avoir mal et que je sais que je n'ai que ma main pour me soulager, seul au petit matin. Et pendant ce temps, je me rappelle comme c'était bon, cette première fois, à Bali, quand je t'ai prise à la belle étoile.

— Oui, c'était bon, dit-elle simplement.

Elle ne saurait jamais plus minauder, jamais profiter du désir qu'elle lui inspirait, comme à cet instant.

— OK, allons-y, dit-elle. Finissons-en avec cette affaire.

— On dirait que tu te prépares pour la guerre.

— Tu ne penses pas que la guerre a déjà commencé ?

— Je suppose que tu vas dire que c'est moi qui ai déclaré les hostilités.

— Oui.

— Et que je dois signer la paix ?

— Non, c'est moi. Sache que j'ai bien l'intention de gagner.

— Je ne me suis pas marié pour me battre, Alessandra. Je rêve d'une vie calme avec une femme raisonnable, dit-il en soupirant.

Elle posa les mains à plat sur son torse – son cœur battait très fort sous sa chemise grise – et vint tout contre lui, se plaqua, cuisses contre les siennes. Elle sentit les battements de son cœur s'accélérer, se serra davantage encore. Sentant qu'il la désirait, elle se troubla.

— Tu te rends ? triompha-t-il.

— Jamais.

Elle fit glisser ses mains vers son cou, puis plus haut, empoigna ses cheveux, les souleva. Elle pencha la tête. Le souffle tiède de Vincenzo effleurait sa joue. Son odeur, mêlée à son parfum, l'excita. Elle lui rappelait leurs longues nuits paresseuses et le plaisir indescriptible qu'elle avait pris avec lui.

— Sauf si...

— Si quoi ?

Tout doucement, elle posa les lèvres sur les siennes et, le tenant fermement par la nuque, plaqua sa bouche sur la sienne.

— Si tu te laisses aller. Je veux que tu te perdes, que tu te noies en moi. Jusqu'à ce que tu ne saches plus ce qui est bien, ce qui est mal. Jusqu'à ce que...

Elle ne termina pas sa phrase, déjà Vincenzo reprenait sa bouche. Mais, très vite, il recula. Ce fut elle, alors, qui se rapprocha. Elle passa la langue sur ses propres lèvres puis sur les siennes. Elles étaient douces et lisses, elles étaient tendres. Elles étaient gourmandes, et savoureuses aussi, et lui rappelaient les nuits magiques de Bali...

Essoufflée, elle reprit sa respiration, haleta quelques secondes, le regarda, reprit ses lèvres et les mordilla, joua avec elles mais ce n'était pas assez. C'était loin d'être assez.

Elle glissa la langue dans sa bouche et frissonna de plaisir. Après les montagnes russes de ces derniers mois, elle revivait. Elle aimait le goût de ses lèvres, de sa bouche, elle aimait son souffle sur sa peau, ses mains sur son corps, elle aimait tout de lui. Il l'enfiévrait, la rendait folle, l'emplissait de tout ce qu'elle avait connu et désirait encore.

Ondulant contre lui, elle reprit sa bouche avec une faim sauvage. Elle la lécha, la mordilla. Mais elle voulait plus, elle voulait sentir autre chose sous sa langue. Quelque chose d'aussi doux, d'aussi lisse, d'aussi moite que ses lèvres. Cette chose ferme, excitante... qui l'avait propulsée si loin, lui découvrant mille merveilles... Un monde insoupçonné.

La main qu'il avait posée sur son dos glissa sur sa peau. Ses doigts, qu'elle connaissait si bien, l'effleuraient, légers comme des ailes de papillon. Ils caracolaient, volaient sur ses hanches, sur ses fesses.

Elle s'enhardit, dévora ses lèvres.

— Doucement, *cara*. Doucement, s'il te plaît. Je ne vais nulle part, dit-il dans un murmure.

Comme si une main l'avait giflée, elle recula, le souffle coupé et le regarda. Il avait beau faire semblant de contrôler ses émotions, il avait le regard fiévreux, les traits tendus et la respiration saccadée.

— Assez de démonstrations d'affection comme ça, dit-elle, reprenant son souffle. Allons annoncer notre mariage.

Il la dévisagea, interdit. Comment pouvait-elle, après tant d'audace, faire preuve d'un tel sang-froid ?

— OK, dit-il.

Alors qu'ils descendaient, marche après marche, hanche contre hanche, l'escalier, Vincenzo ne pensait qu'à se libérer du désir emprisonné dans ses reins douloureux, et Alessandra se demandait comment une victoire pouvait à ce point être ressentie comme un échec.

6

La brise, étonnamment fraîche pour un jour de septembre, fouettait le visage d'Alessandra et plaquait son chemisier en soie et sa jupe longue contre son corps. Debout sur le perron des Brunetti, d'humeur aussi changeante que le vent, elle attendait. Ces gens, avec leur intransigeance, étaient tous plus insupportables les uns que les autres. Ils l'exaspéraient.

Elle discutait avec Greta, qui rejetait catégoriquement l'idée de faire des excuses à Vincenzo, quand le rugissement de la Lamborghini de celui-ci les avait interrompues.

Alessandra soupira. Si ce que Vincenzo lui avait rapporté était exact, Greta avait eu une attitude inqualifiable envers sa mère et lui. Même Massimo avait été outré. Comment cette femme, qui l'avait accueillie à bras ouverts, avait-elle pu être aussi abjecte envers deux malheureux, et les livrer à la rue ?

Greta faisait son possible, à l'époque, pour canaliser son fils Silvio, un monstre d'égoïsme menaçant de détruire la vénérable BFI et les vies de Leo et Massimo, mais cela n'excusait rien.

Alessandra, désespérée, haussa les épaules. Greta refusait également de comprendre que son mariage avec Vincenzo n'avait pas été un coup de folie et qu'elle ne pouvait pas rompre maintenant. C'était horripilant.

Vincenzo, nonchalamment adossé à sa Lamborghini, était très chic, comme d'habitude, et pourtant très simplement vêtu d'un pull en V et d'un jean. Les tenues savamment décontractées lui allaient à merveille. Elle avait rencontré nombre de top models masculins mais aucun ne lui arrivait à la cheville.

Avec sa suffisance habituelle, il tourna les yeux vers elle.

— Je croyais qu'un chauffeur devait venir me prendre, dit-elle.

Il se redressa et avança vers elle d'une démarche chaloupée.

— Oui, mais je voulais bavarder un peu avec toi. J'ai entendu ton discours au Sommet pour les Femmes. C'était novateur.

— Merci.

Il était tout près, désormais.

— Je ne pensais pas épouser un jour une femme aussi influente. Des galas de charité, des conférences, des défilés, des séances photo... Je me sens comme le pauvre mari qu'on délaisse.

L'admiration qui perçait dans sa voix la fit sourire.

— Tu n'es pas le pauvre mari *je ne sais quoi*, Vincenzo.

Elle tendit la main pour remettre en place la mèche que le vent avait soufflée dans ses yeux. Vincenzo recula.

Le chemisier en soie sans manches qu'elle portait était ajusté et découvrait cinq centimètres de peau au niveau de la ceinture. La doublure de sa jupe lui arrivait juste au-dessus du genou tandis que la jupe elle-même, en soie elle aussi, tombait jusqu'à ses pieds, lui caressant les jambes dès qu'elle esquissait un pas.

Elle avait un bouton en diamant à chaque oreille, une fine chaîne en or avec un pendentif autour du cou. C'était joli, discret. Ses cheveux, encore humides, étaient nattés, tout simplement. Elle était charmante. Sans fanfreluche, sans chichi.

— Tu es... différente des autres jours, dit-il.

— Tu veux dire *moche* ?

Craignant la réponse, elle s'arc-bouta, retint son souffle.

— Non, charmante au contraire. Tu es superbe quand tu défiles mais j'aime aussi cette version de toi.

— Tu me préfères quand je ne défile pas dans mes trois mini-triangles de tissu, dis-le.

Son éclat de rire creusa deux sillons de chaque côté de sa bouche. Son regard gris se mit à briller comme du métal liquide.

— Si, si, comme ça aussi. Mais tu es plus vraie dans cette tenue. Je retrouve la femme que j'ai connue à Bali, le premier soir.

Du bout du doigt, il suivit les cernes sous ses yeux, qu'elle n'avait pas estompés aussi bien que l'aurait fait son maquilleur.

— Mais tu as l'air fatigué.

Sa voix était tendre, pour un peu elle s'y serait laissé prendre.

— D'après Anna, tu as un emploi du temps impossible.

Elle releva si brusquement la tête qu'il faillit lui mettre le doigt dans l'œil.

— Ton assistante ferait mieux de s'occuper de ses affaires.

Il la prit dans ses bras et la serra si fort qu'elle vacilla.

Le soleil qui baissait le fit cligner des yeux.

— Tu en fais trop, Alessandra. Je n'ai pas besoin d'Anna pour m'en rendre compte.

— C'est mon rythme. Je veux faire tout ce que j'ai à faire pour me rendre totalement libre pour Charlie.

— Tu as de la peine, *cara*. Tu n'échapperas pas au chagrin en t'abrutissant. Personne ne peut faire en deux mois ce qu'il fait normalement en six. Lève le pied, tu dois faire plus attention à toi.

— Aussi loin que je m'en souvienne, je me suis toujours occupée de moi toute seule. Personne ne s'est jamais occupé de moi.

Il leva la main en signe de défense.

— Je ne dis pas cela pour te contrarier mais parce que je me fais du souci pour toi.

Elle se calma. Elle était avec Vincenzo, pas avec un des couturiers pour qui elle défilait et qui l'invectivait parce qu'elle avait perdu du poids et qu'il fallait reprendre la robe.

— J'ai mal dormi.

— Parce que je n'étais pas au lit avec toi ?

— Ce n'est pas ma faute si tu as refusé de passer la nuit ici. Leo et Massimo n'y faisaient aucune objection. C'était l'occasion de connaître un peu mieux tes frèr...

Elle le vit se raidir.

— ... Ces hommes que tu détestes.

— Tu te crois maligne ?

— Pourquoi ?

— Tu t'imagines qu'en restant sous le même toit qu'eux je vais changer d'opinion sur ces... ?

— Je te l'ai dit... Je peux faire ce que je veux dans cette maison. J'ai une pièce qui me sert d'atelier ; je l'ai arrangée à mon goût. Je ne comprends pas que tu n'aies pas accepté. Aurais-tu peur de vivre sous le même toit que ces hommes que tu hais depuis toujours de crainte de découvrir que, tout compte fait, tu les aimes bien ? Pour ce qui est d'avoir mal dormi...

Elle se passa la langue sur les lèvres, déclenchant chez lui une réaction qu'elle perçut.

— Cela n'a rien à voir avec le fait que tu n'étais pas au lit avec moi. À propos de lit, as-tu vu la pub que j'ai faite pour le fabricant de sex toys ?

Il ronchonna et rougit un peu. Cette fois, ce fut elle qui éclata de rire. Pourtant, le cœur n'y était pas. Elle avait envie de lui physiquement, c'était certain, mais elle voulait aussi autre chose, une complicité, un lien plus profond. Et si Greta, finalement, avait raison ? Il n'était peut-être qu'un bon amant, un très bon amant, parfait pour la bagatelle, et rien d'autre.

Au fond, pourquoi l'avait-il épousée ? Pensait-il se servir d'elle pour approcher les Brunetti ? Comptait-il sur elle pour les trahir ? Ou n'était-elle qu'une chose qu'il volait à Greta ? Maintenant qu'elle le connaissait mieux, aucune de ces hypothèses ne lui semblait crédible. Alors, pourquoi ?

— J'ai vu la pub dont tu parles, puisque tu as eu l'amabilité de me l'adresser.

— Ah ? J'ai fait ça ?

La menteuse ! Elle savait bien qu'elle la lui avait envoyée !

Tourner cette publicité l'avait beaucoup amusée et l'adresser à Vincenzo encore plus. On voyait ses jambes nues émergeant d'un nuage de draps blancs vaporeux, le vibreur posé près d'elle.

Elle pouffa de rire.

— Ils m'en ont offert un. « Fais joujou », m'ont-ils dit. Il était joliment présenté dans un coffret doublé de velours rouge. On fait des choses formidables, aujourd'hui. La technologie a fait de ces progrès !

— Oui... bon... et alors ? dit-il d'un ton grinçant. Où veux-tu en venir ?

Son air crispé la fit rire intérieurement. Consciente de l'agacer, elle prit sa voix la plus dégagée pour poursuivre.

— Alors ? Tu m'avais dit que j'étais stressée et qu'il fallait que je me détende. L'autre nuit, comme je n'arrivais pas à dormir, j'ai pensé à cet appareil et me suis dit que j'allais l'essayer.

— Et ?

— C'était la première fois et...

Il se plaqua contre elle, lui leva les bras en l'air, les tendit loin derrière sa tête. Son souffle lui balayait les joues. Il l'écrasait, il était dur contre son ventre...

— À quoi joues-tu, *cara* ? Que cherches-tu au juste ?

Il lâcha ses mains et caressa la bande de peau restée nue au-dessus de sa taille.

— Je peux ? demanda-t-il. J'ai le droit ?

Elle se redressa, se blottit contre lui.

— C'est plutôt à moi de te demander à quoi tu joues, Vincenzo. Tu te sers de moi, depuis le début, pour mener ta campagne de relations publiques. Rien de ce que tu fais n'est sincère.

Il l'écoutait à peine, trop occupé à caresser, à palper, à pétrir cette peau, cette chair, ce corps dont elle s'ingéniait à le priver. Il avait empoigné ses hanches maintenant, et la pressait contre lui, impatient de lui faire sentir l'immensité de son désir.

— Tu crois que tu ne me manques pas, la nuit ? Tu crois que ta publicité ne m'a pas mis sens dessus dessous ? Tu crois que je n'ai pas cherché à me faire du bien, tout seul, en pensant à toi comme le font tes fans, ces voyeurs... alors que tu es à moi ?

Les mains sur ses hanches, il se plaqua contre elle, la serra et commença à se balancer avec elle d'avant en arrière, de plus en plus vite en poussant des gémissements de moins en moins discrets. Leurs râles de plaisir enflèrent jusqu'à troubler la quiétude de la nuit, emplir tout le silence.

Elle se mit à trembler.

— S'il te plaît, Vincenzo...

— S'il te plaît quoi, *bella* ?

Il mordilla son cou. Elle frotta ses cuisses l'une contre l'autre, pressée de sentir, là, entre les deux...

— Tu veux que je te fasse hurler de plaisir ici, à la vue des occupants de la maison ?

Elle lui empoigna les cheveux, nicha sa tête sous son menton, dans son cou.

— Si seulement j'avais pu ne jamais te rencontrer, gémit-elle en se tordant de désir. Si seulement...

Il lui caressa le dos, doucement, paresseusement.

— J'adorerais te donner ce que tu veux, ce que nous voulons tous les deux, mais qui détesteras-tu le plus demain matin ? Moi ou toi ?

Elle inspira profondément comme si elle manquait d'air. Il avait raison. Elle jouait un jeu dangereux qu'elle avait toutes les chances de perdre.

— Laisse-moi partir, dit-elle dans un souffle, la mort dans l'âme.

Il s'écarta d'elle, lentement, en parfait gentleman. Sans le moindre battement de cils qui puisse trahir ce qu'il pensait : qu'il avait gagné ce round.

La voiture s'éloignait de la maison. Alessandra, silencieuse, le visage tourné vers sa vitre, contemplait les sommets des Alpes et les lacs à la surface étincelante comme des écailles d'argent. Vincenzo, au volant, ne parlait pas non plus. Elle jeta un coup d'œil sur ses mains qui glissaient sur le volant avec beaucoup d'élégance. Dans la pénombre de l'habitacle, l'alliance en or qu'elle avait achetée dans la plus luxueuse joaillerie de Bali brillait à son doigt gauche.

Sentant son regard sur elle, elle tourna la tête.

— Peux-tu me dire pourquoi tu boudes, Alessandra ?

— Pas du tout. Je vais très bien.

— Je ne te crois pas. Je sais, j'ai perdu la tête comme chaque fois que je te vois. Mais tu étais déjà de mauvaise humeur.

Sa perspicacité ne la surprit pas.

— C'était la seule soirée que j'avais de libre en deux semaines, je n'apprécie pas que ton assistante m'ajoute des obligations sans me consulter. « Dîner important avec M. Cavalli. Tenue de ville », quelques heures seulement avant le départ, c'est un peu court. Il me faut plus de temps.

Décidément, entre elle et Anna, le courant ne passait pas.

Le joli village de Bellagio, avec ses rues pavées si étroites que la Lamborghini frôlait les murs de chaque côté, la fit sortir de son silence.

— C'est ravissant, dit-elle. Quel bel endroit.

Mais elle se rembrunit aussitôt.

— C'est qui, ce personnage si important que nous allons voir ? Encore quelqu'un de BFI ? Un membre du conseil d'administration prêt à détrôner Leo et Massimo ?

— Pas du tout, *cara*. Nous allons chez un de mes vieux amis. J'aime beaucoup Antonio. Je lui avais dit que je ne voulais pas de fête mais il en a quand même organisé une avec quelques amis pour notre mariage. Alors, sois gentille, ne boude pas. Tu n'as aucune raison de les faire profiter de notre différend.

Étonnée, elle ricana qu'elle ferait comme s'il était son morceau de ciel bleu, le chéri qu'elle rêvait depuis toujours de rencontrer, l'amour de sa vie.

— Arrête de te moquer, Alessandra. C'est important. Je pensais te le présenter à l'occasion d'un petit dîner à trois, c'est raté. Ce que je te demande, c'est de ne pas parler, ce soir, de ta fuite pendant notre voyage de noces, ni de ton retour, ni du marché que nous avons conclu pour sauver ton petit frère. Antonio est très formel.

— Je suppose qu'il ne faut pas non plus dire un mot de ce que tu m'avais caché, ni de...

— Antonio connaît mon histoire. Il sait le but que je poursuis depuis des années. Il sait tout ce que j'ai fait.

Tout ce qu'il avait fait...

Subitement, c'était comme si elle recevait une clé pour ouvrir le monde secret de cet homme. Le comprendre mieux. Trouver un moyen de le stopper. De se convaincre qu'ils avaient eu raison de se marier. Que c'était un beau projet. Viable. Et qu'ils pouvaient encore éviter le naufrage.

Vincenzo gara la voiture au bord du lac. Une petite rue bordée de maisons de toutes les couleurs serpentait vers le centre du village. Alessandra allait ouvrir sa portière quand, tendant le bras en travers de sa poitrine, il la retint.

— Ça fait trois semaines que nous sommes en représentation, dit-il. Depuis que nous avons annoncé notre mariage. J'ai pensé qu'une soirée tranquille nous ferait du bien à tous les deux. Pas besoin de se précipiter chez Antonio.

— Tu ne pouvais pas me le dire plus tôt ?

— Bon sang ! Mais qu'as-tu pour être de si méchante humeur ?

— Il y a des choses que je ne peux pas pardonner, Vincenzo. Je n'y peux rien, je ne peux pas.

— Moi non plus ! Tu crois peut-être que j'oublie que tu es revenue vers moi par intérêt ? Tu n'oublies pas une seconde les liens que tu as avec cette maudite famille. C'est toi qui as voulu montrer au monde entier que tu étais capable de te poser, de mener une vie... normale. Je mens, peut-être ?

— Non. Mais ce mariage n'était qu'une opération de relations publiques pour toi. Il n'y avait qu'une photo de notre mariage à Bali, j'ai demandé à un badaud qui se trouvait là de la prendre. Et cette photo, tu l'as donnée à la presse – toi ou ta gracieuse assistante ? – sans m'en parler.

Il la regarda, incrédule.

— Je sais maintenant pourquoi tu t'es marié, dit-elle. J'ai essayé de ne pas y penser, de me persuader que ce que j'espérais n'avait plus d'importance. Que tout ça, c'est pour Charlie. Mais j'ai du mal. J'attendais tellement de notre...

Elle haussa les épaules.

— Mais cette photo... est importante pour moi. Ce mariage a été vrai... Enfin, pour moi. En fait, il a été le moment le plus vrai de ma vie et tu l'as utilisé à des fins diaboliques, pour manipuler... Tu me l'as volé.

Tu me l'as volé.

Vincenzo avait beau faire, les paroles d'Alessandra revenaient en boucle dans sa tête. Il avait beau saluer et sourire aux amis qui se trouvaient sur la terrasse d'Antonio, il ne pensait qu'à ces mots, qu'à la tristesse qu'il avait lue sur son visage quand elle lui avait fait ce reproche, plus tôt, dans la voiture.

Tu me l'as volé.

Il lui avait volé ce qui était le plus beau rêve de sa vie. Bon Dieu ! Pour du gâchis, c'était du gâchis ! Il n'aurait pas pu faire mieux.

Il la chercha du regard. Grande, belle, très élégante, elle souriait au milieu d'un petit groupe d'invités qui la buvaient des yeux. Soudain, un jeune garçon qu'il connaissait, Marco, s'approcha d'elle et lui dit quelques mots qui la firent rire. Elle posa sa flûte de champagne sur une console et montra son poing droit à Marco. Le muscle de son bras, le rose cuivré de sa cuisse quand elle releva un pan de sa robe pour se mettre en position de boxer et le plaisir qui se lisait dans ses yeux quand, poing contre poing, elle marqua sa complicité avec Marco… Elle était incroyablement sexy.

Il remarqua que les personnes avec lesquelles il travaillait la voyaient d'un autre œil maintenant, qu'ils révisaient leur jugement. Surpris par sa simplicité, ils prenaient conscience qu'elle était bien plus que ce que son apparence laissait à penser.

— Je ne te voyais pas avec une femme comme elle, dit Antonio, lui tendant une coupe de champagne.

Vincenzo regarda son ami, celui qui avait su être là quand il était perdu. Pas seulement pour l'aider moralement. Il lui avait prêté l'argent dont il avait besoin pour débuter. Vincenzo lui devait tout.

Ça a été le moment le plus vrai de ma vie.

Soudain, il comprit ce qu'Alessandra avait voulu dire et, submergé par les regrets, but sa coupe de champagne d'un trait.

— Tu me voyais avec une femme comment ? rétorqua-t-il.

Antonio haussa les épaules. Un sourire passa sur son visage.

— Tu as choisi un mannequin international, Vincenzo. Les fêtes, les robes haute couture et la grande vie… Le strass et les paillettes… Du vent, Vincenzo. Du vent !

Déçu d'entendre Alessandra réduite à une bimbo, Vincenzo se rebiffa.

— Alessandra est bien autre chose qu'un simple top model. Je te trouve très sévère, Antonio.

— Nous sommes tous victimes de nos préjugés, non ?

Amusé par son propre commentaire, le vieil homme rit tout seul.

— Apprendre que tu te mariais a été un choc. Tu n'avais jamais dit avoir envie de prendre femme.

— C'est exact. Je n'y avais jamais pensé.

— Si j'avais su, je t'aurais présenté quelqu'un, dit Antonio, le regard tourné vers une autre femme.

Vincenzo se retourna. Cette autre femme était Anna, son assistante, qui se trouvait de l'autre côté du salon, raide comme un if, un sourire forcé aux lèvres. Que voulait donc dire Antonio ?

— Il te faut une femme solide, dure comme le roc, Vincenzo.

Qui sache tenir sa place dans ta vie. Pas cette poupée futile et frivole qui arrive tout droit du pays des rêves.

— C'est ma femme, Antonio. Et Anna ne peut pas dire que j'ai eu envers elle la moindre attitude ambiguë. Tu es un homme, Antonio, tu dois comprendre.

Il porta de nouveau son regard sur Alessandra qui bavardait justement avec Anna.

— Tu veux dire qu'il n'y a pas que son physique qui est irrésistible ?

Vincenzo haussa les épaules. Même à Antonio, il ne dirait pas toute la vérité.

Qu'il était tombé raide dingue d'Alessandra dès qu'il l'avait vue et que cela ne se démentait pas.

Que sa fidélité envers les Brunetti le fascinait.

Que sa volonté de faire ce qu'il fallait pour son demi-frère touchait un point sensible chez lui.

Que son empathie quand il était question de lui le troublait énormément.

— Inutile pour l'instant de te tracasser pour ses liens avec les Brunetti. Ça te détourne de ton objectif, dit son vieil ami.

— C'est un casse-tête, pourtant. Ce que j'ai l'intention de leur faire la révulse. Elle essaie par tous les moyens de me faire abandonner mon projet. Enfin, je crois. Mais tu me connais, Antonio. Elle ne tient pas toute la place dans ma vie. C'est une douceur que je m'offre.

La vérité, c'était plutôt qu'il ne pouvait plus se passer d'elle, qu'elle l'obsédait, que lorsqu'elle le regardait avec ses yeux de biche enamourée il fondait et était prêt à lui promettre la lune.

Pour l'heure, il lui aurait promis n'importe quoi pour la voir sourire.

— Alessandra est un cadeau. La femme rêvée pour un homme décidé à conquérir le monde. Elle est la récompense après tous les combats que j'ai gagnés, et pour les suivants, que je vais aussi remporter.

— Tu la regardes avec des yeux… Comme si elle n'était pas ta femme. Comme si tu voulais encore plus.

Plus ? Plus de quoi ? Antonio voyait juste mais Vincenzo fit celui qui ne comprenait pas.

— Dis-moi, Antonio. On dirait que tu as oublié ce que c'est, de regarder une femme que tu désires. Je ne dis pas que je ne suis pas sous son charme.

— Le pouvoir qu'elle a sur toi m'ennuie. Tu lui pardonneras tout, tu oublieras tout pour lui plaire. Je suis vieux mais pas tant que ça. Je me tiens au courant de ce qui se passe. Elle t'a fait perdre des points, avec ce qui est paru dans la presse sur ton passé. Le monde des finances se demande d'où tu viens, comment tu as amassé ta fortune et dans quel but. Tu as perdu le soutien de deux hommes que tu avais dans la poche, ou presque. Il va falloir que tu repartes de zéro pour trouver d'autres candidats prêts à se confronter aux deux Brunetti.

— La fuite dans les journaux ne vient pas d'Alessandra.

— Tu lui fais confiance ?

— Oui.

— On travaille sans relâche depuis très longtemps pour faire plier les Brunetti, Vincenzo. Et ton mariage vient tout bouleverser. Pire, tu...

— Je veux ce qui m'a été refusé toute ma vie, une société florissante mais aussi un foyer, une dynastie. Que me restera-t-il quand j'aurai mis les Brunetti à genoux ?

Il sentait la colère monter en lui, il était fatigué et plein de rancœur, plus qu'il ne l'avait encore jamais été.

— Pour la première fois de ma vie, j'ai fait quelque chose pour moi. Ça n'a été ni une erreur ni une manœuvre stratégique.

Antonio ne voyait-il en lui que son esprit vengeur ? N'était-il rien d'autre qu'une arme pointée vers sa cible ? Un chaos intérieur qui n'avait cessé de grandir et de gronder en lui ? Une fêlure qui menaçait de craquer, comme chaque fois qu'il rendait visite à sa mère ?

Heureusement, il avait rencontré Alessandra. Une bouffée d'air frais. Une femme qui avait fait sa joie par ses rires et sa chaleur. Une femme qui lui avait fait songer à l'avenir.

— Aussi longtemps que ça ne te détourne pas de ton but, dit Antonio, implacable.

Cette rigueur inflexible avait maintenu Vincenzo debout, une sorte de colonne vertébrale qui lui donnait une indestructible confiance en lui. La confiance qu'Antonio lui avait insufflée l'avait mené au sommet du succès et aidé à surmonter les périodes de doute. Mais, aujourd'hui, elle résonnait comme l'écho douloureux d'un passé auquel il ne pouvait échapper.

— Ça ne veut pas dire que j'oublie. De toute manière, je ne peux pas, même si je voulais. Chaque fois que je vois maman...

Il regarda au loin. Sa blessure ne cicatriserait jamais. Dès qu'il voyait sa mère, elle se rouvrait.

— Fais-moi confiance, Antonio.

Le vieil homme posa lourdement la main sur l'épaule de Vincenzo.

— Je te fais confiance. Ce que tu fais n'est peut-être pas si mal après tout. Peut-être pourras-tu utiliser ta femme pour atteindre plus vite ton but ?

Vincenzo, écœuré, eut une sorte de rictus.

— Leonardo Brunetti et toi êtes dans un mouchoir de poche pour la présidence du conseil d'administration de BFI, n'est-ce pas ? Greta Brunetti détient des actions de BFI, non ? Si ta femme est vraiment dans les petits papiers de la vieille dame, elle pourrait la persuader de voter pour toi.

Pour la première fois de sa vie peut-être, un sentiment de dégoût fit bondir Vincenzo.

Je ne te laisserai jamais te servir de moi contre eux, lui avait dit Alessandra.

— Tu voudrais que Greta Brunetti trahisse ses deux petits-fils pour favoriser Alessandra ?

— C'est l'occasion de tester la fidélité de ta femme envers cette famille. De voir jusqu'où tu peux aller avec eux. Penses-y, Vincenzo. Plus vite tu gagneras cette guerre, plus vite tu morcelleras BFI et pourras jouir d'une vie heureuse d'homme marié.

Vincenzo en resta sans voix. Utiliser Alessandra et son bonheur comme arme contre Greta Brunetti ? Il fit une moue dégoûtée. Il faudrait qu'il soit tombé plus bas que terre pour agir ainsi.

— J'aimerais rentrer, si tu veux bien, murmura Alessandra avec un sourire.

Il lui rendit son sourire.

— Tu sais, pour la photo de notre mariage dans la presse, je suis le seul responsable. Je l'ai fait spontanément. Je ne pensais pas que cela aurait une telle importance pour toi. Si j'avais su...

— Peu importe !

— Si, ça importe ! Ce que tu penses m'importe. Je commence à comprendre combien ce que j'ai fait t'a blessée. Sache, quand même, que lorsque je t'ai demandée en mariage je n'avais pas d'arrière-pensée.

Elle le regarda droit dans les yeux et soutint son regard.

— Promets-moi de ne pas te servir de moi pour régler tes comptes avec les Brunetti.

— Non. Notre mariage doit rester en dehors de tout ça. Allez viens, ma princesse. Viens danser avec moi.

Elle ne dit rien et ne bougea pas.

— La nuit est belle. Je veux danser avec ma très belle femme. Je veux montrer à tous ces hommes qui te regardent en salivant que tu es à moi. Rien qu'à moi.

Elle se décida enfin. Prit la main qu'il lui tendait. Et, avec un soupir, se laissa enlever.

Pour Vincenzo tout cessa alors d'exister. La foule autour d'eux, la musique, le clair de lune, plus rien n'existait que l'exquise sensation de tenir Alessandra dans ses bras.

Elle était fluide comme la soie qu'elle portait, souple, et son visage, qu'elle cachait dans le creux de son épaule, était tiède. Elle le tenait par le cou et son souffle chantait un doux murmure contre sa peau. De longues minutes, ils suivirent, en parfaite harmonie, le rythme du slow.

Tu me l'as volé.

— M'as-tu pardonné ? lui chuchota-t-il à l'oreille. Pour la photo à la presse.

— Tu ne changeras jamais.

La défiance de ces quelques mots l'assomma comme un coup de matraque.

— Je... Il y avait quelque chose entre nous quand nous étions là-bas, non ? Maintenant que nous avons pris pied dans la réalité, nous ne nous faisons plus confiance.

Elle releva la tête et le fixa. Puis elle s'écarta et retourna s'appuyer à la balustrade. Autour d'eux, l'assistance continuait à bavarder en les observant.

— Tu sais qu'elle est amoureuse de toi, dit-elle brusquement comme si elle sortait d'un mauvais rêve.

— De quoi parles-tu ?

Elle croisa les bras.

— De ton assistante. Anna. C'est évident. Elle pense… Ils pensent tous que je suis une méchante sorcière et que je ne te mérite pas. Mais dis-moi, vous êtes sortis ensemble ?

Incrédule, il regarda Alessandra puis Anna qui bavardait avec quelques personnes.

La remarque d'Antonio l'avait éclairé sur l'accueil glacial qu'Anna avait réservé à Alessandra.

— Il y a longtemps. Bien avant que je te rencontre. Et ça n'a pas été bien loin. J'ai tout arrêté quand elle a commencé à travailler avec moi.

— Je suppose qu'elle a toujours l'espoir que ça reprenne.

— C'est sûrement de ma faute. Je n'ai peut-être pas été assez clair. Je te jure pourtant que je ne lui ai jamais rien laissé espérer.

— Je te crois.

Elle le dit avec tellement de naturel qu'il la regarda, stupéfait.

— Elle m'a dit que tu avais fait faire des plans pour la villa Brunetti par un architecte. Que tu as l'intention d'abattre la maison pour en reconstruire une autre. Que tu comptes lancer une OPA sur BFI à l'occasion des fêtes du bicentenaire.

Il écarquilla les yeux, sidéré.

— Non. Elle n'a pas pu te dire ça.

Elle l'aurait trahi ?

— Comment le saurais-je, alors ? Elle me déteste parce qu'elle estime avoir un droit sur toi. Elle raconte que je t'ai volé à elle. Elle voudrait que je m'en aille.

— Tu es ma femme, Alessandra. Si Anna ne veut pas voir combien tu es importante pour moi, il faudra qu'elle parte. Je suis désolé qu'elle t'ait gâché ta soirée.

— Moi, je suis désolée que tu me caches tellement de choses. Tu ne m'as jamais parlé de tes projets pour la maison des Brunetti. Tu imagines – si notre mariage tient – que je pourrai vivre là, sur les ruines de leur villa ? Y fonder une famille ? De toute manière, Leo et Massimo ne céderont jamais leur propriété.

— C'est ce qu'on verra.

— Aucun amour ne peut vivre sur autant de haine.

— Je ne t'ai jamais demandé de m'aimer.

Il vit les yeux d'Alessandra se mouiller et mit cela sur le compte du vent.

— C'est pour ça que tu m'as épousé, *bella* ? Pour vivre un grand amour avec moi ?

Le ton était sarcastique, détestable.

Il était temps qu'ils parlent de l'avenir car il ne changerait jamais d'avis, même pas maintenant qu'elle était dans sa vie.

— C'est par amour que tu m'as quitté en plein voyage de noces, peut-être ?

Toujours le même sarcasme.

Il posa les mains sur ses épaules. Elle se raidit mais ne les repoussa pas.

— L'amour, c'est pour les imbéciles qui ne comprennent pas que la passion peut devenir du poison d'une minute à l'autre. La preuve, Anna risque de perdre sa situation. Par amour, ma mère a cru les belles promesses que lui faisait un monstre et trompé un homme qui l'admirait et la respectait.

— Antonio ?

— Oui. Et quand il a demandé à Silvio Brunetti de se comporter correctement avec elle, qu'il a osé demander à le rencontrer, Brunetti l'a écrasé comme une fourmi. Il l'a ruiné, a détruit sa famille et tous ceux qui ont tenté de l'aider.

Elle regarda la foule qui se pressait là. Elle commençait à comprendre.

— Tous les gens que tu as invités ce soir, tous ces gens dont tu t'es entouré, ce sont tous…

— Oui, ils ont tous été victimes, d'une façon ou d'une autre, des Brunetti.

— De Silvio Brunetti. Pas de Leo, ni de Massimo.

Elle recula, visiblement déstabilisée. Il ne l'avait jamais vue aussi mal à l'aise, contrariée, incrédule.

— Ils sont tous comme moi, dans la destruction, la vengeance.

— Si tu décidais de t'en aller maintenant, ils ne te laisseraient pas partir, je suppose ? Ceci explique leur froideur vis-à-vis de moi. Ils pensent que je vais te retourner.

— Je sais que non, dit-il avec force.

— À la fin, ce sera toi qui paieras, Vincenzo. Toi seul. Pas eux. Tu seras celui qui piétine les cendres du bonheur de ta propre famille, tu auras ruiné toute chance de renouer avec eux.

— Ma famille ? Crois-tu vraiment que je considère Leo et Massimo comme *ma famille* après tout ce que l'on m'a fait ? Qu'on deviendra des frères ? Tu es encore plus naïve que je ne le pensais. Ce n'est pas ma famille. Ils n'ont pas été là quand je crevais de faim. Quand ma mère est devenue l'ombre d'elle-même, sous mes yeux. Quand nous n'avions pas un centime pour la faire soigner.

— Mais tu...

— Ce n'est pas ton combat, *cara*. Laisse tomber.

— Et si ce combat nous atteignait nous aussi, Vincenzo ? S'il détruisait la chance que nous avons, peut-être, d'être heureux ?

— La réponse est entre tes mains, Alessandra. C'est à toi de choisir. Soit tu veux de ce mariage uniquement pour obtenir la garde de Charlie, soit tu le veux pour toi, pour nous. À toi de décider si c'est un marché... ou autre chose. Pour moi, en tout cas, rien n'a changé. Rien depuis l'instant où j'ai glissé l'alliance à ton doigt.

Et sur ces mots, il s'éloigna.

Une tension extrême lui nouait l'estomac. Il aurait pu insister davantage, lui rappeler combien ils s'étaient plu et se plaisaient encore mais il voulait la laisser choisir. C'était à elle de faire le pas vers lui. À elle de *le* choisir.

Lui ne voulait rien d'autre dans la vie.

Comme il rejoignait Antonio et les autres – des gens qui avaient toujours été de son côté, des gens qui le regardaient avec respect et admiration, des gens qui comptaient sur lui pour rétablir la justice après les injustices qu'ils avaient subies, il se dit, pour la première fois de sa vie, qu'il ne faisait plus partie de leur clan.

7

Le vendredi soir suivant, en rentrant d'un séjour épuisant d'une semaine à New York pour voir Charlie, Alessandra découvrit une scène qu'elle n'aurait jamais imaginée.

Profitant de la belle soirée de septembre, Leo, Massimo et Greta dînaient au frais sur la terrasse, mais surtout il y avait, assis à côté de Massimo, Vincenzo. Il releva la tête dès qu'Alessandra pénétra dans la pièce. Malgré son air supérieur, un peu suffisant, il était encore plus séduisant que la dernière fois qu'elle l'avait vu.

Ils échangèrent des regards intenses, appuyés. Pendant quelques secondes, elle oublia sa fatigue, sa rancœur et ses incertitudes.

— Comment va ton frère, Alessandra ? lui demanda-t-il sans chaleur particulière dans la voix.

Elle cligna des yeux, sentit qu'elle rougissait.

— Il va bien. Je le trouve trop raisonnable pour un enfant de sept ans. Il ne pleure jamais, ne dit rien.

— On dit tellement aux garçons que pleurer c'est pour les filles, dit Massimo.

La remarque étonna manifestement Vincenzo.

— Notre père a été très dur avec Massimo, dit Leo.

Visage tendu, Vincenzo regardait tour à tour les deux hommes. Alessandra retint son souffle, persuadée qu'il allait s'insurger contre ces deux hommes qui évoquaient leur enfance malmenée par un homme qui l'avait abandonné, lui, Vincenzo.

Mais il ne releva pas. Peut-être était-ce sa façon de nier la douleur des frères qu'il considérait comme ses ennemis ?

— Charlie m'a dit qu'un des garçons de son école le harcèle.

J'en ai parlé à un professeur qui va surveiller ça. Mais j'ai aussi dit à Charlie de se défendre. À coups de poing, si nécessaire.

Les trois hommes applaudirent, faisant retomber la tension ambiante.

— Viens t'asseoir, *bella*. À moins que tu ne repartes déjà, dit-il, un soupçon de reproche dans la voix.

— Il fallait que je règle les affaires de ma mère à New York. Son mari avait beaucoup de biens. Sans compter que Charlie se sentait abandonné. Je t'ai prévenu que je partais.

— En effet, cinq minutes avant de décoller ! Si je l'avais su plus tôt, je t'aurais accompagnée, Alessandra. Ça aurait été bien pour Charlie, et pour les juges.

Il avait raison. Leur présence à tous les deux aurait rassuré Charlie.

Elle se frotta les yeux.

— Je suis désolée, tu n'as sans doute pas tort. Je n'y avais pas pensé.

Greta reposa bruyamment sa fourchette sur son assiette.

Vincenzo prit les doigts d'Alessandra et les serra mais, agacée, elle retira aussitôt sa main.

Trois paires d'yeux suivaient leur manège.

— Qu'est-ce qui t'a finalement décidé à venir ? demanda-t-elle, prenant un verre de vin.

— Je commençais à m'ennuyer tout seul là-bas, le soir.

— Je l'ai invité, dit Leo. Neha m'a rappelé que nous ne sommes responsables de rien, dans cette histoire. Alors, je le répète devant lui, Alessandra, ni Massimo ni moi ne te demandons de te battre pour nous. Maintenant, si tu n'es pas satisfaite de ce mariage, si pour quelque raison que ce soit tu veux y mettre un terme, nous te suivrons.

La fureur qu'elle vit dans les yeux de Vincenzo, jusque-là impassible, lui fit peur.

— Vous êtes en train de dire à ma femme, devant moi, que si elle veut me quitter vous l'aiderez. C'est quoi, ce jeu, Leonardo ? Quand je pense qu'Alessandra fait tout ce qu'elle peut pour me persuader de ne pas vous ruiner !

Leo ne cilla pas.

— Aucune menace ne me fera oublier mes priorités, Cavalli. Vous pensez que vous avez eu la vie dure ? Vous n'avez pas eu notre père pour vous farcir la tête de venin alors que nous savions à peine distinguer le bien du mal. Vous n'avez pas eu à désapprendre les mensonges inventés pour expliquer les raisons du départ de notre mère. J'ai dû nous protéger de lui, ma famille et moi-même, alors que j'étais à peine adulte. Alessandra fait partie de notre famille, depuis longtemps.

Vincenzo ne pipa mot. Les deux frères continuèrent à parler, d'un ton nettement plus détendu, de la fête à organiser à l'occasion du bicentenaire de BFI.

Elle ne leur avait rien dit du projet de Vincenzo pour abattre la maison et la reconstruire, ni de BFI. Elle ne voulait pas être celle qui donne les mauvaises nouvelles, surtout quand elle n'y pouvait rien. Heureusement, ni Leo ni Massimo n'étaient là quand elle était revenue ce soir-là, bouleversée par ce qu'elle avait appris.

— Tu as noté la date de la fête, Alessandra ? demanda Massimo, inquiet. Il y aura des journalistes, évidemment, et un photographe pour la photo de famille. Ils ont l'intention de tourner un documentaire sur BFI.

— Je pense que je ne participerai pas, dit Alessandra.

Vincenzo posa la main sur la sienne.

— Bien sûr que si, elle participera. Nous serons tous les deux là pour fêter le succès de la vénérable institution qu'est BFI. Surtout ce jour-là.

Si Greta comprit qu'il se moquait, elle n'en laissa rien paraître. Tranquillement elle repoussa sa chaise et se leva. Elle posa la main sur l'épaule d'Alessandra et s'en alla. Sans un mot.

Leo et Massimo lui emboîtèrent le pas. Une fois seule avec Vincenzo, Alessandra se tourna vers lui.

— Que fais-tu ici ? C'est quoi encore, ce nouveau jeu ?

Furieuse, elle claqua son verre sur la table, éclaboussant ses doigts.

— Je ne vois pas pourquoi je vivrais à l'hôtel, comme un célibataire paumé, alors que j'ai une femme ici, à la villa.

— Dis plutôt que tu voulais tourmenter Greta chez elle. Maintenant, si tu t'imagines lui arracher des remords pour ce qu'elle a fait dans le passé, tu peux toujours attendre. Pour elle, le passé, c'est fini. Elle s'est débrouillée comme elle a pu avec les dégâts que cet égoïste de Silvio a causés, et cela l'a endurcie.

— Les dégâts sur lesquels ma vie s'est construite... Des ruines.

— Je ne te demande pas de lui pardonner.

— Tant mieux. Je détesterais te décevoir.

— Vraiment ? J'ai pourtant l'impression que tu te fiches de tout.

C'était assez. Tous ces morceaux formeraient-ils un jour un tout ? Serait-elle éternellement tirée à hue et à dia, incapable de savoir à quel clan accorder sa fidélité ?

Elle recula sa chaise.

— Je m'en vais, je dois me préparer. J'ai une séance photo à Milan. Il faut que je montre ma bobine. Je t'assure que ça ne m'enchante pas.

Il la suivit.

— J'ai appelé ton agent, j'ai annulé la séance.

— Quoi ? Mais de quel droit ? demanda-t-elle, pilant sur place.

— Alessandra, tu ne tiens plus debout. Un souffle de vent et tu tombes.

— La faute à qui ? se rebiffa-t-elle. Je viens de passer une semaine à trier les affaires de ma mère. À voir ce que je garde, ce que je donne. Pour Charlie. Toute une vie dans des cartons, Vincenzo. Et je suis revenue. Je sais pourquoi tu ne peux pas pardonner à Greta ce qu'elle vous a fait, à ta mère et à toi. Mais as-tu pensé une seule minute que j'ai peut-être besoin de toi ? De m'appuyer sur toi ?

— Bien sûr.

— Je suis idiote. Comment ai-je pu imaginer que te faire venir ici était une bonne idée ? Tu as raison, je suis pathétique et...

Il la serra si fort dans ses bras qu'elle cessa de trembler.

— *Chut*, mon trésor. *Chut*, respire, Alessandra.

— Quelquefois je me sens tellement seule. Je peux courir, marcher ou faire n'importe quoi, à la fin je suis seule, c'est terrifiant.

— Regarde-moi, *bella*. Pense à moi. Rien qu'à moi.

Il lui releva la tête. La panique qui l'avait envahie s'était dissipée. En revanche, elle pleurait. Il la serra plus étroitement encore, comme s'il tenait l'objet le plus précieux qu'il ait jamais eu entre les mains.

— Tu n'es pas seule, Alessandra. Je suis là. Je suis désolé, tu avais raison. J'oublie toujours ce que tu as traversé.

À cet instant, il était le havre qu'elle avait espéré toute sa vie. Il était le prince qu'elle avait toujours attendu. Il tenait son cœur dans ses mains.

Elle ne voulait rien de plus que ce qu'elle avait là. Ce corps contre lequel elle était blottie. Cet homme avec qui partager le chagrin qui l'étouffait parfois. Rien de plus que se donner corps et âme à cet homme.

Mais la fille que sa propre mère avait considérée comme une expiation, la fille qui s'était toujours demandé ce qu'elle avait fait de mal, la fille dont le cœur avait été sérieusement meurtri ces derniers mois, releva fièrement la tête.

Elle plongea len regard dans les yeux gris magnétiques qui la fixaient.

— Pourquoi ? Pourquoi fais-tu comme si ce mariage avait de l'importance pour toi ?

Épuisé par le doute qu'il entendait chaque fois qu'elle s'adressait à lui, il jura.

— Parce qu'il est important.

Il se passa la main dans les cheveux.

— Parce qu'il m'a fait entrevoir la possibilité d'un avenir. Toute ma vie, j'ai eu pour seul projet de mettre les Brunetti à genoux. Je suis allé à Bali par curiosité. J'étais curieux de toi et du rôle que tu jouais chez ces gens-là. Mais quand je t'ai vue, quand on s'est rencontrés, je… Cela ne m'était jamais arrivé avec une femme. Non, je ne vois aucun précédent dans ma vie.

Elle inspira profondément, à se brûler les poumons. L'air autour d'elle n'était qu'un bouquet de fragrances. Les sons et les parfums qui foisonnaient autour d'elle lui redonnaient envie d'espérer.

Il avait raison. Elle ne pouvait pas rester ainsi, à nager entre deux eaux, hésitant entre sa famille et lui. Il fallait qu'elle choisisse. Et c'était lui qu'elle voulait choisir. Elle voulait faire le lien entre lui et eux. Être la passerelle qui leur permettrait de se rejoindre. Elle voulait espérer que les choses s'arrangent et que tout le monde s'accorde. S'aime.

— Tu veux vraiment passer du temps avec moi ?

— Je n'ai pas dû passer plus de quelques heures avec toi depuis notre mariage. Soit tu remplissais un de tes contrats, soit tu *les* protégeais de moi, soit tu t'occupes de Charlie à l'autre bout du monde.

Son pouce sur sa joue courait sur ses cernes. Elle était fatiguée, à peine maquillée.

— Je penserais être un mari délaissé si je ne voyais pas que tu te négliges toi-même.

Elle haussa les épaules sans repousser sa main. Elle la voulait sur sa joue, sur tout son visage, elle voulait ses caresses. Elle était épuisée, lassée de se battre. Elle voulait être tenue, serrée. Par lui. Ce besoin lui tordait le ventre, lui faisait mal partout.

— Nous sommes tous les deux très pris, dit-elle dans un murmure.

— Tu me manques, *bella*. Pourquoi crois-tu que je suis ici ? Tu me manques. Je veux passer tout mon temps avec toi.

Il semblait tellement sincère, il la regardait avec des yeux si brillants qu'elle reprit espoir. Mais la douche écossaise de la semaine précédente lui revint en mémoire.

— Tu veux dire que tu as envie de faire l'amour. C'est ça qui te manque.

— Oui.

Gêné, il s'ébouriffa et corrigea.

— Oui et non. Ce qui me manque, c'est faire l'amour avec *toi*.

Sur ces mots, il se pencha sur son visage sans chercher à cacher ce qu'il avait en tête. L'eût-il voulu, l'éclat de ses yeux le trahissait.

Une décharge les électrisa tous les deux. Elle releva la tête et, sentant qu'elle tanguait, se raccrocha à son cou. Alors elle oublia tout, réserve, pudeur, et se mit à onduler contre lui. Tout son corps, chacune de ses cellules criait oui.

Il empoigna ses hanches et les pétrit. Elle sentit ses cuisses contre les siennes, ses cuisses dures qui tentaient de se frayer un chemin entre ses jambes. C'était excitant.

— Arrête de toujours partir, Alessandra, lui dit-il à l'oreille.

Il posa la bouche sur sa joue, son souffle lui caressait la peau. Le cœur battant à se rompre, elle lui tendit ses lèvres, mais au lieu de les prendre, il se figea.

Interdite, elle s'immobilisa à son tour.

— Tu as du sommeil en retard, *bella*. On se rattrapera plus tard.

Vincenzo ferma doucement la porte d'Alessandra derrière lui et, préoccupé par la maigreur de son visage, remonta le couloir qui menait à la pièce qu'il avait, provisoirement, aménagée en bureau.

Le désir, il comprenait. Elle était appétissante, excitante et comblait son goût pour le sexe.

Mais l'émotion qu'il avait eue en la voyant endormie sur le lit, tout habillée, des cernes sous les yeux, cette émotion-là, il ne la comprenait pas.

Complètement ailleurs depuis le début de la visioconférence avec les deux membres les plus influents du conseil d'administration de BFI, tous deux recrutés par Leo, il avait du mal à écouter Massimo, qui l'avait rejoint dans le bureau.

— Vous ne trouverez rien contre Leo. Ni contre moi, d'ailleurs, Cavalli.

La visioconférence prit fin. Contrarié, Massimo ferma son ordinateur portable d'un geste sec.

— Ne faites pas offense à mon intelligence, Cavalli. Cela fait des semaines que vous vous donnez un mal de chien pour trouver des poux à Leo. Ceux qui vous suivent sur ce terrain sont aussi ceux qui ont été en désaccord avec lui quand il a monté un comité d'éthique. Ce sont toujours eux qui ont refusé de céder une miette de leurs dividendes pour assainir le bilan de la société après les dégâts causés par Silvio.

Massimo prit son portable et traversa la pièce.

— Pour quelqu'un qui déteste le nom de Brunetti et tout ce qui va avec, vous leur ressemblez étrangement !

Comme s'il avait reçu un coup de poing en pleine poitrine, Vincenzo suffoqua quelques secondes.

— Non ? insista Massimo. C'est typique des Brunetti, de détruire ceux qui pourraient les sauver. Vous ne l'avez pas constaté dans les recherches que vous avez faites sur nous ? Natalie ne vous a pas dit que j'ai failli la perdre tellement j'ai merdé – excusez ma grossièreté. C'est ça que vous êtes en train de faire avec Alessandra.

Notre père… Oui, *notre* père – il appuya sur le mot – s'est séparé de deux femmes qui auraient pu le détourner de son entreprise de démolition. Songez-y et vous verrez que vous êtes vraiment son fils. Vous lui ressemblez plus que Leo et moi réunis !

À vif, vacillant sur ses certitudes, Vincenzo resta sans voix. Ce que venait de lui dire son « frère » lui avait fait l'effet d'une giclée de vitriol. Détruire les Brunetti et tout ce qui gravitait autour était son unique but depuis des années. Depuis toujours. De nombreuses personnes comptaient sur lui. Pourtant, ces Brunetti commençaient à lui apparaître sous un jour différent. En dépit des attaques qu'il avait menées contre eux, ils ne semblaient pas lui en vouloir. Ils l'avaient même invité chez eux, dans cette maison qu'il lui tardait de démolir. De toute évidence, ce qui leur importait par-dessus tout était le sort qu'il réservait à Alessandra. Pas à eux.

Depuis toujours, il voulait corriger une injustice flagrante mais il n'avait pas l'intention de faire du mal à une innocente. Il se sentait piégé, coincé entre son passé et le présent. Entre ses résolutions et son égoïsme.

Et la femme qu'il avait épousée sur un coup de tête était prise avec lui dans ce chaos. Il la détruisait.

Alessandra arpentait, indécise, l'immense bureau de Leonardo chez BFI. Il fallait qu'elle se décide. Vincenzo avait raison. Qu'elle soit sur place signifiait qu'elle avait quasiment pris sa décision.

Mais elle ne pouvait pas laisser les choses en l'état. Pas après avoir appris le mal que Silvio avait fait à Antonio et à d'autres. Pas maintenant qu'elle comprenait le calvaire qu'avait vécu Vincenzo, et qui expliquait son désir viscéral de justice.

Elle savait maintenant ce qui dopait sa volonté destructrice. Il avait tort mais elle ne pouvait pas le laisser tomber. Elle ne pouvait pas non plus rester là, les bras ballants, s'il y avait une chance de l'aider à panser ses plaies.

— Vous pensez vraiment ce que vous disiez, hier, à la maison ? demanda-t-elle.

Leo et Massimo se retournèrent comme un seul homme.

Derrière eux, le ciel de Milan était zébré de nuées orangées et bleues. Ils semblaient vraiment soucieux.

— Alessandra ? Tu es sûre que tout va bien ? demanda Leo, se levant de son bureau.

Sa cravate était défaite et sa veste accrochée au dossier de son fauteuil. Il avait les traits tirés.

— Je suis désolée, je n'aurais pas dû venir, répondit Alessandra. Je sais que tu te fais du souci pour les futurs bébés et pour Neha. J'ai appris qu'elle a de la tension.

Voyant qu'elle allait partir, Massimo se précipita pour lui barrer le passage.

— Non, *bella*. Ne t'en va pas.

— Bien sûr que je pensais ce que j'ai dit, affirma Leo avec force.

Il posa la main sur l'épaule d'Alessandra.

— Ce combat n'est pas le tien. Tu ne nous dois rien, Alessandra.

Elle se retourna. Leo avait toujours été franc avec elle, et juste ; il s'était juré de ne pas ressembler à son géniteur.

— Dis-nous ce qui te préoccupe, Alessandra. Libère-toi.

— Je... je déteste les non-dits, bafouilla-t-elle. Je sais que vous ne pardonnez pas à Vincenzo ce qu'il vous fait. Ce qu'il vous a fait. Aujourd'hui, moi je le comprends. Cela fait des années qu'il est enfermé dans un désir de vengeance, qu'il se bat pour tous ceux qui n'ont pas la parole... qui n'ont pas les moyens de se défendre. Je sais qu'il se trompe d'ennemis mais il a ses raisons, et elles sont valables. Je vous en supplie, croyez-moi, ce n'est pas un... monstre. Si c'est ce que vous pensez, je romps tout de suite avec lui. Je ne pourrais pas rester mariée avec cet homme, sachant que vous pensez ça de lui. Vous êtes trop importants pour moi. Vous êtes ma famille.

— Cela ne changera pas, Alessandra. Nous savons, nous, que ce n'est pas un monstre, dit Massimo. Même si nous oublions, Neha se chargera de nous le rappeler tous les jours. Un homme qui aide une adolescente perdue ne peut pas être...

— Me pardonnerez-vous si je reste avec lui ? l'interrompit-elle, impatiente d'obtenir leur accord.

Massimo siffla entre ses dents et Leo le fusilla du regard.

— Pas besoin qu'on te pardonne, Alessandra. C'est ta vie.

Ton bonheur. Quoi que tu décides, nous t'aimerons toujours. À condition, bien sûr, qu'il ne te rende pas malheureuse.

— Je sais que non ! s'exclama-t-elle sans réfléchir, sans savoir comment elle pouvait en être sûre.

Elle avait été trop trimballée dans la vie, à fuir, à se battre, sans jamais savoir si sa mère reviendrait... Elle ne pouvait pas, en plus, laisser passer sa chance avec Vincenzo.

— Je sais qu'il ne me rendra pas malheureuse, Leo. Il a ses raisons pour agir comme il le fait. Des tas de raisons. Pour l'instant, il a une obsession mais il faut la dépasser. Je vais tenter de rester avec lui. Je sais qu'il le mérite.

Massimo la prit dans ses bras.

— Cela fait longtemps qu'on se prépare au pire, *bella*. Bien avant qu'il n'entre dans ta vie. Et même s'il nous prend tout ce que nous avons créé, nous recommencerons. Il ne fera pas de nous des va-nu-pieds, fais-nous confiance.

Des larmes plein les yeux, elle réussit à sourire.

Pourquoi Vincenzo ne voyait-il pas qui étaient ces hommes ? Comment ne voyait-il pas que, en dépit des actes odieux de Silvio Brunetti, ses deux demi-frères partageaient les mêmes valeurs que lui ? Ces valeurs qui guidaient sa vie depuis toujours.

— Tout bien pesé, BFI et la maison n'ont pas d'importance. Massimo et moi avons appris la leçon, même si elle est cruelle. Mais peu importe. Neha et les bébés, Natalie... et tous ceux qui comptent le plus pour nous seront toujours là même si Vincenzo nous prend tout. Donc, sois tout à fait tranquille et fais ce qui te semble bien pour toi. Agis selon ton cœur, Alessandra, nous te suivrons toujours, d'accord ?

Alessandra alla vers Leo et se laissa étreindre. C'était ça, la famille. Et c'était ce que Vincenzo n'avait jamais connu. C'était ce qu'elle voulait construire avec lui, pour elle, et pour Charlie. Pour Vincenzo, aussi.

C'était décidé, elle allait faire le pas.

8

Vincenzo ouvrit la porte. D'abord désorienté, il se ressaisit vite et entra. Il avait laissé quelques jours à Alessandra pour se reposer et elle était venue ici comme pour le fuir, pour fuir tout le monde.

L'atelier offrait une vue spectaculaire sur le lac. Il était éclairé comme un château et un désordre indescriptible y régnait, à croire qu'une tornade était passée par là.

Des cartons, certains fermés, la plupart ouverts et débordants de tissus de toutes les couleurs, traînaient partout.

Sur une grande table en acajou – difficile d'en être sûr tant elle était encombrée – étaient ouverts des cahiers à dessin, des carnets de croquis et toutes sortes de papiers. Vincenzo feuilleta un des carnets. C'était des modèles de tous les styles, des centaines et des centaines d'esquisses au fil des pages, depuis des robes de soirée jusqu'aux tenues les plus décontractées, en passant par des ensembles pour être chic même au bureau. Dans un angle de la pièce se trouvaient deux machines à coudre dignes de professionnels, et des portants chargés de robes et d'accessoires à divers stades de finition.

Son attention fut attirée par une liasse de feuilles de papier portant toutes le même logo, deux A entrelacés, mais de différentes tailles. Il allait appeler Alessandra quand un hoquet lui provint du fond de l'immense atelier.

Tant bien que mal, il enjamba le désordre en direction du fond de la pièce, qu'un claustra divisait en deux. Alessandra était là, assise par terre, une bouteille de vin rouge et un verre à demi vide posés près d'elle. Elle lui tournait le dos. Elle portait un haut en dentelle, généreusement échancré dans le dos, qui laissait voir sa belle peau bronzée. Comme chaque fois qu'il la voyait, il retint son souffle tant le spectacle était charmant, et s'efforça de calmer l'excitation qui le gagnait.

— Alessandra, dit-il doucement.

Elle lui lança un coup d'œil par-dessus son épaule et se détourna. Ses yeux brillaient anormalement.

Des larmes ?

Il baissa les yeux. Pour être confortablement assise, elle avait écarté les pans de sa robe en soie, dégageant ses longues jambes de star.

Il s'agenouilla près d'elle, une main sur son épaule nue.

— Oh ! mais tu es gelée !

Elle repoussa sa main.

— Ce n'est pas nouveau. J'ai tout le temps froid, dit-elle d'une voix manifestement chargée de larmes.

En effet, à Bali, elle avait toujours les pieds froids et elle les réchauffait, la nuit, entre ses chevilles.

— Tu sais, quand on s'est rencontrés à Bali..., dit-elle. Non, c'est idiot.

Et elle se tut.

— Quoi à Bali ?

— Je trouvais très romantique que tu aies toujours chaud. Comme si tu avais un volcan en toi ! J'y ai d'ailleurs vu un signe. Que tu me réchaufferais toujours. Pour le restant de notre vie. Tu te rends compte de ma bêtise !

— Ce n'est pas bête, *cara mia*.

Elle remit en place une mèche de cheveux rebelle, dégageant ainsi ses épaules. Elle avait ses diamants aux oreilles et un joli collier. Avec ces bijoux et sa robe de dentelle et soie, couleur ivoire, on aurait dit une mariée.

Pour leur mariage elle ne s'était pas mise sur son trente et un comme aujourd'hui. Mais la cérémonie avait été quelque peu improvisée.

— Ça va, ma princesse ?

Il prit la bouteille et regarda le niveau.

— Je ne savais pas que tu buvais.

Elle haussa les épaules.

— Non, en général je ne bois pas mais ce soir je m'en moque.

Elle lui arracha la bouteille et but au goulot.

— Tu devrais te méfier de moi, je suis méchante quand je suis ivre.

— Je vais prendre ce risque, dit-il d'un ton léger.

Elle s'ébouriffa les cheveux de ses doigts tremblants, s'essuya le nez sur le bras.

Ému par sa détresse, il lui caressa la main.

— Parle-moi, *cara mia*. Que se passe-t-il ?

Elle secoua la tête. *Non*.

— Tu ne veux pas me dire tes secrets ? demanda-t-il, insistant mais d'un ton toujours léger.

Son regard était fiévreux et étrangement intense. Trop vif pour une personne prétendument ivre. Avec ses cheveux qui s'échappaient de son espèce de chignon et sa robe relevée jusqu'en haut des cuisses, elle aurait pu passer pour une souillon. Justement non, elle trouvait le moyen d'être très féminine et diablement excitante.

Elle se lécha les lèvres, aggravant l'envie qu'il avait d'elle.

— Et si je voulais des choses que je ne peux pas avoir ?

— On fera ce qu'il faut, répondit-il.

— Et si le vin ne me fait rien, tu m'aideras, Vincenzo ? Est-ce que...

— Parle-moi de ton atelier, dit-il en lui coupant la parole.

— Ah, ah ! Tu fuis. C'est toi qui as peur maintenant.

— Je te donnerai tout ce que tu veux, Alessandra. Même si c'est te posséder, te prendre comme une brute pour que tu oublies le chagrin que je vois dans tes yeux. Mais ensuite, quand tu te réveilleras demain matin, endolorie, même si c'est d'une douleur exquise, ton chagrin sera toujours là. À t'attendre.

Elle s'essuya la bouche d'un revers de main.

— Je déteste quand tu es raisonnable.

Il soupira.

— Je déteste quand je dois être raisonnable alors que tu me proposes de faire l'amour.

Elle fit la grimace.

— C'est mon atelier, ici. Leo l'a aménagé pour moi. Il ne voulait pas que je me sente exclue.

Le seul nom de Leo le glaça.

— Il avait transformé une des caves à vin pour Massimo, rénové la serre pour lui. Quand il a vu que j'entassais des kilomètres de tissu dans ma chambre, il a arrangé cette pièce. Il avait vingt ans à l'époque, il m'a toujours protégée.

Vincenzo serra les dents. L'évocation de ce Leo…

— Et tu dessines quoi ?

— Des robes du soir, principalement. Je recycle des robes vintage… J'adore ça.

Une larme coula sur sa joue.

— En fait, j'adore et je déteste. Parce que ça me fait trop penser à ma mère. C'était une excellente couturière, bourrée de talent. Une véritable artiste. Je crois qu'elle m'a *au moins* transmis ça. Elle m'a appris à coudre quand j'étais petite. Tous les cartons que tu vois là, c'est à elle. Regarde, son nom est écrit dessus. Alyssa. J'ai voulu les donner, m'en débarrasser, mais je n'ai pas pu. Je suis une sentimentale refoulée.

Elle se força à rire.

— La robe que tu portes, c'est elle qui l'avait faite ?

— Oui. Les bijoux, c'est le notaire qui règle la succession qui me les a remis. Je… Apparemment, c'était le cadeau de mariage qu'elle comptait me faire. Quand je pense que je ne lui ai même pas annoncé que je m'étais mariée ! Quand je t'ai quitté, à Bali, elle m'a retrouvée par le biais de Javier et m'a écrit. Elle voulait qu'on se voie. Je lui ai répondu que c'était un peu tard, qu'elle ne faisait plus partie de ma vie. Je sais, j'ai été cruelle. Et une semaine plus tard, elle était morte !

Il lui frotta les mains pour la réchauffer.

— Elle a trompé mon beau-père. Tu le savais ça ? Avec mon vrai père, le second mari de ma grand-mère. Ils s'étaient disputés, elle est partie, a rencontré Carlos à Milan, a eu une aventure avec lui et est retournée chez son mari… enceinte de moi. Finalement, Steve lui a pardonné… Enfin, plus ou moins. Il m'avait sous les yeux, j'incarnais l'infidélité de sa femme. Mais il n'était pas méchant avec moi. C'est elle qui l'était. Je crois qu'elle ne s'est jamais pardonné son écart. Pour elle, j'étais la punition pour son péché.

Il lui embrassa les mains et les frotta de nouveau.

— C'est à treize ans que j'ai appris tout ça. À ce moment-là, j'ai compris pourquoi elle ne m'aimait pas. J'ai pris contact avec Carlos et je suis allée vivre avec lui en Italie. Je ne voulais plus être considérée comme le produit d'une... inconduite. Un secret honteux. Une arme que ma mère et Steve brandissaient dans leurs disputes. Mais tu sais ce qui est bizarre ? Je lui ai fait les trucs les plus odieux pour la faire enrager et malgré ça elle m'a toujours manqué !

Alessandra était intarissable, se raconter semblait lui faire du bien. Elle ne reniflait plus, ne pleurait plus.

— Je suis devenue de plus en plus proche de Greta. J'ai décidé de devenir mannequin pour faire bisquer ma mère, parce que je savais qu'elle n'approuverait pas. J'ai refusé de lui rendre visite, malgré les appels de Steve. Je voulais lui faire du mal. En fait, c'est moi que je faisais souffrir.

Elle se remit à pleurer. Se sécha le nez.

— Après la naissance de Charlie, elle a voulu reprendre contact avec moi. J'y suis allée, pas pour pactiser avec elle mais pour voir Charlie. Je me demandais comment elle allait l'aimer. Elle l'aimait, ça se voyait dans ses yeux. Elle l'adorait, ce bébé. Moi qui n'avais jamais connu ça, ça m'a dévastée encore plus. Je l'aime beaucoup maintenant mais, quand il est né, j'ai été très jalouse de lui. Tu peux croire ça ? Ce petit bout d'homme avait tout ce qui m'avait été refusé. Et puis elle est morte, et Charlie a tout perdu.

— Chut, mon trésor. Tu n'y es pour rien. Remords et culpabilité font un cocktail dangereux.

Elle éclata en sanglots. Il essaya de la consoler, en vain. Son chagrin lui pesait d'autant plus qu'il en était également responsable.

— Si je te disais qu'elle me manque à peine... Je dois être un monstre.

Il la serra dans ses bras et la berça.

— Non, Alessandra, tu n'es pas un monstre.

Elle lui serra l'épaule.

— Tu as raison, je suis impulsive et je fuis les conflits. Parfois, je me fais peur. Je me demande si je suis vraiment la personne qu'il faut pour Charlie. Et si ma jalousie refait surface ? Et s'il s'en rend compte ? Et s'il s'imagine que je ne l'aime pas ? Et si tu avais raison et que je sois allée un peu vite ? Il n'a que sept ans, il en a déjà vu beaucoup. Je ne veux pas en rajouter.

Une peur alarmante déformait sa voix. Vincenzo la força à le regarder. Avec ses yeux bouffis, ses cheveux dans tous les sens, elle était la créature la plus vraie qu'il ait jamais rencontrée.

— Écoute-moi, princesse. Tu n'es revenue vers moi que pour lui. Ton amour pour lui transparaît dans tout ce que tu dis, dans tout ce que tu fais. Crois-moi, il le verra. Tu es forte, *cara*. Tu détestais l'idée de me demander de l'aide mais tu l'as fait. Tu m'as combattu avec force. Pour lui. Il a une chance inouïe de t'avoir.

Elle se calma, la bouche contre son cou. Il était tiède et rassurant.

— En te voyant, en t'écoutant, je me dis que tu serais une mère féroce si nous avions des enfants.

Elle se dégagea de ses bras.

— Tu fais partie de ces femmes qui sont les piliers des familles, ces mères autour de qui tout tourne. Ta loyauté m'impressionne. Tu rends au centuple ce que tu reçois.

— Pourtant, tu aimerais me changer...

— Ce n'est pas exact. Je t'ai seulement rappelé que moi aussi j'ai droit à un peu de reconnaissance. De loyauté.

Elle détourna les yeux et regarda au loin. Puis, se ressaisissant, lui fit face, prête à accepter la réponse qu'il allait lui faire.

— Penses-tu que nous avons fait une erreur ?

— Non.

— Je ne nous imagine pas ayant des enfants. En tout cas, pas avant que tout soit réglé pour Charlie. Et entre nous.

— Tu as raison.

— Tu me pardonnerais, si je faisais ce que ma mère a fait à Steve, si je te trompais ?

— Non !

L'idée de perdre Alessandra, qu'elle se donne à un autre homme était... intolérable.

Mais pourquoi ? Pourquoi sa question le déstabilisait-elle ? C'était incompréhensible. Quelques mois plus tôt, il ignorait jusqu'à son existence et aujourd'hui il n'avait pas de mots pour exprimer ce qu'il ressentait. Sauf... Sauf qu'elle prenait une place de plus en plus grande dans sa vie.

Trop grande.

Il prit une grande bouffée d'air.

— Où veux-tu en venir avec tes drôles de questions, Alessandra ? À me garder sous ta coupe ? Me tromper reviendrait à tricher avec la vie telle que nous la concevons l'un et l'autre. Ce n'est pas toi, ça.

À cet instant précis, il comprit qu'elle l'avait changé. Jamais, auparavant, il n'aurait argumenté. Ce genre de discussion ne l'intéressait pas. Mais aujourd'hui...

Antonio avait eu raison de s'inquiéter.

Aujourd'hui, elle voulait faire de lui un homme différent. Un homme meilleur. Un homme ouvert à la possibilité d'une réconciliation avec ses frères, un homme prêt à donner une seconde chance aux autres. Un homme capable de pardonner à la femme qui avait bousillé sa vie, brisé sa mère, blessure dont elle ne s'était jamais remise.

Mais il ne pouvait pas. Il était sur le même chemin depuis longtemps et ne savait pas comment s'en écarter ; comment ne plus être obnubilé par une idée fixe, prendre tout ce dont on l'avait privé ; comment accepter de regarder en face tout ce qu'il avait déjà fait au nom de la vengeance.

— J'étais maladivement jalouse d'Anna. De sa place dans ton passé. Et dans... dans ta vie, aujourd'hui, encore.

— Anna c'est du passé, Alessandra. Toi, tu es l'avenir.

— J'aimerais te croire et me dire que ce n'est pas seulement pour Charlie. J'ai besoin de croire dans notre mariage, Vincenzo. En toi. Je ne veux plus m'en faire pour les autres. Pour Leo, pour Massimo, pour BFI, pour le monde entier. Je veux ce que tu m'as promis quand nous étions sur l'île, nous deux, notre vie ensemble.

Il inspira profondément. Sa poitrine se gonfla de plaisir.

— Il te suffit de faire un pas vers moi, *bella*. Un dernier pas.

— Je ne sais pas pourquoi, je ressens ce pas comme une défaite.

Il hocha la tête.

— Non, *bella*, ce n'est pas une défaite. Tu baisses les armes, c'est tout.

Elle sourit. Ses yeux se mirent à briller d'un éclat intense. Elle repoussa sa robe, découvrant complètement ses longues jambes, et avança vers lui à genoux. Elle écarta les cuisses de Vincenzo et se glissa entre elles jusqu'à ce que ses seins effleurent son torse. Sans hésiter, elle prit les mains de Vincenzo et les posa sur ses hanches.

La soie de sa robe crissait sous ses doigts calleux, son parfum lui chatouillait les narines et le grisait… Cette femme était le festin dont on l'avait privé toute sa vie.

— Alessandra, *bella*, peut-être pas ce soir… Il faut d'abord te reposer, te consoler.

— Si, ce soir ! Tout de suite !

Elle le prit par le cou, emmêla ses cheveux, déposa mille petits baisers sur son visage, sur ses lèvres. Elles étaient tièdes et c'était délicieux.

— Je ne veux pas réfléchir, dit-elle. Je veux ressentir.

Il commença à haleter.

— Je me demande parfois si tu es le diable ou un ange, lui chuchota-t-elle à l'oreille, empoignant ses cheveux. Mais peu importe. Ce qui compte, c'est que tu sois à moi.

Ces premiers baisers… depuis si longtemps… Il en frissonna de plaisir.

— S'il te plaît, Vincenzo, dis que tu es à moi.

Dans l'excitation qui le gagnait, il hésita entre vérité, platitudes ou mensonges. Et soudain, la réponse lui vint avec des mots vrais venus d'il ne savait où. Peut-être pas de lui ?

— Je suis à toi, *bella*. Comme je n'ai jamais été à personne.

Se serrant contre lui, elle se jeta sur sa bouche, la dévora. L'invitant à plus. À tout.

— Moi aussi, je suis à toi. Prends-moi tout entière, murmura-t-elle contre ses lèvres.

Il empoigna ses hanches, grogna quand elle mordit ses lèvres, et passa la langue sur sa bouche meurtrie.

Un désir fou s'empara de lui, le pressant de lui ôter sa robe et de la caresser entre les jambes, là où elle attendait sa main. Mais la vie lui avait appris à être patient… Il pencha la tête et, du bout des dents, mordilla la peau tendre de son cou. La tiédeur, le goût sucré de sa peau le calmèrent en même temps qu'ils l'excitèrent.

Elle gémit mais, impatiente, le supplia.

Comme il ne bougeait pas, elle ondula contre lui, inquiète. Il ne comprenait pas ou il ne voulait pas ? Elle était explicite, pourtant.

— Tu m'as manqué, *bella*, dit-il contre son cou. Mais non, je ne veux pas faire ça, là, comme un ado travaillé par ses hormones. J'ai imaginé mille et une façons de te torturer pour te faire payer tous les mois où tu m'as manqué.

Elle éclata d'un rire qui lui rappela aussi combien sa joie de vivre lui avait manqué.

— Ça m'est égal de faire l'amour sur le plancher, dit-elle. Je n'ai pas besoin d'une chambre.

— Non, *bella*, je veux prendre mon temps avec toi. Tu as interrompu brutalement notre voyage de noces alors que nous avions encore tellement de choses à découvrir l'un de l'autre. Ce n'est pas vrai ?

Elle se mit à trembler. Il reprit sa bouche et la fouilla. Ce n'était plus assez. Il avait besoin de plus. De plus de contact, de plus d'intimité, de plus d'elle. Elle et lui… Entre eux, il y avait toujours eu quelque chose de plus que le plaisir – pourtant magique – de faire l'amour.

Antonio l'avait perçu. Il l'avait mis en garde.

Mais Vincenzo ne s'imaginait plus contrôlant ses sentiments et, moins encore, se privant d'Alessandra.

9

Je suis à toi, bella.

Dévorant Alessandra de ses yeux pénétrants, Vincenzo la déposa sur son lit. La fraîcheur des draps contrastait avec la chaleur de son corps si viril contre elle.

Comme je n'ai jamais été à personne.

Ces deux phrases tournaient en boucle dans sa tête. Elle avait beau se dire qu'il avait prononcé ces mots à contrecœur, contraint et forcé par son insistance, elle se les répétait inlassablement.

Elle se releva sur les coudes mais il la rallongea sur le dos et posa les mains sur ses genoux pour la ramener au bord du lit et se glisser entre ses jambes. La soie de sa robe crissa sur les draps. Alessandra avait le souffle coupé.

Sans la quitter des yeux, il écarta son slip et la caressa intimement.

— S'il te plaît, Vincenzo, dit-elle, implorante.

— C'est mieux qu'avec ton nouvel ami ? dit-il d'un ton moqueur.

— Quoi ?

— Ton sex-toy !

— Tu ne m'as même pas laissée finir mon histoire, l'autre soir.

— Termine-la, alors, dit-il en venant contre elle.

Elle ouvrit les yeux et sourit.

— J'ai eu... J'ai eu un orgasme, c'est vrai, mais comment te dire ? Ça ne m'a rien fait. Je me sentais vide. J'avais envie de tes mots tendres dans mon oreille, de ta chaleur sur moi, de te sentir me pénétrer, peser en moi. Rien n'est aussi voluptueux que toi quand tu te glisses en moi, aussi électrisant que lorsque tu donnes des coups de reins jusqu'à me faire mal... Jusqu'à me faire hurler de douleur... et de plaisir... et que nous sommes emportés tous les deux. Oui, j'aime... même souffrir, parce que je sais que je vais jouir.

Flatté, rassuré sur ce qu'elle ressentait, il recommença à la caresser. Lui écarta un peu plus les jambes et la toucha. Il connaissait les femmes et savait leur faire du bien, cela se sentait à la précision de ses gestes.

Brusquement, il plongea un doigt dans sa moiteur.

— Comme ça m'a manqué, dit-il, observant sa réaction. Dis-moi que tu aimes.

— Oh... Encore !

— Dis-moi ce que tu veux, lui dit-il comme chaque fois qu'ils faisaient l'amour, lui apprenant à mieux connaître son corps, à découvrir de nouveaux plaisirs.

— Touche-moi là, dit-elle en soulevant ses seins pour les lui offrir.

L'imaginer en train de les embrasser l'avait fait jouir le fameux soir du sex-toy.

— Descends tes bretelles, *cara*.

Elle leva les bras pour se dégager mais les bretelles restèrent coincées sur ses coudes.

— Toi d'abord, Vinc. Je veux te caresser, toi d'abord.

Elle voulait être sûre qu'il était aussi éperdu qu'elle et, pour s'en assurer, avait besoin de toucher, de caresser, d'embrasser chaque centimètre de sa peau.

— Tu ne penses pas que tu m'as déjà assez tourmenté, *bella* ? dit-il, la caressant toujours, de plus en plus profondément et de plus en plus vite, les yeux fiévreux.

Elle agrippa brusquement son poignet et l'arrêta.

— Je ne veux pas recevoir seulement, dit-elle. Je veux être sûre que tu aimes toi aussi.

En guise de réponse, il happa sa bouche, la réduisant au silence.

— Tu estimes que je ne me donne pas assez, *cara*, c'est ça ? chuchota-t-il contre ses lèvres.

Leurs souffles se mêlaient, aussi brûlants que leurs corps.

— Quoi que tu me donnes, si tu ne...

Il ne la laissa pas finir. Il connaissait la suite. Que quoi qu'il lui fasse, s'il ne lui donnait pas son amour, le plaisir que lui apporteraient leurs étreintes n'aurait pas plus de sens que celui qu'elle avait pris avec le sex-toy.

Redoutant ce qu'il allait lui dire, elle n'osait plus le regarder. Quant à lui... pour la première fois depuis qu'elle le connaissait, il fuyait son regard. Il capitulait.

Ses longs cils noirs cachant ce qu'exprimaient ses yeux, il lui prit les mains et les posa sur son torse.

— Fais ce que tu veux de moi, princesse.

Elle battit des paupières et les larmes qu'elle retenait se mirent à couler. Elle allait devoir vivre avec ce qu'elle avait là et s'en contenter.

Lui

Ça.

Elle allait fonder la famille qu'elle n'avait jamais eue. Elle allait tout donner, sans frein, sans réserve. Malgré tout.

Elle n'hésita pas. Elle déboutonna sa chemise et la sortit de son pantalon. Presque frénétique à la pensée de le toucher, elle dégagea ses épaules et fit zigzaguer ses mains sur lui, sur les muscles bombés de son torse. Il ne manifestait aucune émotion mais sa respiration s'était emballée. Elle se souleva pour l'embrasser, laissa sa bouche courir sur sa peau. Elle aimait son goût sur sa langue, son odeur. Elle le mordilla, remonta vers ses mamelons et les mordilla aussi. Elle chercha sa ceinture puis le bouton de son pantalon. Il ne manifestait toujours rien et se laissait faire. Se dominer, ce soir, ne semblait pourtant pas facile.

Sans réfléchir elle dégagea son pantalon, dénuda ses hanches et, instinctivement, empoigna ce sexe dont elle rêvait. Il grogna, inspira bruyamment, grogna de nouveau et posa sa main sur la sienne.

Elle retint son souffle. Il était dur dans ses doigts, dur et lisse et chaud. Dur et long et tellement tendre à la fois.

La tête basculée en arrière, les yeux fermés, suffoquant presque, il poussa un râle de fauve blessé. Mais elle voulait plus. Elle voulait qu'il perde tout contrôle et se lâche, s'abandonne. Elle voulait le découvrir fragile et vulnérable. Comme elle.

— Dis-moi ton fantasme le plus fou, lui dit-elle, impatiente de le sentir en elle.

— Ça, dit-il.

Le rayon de lune qui traversait la baie vitrée inondait son visage d'une lumière franche. Il empoigna ses cheveux et approcha son visage du sien.

— Toi… comme ça… toute à moi.

— Oui mais… que veux-tu que je fasse ?

Elle recula.

— Prends-moi dans ta bouche, lui demanda-t-il d'une voix rauque.

Elle se pencha sur lui et, appuyée sur les coudes, fit courir sa langue sur lui. Il gémit, se cambra, gémit de plus belle. Ah ! il voulait tout détruire… Elle allait *le* détruire.

Indifférente à ses sursauts, à ses râles et ses suppliques, elle l'entoura de sa main et le caressa, de plus en plus serré, de plus en plus vite, savourant la victoire de l'avoir soumis à son pouvoir.

— Arrête, *bella*, dit-il, suppliant.

Elle le lâcha et s'allongea sur le lit, sa robe relevée jusqu'aux hanches, les cheveux défaits.

Il la regarda, les yeux fiévreux. Tel le fauve prêt à dévorer sa proie. La plus belle proie qu'il ait jamais chassée.

Sa poitrine nue aux mamelons pointés, son ventre plat et ses jambes, ses jambes longues et joliment musclées, et le duvet qui protégeait le pays des merveilles dans lequel il désespérait de se cacher… Tout chez elle était excitant. Sans oublier sa bouche, cette bouche rose et boudeuse, cette bouche gourmande qui avait couru sur lui… et lui avait fait entrevoir le paradis…

Si elle lui demandait quelque chose ce soir, il ne le lui refuserait pas.

Il ôta son pantalon, se rallongea et la prit. D'un coup de reins. Presque brutal. Elle sursauta.

— S'il te plaît, Vincenzo… Oui… Encore…

Elle demandait le plaisir aussi violemment qu'elle le donnait. Il avait aimé cela aussi chez elle, à Bali.

— Garde les yeux ouverts, *bella*, ordonna-t-il, désireux qu'elle voie ce qu'elle lui faisait.

Elle se mit à trembler, se cambra, lui tendant ses hanches pour se sentir pénétrée plus loin encore. Pour être indissolublement unie à lui.

Il donna de nouveaux coups de reins et elle poussa un cri. Il s'immobilisa, inquiet.

— Je t'ai fait mal !

— Non, s'il te plaît, encore.

Elle le dévorait de ses beaux et grands yeux.

— Donne-moi tout !

— Je vais te faire mal.

— Non !

Il sut alors qu'elle était son havre, qu'en elle il était chez lui. Il avait enfin trouvé l'abri après lequel il avait couru toute sa vie.

— J'avais juste oublié que ça peut faire mal, mais j'aime quand tu me fais mal comme ça. Et tu le sais. Tu te souviens très bien de ce que j'aime.

Elle sourit et souleva les hanches. Il donna alors les derniers coups de reins, leur arrachant à tous les deux, ensemble, des râles de plaisir.

Saisie par une sensation de froid, Alessandra tapota la place à côté d'elle. Le lit était vide.

— Vincenzo, appela-t-elle. Où es-tu ?

Au même moment, il sautait sur le lit et la rejoignait, à quatre pattes, les yeux affamés, comme s'il allait l'avaler.

— Tu me man...

Elle n'eut pas le temps de finir sa phrase, il l'enjamba et s'allongea sur elle, la prenant en même temps. Un grondement de satisfaction lui échappa. Ravie, tout au bonheur de le sentir en elle, elle passa les bras derrière son dos et le serra contre elle.

Il était dur et elle le sentait battre en elle, si vivant... Ils se prirent mutuellement la bouche, savourant l'ardeur de ce baiser. Elle serait bien restée ainsi des heures, dans ses bras, enveloppée dans sa chaleur.

Elle enfouit la tête dans le creux de son épaule et l'embrassa. Moite, doux, tiède, il était un goût explosif sur sa langue.

— Regarde-moi, *bella*.

Elle garda les yeux fermés de peur qu'il ne voie le désir incontrôlable qui la tenaillait. De peur qu'il ne comprenne que, lorsqu'il la tenait comme cela et allait et venait en elle, elle ne voulait plus que cela.

— S'il te plaît, Vinc, prends-moi. Sinon, je meurs.

— Non, *bella*. Je veux que tu me regardes. Je me suis habitué à me voir dans tes yeux. À me noyer dans tes yeux.

— Voilà, dit-elle, relevant la tête, les yeux grands ouverts.

— Comme ça, Alessandra. Voilà, reste avec moi.

Il roula avec elle, la pressa sur le drap, la maintenant allongée sous les assauts de ses hanches.

— Plus vite, Vincenzo. S'il te plaît.

Il passa ses jambes autour de ses hanches et la pénétra sans attendre, allant et venant en elle, sans relâche, jusqu'à ce que la tempête les avale.

— Vincenzo, murmura-t-elle d'une voix épuisée. Oh ! Vinc !

Anéanti mais apaisé, il roula sur le côté puis, revenant à la réalité, l'appela.

— Tu es bien, *cara* ?

Elle se tourna vers lui et sourit.

— Oui, Vinc ! Je suis même mieux que bien.

Il l'embrassa alors avec ardeur, une ardeur qui la réchauffa jusqu'au bout des pieds.

10

Vincenzo se réveilla en sursaut. Et complètement désorienté. S'endormir au petit matin n'était pas dans ses habitudes. Aussi longtemps qu'il avait veillé sur sa mère, il n'avait pas fermé l'œil de la nuit. Ensuite, dès qu'il avait eu quelques moyens, il avait engagé une infirmière mais c'était trop tard. Les dégâts étaient irréversibles.

Beaucoup plus tard, après sa réussite financière, c'était un empire qu'il avait dû gérer. Grosse fortune, énormes soucis. Nuits blanches.

À la pensée de ses responsabilités, il se réveilla totalement. Alessandra dormait, une jambe en travers de ses cuisses. Elle était calme, et rayonnait, même dans son sommeil. Il balaya une mèche tombée sur son front et passa doucement la main sur ses joues creuses de mannequin. Elle gémit, gigota. La couette glissa, offrant le spectacle du haut de ses seins et de son épaule douce comme du satin. Il sentit son corps réagir sur-le-champ. Jamais assouvi. Insatiable.

Cela faisait six jours qu'ils étaient ensemble, depuis le moment où il avait déboulé à l'improviste dans son atelier.

Aucun bruit dans les couloirs. Le marbre était froid sous ses pieds. L'immense bureau de Leonardo ne le surprit pas. Leo était le chef du clan Brunetti, l'aîné, l'héritier, et ce bureau, le siège où se prenaient toutes les décisions importantes, depuis des siècles.

Aujourd'hui encore, Vincenzo n'avait pas bien cerné le personnage. Massimo, lui, était plus ouvert, avec un esprit caustique qui l'amusait. En revanche, en Leonardo… Il retrouvait des facettes de lui-même.

— Vous vous imaginez déjà ici, c'est ça ? dit une voix derrière lui.

Il se retourna. Greta Brunetti était là, raide comme la justice.

— L'imagination nourrit les rêves. Cela ne doit pas vous étouffer. Ce fauteuil, ce bureau, cette maison… Tout cela est à ma portée, aujourd'hui, dit-il, surpris lui-même par son agressivité, faite de rancœur et de mépris.

Cela ne l'empêcha pas de poursuivre.

— J'étais en train de réfléchir à ce que je démolirai en premier. Ce bureau ou les tours de BFI.

Elle se décomposa, tellement que Vincenzo regretta – presque – sa cruauté.

— Que voulez-vous, monsieur Cavalli ?

— Il est beaucoup trop tard pour réparer, répondit-il.

— Jamais trop tard pour prendre conscience qu'on a eu tort. Jamais trop tard pour réparer ses erreurs.

— Ah… C'est la peur de la chute qui vous inspire ces propos.

— Non, quel que soit votre projet je m'en soucie peu, à mon âge. Mais Alessandra, si je peux faire quelque chose pour…

— Alessandra m'a choisi, je ne vous laisserai pas l'influencer.

— Je sais. Elle n'a plus de respect pour moi et c'est terrible. Je vous demande seulement de vous rappeler qu'elle n'est pour rien dans tout ceci. Elle est parfaitement innocente.

— Ma mère aussi était innocente.

— J'ai fait ce que je croyais bien, à l'époque, pour ma famille. Pendant des années, j'ai tenté de rattraper les erreurs de mon fils. Au fil du temps, à cause de lui, je me suis endurcie. Il m'a usée. J'ai fait mon devoir envers Leo et Massimo. Mais je ne leur ai pas donné beaucoup d'affection.

— Peut-être mais ils ont eu un toit où dormir et de quoi manger. Moi, rien.

Il n'avait rien eu. On lui avait volé son enfance. Il avait payé cher la méchanceté de cette femme.

Après de longues et douloureuses secondes, il se passa la main dans les cheveux.

— Je vous accorde que vos petits-fils ne sont pas les monstres que je pensais.

Pourtant, l'affection qu'Alessandra leur portait le froissait. Elle le froissait d'autant plus qu'il estimait que les Brunetti étaient ses frères et qu'ils auraient dû, eux et lui, partager une certaine tendresse familiale. Une vraie complicité.

L'espoir d'Alessandra de les réunir un jour était complètement fou. Impensable après ce qu'il leur faisait depuis vingt ans.

— Bien sûr, j'ai été là pour eux, dit Greta.

— Si vous croyez que Leo et Massimo ont été heureux ici dans leur jeunesse, vous vous faites des illusions.

— Après l'inconduite de Silvio – ses exactions m'ont coûté cher —, je me suis retrouvée sans rien à leur donner. Cela ne les a pas empêchés de grandir et de devenir des hommes respectables, malgré leur père violent… Et moi. C'est seulement après mon mariage avec Carlos, le père d'Alessandra, que j'ai pris conscience de mes torts. Les méfaits de mon fils m'avaient changée, aigrie. Je suis devenue une femme amère, incapable d'un mot gentil pour mes petits-fils.

Non, il n'allait pas se laisser attendrir. Rien, rien ne justifierait jamais ce qu'elle leur avait fait, à sa mère et à lui.

— S'il vous plaît, Vincenzo, ne faites pas de mal à Alessandra.

— Je suis heureux de voir à quel point vous vous souciez d'elle ! dit-il, sarcastique.

— Vous êtes libre de ne pas me croire, Vincenzo. Elle m'a donné la chance de me racheter. De changer. S'il vous plaît…

Promets-moi de ne pas me mêler à ton histoire avec les Brunetti, lui avait un jour demandé Alessandra.

Jusqu'à ce jour, il avait tenu parole.

Et si, une fois BFI désossé, il gardait cette maison, cette maison qu'Alessandra adorait, au lieu de la détruire… Si elle et lui fondaient une famille bien à eux… S'ils pouvaient redémarrer dans la vie, ici, en ce lieu où ses rêves avaient été piétinés… Sa revanche ne serait-elle pas prise ?

Justice serait rendue, non ?

— Si elle compte tellement pour vous, prouvez-le.

Greta Brunetti pâlit tellement qu'il en éprouva presque du

remords. Mais non, une fois encore, il ne devait pas se laisser attendrir.

— Comment ?

— Demandez à votre petit-fils de se démettre de ses fonctions de P-DG de BFI. Et soutenez ma candidature lors de la prochaine élection.

La vieille dame vacilla.

— Leonardo a tellement travaillé pour arriver à ce poste. Si je vous soutiens, il perdra la majorité.

— Croyez-moi, ce sera mieux que ce que je leur réserve à tous les deux. Le choix est simple.

Un éclat méchant passa dans les yeux de Greta. Sa vraie nature reprenait le dessus.

— Soit BFI reste intact et vous me soutenez, soit je détruis tout comme j'en avais initialement l'intention. Dans le premier cas, Alessandra ne sera pas malheureuse. C'est ce que vous venez de me demander, non ?

— Vous utiliseriez ma tendresse pour elle de cette façon ?

— Vos propos, vos actes ont fait de moi l'homme que je suis devenu. Vous ne pouvez vous en prendre qu'à vous-même.

— Vous êtes un monstre…

— Le fils de mon père ! À ce qu'on m'a dit. Mais n'en dites rien à Alessandra.

Qu'adviendrait-il si elle apprenait cela ? C'en serait fini pour lui… Si près du but. Si près de l'avenir qu'il entrevoyait avec elle.

— Alessandra a choisi de vivre avec moi, dit-il, triomphant. Si je prends la tête de BFI, il n'y aura plus de problème et Alessandra ne sera plus une otage, piégée entre son passé et son avenir.

Sur ces mots, impatient de rejoindre Alessandra au lit, il s'en alla. Mais il se sentait moche. Comme s'il méritait le dégoût qu'il avait vu dans les yeux de la vieille dame.

Revenu dans la chambre, il se déshabilla vite et se glissa près d'Alessandra, qui se lova amoureusement contre lui. Il avait mal agi. Elle méritait mieux que lui. Il n'aurait jamais dû l'entraîner dans ses histoires et, encore moins, se servir d'elle pour abattre Greta, la dame qu'elle aimait tant.

Elle le serra très fort, enroula les jambes autour des siennes, l'invitant à la chevaucher. Prenant alors la bouche qu'elle lui tendait, il l'embrassa à en perdre le souffle et, doucement, la pénétra. L'effet fut immédiat. Pétri de désir et encouragé par Alessandra qui gémissait sous lui, il donna le coup de reins libérateur, excitant puis apaisant le feu qui les consumait tous les deux.

Après cette frénésie, les manœuvres qu'il imaginait quelques minutes plus tôt pour mener son plan à bien passèrent complètement à la trappe. Il n'éliminerait pas Alessandra de sa vie pour satisfaire sa soif de vengeance.

Il ne le pourrait pas. Il ne le voulait pas.

Parce qu'elle était sa femme. Son sauveur. Son sanctuaire.

Alessandra se sécha les cheveux et passa un déshabillé. Pieds nus, elle entra dans la chambre du loft qui dominait New York. Ils étaient ici depuis trois semaines et elle n'avait aucune envie de rentrer chez elle.

Encouragée par Vincenzo, elle avait profité de ces trois semaines pour rendre visite à la tombe de sa mère au cimetière. Elle lui avait parlé de son projet de créer une maison de couture qu'elle appellerait Alessandra & Alyssa. Pendant ces trois semaines, elle avait aussi rencontré un grand nom de la couture qui avait été bluffé par ses croquis « vraiment prometteurs ». Et l'avait engagée comme styliste. De son côté, Vincenzo était allé animer une conférence à Pékin. À cette occasion, elle avait mesuré – s'il en était besoin – l'immensité du vide qu'il laissait en partant. Leurs discussions lui manquaient, leurs échanges à propos de tout et de rien. De leurs carrières, de leur avenir, de leurs longues nuits paresseuses.

Le hic dans ce bonheur presque parfait était le passé de Vincenzo. Il refusait d'évoquer sa mère, Leo et Massimo, autant que ses manœuvres pour acquérir BFI. Prudente, elle évitait ces sujets et vivait un rêve éveillé auprès d'un Vincenzo qui lui donnait tout ce qu'elle désirait.

Elle se servait un verre d'eau quand un bruit de porte la fit se retourner. Il était là, visage fermé.

— Bonjour, dit-elle. Qu'est-ce qui ne va pas ?

— Tu m'avais dit que tu rejoignais mon camp, qu'est-ce que c'est que ces magouilles ? Je comprends pourquoi Antonio m'a mis en garde.

— Quelles magouilles ? Je ne comprends pas. Sache que, de mon côté, je n'apprécie pas que tu discutes de notre mariage avec ce vieux grincheux amer.

Il plissa les yeux.

— Ce vieillard grincheux est la seule figure masculine que j'ai eue de toute ma vie. C'est à ce vieillard grincheux que je dois d'être aujourd'hui un homme d'affaires florissant, au lieu d'une racaille pourrissant derrière les barreaux.

L'agacement retomba aussitôt en elle. Elle alla vers Vincenzo, lui prit le menton et le regarda. Il avait des cernes violets sous les yeux.

— Pardon. J'oublie tout le temps que tu as travaillé dur pour en arriver là.

— Je t'en prie, garde ta pitié pour toi.

Il repoussa sa main, menaçant.

— Tu as parlé à Leonardo et Massimo d'Antonio, et des autres !

— Je ne savais pas que c'était un secret.

— J'ai été complètement fou de croire que tu...

Il s'écarta, traits tendus, bouche pincée.

Comme si elle avait fait exprès de le trahir !

Soudain, au lieu de céder à la colère, légitime – puisqu'il mettait en doute sa franchise —, une certitude s'imposa. Ce n'était pas qu'il n'avait pas confiance en elle, c'était qu'il était incapable de faire confiance, séquelle d'une enfance traumatisée pendant laquelle il avait dû se débrouiller seul.

Espérant l'amadouer, elle prit un ton très doux.

— Ce qu'Antonio veut pour toi...

— Je refuse de discuter de ça avec toi.

— OK, j'ajoute ça à la liste des sujets tabous si je ne veux pas que notre mariage capote.

— Qu'est-ce que tu racontes ? tonna-t-il, s'asseyant sur le lit, la tête entre les mains.

— Laisse-moi t'expliquer.

— Pourquoi leur as-tu dit ?

— Parce qu'ils ont le droit de savoir que le comportement de leur père risque de provoquer un désastre, aujourd'hui encore. Parce que j'estime que tu n'as pas à porter ce poids tout seul. C'est une trop lourde charge, de rectifier les erreurs et les injustices dont Silvio s'est rendu responsable envers des malheureux incapables de se défendre seuls.

Il l'attira à lui en feulant comme un animal blessé et enfouit la tête dans sa poitrine.

— Leo va devenir papa, dit-elle, lui caressant les cheveux. Essaie de nous imaginer, toi et moi, attendant un enfant avec des gens piaffant d'impatience devant chez nous pour nous faire un sort.

La sentant frissonner, il resserra les bras autour de ses hanches.

— Comment fais-tu pour me deviner ? demanda-t-il.

Il releva la tête et capta son regard. Ils restèrent ainsi, yeux dans les yeux, fascinés, tétanisés, aussi fusionnels qu'au premier jour.

— J'ai décidé de ne pas abattre la maison, Alessandra.

Elle sauta de joie.

— Mais..., poursuivit-il.

Non, elle ne voulait pas de *mais*. Elle ne voulait rien entendre de plus.

Elle posa un doigt sur sa bouche et se dégagea les épaules de son déshabillé, qui tomba en corolle à ses pieds. Nue devant lui, belle et désirable, elle lui tendit la main. Il l'attira à lui.

Leur baiser fut intense, presque désespéré. Il avait les lèvres fermes, avides, il voulait prendre plus que donner. Il voulait tout ce qu'elle avait à offrir.

Il prit ses seins en coupe dans ses mains, en mordilla les mamelons. Empoigna de nouveau ses hanches et entoura son sexe de ses doigts.

Elle frémit. Son sexe était aussi tendre que sa bouche était ferme, aussi lisse que son baiser était rugueux.

— Je veux te prendre, lui dit-il, de la fièvre dans le regard.

Il se déshabilla et se colla à elle, poitrine contre poitrine, cuisses contre cuisses. Leurs lèvres se soudèrent. Elle glissa une jambe entre les siennes et bascula la tête en arrière en gémissant.

— Prends-moi, supplia-t-elle. Tout de suite.

Il plongea en elle et ne bougea plus. Prête à craquer, n'aspirant qu'à se resserrer autour de lui, elle le sentait, long, chaud et frémissant dans sa chair moite.

— Nous habiterons dans cette maison, *bella*, dit-il en la poussant contre le mur. Toi, moi, notre famille. Je ne vais donc pas la détruire. C'est mon cadeau de mariage, *cara*.

Il donna un coup de reins. Puis un autre, plus violent. À chaque assaut de ses hanches, il la projetait contre le mur, lui arrachant un petit cri excité.

— Tu aimes ? lui dit-il. N'est-ce pas que tu aimes !

Son visage était déformé par le désir, son regard voilé, sa voix rauque. La voix d'un désir fou et brutal qu'il ne contrôlait plus. C'était un fauve qui la prenait, sauvagement, désespérément, comme pour rattraper toutes les années de bonheur perdu.

Elle mit la tête dans son cou, le mordilla du bout des dents puis, d'une voix douce comme une berceuse, lui murmura des mots incompréhensibles. Peu importait leur signification, il était là, dans son port d'attache ; il avait trouvé le bonheur.

Un bon moment plus tard, Alessandra, blottie dans ses bras et lui volant sa chaleur, lui posa la question qu'elle n'avait pas eu le temps de formuler avant leurs étreintes, et qui la taraudait.

— Qu'ont dit Leo et Massimo pour mettre Antonio si en colère ?

Au lieu de la faire taire comme elle s'y attendait, il soupira et se mit à parler. La pénombre l'aidait sûrement mais l'obscurité n'expliquait pas tout. Elle avait remarqué chez lui quelque chose de nouveau, une fragilité qu'elle ne lui connaissait pas. Il avait changé. Et ce changement était prometteur. Elle voulait, en tout cas, se raccrocher à cet espoir.

— Ils ont offert une compensation financière aux familles lésées par leur père. Des formations, des emplois, et même des stock-options de BFI.

Soulagée, elle soupira à son tour mais modéra sa joie pour ne pas le provoquer.

— C'est bien, non ? dit-elle.

— Bien ? C'est ce que tu penses ? Ils achètent leur pardon, *cara*, tu ne vois donc pas ? C'est pour ça qu'Antonio a refusé le moindre centime.

— Eux n'ont rien à se reprocher. Rien ne les oblige à payer

pour les fautes de Silvio. Ils le font parce qu'ils ont un sens aigu du bien et du mal.

La colère de Vincenzo semblait retomber.

— Tu es fâché parce que ce ne sont pas les monstres que tu croyais. Ce n'est pas trop tard, Vincenzo. Si tu leur tends la main...

— Ah non, pas encore ça, Alessandra !

Il se redressa. Il voulait qu'elle le laisse. Qu'elle cesse de le harceler. Parce que, si elle le privait de son appétit de vengeance, de sa soif de justice, si elle lui enlevait le goût de se battre qui avait sous-tendu toute sa vie d'adulte, que trouverait-elle ?

S'il perdait l'envie de conquérir BFI, que lui resterait-il ? Que resterait-il de lui ?

Il avait tout programmé avec soin, avait avancé ses pions selon un plan bien à lui, étape après étape, méticuleusement ; ce n'était pas pour renoncer maintenant. Non, il n'allait pas se laisser attendrir. Cœur dur il était, cœur de pierre il resterait. Car sa colère, son amertume, son ambition et sa quête de vengeance étaient son bouclier, une armure contre l'espérance et la vulnérabilité.

Une armure pour repousser son ennemi de toujours, l'amour, ce sentiment qu'il ne savait ni donner ni recevoir.

11

De retour à Milan

Debout devant le miroir de la salle de bains, Alessandra, nue, essuya la buée et se regarda. Quelque chose avait changé. Elle passa la main sur son ventre, prit ses seins dans ses mains et les souleva. Ils étaient lourds et sensibles. C'était sûrement le stress des mois passés. Ou alors...

Non, c'était impossible. Vincenzo avait cessé de mettre un préservatif depuis leur mariage, mais elle prenait la pilule.

Elle aurait aimé en parler à quelqu'un. Greta n'était plus là. Les autres non plus. C'était Vincenzo et elle qui occupaient dorénavant la maison. Et bientôt Charlie.

Et, elle le sentait tout d'un coup, bientôt aussi, leur bébé.

Elle posa la main sur son ventre, s'attendant à une crise d'angoisse. Au contraire, une paix délicieuse descendit en elle.

Pour l'heure, Vincenzo, Leo, Massimo et Greta étaient tous chez BFI pour l'assemblée extraordinaire que Vincenzo avait demandée. Nul doute qu'il allait obtenir la majorité des voix et être désigné comme P-DG de Brunetti Finances Inc.

Ouf, ce serait la fin de la guerre !

Ils avaient quitté la maison ensemble et, malgré tout, Greta et ses petits-fils ne semblaient pas leur en vouloir. Ni à Vincenzo ni à elle.

Si Leo et Massimo avaient baissé les armes, sans protester, Vincenzo pouvait peut-être tirer un trait sur le passé ? Il serait tellement libéré... Il serait libre.

Vincenzo, l'estomac noué sans comprendre pourquoi, monta chercher sa femme dans sa chambre.

Tout le petit monde milanais de la finance se trouvait en bas et dans les jardins, tous fêtaient sa victoire. Il avait remporté le vote de confiance, Leonardo était déchu.

Alessandra avait fait une brève apparition et disparu, ce qui l'avait contrarié. Mais quand il l'aperçut, sur la terrasse, en contemplation devant le lac, il s'émut.

Moulée dans un ravissant fourreau, ses cheveux volant au vent, les oreilles parées de ses diamants et son joli collier au cou, elle était plus belle que jamais mais mélancolique.

Triste, plutôt.

— Ça ne va pas, *cara* ? Tu as l'air malheureux. On ne va pas encore se battre ce soir ?

— Non. Je voulais fêter ta victoire avec toi, ce soir. Parce que je pensais que tu allais enfin être libre. Libéré du poids de ton passé. Et que tu serais à moi. Rien qu'à moi.

— Mais tu es à moi, *bella*. Je te l'ai déjà dit.

— Oui mais sous conditions, Vincenzo. Je m'en rends compte maintenant, pourtant j'étais heureuse pour toi. En fait, je voulais aller me coucher avec toi, que tu me serres dans tes bras et je t'aurais annoncé la nouvelle merveilleuse que je rêve de te dire depuis ce matin.

Il la rejoignit.

— Alessandra, ça devait arriver, tu le savais.

— Oui. J'ai supplié Leo et Massimo de te pardonner. Je leur ai parlé de ta mère, de tout ce que tu avais vécu. Tu es qui tu es, et aujourd'hui je l'accepte car, en dépit de tout, je t'aime. Je t'aime plus que tout. Et c'est ce qui me fait mal.

Elle l'aimait. Mon Dieu, elle l'aimait ! C'était comme si le sol se dérobait sous lui.

— Je croyais, reprit-elle en ravalant ses larmes, que je réussirais à protéger Leo, Massimo et Greta de toi. Ils n'ont pas eu besoin de moi. Même pas quand tu as expulsé Leo de ses fonctions de P-DG, même pas quand tu leur as pris leur maison. Ils n'ont jamais protesté. Ils vont bien. C'est toi qui as perdu le sens de ce qui compte dans la vie. C'est toi qu'il faut protéger.

Vexé, blessé, mécontent, il se mit à trembler.

— Je ne demande rien, Alessandra.

Elle poursuivit comme si elle ne l'avait pas entendu.

— Oui, c'est toi, je m'en suis rendu compte les mois passés. Personne ne peut nous sauver contre notre gré. Il faut le vouloir. Pour cela il est nécessaire que quelqu'un que nous aimons et qui nous aime nous aide. Quelqu'un qui croit en nous, même quand, aveuglés par la colère, nous ne voyons plus devant nous. Moi, je veux te sauver, Vincenzo.

Elle lui prit le visage entre ses mains.

— Tu l'as fait pour moi. Grâce à toi, j'ai pris conscience que je devais rester et me battre. Tu m'as fait...

Elle se blottit contre lui.

— Tu avais raison, dit-elle, je ne comprenais pas ta rancœur contre Greta parce que je ne mesurais pas la profondeur de ton chagrin quand tu la voyais. Avoir tout ceci maintenant et ne pas pouvoir le dire à ta mère...

— Alessandra ! Rien de tout cela n'est nouveau. Qu'est-ce qui a changé ?

Elle se redressa, le regarda dans les yeux et posa la main sur son ventre.

— Ça, dit-elle. Découvrir que je suis enceinte.

— Quoi ? Tu es enceinte ?

Il se passa la main dans les cheveux.

— Mais... Quand... ?

Incrédule, il regarda la main qu'elle avait posée sur son ventre.

— Je sais, c'est fou. Je n'en croyais pas le test, mais si, c'est bien vrai. Toi et moi avons créé une vie. Je vais te donner une famille, Vincenzo. Un enfant à aimer, fait avec l'homme que j'adore. Je suis comblée.

— En ce cas, pourquoi pleures-tu ?

— Je ne sais pas. J'étais tellement heureuse que j'ai décidé de pardonner à Greta ce qu'elle t'a fait. Je lui ai téléphoné. J'ai compris que quelque chose n'allait pas. Je l'ai fait parler. Elle m'a raconté que tu l'avais menacée et...

Elle sanglota.

— Je n'en peux plus, Vincenzo. Notre mariage est maudit. Quoi que tu dises maintenant, tu ne me convaincras pas.

Ses yeux brillaient d'un mélange de colère et de désespoir.

— Tu m'avais promis de ne pas m'utiliser contre eux. Tu n'as pas tenu ta parole. Tu les as chassés d'ici. Tu penses que l'amour est une faiblesse, tu ne guériras jamais de ce poison. Il t'infeste depuis beaucoup trop longtemps. Personnellement, je m'en serais peut-être accommodée, mais je ne veux pas de ça pour notre enfant. Ni pour Charlie.

— Si je comprends bien, tu romps, Alessandra ?

— Non, mais j'ai besoin de vivre auprès d'un homme qui reconnaît que l'amour est important. Cet enfant et Charlie ne grandiront qu'avec un père capable de les aimer.

— Je les aimerai.

— Diras-tu à ton enfant ce que tu as fait à tes frères ? Quel monde lui offriras-tu ? Celui de la haine et de la vengeance, ou de l'amour ?

— Ne fais pas ça, Alessandra. Tu es prête à sacrifier tout ce que tu désires ? Et Charlie, aussi ?

— Non, je ne laisserai jamais tomber Charlie. J'obtiendrai sa garde parce que tu m'aideras. Notre relation va en rester là mais pas avant que Charlie soit en sécurité avec moi. Tu me dois ça. J'espère que, pour une fois, tu honoreras ta parole. En ce qui concerne mon enfant, j'ai une famille. Leo et Massimo m'aideront si besoin. Charlie a une famille qui l'aimera… Mais à distance.

— C'est avant tout notre enfant qui m'importe, Alessandra.

— Je ferai tout, je prendrai tout, toi y compris, pour le protéger. Je sais que tu n'es pas le genre d'homme à séparer un enfant de sa mère. Sur ce point, je ne me fais pas de souci.

— Tu me quittes et, dans le même temps, tu me dis que tu me fais confiance ?

— Oui, parce que tu te punis toi-même, Vincenzo. Je déteste te voir souffrir. Je supporte mal de voir la solitude dans tes yeux. Je refuse de rester à la regarder te dévorer à petit feu. Je refuse de laisser l'ombre corrosive de ta rancœur nous entamer, moi et deux jeunes vies innocentes. Tu voulais cet empire, Vincenzo. Tu l'as. Mais, moi, tu m'as perdue.

Il resta de marbre, malgré la rage qui lui colorait les joues.

— Aie au moins la pudeur de ne pas me raconter que tu m'aimes.

— Mais je t'aime. De tout mon cœur. Je sais ce que c'est qu'aimer quelqu'un. C'est vouloir son bonheur. Et, contrairement à ce que tu proclames, ce n'est pas une faiblesse.

Sur ces mots, la tête bien droite, elle partit. Loin de lui. Loin de sa vie. Le laissant vide et désemparé sur les terres de l'empire qu'il avait conquis.

Hanté par les propos d'Alessandra, Vincenzo finit la bouteille de scotch de Leonardo et traversa le hall, la bouteille à la main.

Pour la première fois de sa vie, il était ivre et ne tenait plus debout.

En titubant, il passa de pièce en pièce, incapable de s'arrêter nulle part. Trop de souvenirs partout. Jusque sur les murs des couloirs où des portraits d'ancêtres semblaient le juger.

Il avait détesté cette famille et utilisé cette haine pour avancer. Elle avait été le carburant qui l'avait poussé vers les sommets. Il pensait qu'une fois sa vengeance accomplie, son ambition satisfaite, il fêterait sa victoire.

Hélas ! Il se sentait sans ressort, aussi vide que cette maudite maison.

Il alla dans le chai transformé en atelier pour Alessandra et ne s'y attarda pas. Il entra ensuite dans le labo de Massimo, le génie de la technique, et ressortit aussitôt. Il continua vers la serre qu'il quitta pour retourner dans la maison. Il voyait Alessandra partout, en train de rire, de pleurer, de l'embrasser, en train de se chamailler avec Massimo, d'étreindre Leo.

Il se faisait l'effet d'un fantôme hantant les couloirs d'une demeure qu'il avait toujours voulu posséder. Il avait tout ce qu'il avait toujours désiré. Mais...

Mais il avait perdu la seule chose dont il avait vraiment besoin. La chose sans laquelle il ne pouvait pas vivre, l'amour d'Alessandra, avec son rire, ses sourires, ses baisers, ses larmes, sa présence joyeuse.

Il avait été seul toute sa vie, cela n'aurait donc pas dû le toucher. Cette solitude-ci était différente. Plus profonde, plus dure, car ressentie par un homme qui n'était plus le même et éprouvait un sentiment qui lui était totalement étranger.

Le bruit de pas qui approchaient le fit fuir dans le salon. Un espoir fou emballa son cœur, qui se mit à palpiter.

Dehors, deux silhouettes éclairées par la lune se détachaient sur le mur. On alluma le lustre. Aveuglé par la lumière, Vincenzo se retint au piano à queue pour ne pas tomber. Il battit des paupières et jura à voix haute. Massimo surgit en riant, flanqué de Leo, sérieux, avec un rictus au coin des lèvres que Vincenzo lui aurait bien effacé d'un coup de poing dans la figure.

— Qu'est-ce que vous foutez là, vous deux ?

— On est venus voir si vous alliez bien, dit Massimo, riant toujours à la vue d'un Vincenzo échevelé et titubant. Je vais te dire un truc, Leo. Je ne suis pas mécontent de le trouver comme ça. Il paie pour ce qu'il nous a fait. Enfin, presque.

— Foutez-moi le camp, hurla Vincenzo. Raouste !

Leo vint vers lui et, malgré son état, Vincenzo remarqua la ressemblance entre cet homme et lui. Cet homme qui, sans aucun doute, aurait fait un formidable grand frère. Un exemple. Un protecteur.

— Attendez, là, qui vous a dit de venir ? C'est Neha ?

— Non, c'est votre femme, qui voulez-vous que ce soit ? Vous êtes content, hein, de lui faire du mal ? Aïe, aïe, aïe, vous n'êtes vraiment pas digne d'elle.

— Ce n'est pas moi, c'est elle qui m'a quitté. Vous avez raison, je ne la mérite pas. Elle a essayé de me calmer, de dédramatiser, mais je ne l'ai pas écoutée. J'ai laissé passer ma chance. Résultat, je suis là, comme une andouille et…

Ses genoux flanchèrent et, cette fois, il tomba. Se redressant tant bien que mal sur les genoux, il se prit la tête à deux mains. Dieu du ciel ! Qu'avait-il fait ? Et cette foutue maison, sa société et même ce monde… Sans elle, plus rien n'avait de sens.

Hagard, il leva les yeux.

— J'ai… J'ai tout gagné et… heu… tout perdu d'un seul… coup !

Les deux frères s'agenouillèrent, chacun d'un côté. Malgré son état, il en ressentit de la honte et quelque chose d'autre… Quelque chose qui restait coincé dans sa gorge.

— Qu'est-ce que vous fichez dans cette maison après que je vous ai foutus hors d'ici, hors de chez vous ?

— On n'est pas des monstres. On imagine ce que notre mère vous a fait endurer. Mais ce n'est pas elle qui a poussé Alessandra à rompre, ni elle, ni les mauvaises actions de notre père, ni Greta. Ni nous. C'est vous qui avez laissé partir la femme qui vous aime.

Il parvint à se relever.

— Allez la chercher… si vous pensez qu'elle acceptera. Allez la…

— Avant cela, je suggère un geste de votre part, dit Massimo en lui tapant dans le dos.

— Si c'est pour me faire la morale, comme elle, c'est bon. Pas besoin de deux foutus Brunetti pour me dire que j'ai tout fichu en l'air.

— On est venus vous dire que vous avez choisi une femme qui vous pardonnera… presque tout si vous faites des efforts pour vous améliorer, Vincenzo.

Leo se releva.

— Dans ce domaine, Massimo a de l'expérience. Si vous voulez ses lumières…

Vincenzo les regarda, éberlué.

— Ce n'est pas facile pour moi. Je n'ai jamais rien demandé à personne. J'ai jamais…

Il s'arrêta.

— J'ai des choses à dire, et je veux que ce soit elle qui les entende en premier.

12

Panique. Elle n'était pas à New York. Ni à Milan. Ni à Pékin. Vincenzo trouva finalement Alessandra là où tout avait commencé pour eux.

Sous la végétation luxuriante qui encerclait le village d'Ubud se cachait la villa où ils avaient séjourné, au bord de la somptueuse plage privée.

Elle était assise au bord de la piscine, un verre d'eau posé sur une petite table à côté d'elle, un bloc de papier à dessin sur les genoux.

Elle était assoupie, mais son sommeil était agité.

Tout doucement il s'approcha, répugnant à l'idée de la réveiller, mais elle dut sentir une présence car elle cligna des yeux.

— Bonjour, ma princesse.

— Vin... Vincenzo ?

Elle se frotta les yeux et, une fois certaine de ne pas avoir d'hallucinations, se redressa dans son fauteuil. Elle fit la moue qu'il détestait.

— Tu t'es encore sauvée, *bella*.

— Je t'ai dit que je partais. Mais... Que fais-tu ici ? Je t'ai dit que le juge se prononce dans deux semaines pour Charlie, à New York.

— Je pensais t'accompagner.

— Trop aimable. Mais je n'ai besoin de personne. Pour la suite non plus. Quand j'aurai la garde de Charlie, nous n'aurons plus besoin de nous revoir.

— Bon sang, Alessandra ! Ne me parle pas comme ça... Comme si j'étais un étranger.

— Oui, ben quoi ? Il faut bien que je sois forte, c'est tout. Si je continue de te voir, je vais devenir folle.

Il hocha la tête et, déstabilisé par la rudesse de l'accueil, lui lança la première chose qui lui passait par la tête.

— Comment vas-tu ?

— Bien, des nausées le matin, à midi et le soir, mais, paraît-il, c'est normal. Chez certaines femmes. À part ça, comme tu peux le voir, je suis seule. Greta, Leo et Massimo me manquent. Natalie aussi. Au fait, Neha a-t-elle eu ses jumeaux ?

— Oui, tout le monde va bien. Maya et Matteo sont très mignons. Surtout Maya.

— Pourquoi ? Tu les as vus ?

— Oui, j'ai demandé à Leo et il a accepté.

Il crut voir une lueur d'espoir sur le visage d'Alessandra mais elle détourna les yeux.

— Pourquoi ?

Très vite, il passa plusieurs réponses en revue mais les rejeta.

— Parce que je me suis dit que tu aimerais avoir de leurs nouvelles en direct. Et parce que ce salaud de Massimo a prétendu qu'il serait leur oncle préféré, et pas moi.

Les mots sortaient en torrent, il était intarissable. Sans filtre.

— J'ai aussi pensé à ce que tu m'avais dit. Que ce serait aussi mon neveu et ma nièce et donc les cousins de notre enfant. Et je veux que ce bébé ait plein de famille pour l'entourer. Je ne veux pas qu'il soit seul, comme moi.

Il tomba à genoux et enfouit la tête dans ses cuisses.

— *Ti amo*, Alessandra. De tout mon cœur. Sans toi, ma vie est vide, *cara*.

— Non, Vincenzo, ne recommence pas, ne joue pas avec moi.

— Ce n'est pas un jeu, *bella*. Ça n'a jamais été un jeu. Je suis tombé amoureux de toi à la seconde où je t'ai vue. Mais il m'a fallu tout ce temps pour comprendre ce que ça voulait dire. Excuse-moi mais, côté sentiments, je ne suis pas rapide !

Il releva la tête, la respiration suspendue à ce qu'elle allait répondre.

Ses yeux brillaient. Son émotion était presque palpable. Dire qu'un jour, peut-être, elle ne le regarderait plus comme cela et qu'elle le quitterait encore.

Non, il ne fallait pas penser à cela. Il ne devait pas douter de son amour.

— Si je te dis quelque chose, tu me croiras ? Je ne me suis pas servi du vote de Greta contre Leo, à la dernière assemblée. En plus du reste, cela aurait été impardonnable. En revanche, ce jour-là, j'ai parlé à Antonio. Et j'ai su que la fuite à la presse de ma relation avec les Brunetti, c'était lui. Son but était de me fâcher avec toi pour que je poursuive, que je mène ma résolution à bien : les venger tous. Même si ça devait te mettre par terre. À cette occasion, j'ai mesuré le poids de la haine qu'il a en lui. À travers lui j'ai vu mon avenir, *bella*. J'ai vu ce qui m'attendait, la solitude et la haine au lieu du bonheur d'une famille et de l'amour. Alors, j'ai commencé à m'interroger sur ce que j'avais fait à mes frères. Sur l'homme que je suis. Et je me suis dit que je n'étais pas digne de toi.

— Je ne demande pas un homme parfait, Vincenzo. De toute manière, il n'existe pas. Je te veux toi. Toi, toi, toi, malgré tout ce que tu as fait.

— Pardonne-moi, Alessandra. J'aurais dû tout comprendre plus tôt. Tu sais quoi ? J'ai fait un cauchemar horrible cette nuit. Pour je ne sais quelle raison, la première fois, j'avais changé d'idée et je ne venais plus à Bali. Je ne t'avais donc pas rencontrée et tout était raté, à commencer par mon avenir avec toi. Je n'aurais jamais la chance de te connaître et tu ne pourrais donc jamais m'aimer. Je me suis réveillé en nage, les draps trempés glacés autour de moi. J'ai tâté le lit et tu n'étais pas là. Tu m'as sauvé, *bella*, de mes démons. Je t'aime et je t'aimerai toujours.

Il la prit dans ses bras et se rassit en la plaçant sur ses genoux. Il l'embrassa, la berça, maudissant le mal qu'il lui avait fait.

— Tu sais, Vinc, tous les soirs en me couchant, j'avais l'espoir de te revoir le lendemain. Te quitter m'a arraché le cœur, c'était affreux. Je ne recommencerai plus.

— *Chut*, mon trésor. Tu n'auras plus de raisons de me quitter. Jamais, *bella*. Je ne douterai plus jamais de ton amour. Tu n'auras plus jamais à douter du mien.

Elle l'embrassa et Vincenzo, bouleversé, éprouva comme un sentiment de renaissance.

— Quand tu seras prête, nous prendrons un vol pour New York pour voir Charlie et nous le ramènerons à la maison pour qu'il fasse la connaissance du reste de la famille.

— Vraiment ? dit-elle, le regardant comme un héros.

Il se rengorgea. Pour la première fois de sa vie, s'il n'était pas un héros, il n'était et ne serait plus un méchant.

— J'ai voulu rendre la maison à Leo et Massimo. Je les ai suppliés de la reprendre, d'y revenir, ce qui a surtout plu à Massimo. Il a quand même continué à exciter Leo pour qu'il me taquine mais Natalie l'a enguirlandé, elle voulait qu'il me fiche la paix. Après tout ce temps, on dirait que je compte encore pour elle.

Il regarda ailleurs mais Alessandra lui tira doucement les cheveux jusqu'à ce qu'il la regarde.

— Parce qu'elle t'aime, Vincenzo. Tu n'as pas compris ? Elle n'a connu que tes mauvais côtés et, malgré cela, elle a toujours de la tendresse pour toi. Ces amours-là… ne disparaissent pas en une nuit, tu sais.

Il l'embrassa avec passion.

— Je commence à le comprendre, princesse.

— Et ensuite… ? Quoi d'autre ?

— Leo ne veut pas réintégrer la maison. Il s'en fait construire une à son goût pour vivre avec Neha et les bébés, et sa mère. Quant à Natalie et Massimo, ils trouvent la maison Brunetti trop grande pour eux.

— Et quid de BFI ?

Il ravala sa honte.

— Leo ne veut plus de la présidence de la société. Il dit que c'est très lourd, et qu'en ce qui le concerne ça suffit. Il travaille toujours pour la société, avec moi, mais pas comme P-DG. J'ai proposé la fonction à Massimo mais il l'a refusée comme si je lui offrais… le diable ! Il dit qu'il est plus heureux à diriger BCS, que la bureaucratie et tout ce qui tourne autour lui font horreur et que ce serait une punition pour lui. Qu'il laisse ça aux névrosés dopés au boulot.

— Et… que dis-tu de tout ça ? demanda-t-elle timidement. Tu es content ?

— Je le suis si tu l'es, *bella*. Je ne veux surtout pas que tu penses que BFI et la villa ou je ne sais quoi encore sont plus importants que toi pour moi.

— Je sais que tu n'es pas dévoré par le goût du pouvoir, Vincenzo.

— En conclusion, la maison est à nous mais seulement si tu le veux. Seulement si tu penses que tu y seras heureuse.

— Et Greta ? Puis-je lui proposer de venir vivre avec nous ?

— C'est encore un test, *bella* ? Tu as à ce point perdu toute confiance en moi ?

Elle lui caressa les joues.

— Non, pas du tout. Tu sais, quand je l'ai cuisinée pour savoir de quoi tu l'avais menacée, elle… elle a fondu en larmes. Elle… Elle m'a dit qu'elle ne me le dirait pas. Qu'en dépit de tout le mal que tu m'avais fait, elle était sûre que tu m'aimais. À la manière d'un Brunetti, a-t-elle ajouté. Comme s'il y avait de quoi être fier d'avoir un caractère de cochon !

Il sourit à Alessandra qui l'attirait à elle.

— Vous avez tous les deux besoin de temps pour lisser votre relation, Vincenzo. Mais la maison est immense. Ta mère et ses infirmières peuvent facilement y vivre. J'insiste.

Il ravala la boule coincée dans sa gorge.

— Ce n'est pas toujours facile, de l'avoir dans les pattes.

Elle haussa les épaules.

— Vivre en famille n'est pas toujours du gâteau ! J'ai toujours voulu une grande famille. Toi et moi et Charlie et ce bébé et Greta… Voilà le début d'une grande famille. C'est ce que j'ai toujours désiré.

— Tu es ma joie, mon bonheur, ma princesse. Avec toi, je suis heureux, partout. Avec ce bébé, avec Charlie. Donc oui, *bella*, oui à tout ce que tu souhaites. Je veux une vie pleine de rires et de joie.

— Merci, murmura-t-elle sur ses lèvres.

Il crut que son cœur allait exploser de bonheur car il avait découvert l'amour.

Épilogue

Huit mois plus tard

Alessandra se lova contre Vincenzo, qui l'avait prise par les hanches ; elle le sentit contre elle, plein de désir. Elle rejeta la tête en arrière, savourant les caresses de son mari.

— Tu m'as manqué, princesse, lui chuchota-t-il à l'oreille. Trois mois sans toi, c'était trop long. Dorénavant, je m'arrangerai pour faire moins de voyages à l'étranger.

— Toi aussi, tu m'as manqué, dit-elle en lui tendant ses seins sur lesquels il se pencha aussitôt.

— Tu crois qu'on a quelques minutes avant de relever Greta de ses fonctions ?

Alessandra jeta un coup d'œil en bas. Charlie courait autour d'un cercle imaginaire, la mère de Vincenzo veillait sur le bébé dans sa poussette, Greta surveillait tout ce petit monde.

— Greta n'a pas besoin qu'on aille la relever. Elle calme ton petit chenapan de fils, Luca, et ta mère en même temps en disant je ne sais quel mot magique de sa voix de chef ! Ils s'entendent tous très bien, Vincenzo. C'est merveilleux.

Il ne répondit pas mais se crispa en voyant sa mère s'approcher de la poussette de leur enfant. Mais en bonne grand-mère, elle se contenta de relever sa tétine et de la lui remettre dans la bouche.

Alessandra sourit. Les huit derniers mois n'avaient été que bonheur et joie, mis à part quelques petits épisodes pénibles pour son mari ; cette grande famille élargie représentait beaucoup de responsabilités, parfois écrasantes.

Mais pas un jour ne passait sans qu'il lui dise combien il l'aimait. Pas un jour ne passait sans qu'il lui montre combien leurs enfants Luca et Charlie, et Leo et Massimo, comptaient pour lui.

Comment avait-elle pu penser qu'il était un crapaud ? Non, son mari était un prince, la crème des hommes, qui avait appris à aimer quand lui-même ne l'avait jamais été.

Les bras autour de son cou, elle l'embrassa encore.

— Ne t'inquiète pas pour elle, Vincenzo. Greta et moi, on se relaie. Et la gouvernante est là, aussi.

Il se détendit.

— Excuse-moi, c'est une habitude, c'est tout, *bella*.

— Je sais. Au fait, tu ne m'as pas parlé de ton déjeuner avec Antonio. On va le voir bientôt ?

— Je ne sais pas mais je ne le laisserai pas tomber malgré ce qu'il a fait.

— Je sais bien, Vinc. Invite-le à déjeuner ici la prochaine fois, pour qu'il fasse la connaissance de ton petit voyou de fils.

— Ah, ah, c'est mon fils quand c'est un voyou, et le tien quand il dort comme un ange.

Il prit sa bouche et l'embrassa avec gourmandise, mais un baiser ne lui suffisait pas. Il commença à défaire la fermeture Éclair de sa robe mais elle s'échappa.

— Je te veux, ma princesse. S'il te plaît, dit-il en déboutonnant sa chemise.

— Mais ils vont tous arriver, Leo et Neha et les jumeaux, et Massimo et Natalie.

Il lui vola un nouveau baiser.

— Je vais nous faire du bien, *bella*. Juste quelques minutes...

Elle posa les mains sur son torse, désormais nu.

— Quelques minutes seulement ? Mais... ça ne me suffit pas !

Il la prit dans ses bras et alla s'installer avec elle dans le fauteuil devant la fenêtre qui surplombait le jardin.

— Laisse-moi te tenir, au moins, *bella*. Avant que les garçons ou ma mère ou ta belle-mère ou je ne sais qui encore ne réclament ton attention. Laisse-moi t'avoir un peu à moi, tu veux bien ?

Elle opina et se blottit contre lui.

Il l'embrassa et son cœur qui palpitait si fort finit par se calmer.

— Tu vois ce que tu me fais, dit-il. Tu m'apaises.

Et il resta là, assis calmement avec, sur les genoux, la femme qu'il aimait de plus en plus au fil des jours.

Sa vie était douce, riche, plus douce et plus riche que, dans ses rêves les plus fous, il n'aurait pu l'imaginer.